Johanna Holmström
Die Frauen von Själö

Johanna Holmström

DIE FRAUEN VON SJÄLÖ

Roman

Aus dem Schwedischen
von Wibke Kuhn

Ullstein

Die schwedische Originalausgabe erschien 2017
unter dem Titel *Själarnas Ö*
bei Förlaget, Helsingfors

Ullstein Buchverlage GmbH

ISBN: 978-3-550-05044-2

Umschlaggestaltung: nach einer Vorlage von © Sara Acedo
Gesetzt aus Aldus nova Pro
Satz: Pinkuin Satz und Datentechnik, Berlin
Druck und Bindearbeiten: GGP Media GmbH, Pößneck
Printed in Germany

Für dich, die du dich auch schon mal gefragt hast,
ob du verrückt bist oder es gerade wirst.
Wahrscheinlich mit Recht.

Ein paar Worte vorweg

Ich finde Amanda an einem warmen Herbsttag 2015 im Provinzarchiv in Åbo. Auf einmal ist sie einfach da, in einem der Journale, die ich mir herausgesucht habe. Sie explodiert förmlich über die Seiten mit ihrem ungestümen Temperament, ihrer Neigung zum Schreien, Toben und Kommandieren. In einem zornigen handgeschriebenen Brief verlangt sie ihre Kleidung zurück. Die hat man ihr abgenommen, als sie dort landete, im Krankenhaus von Själö im Schärengarten von Nagu, im Jahre 1891. Sie ist sechsundzwanzig Jahre alt. Eine Vagabundin in einer Zeit, in der es verboten ist, ohne Sinn und Ziel über die Landstraßen zu irren. Sie säuft und hurt herum. Sie ist wild. Gefährlich.

Nachdem sie nach Själö gekommen ist, wird sie eine von vielen. Ihr Krankheitsverlauf wird von den Pflegerinnen festgehalten, und ich finde sie als einen Namen mit diversen Beschreibungen ihrer Stimmungen oder körperlichen Ausscheidungen. Über alles wird ganz genau Buch geführt. Die Menstruation ist mit Rot markiert. Im Laufe der Jahre werden die Notizen immer spärlicher. Vielleicht hat sie sich beruhigt. Vielleicht haben die Ärzte aber auch einfach das Interesse an ihr verloren. Es war ja immerhin eine Anstalt für unheilbar Geisteskranke. Ich habe ihr Grab auf dem kleinen Friedhof hinter der Kirche auf Själö gesucht, aber bis jetzt habe ich es noch nicht finden können.

Die Erzählung über die Frauen auf Själö beginnt nicht mit Amanda. Sie beginnt nicht mal im Jahre 1889, als das Krankenhaus auf der abgelegenen Insel zu einem Ort wurde, an dem sich ausschließlich Frauen aufhielten. Eigentlich beginnt sie um 1750 in einer Einrichtung in Frankreich, als ein Arzt namens Pierre Pomme neben einer Badewanne steht und sich Notizen macht.

In der Badewanne sitzt eine Frau. Ihr Name ist unbekannt. Das Einzige, was ich von ihr weiß, ist, dass sie Hysterikerin ist. Das Ganze trägt sich zu, bevor Jean-Martin Charcot mit seinem Hysterie-Theater im Spital für Geisteskranke La Salpêtrière beginnt. Er wird in der zweiten Hälfte des 19. Jahrhunderts seine berühmten Patientinnen Blanche und Augustine vor vollen Zuschauerreihen präsentieren. Es spielt sich auch vor Sigmund Freuds Psychoanalyse und vor Alfred Binets Intelligenztests ab. Die moderne Psychiatrie und die Disziplin der Diagnostik stecken noch in den Kinderschuhen, und Pierre Pomme hat entdeckt, dass man Patienten mit Hilfe warmer oder kalter Bäder beruhigen kann.

Die Frau in seiner Einrichtung sitzt hier schon lange, neun Monate, um genau zu sein, zwischen zehn und zwölf Stunden am Tag, und jetzt geschieht allmählich etwas. Seinen Notizen zur Patientin kann man entnehmen, dass sie sich langsam, aber sicher von innen auflöst. Membranartige Stücke ihrer Verdauungsorgane werden täglich mit dem Urin ausgeschieden, wie Stückchen feuchten Pergaments. Das Wasser umschließt sie wie eine Gebärmutter, doch im Gegensatz zum Fruchtwasser in der Gebärmutter, das warm ist, werden diese kalten Bäder am Ende ihren Tod herbeiführen.

Gegen Ende des zehnten Monats, nachdem der obere Harnleiter komplett mit dem Urin ausgeschieden worden ist und nachdem Teile ihrer Verdauungsorgane abgestoßen worden sind, lösen sich die inneren Gewebe und passieren ebenfalls den Enddarm. Speiseröhre, Luftröhre und Zunge gehen ab, und sie stößt Teile davon durch Würgen und Husten aus. Dann, ganz zum Schluss, kann man die Haut durch die leichteste Berührung von ihrem Körper lösen. Die Frau kann geschält werden. Wie eine gekochte Tomate. Pierre Pomme hat damit eine Frage beantwortet, die eigentlich niemand gestellt hat. Wie lange muss eine Frau eingeweicht werden, bis sie sich von innen auflöst? In seinen letzten Notizen über sie stellt er fest, dass die Bäder die Patientin von ihrer Hysterie geheilt haben, dass sie aber leider während der Behandlung verstorben ist.

Die moderne Heilkunde beruht auf einer Konstruktion aus Knochen und toten Körpern, aus unsagbarem menschlichem Leid, und die Frage, die wir uns stellen können, lautet, ob sich diese Opfer gelohnt haben, wenn sie es ermöglicht haben, Krankheiten besser zu verstehen und heilen zu können. Die gleiche Einstellung prägte auch das Verhältnis zu den seelischen Erkrankungen. Den Krankheiten des Geistes. Diejenigen, die man einst als Propheten oder Seher pries, wurden mit dem Stempel der modernen Zeit in Hysterikerinnen oder Schizophrene verwandelt und eingesperrt. Die Grenze zwischen gesund und krank wurde gezogen, die Sprache der Verwirrung oder Verkündigung wurde zerschlagen. Der vernünftige Mensch konnte diese Sprache nicht mehr deuten, und so wurde sie eine Sprache der Krankheit – eine Sprache des Schweigens. So beschreibt der französische Philosoph Michel Foucault das Eindringen der modernen Psychiatrie ins menschliche Dasein. Zugleich ging etwas ganz Wesentliches verloren. Foucault sagt, dass wir lernen müssen zuzuhören. Wir müssen eine Archäologie des Schweigens beginnen, mit der wir all diese vergessenen Stimmen suchen und wieder an die Oberfläche holen. Erst dann können wir ins Wesen des Wahnsinns eindringen und finden, was sich dort versteckt.

Unter dem struppigen braunen Gras hinter der Kirche auf Själö findet sich sehr versteckt ein blassgrauer, stark abgewetzter Grabstein. Er liegt flach auf dem Boden, die Schrift ist praktisch unlesbar. Der Grabplatz ist fast schon wie ein Stück Wiese. Ich stolpere darüber, als ich zum dritten und letzten Mal auf der Insel bin. Um die Schrift lesen zu können, muss ich mit den Fingerspitzen über die raue Oberfläche fahren, und während ich den Namen langsam entziffere, sinkt mir das Herz in der Brust.

Prolog

Åbo, 1990

Es ist das letzte Mal, dass Sigrid hinausschwimmt. Es ist Mitte September, Luft und Wasser sind immer noch warm. Sie ist den ganzen Weg bis zum »Strandbad der Irren« barfuß hinuntergelaufen. Vom Pfarrhaus, in dem sie wohnt. Über das feuchte, kalte Gras. Vorbei an der Kirche, die man hinter den Bäumen zur Linken sehen kann. Dem Leuchtturm direkt vor einem und der Wäscherei auf der rechten Seite. Und oben auf dem Dårhusbacken: das Krankenhaus.

Der Weg, der zum Wasser hinunterführt, ist übersät mit kleinen schwarzen Schnecken, über die sie vorsichtig hinwegsteigt. Nach dem Holzschuppen und den Wiesen beginnt es unter den Füßen zu piksen – das sind die Kiefernnadeln des Waldes, der über den Ängesnäsberget gekrochen kommt, wo man vor ein paar Jahren die Medikamentenfläschchen gefunden hat, in denen lauter handgeschriebene Zettel steckten. Sie wendet den Blick dorthin, aber es ist lange her, dass sie stark genug war, um bis ganz nach oben zu klettern. Als sie am Strand angekommen ist, lässt sie ihr Handtuch auf den glatt gestrichenen braunen Sand fallen. Die Kälte an ihren Füßen ist betäubend, als sie ins Wasser hinauswatet und langsam eintaucht.

Während sie von der Insel wegschwimmt, die über sechzig Jahre ihr Zuhause war, merkt sie, wie dieses Gefühl, schwer und lebendig zu sein und sich so durch die Welt zu bewegen, einem Gefühl des Getragenwerdens weicht. Jetzt ist sie leicht, wiegt nur neunundvierzig Kilo, aber sie ist immer noch zäh und ausdauernd. Eine gesunde Seele in einem gesunden Körper. So hat Dr. Mikander es ihr einmal vor langer Zeit beschrieben. Ihre Arme teilen das Wasser und ziehen sie, die Beine folgen der Bewegung und schieben sie vorwärts.

Am Morgen ist immer alles so seltsam still. Kein Wind bewegt die Zweige der Kiefern. Keine Wellen kräuseln die Oberfläche des Wassers. Es liegt fast so etwas wie erwartungsvolle Spannung in der Luft, aber das ist nichts, womit sie sich aufhalten würde. Stattdessen dreht sie sich auf den Rücken und breitet die Gliedmaßen aus. Ihre Ohren werden vom Wasser verschlossen, und sie hört ihre eigenen Atemzüge, sonst nichts mehr. Der Himmel über ihr ist hellblau, und es fällt ihr nicht schwer, sich zu fühlen wie eine andere, eine, die es gab, bevor sie das Alter im Körper zu spüren begann. Im Wasser ist sie gewichtslos, fast als würde sie schweben. Leicht und luftig ziehen sie durch sie hindurch, die Zeitschichten, die sie in all den Jahren angesammelt hat. Sie war schon lange in einem Prozess gefangen, in dem alles, woran sie sich erinnern kann, problemlos neben der wachen, lebendigen Gegenwart existieren kann.

Sie dreht sich wieder auf den Bauch. Macht ein paar kräftigere Schwimmzüge Richtung offenes Meer, entfernt sich vom Land mit ihren kräftigen Armen und Beinen und hält den Blick fest auf den Horizont dort hinten gerichtet. Es sieht so aus, als würde die Schäre hinter der Stange, die die Fahrrinne kennzeichnet, langsam durch die Bucht gleiten. Widerwillig wirft sie einen Blick dorthin, zu der Stelle, wo einmal ein Körper lag und im Wasser am Strand schaukelte. Sie fanden sie im März, und als sie sich ihr im Boot näherten, dachten sie, dass sie vielleicht noch lebte, bis sie merkten, dass nur Wasser und Wogen ihre Arme und Beine bewegten. Beim Gedanken an diesen Körper wird Sigrid immer noch ziemlich unbehaglich zumute, aber sie hat gelernt, damit zu leben. Jede Stelle auf dieser Insel ist mit einer Erinnerung verknüpft. Der kann sie nie davonschwimmen. Ein Großteil der Erinnerungen ist glücklich. Sie hat immer an Frans' Blick gedacht, wenn sie das Meer glitzern sah. Dieser Septembermorgen ist da keine Ausnahme, und je weiter sie sich vom Land entfernt, umso mehr fühlt es sich an, als würde sie weiter wegtreiben von allem, was einmal war, von ihrem eigenen Leben, der Tochter, die sie bekam und auf der Insel aufwachsen und von sich fortwachsen sah, alle, die weggegangen sind, und alle, die nie weggehen konnten. Die Hände, die sie gehalten hat. Die Haare, die sie gestreichelt hat. Ja, sie erinnert sich an alle. Jeden Einzelnen.

Sie dreht sich atemlos um und tritt Wasser. Ihre Kehle schnürt sich zusammen und lässt kaum Luft durch. Die Milchsäure macht ihr Arme und Beine schwerer. Der Strand sieht so klein aus, so weit entfernt. Hat er wirklich immer so ausgesehen? So abgelegen und abgeschieden? Sie lässt den Blick zum Horizont wandern, als könnte sie dort eine Erklärung finden für das stechende, schleichende Gefühl, das sich in ihrem Körper festgesetzt hat, aber dort sieht man nur das ruhige, das gleichmäßige, das ungebrochene Blau, das sich bis zum Stockholmer Schärengarten in weiter Ferne erstreckt. Sie holt ein letztes Mal tief Luft und macht sich wieder auf den Rückweg. Weiter als bis hierher schwimmt sie nicht hinaus.

KRISTINA

1

Åbo, 1891

In einer Nacht Anfang Oktober gleitet ein kleines Kanu über das schwarze Wasser des Flusses Aura. Im Boot sitzt Kristina und rudert. Den Blick hat sie fest auf die Bucht gerichtet, die sie gerade zurückgelassen hat. Der Steven teilt die stille Wasseroberfläche, es gluckst und gluckert, ein einsames Geräusch.

Es ist ein warmer Tag gewesen. Am Nachmittag hatte Kristina sich sogar getraut, die Strickjacke aufzuknöpfen, die sie im Morgengrauen übers Kleid angezogen hatte. Sie hatte die Jacke über den Zaun beim Stall gehängt, und dort war sie auch geblieben, sie hatte sie vergessen. Dann war der Abend gekommen, mit seiner spukhaften Andeutung des nahenden Winters, gnadenlos in seiner dichten, alles auslöschenden Dunkelheit, und Kristina in ihrem gar zu dünnen Kleid zittert und schnieft in der kühlen Luft. Ihre Hände schmerzen. Die Müdigkeit, die ihren Körper nie verlässt, verlangsamt ihre Gedanken, bis sie genauso träge dahinfließen wie das schwarze Wasser. Sie schwitzt auf der Oberlippe. Es fühlt sich so beschwerlich an, als würde der Teufel mit ihr im Boot sitzen.

Sie hat einen langen Arbeitstag auf Löfströms Hof hinter sich, und dann muss sie bei Backstugs Anna vorbeifahren, um die Kinder abzuholen. Die Ruder scheuern ihre Handflächen auf. Es sticht und brennt in den Armen. Sie rudert gegen den Strom, flussaufwärts, und sie flucht, als sie merkt, wie ihr der Schweiß auf der Haut kühl wird. So wird sie nie nach Hause kommen. Jedenfalls nicht heute Abend. Rundherum ist alles pechschwarz. Nur die Häuschen am Strand leuchten wie gleichmäßig verteilte Punkte, weil in jedem von ihnen das Nachtfeuer im Ofen brennt. Ihr begegnen keine Boote. Nur Kristina ist unterwegs zu dieser unchristlichen Zeit.

Wenn man sich nur einmal ausruhen dürfte!

Es knirscht und klirrt in den Dollen, während sie rudert.

Wenn man nur einmal alles stehen und liegen lassen könnte und sich davonstehlen!

Aber wenn sie dann zu Hause sind, müssen die Kinder ihr Abendessen bekommen, und das Kleinste muss gestillt werden. Sie merkt, wie drall ihre Brüste sind, voller Milch, wie sie spannen und schmerzen. Sie macht sich schon seit einer geraumen Weile Sorgen, weil sie nicht mehr so gut kann wie früher. Es ist nicht nur schwerer geworden, jeden Abend mit dem Boot hier hinaufzurudern. Sie hat einfach so ein allgemeines Schweregefühl im Körper, das ihr auf vielerlei Art zu schaffen macht. Zum Beispiel, dass ihr die Augen sofort tränen, wenn sie bei Löfströms nichts ahnend mit ihren Milcheimern zwischen Stall und Wohngebäuden dahergeht. Oder dass sie die Lippen ganz fest zusammenpressen muss, damit sie nicht zittern, wenn sie über eine Jacke ihres kleinen Sohnes streicht und auf ihren Handrücken schaut, auf dem die Adern viel zu früh viel zu stark hervortreten. Sie ist vierundzwanzig und hat zwei Kinder, aber sie fühlt sich schon wie die alte Kerttu oben am Bergkamm, die gebückte Kerttu, die die Hände tastend vor sich hält, wenn sie sich halb blind ihren Weg zum Dorf sucht, sich tief gebeugt auf ihren Gehstock stützt, als würde sie ständig gegen einen unsichtbaren Gegenwind ankämpfen.

Aber, denkt Kristina, *diesen Wind spüre ich auch. Wie er alle Bewegungen verlangsamt und sich seinen Weg unter die Kleider sucht, bis auf die nackte Haut dringt, bis man anfängt zu zittern.*

Die Kühle ist feucht und durchdringend. Sie frisst sich durch die Strümpfe und packt ihre Handgelenke mit groben Händen, bis ihr die Knochen schmerzen.

Wenn sie nur schon zu Hause wäre in der Wärme ihrer Hütte, ganz allein im weichen Lichtschein der Öllaterne! Wenn sie sich nur schon die steifen Stiefel aufschnüren könnte, die schmerzenden Zehen strecken und mit einem Stöhnen, halb Schmerz, halb Erleichterung, die Füße hochlegen und sich mit dampfendem Kaffee in der Tasse zurücklehnen! Merken, wie die dumpfe Müdigkeit sie gegen die Rückenlehne drückt und ihr Körper in eine sanfte, alles lindernde Ruhe sinkt.

Wenn nur diese erbärmliche Schufterei und Fron für irgendwelche Herrschaften aufhören wollte …

Sie schaut sich um und tut ein paar letzte, kräftige Ruderschläge, einfach um des Ruderns willen, und hört dann komplett auf. Lässt einfach alles los. Sie lässt einfach zu, dass das Wasser das Boot packt und hintreibt, wo es will, während sie keuchend darinsitzt.

Das Boot beschreibt eine halbe Drehung, krängt und schaukelt, das Wasser schlägt glucksend an den Bootsrand. Sie lauscht auf ihre eigenen zitternden Atemzüge und spürt, wie die Atemluft warm auf ihr Gesicht trifft, um gleich anschließend zu gefrieren. Sie fröstelt und ist schweißgebadet, alles auf einmal. Ihre Zähne klappern, und sie schüttelt ein paarmal den Kopf. Und irgendwo dort drinnen, in der Mitte zwischen den Ohren, sitzt es wieder, dieses Gefühl, dieses seltsame, unheilverkündende und lähmende Gefühl, das in letzter Zeit angefangen hat, alles an sich zu reißen. Das Gefühl, dass Schlamm langsam gärend und blubbernd das Innere ihres Schädels ausfüllt. Sie weiß es wohl, es ist die Müdigkeit, die sich dort eine Wohnstatt gebaut hat, sich ein Lager errichtet hat und Tag und Nacht nicht von der Stelle weicht, nur um sie zu quälen. Sie gibt nicht auf. Sie wartet auf sie. Wartet darauf, dass sie ihre Schuld bezahlt, entweder im Bett oder im Grab.

Dann wird es wohl das Grab werden, denkt sie dann jedes Mal, zieht den Rotz zurück in den Hals und spuckt einen Klumpen Schleim aus, und dann macht sie weiter mit dem, was sie gerade tut: Melken, Brotbacken, Buttern, Waschen …

Aber jetzt, in diesem Boot, ganz allein mit der Nacht um sich herum, ist ihr auf einmal gar nicht mehr so spöttisch zumute, und sie bleibt sitzen, während das Boot unaufhaltsam immer weiter flussabwärts gesogen wird. Sie wird aufs Meer hinausgetrieben werden, wenn sie jetzt nicht wieder anfängt zu rudern und es noch einmal versucht. Da fällt ihr Blick auf die Bündel auf dem Boden des Bootes.

Natürlich, denkt sie. *Dass mir das nicht früher eingefallen ist.*

Man muss den Ballast abwerfen, wie ihr Onkel Karl sagen würde. Dann wird das Boot leichter. Dann wird der Steven nur so übers Wasser tanzen, wenn sie nach Hause rudert.

Nach Hause in die Ruhe und Stille ihrer Hütte. Nach Hause in die Wärme, die wunderbare, wunderbare Wärme!

Auf einmal kommt ihr der Gedanke ganz selbstverständlich vor. Sie braucht nicht wie so oft lange hin und her zu überlegen, bis sie am Ende zu gar keinem Ergebnis kommt und verzweifelt. Dieser Gedanke ist einfach zu begreifen und leicht in die Tat umzusetzen.

Rasch holt sie die Ruder ein und steht auf. Packt entschlossen den Korb, der auf dem Gatt steht, und hebt ihn hoch. Ohne zu zögern, senkt sie ihn ins Wasser hinunter und schiebt ihn weg. Sie schaut ihm nach, als er mit der Strömung davongleitet.

Danach wendet sie sich dem Bündel an der mittleren Ruderbank zu, jetzt schon etwas zögerlicher. Es ist schwerer, fast schon zu schwer. Kristina kann es mit Mühe hochheben, aber das Mädchen wacht nicht auf. Bewegt sich nur ein bisschen und seufzt einmal. Die Decke, in die es gewickelt ist, gleitet ein Stückchen herunter, sodass Kristina das Gesicht des schlafenden Kindes sieht. Die weiche Rundung der glatten Wangen, und die Wimpern, die auf der Haut ruhen. Eine dunkle Haarsträhne hat sich unter der Decke gelöst, und Kristina drückt das Bündel einmal fest an sich. Dann lässt sie es mit einem Platschen ins Wasser fallen. Das Mädchen gibt kurz einen verschlafenen Laut von sich, aber dann geht es rasch unter, ist schon unter der Oberfläche und verschwunden. Die Wellen, die entstanden sind, als der Körper aufs Wasser aufgeschlagen ist, versetzen das Boot in ganz, ganz leichtes Schaukeln, und die größte Welle schlägt einmal glucksend an den Bootsrand. Dann ist es ganz still. Kristina bleibt noch eine Weile auf allen vieren auf der Ruderbank und sieht zu, wie das Kind in der undurchdringlichen Dunkelheit verschwindet. Es geht schnell. Sie hat Spritzer vom schlammigen Flusswasser an den Händen, sie wischt sie an ihrem Rock ab und steht auf.

Das Boot gleitet jetzt ganz leicht stromaufwärts, und sie rudert mit kräftigen Ruderschlägen durch die stille, kalte Nacht, fort, fort von hier, heimwärts, nach Hause, wo ihre Hütte sie leer und friedlich empfangen wird. Niemand, der vor Hunger oder Durst quengelt. Nur warme, weiche Stille, in der sie versinken kann.

An diesem Abend schläft sie schnell ein und sinkt ins zähe, dunkle Wasser ihres Schlafs, schlummert ein und schlüpft unter eine Decke aus Träumen, in denen sie sie sieht.

Ihre Gesichter unter der Wasseroberfläche, ihr Haar, das ihnen in lautlosem wallendem Rhythmus um den Kopf tanzt. Sie gleiten von ihr weg. Ihre Gesichter sehen aus wie Föten, die man in formaldehydgefüllte Gläser gesteckt hat. Die im Zelt mit dem Kuriositätenkabinett aufgereiht standen, sie hat sie einmal auf dem Herbstjahrmarkt gesehen, als sie selbst noch die Hand ihrer Mutter hielt. Ihre Augen sind geschlossen, ihre Lippen fest zusammengepresst.

Die Kinder schliefen, als sie sie holte und sie ins Boot trug, das am Strand wartete. Sie legte sie behutsam ins Gatt, damit sie die Ruhe bekamen, die sie selbst nie bekam. Sie war so bedacht darauf gewesen, sie ja nicht zu wecken. Ihre Arme waren stark. Sie hatten die Kinder seit ihrer Geburt getragen, und sie hätte nie gedacht, dass es so einfach sein würde, sie loszulassen.

Als sie am nächsten Morgen aufwacht, rennt sie hinunter zum Boot, zerrt und reißt und stößt es ins Wasser, stolpert über die Steine, die ihr die Fußsohlen aufschneiden. Sie ist barfuß, trägt nur ihr Nachthemd, und ihre Beine zittern, als sie ins Boot steigt.

Die Betten. Die leeren Betten! Die Kinder! Weg!

Was sich am Abend zuvor wie ein Traum ausnahm, ist jetzt die hellwache Wirklichkeit des Morgens geworden, als sie die Ruder ergreift und rudert, als wäre der Teufel hinter ihr her. Ihre Haare sind zerzaust, und ihre Kehle stößt mühsam die Luft durch ihren weit geöffneten Mund, herein, hinaus.

Die Kinder … weg! Ihre zerknitterten Laken, die zur Seite geworfene Bettdecke, genauso wie sie sie morgens zurückgelassen hatten, aber die Kinder selbst verschwunden … Wie war es möglich, dass sie weg waren?

Ein paar Männer aus dem Dorf begegnen ihr mit ihrem Fischerboot. Sie rufen sie an, aber sie schaut gar nicht in ihre Richtung, sie reißt nur weiter die Ruder über die Wasseroberfläche, taucht sie kaum ein, im Versuch, so schnell wie möglich voranzukommen, was natürlich die gegenteilige Wirkung hat, und das Boot bewegt sich ruckartig und langsam, zum Verzweifeln langsam, voran.

Als sie endlich an die Stelle kommt, an der sie die Kinder in den Fluss geworfen hat, wirft sie die Ruder von sich und springt ohne Zögern über Bord. Die eiskalte Faust des Wassers presst ihr die Luft aus den Lungen, als sie untergeht. Sie kämpft sich wieder an die Oberfläche. Schaut sich um, sucht mit dem Blick. Holt tief Luft. Taucht wieder unter.

Die Nachthemden wallen ihr entgegen wie weiße Segel. Sie arbeitet sich zu ihnen vor, streckt die Hand aus und fasst die Hand ihres kleinen Sohnes.

Jemand zieht sie an die Oberfläche. Sie schnappt nach Luft, spuckt, schnaubt das Wasser aus der Nase. Sie hat Wasser geschluckt und hustet. Die kräftige Hand, die sie am Nachthemd gepackt hat, hebt sie jetzt mit festem Griff unter den Achseln ins Boot. Sie holt ein paarmal tief Luft. Wehrt sich. Sie muss zurück! Dorthin! Dort hinunter!

Die Männer aus dem Dorf, Raimo und Kalevi, haben sie aus dem Wasser gezogen. Sie sind umgedreht, als sie sie mit wirbelnden Rudern vorbeifahren sahen, und jetzt liegt sie auf ihrem Bootsboden und zappelt. Sie rappelt sich auf die Füße und fasst die Reling, um sich wieder ins Wasser zu werfen, aber Kalevi hält sie an den Armen fest.

»Was machst du denn? Bist du verrückt geworden, Mädel?«

Sie zittert, ihr klappern die Zähne, die Haare kleben ihr an den Wangen. Sie schaut Kalevi in die hellblauen Augen und schaudert hörbar, wegen der Kälte, aber auch wegen der Panik, die in ihrem Körper tobt und immer stärker wird. Ihr Blick gleitet über sein breites Gesicht, sucht nach etwas, woran er sich festhalten kann; die Sorgenfalte, der grimmige Zug um den Mund. Seine Wangen sind mit hellgrauen Bartstoppeln bedeckt, und das Haar, das unter der Mütze herausschaut, ist gelockt und grau meliert. Irgendetwas an ihm ist so vertraut, dass sie sich sicher genug fühlt, es auszusprechen. Das, was sie schon die ganze Zeit herausschreien wollte, seit sie am Morgen aufgewacht ist und gesehen hat, dass das Bett leer war.

»Die Kinder! Die Kinder sind da unten! Lasst mich los! Bitte! Wir müssen sie finden! Die Kinder sind da draußen! Es war die Strömung! Die Strömung hat sie mitgenommen!«

Dann bricht sie zusammen und bleibt auf dem Boden des Bootes liegen. Die Müdigkeit befällt sie wieder und lässt sie kurz wegtreten. Ihr Körper liegt eiskalt, nass und schlaff auf dem Boden, wo die Männer normalerweise blasse, sterbende Fische, ihren selbst gebrannten Schnaps und Netze voller Blasentang liegen haben.

2

Am Fenster steht der Hauptmann Konrad Krohnberg, mit dem Rücken zum Zimmer. Er schaut über den Hof zum Haus von Hilma und Erik Andersson. Das Haar trägt er glatt zurückgekämmt, und wie an den meisten Tagen, wenn er amtlich unterwegs ist, hat er einen dunkelblauen Rock an und eine Weste mit einer silbernen Uhr in der kleinen Tasche. Der Kragen ist gestärkt und strahlend weiß. Die Hose ist sauber gebügelt, und die Schuhe sind blank geputzt. Er sieht aus, als könnte sich überhaupt kein Staubkörnchen auf seine breiten Schultern legen. Als könnte sich niemals Dreck unter seinen Fingernägeln festsetzen. Als würde er niemals schwitzen oder von irgendwelchen anderen ordinären körperlichen Heimsuchungen gequält werden. Er hat die Hände auf dem Rücken verschränkt, die Finger lose ineinander verschlungen, und sein Körper ruht fest und schwer in der entspannten Wartehaltung des Beamten.

Im Bett hinter ihm liegt die Bauersfrau Kristina Andersson und schläft. Vor drei Tagen wurde sie von den Männern, die sie aus dem Wasser gezogen hatten, im Fischerboot ins Dorf zurückgebracht, eiskalt und nass, und noch am Abend wurde sie von einem so heftigen Fieber befallen, dass umgehend Doktor Fransman gerufen werden musste. Ab und zu wachte sie zwar auf, doch sie war völlig weggetreten und hatte keine Vorstellung von Zeit und Raum, sodass man es für besser befand, sie einfach ruhen zu lassen.

Vor die Schlafzimmertür hat man den Bauersjungen Ilpo Järvinen gesetzt, damit er Wache hält. Bis jetzt weiß niemand, was eigentlich passiert ist. Die Kinder sind verschwunden, das hat man bereits festgestellt, aber seit gestern Abend haben die Dinge eine dramatischere Wendung genommen, und heute Morgen lag Kristina im Bett und war bei etwas besserer Gesundheit. Das Fieber ist über Nacht gesunken, und in den frühen Morgenstunden ist sie kurz aufgewacht und hat ihre

Kinder gerufen. Sowie Ilpo Järvinen hörte, dass es Zeit war, den Amtmann zu holen, war er blitzschnell davongerannt, als könnte es nicht schnell genug gehen, denn er war nur sehr widerwillig Wache gestanden vor dem Zimmer dieser Kindesmörderin – einer Frau, der alles Mögliche zuzutrauen war. Deswegen hat er auch nicht geschlafen, sondern nur leicht geschlummert, auf einem Stuhl, den er mit der Rückenlehne vor die Tür gestellt hat, um sie zu versperren. Und auch da hatte er immer ein Auge offen gehalten.

In der Küche neben dem Schlafzimmer ist Hilma Andersson seit dem frühen Morgen auf und ab gelaufen. Sie war rastlos, unfähig, sich hinzulegen oder etwas Sinnvolles anzufangen. Wie sollte sie auch? Wo doch ihre Tochter fiebernd im Nebenzimmer lag, zum ersten Mal seit über einem Jahr zu Hause, und die Kinder …

Eine Weile setzte sie sich auf die grüne Bank am Esstisch, und ihr Blick irrte über das weiße Tischtuch und dann zum Fenster hinaus, wo die Hühner, angeführt von Linna, herumstelzten und die Körner aufpickten. Doch sowie sie saß, klopften die Gedanken wieder an und trampelten ungebeten in ihrem Kopf herum, und es waren dieselben Gedanken, immer und immer wieder, dieselben schrecklichen, unsäglichen, grässlichen, die sich dort hereinschlichen – dass die Kinder fort waren.

Fort!

Sie sprang wieder auf und blieb unschlüssig einen Augenblick so stehen, aber noch hatte sie sich nicht gestattet, zappelnd und zuckend in dem finsteren, erstickenden Sack zu verschwinden, der sich Verzweiflung nennt. Noch steckte sie irgendwo zwischen Zweifel und Hoffnung, schwankend und zögerlich, und sie hatte sich einzureden versucht, dass es sich nur um ein Missverständnis handeln konnte und man die Kinder bald finden würde, dass sie ausgerissen waren oder sich verlaufen hatten, aber gleichzeitig wusste sie, der Junge war ja viel zu klein, der konnte ja kaum gehen, und Helmi …

Helmi würde niemals ausreißen, überängstlich, wie sie war. Ständig hing sie an Kristinas Rockzipfel, umklammerte den Stoff und wollte ihre Mutter nicht aus den Augen lassen. Die große Suche war ergebnislos geblieben, und bis zum Wald hätten sie es ohnehin nie geschafft. Der war viel zu weit weg. Nun blieb nur noch, dass sie das Wasser absuchten, aber bis dorthin wollten sich Hilmas Gedanken nicht vorwagen. Und doch … dieser nagende Zweifel. Er kratzte sie im Hinterkopf, und sie hatte versucht, sich beständig zu beschäftigen, damit sie nicht nachzudenken brauchte, und so war sie vom Sauerteig weggegangen, der gebacken werden sollte, zum eingeweichten Geschirr, zu den Betten, die jetzt eben einmal nicht gemacht worden waren, Gott bewahre, zur Milch, die entrahmt werden musste. Am Ende hatte sie es einfach aufgegeben und sich gestattet, auf und ab zu laufen in ihrer fast schon zu sauberen Küche, in der bereits alle Kleinigkeiten erledigt waren, die sie irgendwie hätte erledigen können. Bis sie sah, wie der Amtmann über den Hof kam, da war sie zur Vortreppe gerannt und hatte sich auf die Schwelle gestellt, die Hände in den Türrahmen gestemmt, und hatte sich festgeklammert, so gut es nur ging. Grauhaarig war sie, klein, vertrocknet und nutzlos. Eine Fliege vom letzten Jahr, im Netz der dunkel gekleideten Spinne, die jetzt über den Weg zwischen Hof und Hühnerhaus gelaufen kam. Da hatte sich Hilma mit dem Rücken an die Haustür gestellt und versucht, Amtmann Krohnbergs wesentlich stämmigeren Körper daran zu hindern, an ihr vorbei ins Haus zu gehen.

»Sie ist gerade erst aufgewacht! Zeigen Sie ein wenig Menschlichkeit, und lassen Sie sie in Ruhe!«, hatte sie mit gedämpfter Stimme und einer Eindringlichkeit gesagt, die den Beamten einen Augenblick zögern ließ, bevor er behutsam, aber doch bestimmt die Hand zum Hut hob, ihr zunickte und sie dann beiseiteschob. Denn wenn es eines gibt, was seinen Lauf nehmen muss, so ist es das Gesetz, und so betrat Konrad Krohnberg entschlossen die Kammer, in der Kristina

Andersson im Bett lag. Sie war sich seiner Gegenwart glücklicherweise nicht bewusst, versunken in einen recht ruhigen morgendlichen Schlummer, und die Stille im Zimmer schien wie die kurze Atempause, bevor sich Schlag zwölf Uhr der Wind dreht und keiner so recht weiß, von welcher Seite das Wetter am Nachmittag kommen wird.

Amtmann Krohnberg bleibt kurz stehen, holt tief Luft und atmet dann mit einem Seufzer wieder aus. Er steht nicht das erste Mal vor einer solchen Situation, einer menschlichen Tragödie genau dieser Art, wie eine frische Fleischwunde liegt sie vor ihm, und wie jeder andere würde er sich am liebsten davonstehlen. Vor zwei Jahren hat Södermalms Selma ihren neugeborenen Sohn erstickt, weil er Blut spuckte. Das Bündel war schon zu offensichtlich zum Sterben verdammt, und die junge Mutter, die das Krankenhaus hatte verlassen müssen, obwohl sie sicher war, dass das Kind nicht gesund war, hatte es nicht mehr ausgehalten. Als sie in der kalten Winternacht an dem verlassenen Bahnhof saß und seinem zunehmend rasselnden Atem und seinem offenkundigen Leiden zuhören musste, zog sie mit von der Kälte geröteten Fingern die Schnur am Spitzenkragen seines Jäckchens zu, bis er sich nicht mehr rührte.

Ein paar Jahre später ließ Kreetta Hjalmarsson die Schweine ihr neugeborenes Mädchen auffressen, das dritte Kind von einem dritten Mann, weil sie nicht noch einen Mund stopfen konnte neben ihrer eigenen gebrechlichen Mutter. Konrad Krohnberg war vor Ort, als Selma und Kreetta festgenommen wurden, und hatte dafür gesorgt, dass der Gerechtigkeit Genüge getan wurde, und jetzt sind beide Frauen weg. Selma konnte nicht ertragen, was sie getan hatte, und verlor den Verstand, und Kreetta wurde ins Zuchthaus in Kakola geschickt.

Kristina Andersson atmet. Die Decke hebt und senkt sich. Die schwarzen, dichten Wimpern flattern. Ihr Mund bewegt sich. Das dunkle Haar ist leicht zerzaust. Vielleicht ungewaschen. Aber ansonsten macht sie keinen besonders ungeordneten Eindruck, sie sieht aus wie eine ganz normale junge Bauersfrau, ein wenig hübscher als die meisten. Dann schlägt sie die Augen auf, und damit ist Konrad Krohnbergs Wartezeit beendet. Die Lethargie in seinem Körper verschwindet schlagartig, als der Blick der jungen Frau klarer wird und über das weiße Bettzeug wandert, um dann bei ihm zu landen, wie er in einem Rahmen aus Licht an der Tür steht, fast unwirklich dunkel und groß hebt er sich vom Tag dort draußen ab. Er schenkt ihr ein dienstliches Lächeln, mehr pflichtschuldig als höflich, und nickt ihr zu, und sie schaut ihn mit großen, verblüfften Augen an und zieht die Decke instinktiv fester um den Körper. Sie scheint überhaupt keine Ahnung zu haben, warum er da ist, und Konrad Krohnberg wird auf einmal von einem schweren, fast düsteren Gefühl befallen, das seine bereits herabgesackten Gesichtszüge noch weiter zu den Bodendielen und dem Boden darunter hinabdrückt.

»Guten Morgen, Kristina! Sie sprechen doch Schwedisch, oder?«, fragt er.

Sie antwortet nicht, umklammert nur krampfhaft den Rand ihres Betttuchs und presst es an sich wie eine schützende Hülle zwischen ihm und sich selbst. Sie nickt stumm und hastig, bekommt aber kein Wort über die Lippen.

»Wie geht es Ihnen?«, fragt er, und sie schüttelt den Kopf.

Ihr Blick ist starr und verständnislos. Dann sieht man etwas aufblitzen, einen Funken, eine Falte bildet sich zwischen den Augenbrauen, und bevor sie den Blick senkt, kann er es in ihren Augen erkennen. Sie erinnert sich.

Das Wasser, das eiskalte, das den Kopf umschloss und die Lungen zu füllen drohte. Der Stoff, der lautlos unter die Oberfläche sank. In dieser Nacht, die sie in ihrem Kopf noch nicht ganz in Wirklichkeit verwandeln konnte.

»Die Kinder!«, ruft sie und wirft die Decke zur Seite. Sie macht Anstalten, aus dem Bett zu springen, doch er legt ihr die Hand auf die Schulter.

Drückt sie wieder in die Kissen.

»Immer schön mit der Ruhe. Ruhen Sie sich ein bisschen aus! Den Kindern können wir nicht mehr helfen. Die sind bereits zu Gott gegangen.«

Seine Worte und seine Hand halten sie zurück, und sie lehnt sich langsam wieder zurück auf die Kissen.

»Nein«, flüstert sie.

Amtmann Krohnberg schaut sie mit einem scharfen, kalkulierenden Blick aus seinen pfefferkornschwarzen Augen an. Es liegt kein Mitleid darin. So etwas kann er sich nicht leisten. Was hier geschehen ist, ist bedauerlich. Es ist sogar sehr bedauerlich, das würde er als Erster einräumen, aber wenn er dem Rechtsstaat nach bestem Wissen und Gewissen dienen will, muss er sich seine Gefühle für sein eigenes Familienleben aufsparen. Sonst würde nicht mehr viel übrig bleiben für Astrid und die vier Kinder, wenn er sich gestatten würde, mit jedem Verbrecher zu sympathisieren, der ihm über den Weg läuft. Auch nicht, wenn dieser Verbrecher zufällig jemand ist, den er schon lange kennt. Einer von den Seinen.

»Die Leiche eines achtjährigen Mädchens ist am nördlichen Flussufer in der Nähe der Malmström-Brücke gefunden worden. Sie dürfen sie natürlich anschauen.«

Kristina bleibt noch einen Augenblick reglos sitzen und starrt schweigend ins Leere. Es gibt keine Worte. Die sind auch ganz unnötig. Sie schaut ihn nicht an, und er will schon aufstehen und gehen, da wendet sie ihm das Gesicht zu und blickt ihm in die Augen.

»Nur eines? Nur das Mädchen?«, fragt sie, und ihre Stimme ist so hell, so kindlich hoffend inmitten all dieser Hoffnungslosigkeit, dass er ihr nicht sagen kann, was er denkt.

Dass es nur eine Frage der Zeit ist, bevor man auch den Jungen finden wird. Dass niemand in dem kalten Oktoberwasser überleben kann, zumindest kein Kind, oder dass man den Jungen vielleicht niemals finden wird, aber überlebt hat er bestimmt nicht. Er sagt also nichts. Nickt nur und verlässt dann diskret das Schlafzimmer, um ihr Zeit zum Aufstehen und Anziehen zu geben.

Kristina erkennt das Mädchen, sowie sie die Scheune betritt, und sie bleibt einen Augenblick auf der Schwelle stehen, schwankt unschlüssig, ihr Körper ist so absurd schwer von dem Widerwillen, der ihr die Glieder erfüllt bis in die Fingerspitzen. Wie damals, als sie klein war und die Arme hochreckte.

Vater! Trag mich! Ich kann nicht mehr!

Der Verschlag, die Box, die Türöffnung hinter ihr, und der schmale Gang, der bis zum Karren ganz dort drinnen führt, scheint sich vor ihr zu erstrecken wie ein Tunnel, in dem es zur Mitte hin immer dunkler wird, und sie würde wirklich alles geben, nicht dort hineingehen zu müssen.

Einen guten Augenblick später steht sie dort und starrt und blinzelt in die Scheune, bis sich Konrad Krohnberg hinter ihr bewegt. Er ist ungeduldig, seine Bewegung pflanzt sich durch ihren Körper fort, und er setzt sich in Bewegung, fast wie von selbst. Die Kälber reiben und knuffen sich unruhig in ihrem Verschlag, und die Kühe muhen in ihren Boxen. Es riecht wie immer, nach Mist, Stroh, Staub, feuchtem Holz und Mörtel, aber heute Morgen wird ihr schlecht von diesem Geruch, als sie langsam auf das Mädchen zugeht.

Die Männer aus dem Dorf haben Helmi auf einen Lastenkarren gelegt; sie hat immer noch ihr schwarzes Nachthemd an und ist in eine graue Wolldecke gewickelt.

Das ist nicht dieselbe Decke, die sie umhatte, als sie unter der Wasseroberfläche verschwand, denkt Kristina müde. *Die war heller.*

Das Nachthemd ist schmutzig. Der Stoff ist grün gefleckt von irgendetwas, was aussieht wie Gras oder Wasserpflanzen, vielleicht sind es Algen, die in den Fluss gefallene Äste oder die Pfosten von Bootsstegen überzogen haben, und Kristina tut es leid, dass das Mädchen in so schmutzigen Sachen dort liegen muss. Sie bleibt eine Weile so stehen und betrachtet das Kind. Die blauen Lippen sind halb geöffnet, ihr Haar ist zottelig. Dann streckt Kristina sanft, ganz sanft die Hand aus und berührt Helmis Haut ganz leicht. Ihre Haut ist blassgrau, längst kalt. Es ist eine Kälte, die anders ist als alles andere, was sie je zuvor gefühlt hat. Es ist eine Kälte, die überhaupt keinen Hauch von Wärme mehr hat, und Kristina weiß, dass sie ab jetzt nur noch zunehmen wird. In diesem Körper steckt kein Leben mehr, und sie trocknet sich mit dem Handrücken die Nase ab und wischt sich mit dem Ärmel über die Augen. Auf einmal sind ihr die Tränen nicht mehr peinlich, die ihr jetzt in die Augen steigen.

Sie streichelt die Wangen, das Haar, will umarmen, will hochheben und festhalten, in den Armen wiegen, wie sie es immer getan hat, auch wenn jetzt alles Warme und Weiche, alles Kuschelige verschwunden ist.

Oje, mein kleines Mädchen … mein kleines, kleines Mädchen …

Helmi war immer ein schönes Kind, aber ob sie ihrem Vater ähnlich sieht, weiß Kristina nicht. Den hat sie nur ein paarmal aus der Ferne im Wald gesehen. Er hatte einen dunklen Bart und arbeitete im Sägewerk. Er war nicht aus der Gegend. Eines Tages im Herbst – es war schon etwas später – lief er ihr nach, als sie Herbstpfifferlinge sammelte. Mit einem einzigen Schlag streckte er sie nieder, und dann verging er sich an ihr. Es geschah alles so schnell. Sie konnte kaum schreien.

Hinterher rannte er über den Waldweg davon und ließ sie mit zerwühlten Sachen auf dem Pfad liegen, die Pilze ringsum verstreut und zertrampelt. Sie hob sie wieder auf, bevor sie zitternd nach Hause ging.

Helmi hat dunkles Haar, genau wie Kristina. Ihre Augen ähneln denen ihrer Großmutter, hellbraun und ernst. Das weiß Kristina, ohne sie zu sehen. Sie streicht ihr übers Haar, langsam und nachdenklich, sie weint nicht, ihre Augen sind jetzt trocken und brennen, aber es kommen keine Tränen mehr. Amtmann Krohnberg räuspert sich leise hinter ihr, aber da Kristina ihn überhaupt nicht zu hören scheint, dreht er sich um und geht aus der Scheune. Er muss ganz einfach durchatmen, und er bleibt eine geraume Weile draußen stehen und starrt auf den Wald. Sein Blick ist auf einmal ganz starr, und er auch, er ist so wütend.

Zehn Minuten später geht Kristina Andersson an Konrad Krohnberg vorbei, langsam und vorsichtig, mit dem Kind auf dem Arm, und er steht einen Augenblick völlig verblüfft da und kann sich nicht vom Fleck rühren, als sie das Kind den Weg zum Wohnhaus hinaufträgt und es dabei wiegt und ihm ein Lied vorsummt. Als würde er es sehen, aber nicht richtig begreifen, bis sie sich vorbeugt und das Mädchen auf die Wange küsst. Da kann er sich endlich in Bewegung setzen. Er rennt zu ihr und fasst sie am Arm, und sie wendet ihm das Gesicht zu, doch der Blick ihrer glasigen Augen geht durch ihn hindurch. Er sucht nach Worten, doch er braucht gar nichts zu sagen. Sie beugt sich vor und drückt ihm das Mädchen in die Arme. Der Kopf fällt zur Seite, und er muss das leblose Kind gut festhalten, um es nicht fallen zu lassen.

»Sie sollte nicht so da drinnen liegen. So allein. Beim Vieh«, sagt Kristina, und ihre Stimme ist nicht mehr als ein leises Murmeln.

Er trägt den Körper wieder in die Scheune, und als er zurückkommt, ist Kristina auf dem Weg zusammengesackt. Konrad Krohnberg flucht und hebt sie hoch. Sie ist glühend heiß, und er trägt sie zurück ins Bett. Sie muss sich jetzt erst mal ausruhen. Er wird sie noch früh genug abholen, um sie ins Gefängnis zu bringen, aber bis dahin ist sie besser im Haus ihrer Mutter aufgehoben.

3

Innerhalb kürzester Zeit erreichen die Nachrichten von Kristina natürlich auch Pastor Erland Björkestam, der vor einem Jahr so hübsch und fesch in den Ort zurückgekehrt war und am eigenen Leib erfahren durfte, was es bedeutet, größtem Misstrauen zu begegnen und sich immer wieder aufs Neue beweisen zu müssen.

Erland Björkestam war jung, und seine Berufung auf diese Stelle galt als deutliche Aussage des Domkapitels in Åbo. Er stand für die Besiegelung neuer Zeiten in einer Gemeinschaft, die im Alltag immer noch von gottlosem, tief verwurzeltem Aberglauben geprägt war, und er distanzierte sich ab dem ersten Moment sehr stark von seinem Vorgänger, Pastor Vidar Hultin, der mit dem eingefleischten, starrköpfigen Heidentum der Dorfbewohner immer Nachsicht geübt hatte. Erland Björkestam hatte zweifellos viel zu beweisen. Die meisten Gemeindemitglieder hatten ihn in der Stoffwindel herumwatscheln sehen, und jetzt wurde er ihnen plötzlich als geistlicher Führer geschickt? Gott bewahre! Am allerersten Sonntag wurde wohl viel gemurmelt in den Kirchenbänken, als er bleich und schweißgebadet auf die Kanzel stieg und auf die Köpfe derer hinabblickte, zu denen er früher hatte aufblicken müssen und die sich jetzt einander zuneigten, um sich in bühnengerechter Lautstärke Dinge zuzuflüstern, die selbstverständlich gehört werden sollten.

Es war einfacher gewesen, seine berufliche Laufbahn in irgendeiner anderen Gemeinde zu beginnen, das war ihm klar, aber nach den vielen Jahren im fernen Lund war die Sehnsucht nach seiner Heimatgegend allzu stark geworden, und er redete sich ein, den Umstand, dass er sie alle so gut kannte wie sie sich selbst, zu seinem Vorteil umkehren zu können. Denn er kannte zwar ihre Schwächen, sie aber nicht seine. Er war an einem anderen Ort den kurzen Hosen entwachsen und in den Priesterrock geschlüpft, fernab von ihren kritisch musternden Blicken und ihrem Gerede. Seine Studien am Bischofssitz in Lund hatten seinen Rücken aufrechter gemacht und die früher ständig lächelnden Mundwinkel ein bisschen weiter herabgezogen. Grimmig war er noch nicht, aber der Blick in seinen graublauen Augen hatte eine andere Schärfe angenommen, wenn er seine Mitmenschen betrachtete. Sein Blick war jetzt schwerer, schwerer zu erwidern und schwerer auszuhalten. Seine Mutter und sein Vater lagen schon unter der Erde. Es fühlte sich an, als würde man noch einmal von vorne anfangen, aber von einem Ausgangspunkt, den er sich selbst auf den Boden gezeichnet hatte. Gleichzeitig war die Vergangenheit immer sehr nah, und als er an diesem Tag im April von einem Besuch im Domkapitel in Åbo zurückkommt, holt sie ihn wieder ein, als er nichts ahnend die Vortreppe zum Pfarrhaus hochgeht und von der bekümmerten Miene seiner Haushälterin Hanna empfangen wird.

Kristina liegt auf dem Rücken unter dicken Polstern und sieht aus, als würde sie schlafen, aber als er an den Türrahmen klopft und das Zimmer betritt, schlägt sie sofort die Augen auf. Als sie ihn sieht, setzt sie sich schwerfällig im Bett auf. Die Augen, mit denen sie ihn anstarrt, glänzen vor Fieber und Verwirrung.

»Pastor Björkestam!«, schluchzt sie. Er hat zwar gerüchteweise gehört, dass es ihr schlecht geht, aber der Anblick, der sich ihm hier bietet, trifft ihn mit einer Wucht, dass ihm die Knie weich werden.

Ihre Stimme ist so schwach und hilflos, dass er am liebsten auch weinen würde, und er eilt zu ihr, sinkt neben ihrem Bett auf die Knie und nimmt ihre Hand. Drückt sie an seine Lippen und seine Wange, seine Stirn, in einem Anfall unbeherrschter Gemütsbewegung, die seine Gedanken in der wirbelnden Leere in seinem Kopf verschwinden lässt. Er holt ein paarmal tief und zitternd Luft, dann verweilt er einen Augenblick so, es sieht ihn ja sonst keiner. Ihre Hand in seiner, rau von der Arbeit, an seiner eigenen feinen, weichen Haut, und seine Lippen auf ihren Fingerspitzen. Der Geruch ihrer ungewaschenen Haare liegt ihm wie ein fettiger Film in der Kehle.

Ihre Blicke begegnen sich. Wann waren sie zuletzt miteinander allein? Er kann sich gar nicht erinnern. Trotzdem ist sie immer noch da. Die Vertrautheit. Sie brauchen nichts zu sagen. Eine Hand wischt die Jahre schnell beiseite und hinterlässt ein klaffendes Loch aus Monaten mit ausgerissenen Wurzeln von Wochen und Tagen.

Er lässt ihre Hand los und liebkost ihr Haar, ihre Stirn. Seit er ins Dorf zurückgekehrt ist, hat er sie ein einziges Mal gesehen, und dieses Wiedersehen war alles andere als angenehm. Damals hatte sie gesund ausgesehen, vielleicht ein bisschen müde, aufgerieben von Schlafmangel und Arbeit, schöner, als er erwartet hatte.

Sein Magen krampft sich zusammen. Hier liegt sie nun hilflos, erleichtert, ihn zu sehen. Sie braucht ihn jetzt. Wo sie früher doch nie jemand zu brauchen schien. Wenn es jemand gibt, der ihr jetzt helfen kann, dann ist er es. Man hat ihn gebeten, ein Gutachten abzugeben. Es ist von größter Wichtigkeit, welche Worte er wählt. Die Macht, freizusprechen oder zu verurteilen, liegt bei ihm.

Er lässt den Blick über ihr braunes, welliges Haar gleiten, die üppigen, widerspenstigen Strähnen, den breiten Mund, die Sommersprossen auf ihrer Nase, den langen, schmalen Hals. Er verbirgt das Gesicht an ihrem Bein, fast auf ihrem Schoß, drückt die Stirn auf die Decke und faltet die Hände, um ein Gebet vorzutäuschen. Ihre Hand landet auf seinem Kopf und streicht ihm übers Haar, sanft, tröstend, und eine Weile lässt er sich auch festhalten, aber schon bald verwandelt sich das Gefühl unter ihrer Berührung in ein beschämtes. Ist er etwa derjenige, der hier Trost braucht? Er sammelt sich, zieht einen Stuhl ans Bett und setzt sich neben sie. Wieder nimmt er ihre Hand, doch jetzt hält er sie sachlich. Das Fieber lässt ihre Haut bleich und matt wirken, und ihre Lippen sind trocken und aufgesprungen. Sie schluckt.

»Ich dachte nicht, dass Sie kommen würden«, sagt sie.

»Ich bin gekommen, so schnell ich konnte«, antwortet er.

Sie befeuchtet die Lippen mit der Zunge und schaut ihn dann wieder an.

»Ich hab Durst. Kann ich ein bisschen Wasser haben?«

Er holt ihr, worum sie gebeten hat, und nimmt dann wieder seinen Platz ein, fängt ihre Hand auf, die vom Wasserglas ganz kühl geworden ist. Unter ihrer Haut sitzt die Hitze. Die Krankheit, die sie verbrennt und verzehrt. Sie schaut ihn unter schweren Augenlidern an, und er erwidert ihren Blick fest.

»Kristina. Können Sie mir erzählen, was passiert ist?«, fragt er.

Und er hofft, bis zuletzt hofft er, dass sie es leugnen wird, dass sie erzählen wird, wie man sie verleumdet hat, dass die Kinder einem anderen Täter zum Opfer gefallen sind, nicht ihr, einem Fremden einfach, eine sinnlose Tat, oder vielleicht war es sogar ein bloßer Unfall.

»Ich hab das Mädchen in den Fluss geworfen«, antwortet sie.

Es kommt so plötzlich, dass er die Worte, die ihm schon auf der Zunge lagen, jäh wieder herunterschluckt. Er senkt den Kopf und sammelt sich kurz. Er blinzelt und schaut auf die sauber gefegten, frisch gescheuerten Bodendielen. Dann ist es also wahr, und dann muss er jetzt wohl versuchen, irgendwie Stellung dazu zu beziehen.

»Und der Junge?«, fragt er.

Da starrt sie ihn an.

»Nein, nein, den Jungen nicht! Den hab ich gerettet!«

Sie setzt sich höher auf und sucht seinen Blick. Versucht, ihn festzuhalten, fieberhaft, und es dauert eine Weile, bis er fortfahren kann.

»Der … der … der Junge lebt! Ich hab ihn … Ich hab ihn …

in ein kleines Boot gesetzt und aufs Meer geschickt! Damit Einari ihn findet.«

Sie nickt und umklammert seine Finger.

»Ich hab ihn aufs … Ich hab ihn in ein kleines Boot gesetzt und aufs Meer geschickt!«

Auf ihrem Gesicht breitet sich ein Lächeln aus. Ihr Blick glänzt. Erland bleibt einen Augenblick still sitzen. Hält ihre Hand. Streicht mit weichen Fingerspitzen darüber. In seinem Kopf dreht sich alles von dieser zarten Berührung.

Sie ist krank, ruft er sich in Erinnerung. *Krank.*

»Und Einari?«, fragt Erland.

Ihr Lächeln erlischt. Kristina wendet das Gesicht ab, und als sie antwortet, sind ihre Worte knapp und ihre Stimme klanglos.

»Der ist weg. Er hat uns im Frühling verlassen, sowie das Eis taute. Er hat es nicht mehr ausgehalten, meinte er. Er ist zur See gegangen.«

»Und wann kommt er zurück? Was ist dann passiert?«

Sie wendet ihm den Blick zu. Runzelt ganz leicht die Stirn.

»Er kommt nicht zurück. Verstehen Sie nicht, was ich gesagt habe? Er ist fortgegangen und hat mich mit den Kindern allein gelassen!«

Erland Björkestam presst die Lippen zusammen. Er starrt eine Weile ins Leere, dann schaut er ihr in die Augen. Die Luft in der hellen Kammer ist stickig und schwer, unangenehm zu atmen. Er, der sich einst geweigert hatte, Kristina Andersson und Einari Järvinen zu trauen und sie aus der Schande zu erlösen, in Unzucht miteinander zu leben – was vielleicht genauso sehr an seiner Eifersucht und Bitterkeit lag wie an seiner christlichen Überzeugung –, er ist jetzt auch derjenige, der ihr etwas geben soll, was fast noch schlimmer ist als eine Todesnachricht. Er fährt sich mit der Hand über den Bart und bleibt dann so sitzen, eine Hand auf ihrer Hand, die andere auf dem Kinn. Mit heiserer, tonloser Stimme sagt er, was er jetzt zu sagen hat:

»Einaris Mutter hat gerade Nachricht von ihrem Sohn bekommen. Er ist auf dem Heimweg. In knapp einem Monat geht er in Åbo an Land. Er hat Sie nicht verlassen.«

Erland steht in gebeugter Haltung auf der Kanzel und umklammert den Rand mit geballten Fäusten. Wie lange steht er dort schon, in dieser unergründlichen Stille, die leeren Bänke mit dem Muster ihrer stummen, regelmäßigen Reihen vor sich? Er weiß es nicht. So lange jedenfalls schon, dass der Schweiß, der ihm Rücken und Achseln des dünnen weißen Baumwollhemds durchnässt hatte, wieder getrocknet ist und dass sich seine heftigen Atemzüge, unter denen sich der ganze Brustkorb gehoben und gesenkt hatte, wieder beruhigt haben. Er macht den Mund zu und atmet durch die Nase weiter, die sich aber viel zu eng anfühlt. Er muss sich zwingen, tiefe, lange Atemzüge zu nehmen, bis in die letzten Lungenspitzen zu atmen, und er spürt, wie damit auch eine gewisse Ruhe in den Körper strömt und sich vom Brustkorb bis in die Beine fortsetzt, die immer noch auf dem ausgetretenen Boden der Kanzel stehen, und in die starken, kräftigen Arme, die den Körper aufrecht halten.

Ihr Haar, ihre Haut, ihre Hand …

Er holt noch einmal ganz tief Luft.

Ihre fieberglänzenden Augen … die Hitze ihres Körpers …

Er bebt bei dem Gedanken, was er hätte tun können, wohin seine Hände sich hätten vortasten können. Ihre Hilflosigkeit hatte in ihm auf eine Art Schranken aufgehoben, die er überhaupt nicht vorhergesehen hatte, sonst hätte er sie wahrscheinlich gar nicht besucht.

Was für ein Dummkopf ich gewesen bin! Hatte ich wirklich gedacht, dass ich verschont bleiben würde? Dass ich niemals so geprüft werden würde, wie ich es von vielen anderen in meiner Stellung gehört habe?

Alle werden geprüft. Das hätte er begreifen müssen, doch er hatte gemeint, er sei anders, er habe seine Prüfung bereits in Lund hinter sich gebracht und sie überstanden. Und dass bei seiner Rückkehr ins Dorf die größte Schwierigkeit darin liegen würde, nach fünfzehn Jahren Abwesenheit wieder hierherzukommen.

Am ersten Tag nach seiner Rückkehr hatte er die Schritte zu seinem Elternhaus in der Mesnerwohnung gelenkt, einen Steinwurf entfernt von der weiß verputzten Schule, in der sowohl seine Mutter als auch sein Vater zeitweise gearbeitet hatten, um den kleinen Kindern des Dorfes geistliche Nahrung zu geben. Ihm war, als würde sich der Kreidestaub im Klassenzimmer in seinen Hals legen und ihm die Kehle austrocknen und zuschnüren, sodass sein Atem in der Luftröhre pfiff und rasselte. Der kühle Herbstwind und der Staub, der vom Hof aufgewirbelt wurde, hatten ihm die Tränen in die Augen getrieben, als er über den Hügel zum Schulhaus ging, und erst als er im Schulflur stand, konnte er die hartnäckige Feuchtigkeit wegblinzeln.

Sein Vater war Mesner gewesen, seine Mutter Lehrerin. Sie waren nicht mehr jung gewesen, als sie sich ganz überraschend gefunden hatten. Erlands Erinnerungen an dieses Haus waren so klar und stark, dass er eine Weile geradezu spürte, wie Zeit und Raum austauschbar wurden, davonflossen und er von einem Strom von Echos aus einer noch nicht allzu fernen Vergangenheit umschlossen wurde. Er sah sich selbst neben dem Weihnachtsbaum, der immer dort im Wohnzimmer in einer Ecke stand, neben dem gut gefüllten Bücherregal, in sicherem Abstand zum schönen hellblauen Kachelofen. Vater, der im Sessel am Feuer saß und las. Erlands eigenes Zimmer im Obergeschoss. Das Zimmer mit der Dachschräge und dem Ausblick aufs Schulhaus. Er las, genau wie seine Eltern, und schon als Kind flüchtete er sich in die Erzählungen der Bibel. Seine Eltern hätten nicht glücklicher sein können, als er ihnen mitteilte, dass er Pfarrer werden wolle, obwohl das bedeutete, dass sie ihn zum Studium nach Åbo schicken mussten.

Er hatte oft an Kristina denken müssen, erst in Åbo, dann in Lund, und in seinen Briefen an seine Mutter und seinen Vater erkundigte er sich manchmal nach ihr. Er hatte sich oft gefragt, wie eine Kindheitsliebe auch während der Abwesenheit des geliebten Objekts weiterwachsen konnte, ohne dass er wusste, wie sie überhaupt aussah, klang oder sich bewegte, in ihrer erst halb, dann ganz erwachsenen Haut. Doch das konnte ihn nicht vom Träumen abhalten, nichts hätte ihn abhalten können. Als er von ihrem Unglück erfuhr und dann von ihrer Schwangerschaft, zog sich sein Brustkorb schmerzlich zusammen, und er erstickte seine Gefühle für sie, denn jetzt war sie wahrhaftig verloren für ihn. Wenn er jemals die geringste Hoffnung gehegt hatte, dass er eines Tages lorbeerbekränzt zurückkehren würde, als Retter in der Not, starben diese Hoffnungen mit einem kräftigen Schlag, als er hörte, dass sie ein gesundes kleines Mädchen zur Welt gebracht hatte. Er versuchte sie zu vergessen, während er in Lund war, und mit der Zeit gelang es ihm. Doch manchmal, hie und da, konnte er die Erinnerung an sie wieder hervorkramen, die immer noch in ihm lebte und ihm so äußerst kostbar war, und dann schlug ihm die grausame, hohle Enttäuschung ihre Krallen in den Körper. Er betete für sie, er hörte, dass das Mädchen heranwuchs, es kamen keine Briefe mehr, sein Vater schrieb, dass die Mutter krank war, doch Erland war unabkömmlich in seinen Studien, und bevor er wusste, wie ihm geschah, war sein Vater ebenfalls tot. Er wusste, dass es eben so ging. Alles Lebende war vergänglich. Doch sosehr er all das auch hinter sich gelassen hatte, dachte er doch wieder an sie, als der Tag kam, an dem er zurückkehren sollte.

Sie wiedersehen … Er hatte gezittert, als er ins Dorf zurückkehrte. Davor gezittert, sie wiederzusehen. Und er war nervös. Unvorbereitet. Er hatte geradezu Angst davor. Und dann. Die Leere. Als er zurückkam, war sie weggezogen, und er wusste nicht, was er fühlen sollte. Am Anfang war er enttäuscht, aber das Gefühl ging schnell in Erleichterung über. Er war dankbar gewesen, das konnte er nicht leugnen. Auf die Art war es leichter – wenn er sie nicht sah, wenn nicht mal jemand von ihr sprach, denn Einari und sie hatten das Dorf in Schande verlassen. Er sah Hilma und Erik auf der Kirchenbank und tauschte nach dem Gottesdienst ein paar Höflichkeitsfloskeln mit ihnen, und in dem Moment irrten seine Gedanken vielleicht kurz zu Kristina, doch jetzt, wo sie krank im Bett lag und seine Hilfe brauchte, im Hause ihrer Mutter seiner geistlichen Führung bedurfte, konnte er nicht mehr so tun, als würde es sie nicht geben.

Er schaut über die leeren Bankreihen unter der Kanzel und denkt an das kleine Mädchen. Dass er sie beerdigen muss. Er fährt sich mit der Hand übers Gesicht und reibt sich dann die Stirn. Ihm ist kalt, und an den Schläfen ist sein Haaransatz schweißfeucht. Zum ersten Mal seit langer Zeit fühlt er sich wieder wie ein Novize. Er braucht Hilfe, Weisung von jemand, der älter und erfahrener ist. Bloßes Gottvertrauen reicht hier nicht mehr.

Er verlässt die Kanzel und tritt hinaus in den reglosen, kristallklaren Herbsttag. Er kehrt ins Pfarrhaus zurück, wo Hanna ihm wenig später einen Teller Hering mit Salzkartoffeln serviert.

Nachdem er sein einfaches Mittagessen verzehrt hat, holt er sein Schreibzeug hervor und setzt sich hin, um einen Brief an Erzbischof Edvard Bergenheim zu schreiben.

4

Am Abend nach Erlands Besuch sitzt Kristina aufrecht in ihrem Bett, und im Zimmer ist es ganz still. Die Tränen sind versiegt, und ihre Augen brennen, ihre Lider sind so geschwollen, dass sie kaum zwischen ihnen hindurchschauen kann. Die Decke ist weich und fein, die Laken rein und angenehm angeraut. Das Zimmer ist sauber und ordentlich. In Hilmas Haushalt herrscht Ordnung. Hilma ist eine gute Arbeiterin, und sie führt ihr Heim genauso flink und geschickt wie vor knapp dreißig Jahren, als sie diese Schwelle als junge Braut überschritt. Die Felder, die Kristina aus dem Fenster ihrer Schlafkammer sehen kann, gehören ihren Eltern. Sie sind nicht schlecht gestellt, aber im Überfluss leben sie auch nicht. Hinter den roten Wangen und dem starken, gesunden Körper der heranwachsenden Kristina steckte die harte Arbeit auf dem Hof. Ihrer Mutter und ihrem Vater Kummer zu bereiten, war das Letzte, was Kristina jemals eingefallen wäre. Eine Tochter, die von Hilma aufgezogen wurde, begeht keinen Fehltritt und tanzt nicht aus der Reihe. So was passiert einfach nicht! Hilma besitzt eine urtümliche Kraft, und selbst eine schwache Tochter sollte noch ausreichend Spuren von Hilmas Stärke in sich tragen, aber Kristina ist dann doch zu kurz gekommen.

Sie kann sich noch schrecklich deutlich an den Tag erinnern, als ihre Mutter begriff, dass Kristina ein Kind erwartete. Sie stand an der Spüle und wusch das Geschirr vom Abendessen ab. Ihr Vater, der spät nach Hause gekommen war, saß noch am Herd und aß seine Abendgrütze. Der Löffel sank auf den Teller, als Hilma Kristina mit festem Griff an der Schulter fasste und zu sich umdrehte. Sie riss Kristinas Schürze weg und machte ihr Kleid auf. Der Bauch darunter war bereits rund und gespannt. Ihr Vater sah sie wortlos an.

Auf einem Waldweg überfallen zu werden, ist das eine, aber sich schwängern zu lassen, ist etwas ganz anderes. So meinte Hilma. Nur Gott wusste, ob Kristina nach ihrem Unglück nicht auch noch im Dorf herumgestreunt war. Denn so ist das mit diesen Dingen – wenn man erst mal auf den Geschmack gebracht worden ist, ist es wie ein Feuer im Körper, und dann rennt man überallhin, um diesen Brand zu löschen.

Kristina stand stumm an der Spüle und bekam kein Wort

heraus. Sie hatte ihre Mutter noch nie zuvor so gesehen. Ihre Augen leuchteten wild im Dunkel der Stube, und der Speichel glänzte auf ihren Lippen, als Hilma auf und ab lief und die Worte hervorspuckte.

Wie sollte man das denn jetzt bitte im Dorf erklären? Alle würden sagen, dass Kristina herumgehurt hatte. Dass sie, Hilma, eine Hure aufgezogen hatte. Oh, davon konnten die Leute bestimmt nicht genug kriegen! Oh, das würden sie jetzt richtig genießen, Fredrika, Alma und die ganzen anderen verdammten Klatschtanten. Wenn Erik und sie ins Dorf gingen, würden sie sich schämen. Solche Dinge waren keine persönlichen Angelegenheiten, die gingen alle an. Das Kind musste weg. Dafür würde Hilma sorgen. Und dann würden sie nie wieder über die Sache sprechen.

»Wir legen es in die Stromschnelle«, sagte Hilma.

Da wurde es Kristina ganz schwarz vor Augen. Eine Weile war sie auch dort drin, wurde von den Strudeln der Stromschnellen herumgewirbelt, unfähig, Atem zu holen, ohne zu wissen, wie sie je wieder an die Oberfläche kommen sollte, und um sich aus dem tobenden Wasser zu retten, fasste sie mit beiden Händen den Griff der Ofenklappe und umklammerte ihn fest, um sich aufrecht zu halten. Die Hitze des Ofens drang über ihre Handflächen in den Körper und wärmte ihre Wangen, bis sie glühten.

»Mutter«, sagte sie, als sie wieder richtig bei sich war. »Wenn du das Kind in die Stromschnellen legst, kannst du mich gleich dazulegen.«

Das Mädchen kam im Juli zur Welt, und Kristina gab ihr den Namen Helmi. Zum einen, um Hilma zu besänftigen, die sowieso schon etwas weicher geworden war, bevor das Kind geboren wurde, und zum andern, weil sie den Namen schön fand. Das Kind hatte eine helle Haut, glänzend wie eine Perle. Als sie Zähne bekam, waren sie ganz fein und weiß. Manchmal, wenn Kristina das Kind ansah, fiel ihr wieder der Tag im dunklen Wald ein, und eine Welle des Unbehagens schlug über ihr zusammen, doch sie schob die Gedanken beiseite und machte weiter, wiegte und stillte ihr Kind und sang ihm Schlaflieder. Schließlich nahm Hilma das Kind und passte auf es auf, als Kristina wieder anfing, mit den anderen auf dem Feld zu arbeiten. Oft sah man Mutter Hilma, wie sie an der roten Wand der Sauna lehnte, das braune Haar mit den grauen Strähnen zu einem Knoten im Nacken zusammengesteckt. Ihre Finger waren damit beschäftigt, Blaubeeren zu verlesen oder Strümpfe zu stopfen, doch ihr Blick ruhte leicht und zärtlich auf Helmis dunklem Haar, während das Mädchen mit ihren aus Tannenzapfen gebastelten Tieren auf dem sandigen Hof spielte. Mittlerweile redete niemand mehr darüber, woher sie gekommen war oder warum sie da war.

Doch das Dorf vergaß nichts, und die Lust, die sie empfand, als sie Einari kennenlernte, konnte sie nicht unterdrücken. Sie war viel zu groß und mächtig, als sie über sie beide hinwegfegte und sie mitriss, und dann kam es eben so, wie es kommen musste. Kinder kamen oft im ungelegenen Moment zur Welt, das wusste sie, und Einari liebte sie. Trotzdem war da irgendetwas tief in ihrem Inneren, sodass sie den Leuten vor Scham kaum ins Gesicht schauen konnte, als sie erfuhren, dass sie das nächste Hurenkind erwartete. Aber statt ihr den Rücken zuzukehren, wie seine Mutter Auli hoffte, hatte Einari sie bei der Hand genommen und hatte mit ihr das Dorf verlassen. Er hatte eine kleine Hütte für sie gefunden, nicht mehr als eine winzige Räucherkate am Flussufer, und dort waren sie zusammengezogen, in der Hoffnung, endlich in Frieden miteinander leben zu können.

Und jetzt ist alles weg. Kristinas Lippen bewegen sich. Sie führt flüsternde Selbstgespräche. Sie liegt jetzt nicht mehr im Bett im Haus ihrer Eltern, sondern hat die Hütte am Flussufer betreten und atmet die schwüle, stickige Luft im Inneren der Kate.

Wenn nur jemand wüsste, wie weh es tat, dass Auli die Einzige war, die überhaupt noch zu Besuch kam. Dabei war ihr das alte Weib gar nicht willkommen, aber sie war trotzdem die ganze Zeit immer noch zu ihr gekommen, auch nachdem Einari weggegangen war.

Er kommt nie wieder zu dir zurück.

So behauptete Auli. Jetzt hatte er Kristina endlich verlassen, und weiß Gott keinen Tag zu früh. Ihre vorstehenden braunen Augen schielten fast vor Triumph. Und wenn er wieder an Land kam, würde er zu Auli kommen. Der kleine Junge würde zu seiner Mutter nach Hause kommen, wo er hingehörte, und er würde sein Unglück hinter sich lassen und neu anfangen. Mit einer anderen.

Normalerweise hätte Kristina nur verächtlich geschnaubt, beim bloßen Gedanken, Einari sollte dieses ganze Elend mit ihr durchgestanden haben, um dann wegzugehen und sie zu verlassen, wenn sich endlich die Möglichkeit zu einem besseren Leben für sie beide auftat, doch Aulis Gewissheit war erschöpfend, und ihre hartnäckigen Besuche ebenfalls. Die Saat des Zweifels, die Auli in ihr säte, begann langsam aufzugehen, und als Wochen und dann Monate verstrichen, ohne dass Kristina von ihm hörte, begann sie langsam zu zweifeln, wenn sie am Küchentisch saß und ihre Kinder ansah, das Mädchen, das in seinem ausgewaschenen, zerlumpten Kleid auf dem Boden saß und mit Holzklötzchen spielte, und den Jungen, der mit nichts als einer schmutzigen Windel bekleidet herumkrabbelte. Sie versuchte sich vorzustellen, dass dieses Leben immer so weiterging, genau so, nur ohne Einari, dass sie jeden Morgen aufstehen und die Kinder zu Anna am Flussufer bringen würde, um dann ihren eigenen bleischweren Körper zum Löfström'schen Hof zu schleppen.

Wie lange noch? Und was sollte sie im Winter tun, wenn der Fluss zufror?

Sie würden zur Armenfürsorge gehen müssen! Und bei der Armenfürsorge würde man ihr die Kinder wegnehmen. Und wenn die Kinder ins Armenhaus oder ins Kinderheim gebracht wurden … Da wäre es aus mit ihr.

Was würden Vater und Mutter dazu sagen?

Dann kam der Herbst, und immer noch keine Nachricht von Einari, und sie begann zu glauben, dass Auli doch recht gehabt hatte. Aber jetzt ist ihr alles klar, und die Erkenntnis fühlt sich in ihrem Inneren an, als würde man an einem kalten Januarmorgen einen Eimer Spülwasser ausleeren.

Es war gar nicht wahr. Einari wollte mich nicht verlassen. Er hätte mich nicht verlassen. Hätte mich niemals verlassen.

Es wird dunkel, während sie mit schmerzenden, weit aufgerissenen Augen dasitzt. Unfähig zu weinen. Unfähig, an irgendetwas anderes zu denken als dies eine.

Ich habe meine Kinder umsonst weggeworfen. Umsonst. Umsonst. Umsonst.

Sie macht die Augen zu, fest und lange, spricht flüsternd mit Gott, immer und immer wieder. Er wird ihr vergeben, denn sowie der Morgen graut, wird sie aufstehen und sich selbst in die Stromschnellen legen.

Doch so ein Morgen kommt niemals. Stattdessen kommt etwas anderes, und als sie die Augen aufschlägt, sitzt sie mit dem Mädchen in ihrem Boot. Es ist spät in der Nacht, windstill, in einer milden, lauen Frühlingsnacht. Die Amsel singt ihre Einsamkeit heraus, ihre Sehnsucht nach Sommersonne und Vogelnest. Vom Meer wallt der dichte Nebel heran. Kristina legt das Mädchen nach achtern und steht auf, um die Vertäuung zu lösen. In der Hütte am Flussufer leuchten die Öllaternen warm und einladend, doch Kristina greift nach dem Pfahl des Anlegers, stößt sich ab und schiebt das Boot aufs Wasser hinaus. Dann nimmt sie das Mädchen in den Arm und drückt sie fest an sich. Zusammen gleiten sie rückwärts, in den Nebel, der sie von allen Seiten umschließt, und dann sind sie auch schon verschwunden.

5

In derselben Woche, in der Kristina Andersson in Haft genommen wird, wird der Schreiber der Rechtsmedizin, Johannis Furu, zum Dorf ins Tal geschickt. Er kommt mit einer viereckigen Ledertasche über der Schulter, und drei Tage lang soll er von Haus zu Haus gehen und die Leute befragen, die die des Doppelmords Verdächtigte von klein auf kennen. Es ist seine Aufgabe, herauszufinden, wie Kristina Andersson als Kind war, dann als junge Frau, und inwieweit sie sich seitdem verändert hat, und wenn sie sich verändert hat, wann und vielleicht auch warum das passiert ist. Es soll auch ermittelt werden, ob in ihrer Familie Geisteskrankheiten vorgekommen sind, auf väterlicher oder mütterlicher Seite.

Es ist nicht die gängige Praxis, dass ein Mann ins Dorf geschickt wird, aber da dieser Fall ein ernsterer ist und viele von den zu Befragenden älter sind und höchstens das Allernötigste lesen und schreiben können, wenn überhaupt, hat man ihn gebeten, ihre Aussagen aufzuzeichnen.

»Überspannt«, heißt es von der Mutter. »Leicht reizbar, geizig und schnell beleidigt. Finnisch oder karelisch. Stur und überheblich.« Der Vater wird als »wortkarg und linkisch, fast schon einfältig« beschrieben.

In ihrer Zelle hat Kristina Andersson bis auf Weiteres kein Wort geäußert. Sie ist fieberfrei, seit man sie abgeholt hat, aber sie lässt sich nicht dazu bewegen, von ihrer Pritsche aufzustehen. Sie drückt eine schmutzige graue Decke an sich, und sie schlägt zu, faucht, beißt und tritt, wenn jemand versucht, sie ihr wegzunehmen. Ansonsten scheint sie ihre Umgebung nicht wahrzunehmen und hat weder zeitliche noch räumliche Orientierung. Bei der körperlichen Untersuchung, der sie gleich bei ihrer Inhaftierung unterzogen wurde, hat sie sich gewaltsam gegen das Entkleiden zur Wehr gesetzt. Zwei Wärter und ein Wachtmeister mussten ihre Arme festhalten, während ein vierter sie schnell auszog, und als sie vor dem Arzt stand, versuchte sie, sich mit den Armen zu verbergen und sich auf den Boden zu setzen. Doch man konnte sie zwingen, sich aufrecht hinzustellen, indem man sie weiter festhielt und ihr mit einem Holzknüppel ein paar leichte Schläge auf Arme und Beine versetzte. Daraufhin wurde festgestellt, dass sie von normalem, etwas kleinerem Körperbau war, ohne sichtbare äußerliche Missbildungen oder Gebrechen. Der Körper war leicht maskulin, mit breiten Schultern, schmalen Hüften und langen, kräftigen Beinen, mit denen sie bei der gynäkologischen Untersuchung zu treten versuchte. Die Geschlechtsorgane zeigten Spuren von Geburten. Die Zähne waren durchwegs gepflegt, mit leichten Kariesspuren. Ihre Lungen hatte sie nicht untersuchen lassen. Als sie wieder angezogen war, ließ sie sich widerstandslos in die Zelle zurückführen, wo sie wieder ihren Platz auf der Pritsche einnahm. Ab da verhielt sie sich größtenteils ruhig und passiv. Sie wirkt geistig abgestumpft und reagiert nicht auf äußere Reize. Sie hat nichts gegessen, aber doch etwas Wasser getrunken, als der Durst gar zu groß wurde.

Hilma Andersson steht neben dem Misthaufen auf der anderen Seite des Hofes, an der Ecke zwischen der Trockenscheune und dem Viehstall, und schaut über die Wiese, die ihr Haus von allen Seiten umgibt, bis auf die Westseite, die sich zum Dorf hin öffnet. Hier grasen jetzt im Herbst die Schafe, wenn alles andere bereits abgeweidet ist. Vorher darf diese Wiese den ganzen Sommer über blühen, mit Wiesenkerbel, Waldstorchschnabel, Hahnenfuß, Margeriten und Glockenblumen. Hier ist Kristina als Kind den Schmetterlingen nachgerannt, Bläuling und Kleiner Fuchs kamen hier vorbeigeflattert. Und später dann Helmi. Das sprießende Gras wird ausgelöscht. Der Waldrand auf der anderen Seite. Der Zaun. Hilma blinzelt und wischt sich rasch mit dem Handrücken über die Wange und zieht die Nase hoch. Hier sieht und hört sie niemand.

Hier braucht sie sich nicht zusammenzureißen, wenn die Trauer sie überkommt.

Sie hatte sich hier herausgeschlichen, nachdem sie das Abendessen hinter sich gebracht hatte, und während sie Erik am grob zusammengezimmerten Esstisch gegenübersaß, sah, wie er mit gesenktem Kopf über seinem Teller saß und seine Grütze in sich hineinschlürfte, die er mit dicken Brotscheiben und fast ebenso dicken Wurstscheiben verzehrte, hatte sie sich – wie so oft im letzten Jahr – gedacht, wie still und leer es im Haus war ohne Kristina. Ohne die Kinder. Jetzt, da der Verlust auf sie heruntergedonnert war wie eine Axt in die Tischplatte, konnte man sich nur noch den Tatsachen fügen. Sie war kalt, hart, unerbittlich, und sie hatte sich tief ins Haus, in ihren Körper und das ganze Leben gegraben, als wollte sie alles entzweireißen. Das Feuer knisterte und prasselte im Kachelofen, und die Wärme breitete sich im Zimmer aus, zusammen mit dem Duft von frischem Brot, das im Ofen buk, aber es entlockte ihr kein Lächeln und schenkte ihr keine Freude, weil sie an ihre Tochter dachte, die jetzt auf einer kalten, nackten Pritsche im Gefängnis saß. Vermutlich hungrig. Wahrscheinlich verängstigt.

Hilma ist nie ins Gefängnis gegangen, um sie zu besuchen. Sie hat nie einen Menschen gekannt, der sich so verhalten hätte, dass er im Gefängnis landete, und wenn sie wider Erwarten so einen Menschen gekannt hätte, hätte sie ihn dort auch kaum besucht. Eine anständige Frau. Bauerstochter und Ehefrau. Mutter.

Mutter … Sie schluckt, um die Enge in ihrer Kehle loszuwerden, und trocknet sich wieder rasch die Augen. Sie ist so empfindlich, so empfindlich in letzter Zeit, auf dem trockenen Handrücken, wo die Haut spannt und die braunen Flecken auf stetigem Vormarsch sind.

Bin ich das überhaupt noch? Mutter? Bin ich das wirklich? Nach allem, was ich unversucht gelassen habe?

Sie drückt die Hand auf den Brustkorb, wo das, was früher

ihre Bluse ausgefüllt hat, schon längst heruntergesackt ist. Na ja, sie ist ja im Grunde nie eine schöne Frau gewesen. Mager und braunhaarig, leicht gebückt und krumm, nachdem sie mit dreißig einmal zwischen einer Stallwand und einer bockenden Kuh eingeklemmt worden war. Es traf sich so ungünstig, dass sie rückwärts an einen Querbalken prallte, der an der Wand verlief, und seitdem fühlte sich ihr Rücken immer irgendwie ungut an. Sie bewegt sich flink wie ein Wiesel, und vielleicht denken die Leute sogar an dieses Tier, wenn sie vorbeihuscht. Sie schauen ihr spöttisch nach. Sie mögen sie nicht. Ihre spitzen Gesichtszüge und ihre ständige Rastlosigkeit. Ihre Feindseligkeit, und dass sie ihre eigene Gesellschaft der der anderen vorzieht.

Das Stillen hat sie zwei Zähne gekostet, und wenn sie lächeln muss, lässt sie dabei den Mund zu. Sie fährt sich mit den knotigen, derben Fingern einer Hand durchs Haar, als wollte sie es glätten.

Alltäglich. Fast hässlich, denkt sie, ohne jedes Selbstmitleid, aber es gibt ihr doch einen bitteren Stich. *Aber das war ja nie von Nachteil für mich, eher im Gegenteil!*

Sie ist eine gute Arbeiterin, fleißig und schnell, und Erik Andersson hatte sie nicht wegen ihres Aussehens geheiratet. Er hatte den Grund und den Wald auf der anderen Seite des Hügels geheiratet, die sie als Mitgift bekam. Das war ihr klar. Er hatte nie versucht zu behaupten, dass es um irgendetwas anderes gegangen sein könnte. Es war ein praktisches Arrangement. Zusammen waren sie größer. Aber sie hatte ihm keine Söhne schenken können. Nur eine Tochter. Nur die eine. Sie hatte immer gefunden, dass sie zwei Kinder hätte bekommen sollen. Sicherheitshalber. Oder am liebsten drei. Aber nach dem ersten wollte sich kein weiteres mehr einstellen, und mit wachsender Beunruhigung hatte Hilma gesehen, wie Kristina heranwuchs und auch noch schön wurde.

Viel zu schön. Denn was sollte jemand in einem Dorf wie

diesem anfangen mit seiner Schönheit? Das konnte ebenso gut ein Fluch sein.

Dann widerfuhr Kristina ihr Unglück, und als sie an diesem Septembernachmittag mit den kaputten, zertrampelten Pilzen in ihrem Korb zurückgekommen war, zerrissen und zerzaust, weinend und zitternd, war Hilma mitten in all dem Unheil erleichtert. Als hätte sie immer gewusst, dass es einmal passieren würde. Hilma hatte sie auf einen Hocker in der Küche gesetzt und ihren Kopf in die Arme genommen, und das Mädchen hatte ins Kleid seiner Mutter geweint.

An diesem Abend legte sie Kristina ins Bett, damit sie sich ausruhen konnte. Hilma ging in Kristinas Zimmer hin und her und kümmerte sich um sie, als wäre sie wieder ein kleines Mädchen. Sie bekam einen sauberen Kissenbezug. Zum Trinken warmen Kamillentee mit Milch. Mit Honig gesüßt. Die Kerze auf dem Nachttisch flackerte, als Hilma vorbeiging, und sie musste zwischen diesen ganzen kleinen Verrichtungen schniefen, wobei sie versuchte, bloß nicht an Kristina auf dem Waldweg zu denken. Wie sie sich aufrappelte, wie sie den Korb suchte und die Pilze zusammensammelte, die Pilze mit den zerrissenen Stielen und den hängenden Kappen, einen nach dem anderen, damit sie Hilma und Erik mehr aus dem Wald mitbringen konnte als ihre Schande. Aber es gelang Hilma nicht. Sie schaffte es nicht, sich dieses Bild aus dem Kopf zu schlagen.

Am Ende ging sie zu Kristina ins Zimmer und setzte sich auf einen Schemel neben das Bett und verschränkte die Hände über dem Knie, und dann wandte sie den Blick ab und erzählte, was den Männern alles Übles einfallen konnte, wenn sie ein Mädchen allein im Wald sahen. Von der Lust, die die Waldarbeiter ständig quälte, wie ein Juckreiz, den sie nicht loswurden. Sie erzählte von Karlssons kleiner Nanna, die Syphilis im Mund bekommen hatte, als sie sieben Jahre alt war. Von Svedlunds Margareta, die von zwei Männern aus dem Dorf überfallen worden war, als sie Fredrikssons Kühe melken ging. Die beiden hatten getrunken und waren auf dem Heimweg, als sie ihnen unten auf der Dorfstraße begegnete. Sie war damals dreizehn, und sie kam nicht zurecht damit. Zwei Tage danach ertränkte sie sich in den Stromschnellen beim Sägewerk. So war es. Das Schicksal der Frauen. Hilma schaute auf den Boden, während sie sprach. Sie konnte ihrer Tochter nicht in die Augen sehen. So hatte sie noch nie mit ihr geredet, und während sie sprach, spürte sie, wie es hinter ihren Lidern brannte und pochte.

»Manchmal glaube ich, dass es ein Unglück ist, als Frau zur Welt zu kommen. Körperlich schwach, aber gleichzeitig eine Verlockung für die Männer. So verlockend, dass es sie schwach im Kopf macht, aber wenn sie sich dann nehmen, was sie wollen, fehlen ihnen die Kräfte nicht. Dabei ist es ganz egal, wie stark eine Frau ist, denn ein Mann ist immer stärker, egal wie gut sie ist oder wie mutig oder wer sie ist und woher sie kommt. Es ist immer möglich, dass man sie zu Boden wirft und sie besteigt. Und dann kriecht sie im Dreck, die hohe ebenso wie die niedrige.«

So hatte Hilma es ihr erklärt, in ziemlich ungeschlachten Worten, und die letzten Worte gingen unter in belegtem Gemurmel. Kristina lag unter ihrer Decke und betrachtete das Gesicht ihrer Mutter im flackernden Kerzenschein. Verstummt. Verblüfft. Und als sie zu sprechen begann, war ihre Stimme tief und rau vom Weinen.

»Mutter«, sagte sie, »warum hast du mir das alles nicht eher erzählt? Wie hätte ich mich vor etwas in Acht nehmen sollen, von dem ich gar nichts wusste?«

Es war immer nur um die Tiere gegangen. Nimm dich in Acht vor den Wölfen. Nimm dich in Acht vor den Bären. Nimm dich in Acht vor den Elchkühen, wenn sie gekalbt haben. Aber niemals, nicht ein Mal, ein Nimm dich in Acht vor dem Mann, wenn er in Brunst gerät.

Der Kummer sitzt Hilma im Hals wie ein bitterer Kloß, als sie sich in ihre Schürze schnäuzt und dem Gedanken an ihre eigene Mitschuld, an ihre und Eriks Schuld, an den Geschehnissen am liebsten ausweichen würde, und all das steckt noch in ihr, als sie auf dem Vorhof steht und der Abend sich langsam verabschiedet. Das Mädchen, das mit Saatkörnern in der Hand über den Hof tapste, und die Hühner, die ihm leise gackernd und misstrauisch auswichen. Dann, im Sommer darauf, hob sie glücklich ein graues, weiches Kätzchen hoch, drückte es sich an die Wange und schloss die Augen, während sie es im Arm hielt. Kleine Lippen, zu einem O gerundet, als sie den Flaum von einer Pusteblume blies. Kristina als Sechzehnjährige mit dem neugeborenen kleinen Mädchen. Kristina als Siebzehnjährige mit dem Milcheimer in der Hand, lang und schlaksig. Sie blinzelte in die Sonne, drehte sich um und lächelte. In dem Moment kann Hilma einfach nicht mehr. Sie schlingt sich die Arme um den Körper und lässt sich zu Boden sinken, und sie denkt an Helmi, die jetzt grau und tot auf der Lastenkarre im Stall liegt. Die Dunkelheit zieht langsam heran. Die Nacht wird Reif auf die Grashalme auf der Wiese legen, und der Boden unter ihren Knien ist nass und kalt.

6

Als die Sonne schon die Baumwipfel streift und Erland Björkestam aufs Abendessen wartet, das Hanna in der Küche des Pfarrhauses vorbereitet, klopft es an der Tür. Er hört, wie Hanna wegstellt, was sie in der Hand hat, und zur Tür eilt, um den späten Besuch einzulassen. Gemurmel. Hannas leise Stimme und die fast unhörbare des Besuchs. Es ist eine Frau, so viel kann er heraushören. Die beiden Stimmen sind sich so ähnlich, die gleiche Tonlage, die gleiche Oktave. Er steht vom Schreibtisch auf, wo er über seiner amtlichen Korrespondenz gesessen hat. Die Kerzenflamme flackert von der Zugluft, die sein Körper verursacht hat, und er geht die Öllampe holen, die auf dem Bücherregal steht. Hannas Schritte nähern sich. Draußen geht der Tag langsam in die Nacht über, er zündet die Lampe an und dreht den Docht hoch. Ein diskretes Klopfen und ein »Herein« später steht sie vor ihm – Hilma Andersson. Sie hebt den Blick nicht vom Boden, bis er sie begrüßt und sie bittet, Platz zu nehmen.

»Entschuldigen Sie, dass ich so spät noch störe, Pastor Björkestam. Ich hatte nur Angst, dass ich heute Nacht auch wieder kein Auge zutun kann, wenn ich mir nicht das Herz fasse, zu Ihnen zu gehen und mit Ihnen zu sprechen.«

Er betrachtet die schwarz gekleidete Frau, die vor ihm steht, und er sieht Kristina in ihr, wie sie vielleicht einmal hätte werden können, wenn sie geheiratet hätte und langsam, aber sicher von der harten Arbeit zermalmt und von der Schwermut des Lebens ausgelöscht worden wäre. So hätte sie werden können, ja, aber was jetzt aus ihr werden würde, das wusste niemand.

»Aber ich bitte Sie, Frau Andersson. Sie wissen, dass Sie alle Unterstützung bekommen werden, die Sie in einer schweren Zeit wie dieser brauchen«, antwortet Erland Björkestam.

»Danke.«

»Möchten Sie vielleicht erzählen, worüber Sie grübeln? Obwohl ich natürlich so halbwegs erraten kann, worum es geht«, sagt Erland.

Hilma zögert. Sie schaut zu Boden, während sie ihre Gedanken sammelt, und sie wählt ihre Worte sorgfältig, bevor sie den Mund aufmacht.

»Es ist diese Sache mit Kristina. Ich habe versucht, mein Herz hart zu machen und es zu versperren, damit ich es aushalte, aber es ist immer noch offen. Für sie. Ganz egal, was sie getan hat«, sagt Hilma.

Erland schaut auf ihren gesenkten Kopf.

»Vergebung ist eine der christlichen Tugenden. Verständnis und Mitgefühl ebenfalls. Nichtsdestoweniger ist es eines der schwersten Verbrechen vor Gott, einem anderen Menschen das Leben zu nehmen«, erwidert er.

Hilma nickt. Dann hebt sie den Blick.

»Ich dachte nur, Herr Pastor, dass die Schuld nicht allein Kristinas ist.«

Erland betrachtet die Frau. Er sieht, dass der Kummer bereits begonnen hat, seinen Tribut zu fordern, aber sie ist gefasst, und ihre Stimme ist fest und klar. Er nickt ihr zu.

»Wie meinen Sie das?«, fragt er.

»Ich bin zu hart zu ihr gewesen. Nach der Sache … der Sache mit Einari. Es war in unseren Augen auch keine wünschenswerte Verbindung, das können Sie glauben, aber diejenige, die sich ihr in höchstem Grad entgegenstellte, war Frau Järvinen, nicht wir. Erik und ich, wir hatten schon angefangen, weich zu werden. Na, wir haben schließlich unser Haus und haben niemand, der es nach uns übernehmen wird, deswegen hätten wir es gern gesehen, dass Kristina sich mit einem jungen, flinken Mann zusammentut, der auf den Hof kommt und ordentlich mit anpackt, jemand, der für so ein Los dankbar gewesen wäre, nicht der Sohn eines Großbauern, der sowieso nichts braucht. Aber als sie dann ans Flussufer zogen und Einari enterbt wurde … Na ja, da begannen wir uns zu denken, dass vielleicht doch noch etwas daraus werden könnte, dass Kristina nach Hause zieht, mit ihm.«

Hilma Andersson verstummt einen Augenblick. Jetzt kommt der schwierigere Teil, das sieht Erland an ihrem gesenkten Kopf. Sie blinzelt umständlich und trocknet die Tränen unter den Augen mit einem gekrümmten Zeigefinger.

»Wir haben abends lang zusammengesessen und geredet und geredet, und wir dachten, dass Auli früher oder später auch weich werden würde. Mag sein, dass sie aus Stein ist, aber es ist ja immerhin ihr Sohn, und wenn sie eben doch so einen guten Jungen großgezogen hat, muss doch auch irgendetwas von ihm in ihr sein. Wir dachten, wir müssten einfach nur noch ein wenig abwarten. Ich fuhr also den ganzen weiten

Weg bis zu Kristina, um mich mit ihr zu unterhalten. Letztes Frühjahr war das. Aber ich konnte es nicht. Ich dachte mir, dann eben erst mal aus der Ferne, und ich stellte mich unterhalb des Weges hin, um einen Blick auf sie zu werfen. Und nach einer Weile kam sie heraus, um Schmutzwasser in den Fluss zu schütten, und sie sah ganz so aus wie früher. Kerzengerader Rücken. Sie hatte dieselben Sachen an, die ich schon seit Jahren an ihr sehe. Ihr Haar war gekämmt. Ich dachte mir, es geht ihr wohl doch richtig gut. Und ich drehte mich um, ohne mich bemerkbar zu machen.«

Hilma sieht Erland Björkestam direkt ins Gesicht und macht fast Anstalten, seine Hand zu ergreifen, aber sie tut es nicht.

»Verstehen Sie, wie sehr ich es bereut habe, dass ich nicht bis zu ihrer Tür gegangen bin und angeklopft habe? Ich hätte mit ihr reden sollen, dann hätte ich gesehen, wie es ihr wirklich ging. Aber wir haben es nicht getan, ich nicht und auch niemand anders. Sie nicht. Keiner«, sagt Hilma.

Pastor Björkestam schaut die Frau an. Es ist, als hätte sie vergessen, was ihre Tochter tatsächlich gemacht hat. Sie hat zwei unschuldige Leben ausgelöscht. Die ihrer eigenen Kinder.

»Wir haben sie ausgeschlossen, jeder von uns. Es ist ebenso sehr unsere Schuld wie Kristinas, dass alles so gekommen ist«, sagt Hilma.

Erland streckt die Hand aus und fasst Hilmas.

»Nein, Mutter Andersson. Gott sieht das nicht so. Sie müssen sich als einen getrennten Teil sehen, nur Ihr eigenes Leben betrachten, und das war gut genug vor den Augen Gottes und jedes anderen Menschen. Kristinas Taten, ihre Krankheit, das ist die Strafe für etwas, was sie getan oder gedacht hat, wovon nur Gott weiß.«

»Sie meinen also, es war die Strafe dafür, dass Einari und sie in Sünde zusammenlebten?«, fragt Hilma.

»Das weiß Gott allein.«

»Aber Sie haben sich geweigert, für die beiden das Aufgebot zu bestellen! Sie haben sich geweigert, sie zu trauen!«

»Sie dürfen nicht vergessen, wie groß der Widerstand war. Das Kind war bereits gezeugt, bevor sie zu mir kamen und mich fragten …«

»Und der Mann im Wald? Als sie noch ein junges Mädchen war? Wofür war das die Strafe?«, will Hilma wissen.

Jetzt schaut Erland Björkestam zu Boden. Er hat keine Antwort, die ihr Trost schenken könnte.

»Es gibt mehr als eine Art zu sündigen. Gedanken und …«

»Gedanken! Wenn wir so hart für unsere Gedanken bestraft werden würden, da wäre doch niemand von uns mehr sicher, nicht mal Sie, Pastor Björkestam! Ich weiß nicht, warum Sie das Aufgebot für Kristina nicht bestellen wollten! Mag sein, dass Sie ein Mann Gottes sind, aber sie sind trotzdem bloß ein Mann.«

Hilma steht rasch auf. Sie schaut Erland Björkestam zornfunkelnd an.

»Sie war noch ein Kind! Es gibt keine Gedanken, die eine derartige Strafe verdient hätten. Und wenn doch … dann würde ich Ihnen raten, dass Sie lieber selbst schleunigst mit dem Beten anfangen!«

Erland lässt sich auf den Stuhl sinken. Wie kann sie es wagen, ihn anzugreifen? Zu behaupten, dass er auch nur die geringste Schuld an den Geschehnissen hätte? Ihn der Doppelmoral zu bezichtigen? Die Frau ist ja wie besessen!

»Mutter Andersson … Sie kommen zu mir, um Antworten zu bekommen, und ich antworte nach bestem Wissen und Gewissen. Ich weiß auch nicht, warum guten Menschen böse Dinge zustoßen. Kristinas Weg zur Gesundung und zurück in Gottes Segen ist lang, aber nicht unmöglich.«

Hier macht Erland eine Pause. Die Frau ist aufgewühlt, das versteht er, und er beugt sich vor und senkt die Stimme zu einer freundlicheren Tonlage.

»Was halten Sie von der Strafe, Mutter Andersson?«

»Was meinen Sie?«

»Zuchthaus, würde ich schätzen. Fredrikssons Milda bekam drei Jahre, als sie ihr Neugeborenes mit einem Kissen erstickte. Kristina bekommt vielleicht mehr. Zwei Leben … vielleicht sechs Jahre«, fährt Erland fort.

»Sechs Jahre! Im Zuchthaus? Sie wird niemals … So ein Mensch ist sie nicht …«

»Der Gedanke schwebte mir auch vor. Sie wird kaputtgehen. Aber wenn ich dem Rechtsmediziner schreibe … wenn wir schreiben, dass Kristina Ruhe braucht und keine Strafe, kann sie vielleicht die Hilfe bekommen, die sie braucht.«

»Wo denn?«

»Die Irrenärzte haben mittlerweile neue Anstalten. Richtige Krankenhäuser. Nicht wie die Armenhäuser.«

Hilma schlägt die Augen nieder.

»Ich weiß nicht …«

»Das Zuchthaus ist nicht der rechte Ort für Kristina. In Pitkäniemi könnte sie sich ausruhen. Es ist so nahe, dass Sie sie besuchen könnten, wann immer Sie Zeit und Gelegenheit haben. Denken Sie darüber nach. Und dann haben Sie sie vielleicht in einem Jahr wieder bei sich zu Hause, wenn es das ist, was Sie wollen.«

7

Schärengarten von Nagu
April, 1899

Die Bootsfahrt von Åbo dauert zwei Stunden. Eine kleine Insel draußen am äußersten Rande der Schären, an allen Seiten von Wasser und anderen kleinen Inseln umgeben. Es sind viele. Sie erheben ihre Felsen aus dem Meer, und aus den

Felsenrücken ragen knorrige Bäume hoch. Die Insel, auf der einst die Aussätzigen lebten, ist hingegen fast kahl. Der Wind streicht unsanft darüber hinweg, als wollte er sie fassen und weiter aufs Meer hinausschleudern, aber sie liegt, wo sie liegt und schon immer gelegen hat, mit ihren zwanzig Häusern in verschiedenen Formen, Farben und Größen: eine Holzkirche, ein hohes Gebäude, das »der Leuchtturm« genannt wird, und schließlich das Krankenhaus. Es heißt, es sei von einem Engel erdacht worden. Das ist falsch.

Die Insel ist ein stiller Ort. Die Möwen schreien über der Bucht. Die Sonne spielt draußen auf den Wellen. Die Hügel ziehen sich weich und gemächlich geschwungen bis zum Horizont, wie eine andere Art von Meer, auf dem Schafe, Kühe und Ziegen meckernd und muhend herumlaufen und grasen. Die Häuser sind rot mit weißen Fensterrahmen, gelb mit roten Dächern. Die Gärten sind voller Rosen. Die Apfelbäume sind voller Blüten, später hängen unreife Früchte daran.

Aber dann. Wieder das Krankenhaus. Es zieht die Aufmerksamkeit auf sich. Ein Jugendstilklotz, der zwischen den baufälligen Schärengartenhäusern völlig deplatziert wirkt. Der Zaun, der es ganz umgibt. Die dicken Steinmauern, die Kälte abstrahlen. Abschirmen. Umschließen, was dort drinnen ist. Was das Tageslicht nicht sehen darf. Was man lieber nicht rauslassen sollte, wenn man klug ist.

In der Abteilung sind ungefähr achtzig Patienten untergebracht. In den langen Wintern, wenn das Eis zu dünn ist, um Ärzte, Medikamente und andere Notwendigkeiten zu denen zu bringen, die sie bräuchten, sterben viele weg.

Der Tod, ja, der allgegenwärtige, zwischen den Betten schleicht er umher, das schikanierte Dienstmädchen des Lebens. Es gibt immer jemand, der sterben will, der darum bittet, weggehen zu dürfen, immer jemand, der im Sterben liegt. Wenn jemand hustet, spitzen alle die Ohren und tauschen verstohlene Blicke. Mit großen Augen. Husten ist nie ein gutes

Zeichen. Manchmal geht er wieder weg und manchmal nicht, aber trotzdem kann sich niemand in Sicherheit wiegen. Nicht mal die Stärkeren, aber erst recht nicht die Schwachen, die schon im Bett liegen und nicht mehr aufstehen können. Die zittern und beben unter ihren Decken. Ihre Schultern ragen heraus wie Vogelflügel, und ihre Wangenknochen zeichnen sich unter der dünnen, matten Haut ab.

Irrenpflegerinnen gibt es fünf. Sie heißen Anna Johansson, Margareta Högström, Fredrika Rask, Emma Nilsson und Hanna Hjalmarsson. Sie sind groß, umfangreich und männlich, mit Armen und Beinen wie Baumstämme. Es ist ihre Aufgabe, sich in den Weg zu stellen, wenn jemand angerannt kommt. Ihn festzuhalten. Ins Zimmer zu schleifen, zu fesseln und einzuschließen, festzubinden, und demjenigen, der das Essen verweigert, einen Schlauch in den Hals zu schieben. Sie sollen diese Leben am Leben erhalten, auch wenn die am liebsten freiwillig wegsiechen würden.

Die Diagnosen sind unterschiedlich, aber die Pflege unterscheidet sich nicht allzu sehr von Fall zu Fall, sondern wird nur der Situation angepasst. Man beruhigt mit kalten oder warmen Bädern. Mit Waschungen. Mit Eisbeuteln auf den Kopf. Mit Kampfer und Kaliumbromid. Mit Brechmittel. Mit zwangsverordneter Bettruhe. Mit Zwangsjacken. Mit Isolierung. Hier muss gezüchtigt, bestraft, zu Gehorsam und Arbeit gezwungen werden. Der gesunde Verstand soll mit Zwang wieder aus seinem Versteck hervorgepeitscht werden, und wenn das nicht gelingt, hat man eben keine andere Wahl, als irgendwie mit dem grassierenden Wahnsinn umzugehen. Ungefähr die Hälfte der Patienten ist aus diesem oder jenem Grund arbeitsunfähig. Sie sprechen ihre eigene Sprache, einige befinden sich so tief im innersten Delirium ihrer Seelen, dass man nicht mehr zu ihnen vordringen kann, also verwenden die Pflegerinnen ihre Energie auf diejenigen, zu denen sie vordringen, mit denen sie reden und streiten können, solche wie Kristina Andersson, die nach acht Jahren in psychotischem Zustand plötzlich anfängt aufzuwachen.

Das Winterlicht ist scharf. Unbarmherzig dringt es durch die dünne schützende Hülle der Lider und triezt und lockt die Netzhaut.

Wach auf!, flüstert es, und es blitzt durchs Zimmer, als jemand auf der anderen Seite des Hofes ein Fenster aufmacht.

Kristina schlägt die Augen auf. Schaut müde hinaus in einen hellblauen Februarhimmel. Das glitzernde Sonnenlicht späht schelmisch durch die Zweige der Hängebirken, tanzt zwischen den Schatten, die über die Wand spielen. Sie schaut sich um und macht den Mund auf. Er ist ganz trocken.

Die Kinder!

Einen flüchtigen Augenblick lang fährt ihr wieder der alte Schreck in die Glieder, als sie sie mit dem Blick sucht.

Die Kinder! Sie sind weg!

Der Puls hämmert zwischen ihren Ohren. Ihr Blick zuckt durchs Zimmer. Weit über ihr befindet sich ein vergittertes Fenster. Die Wände sind mit einem Muster bemalt, mit Karos in verschiedenen Brauntönen. Das Zimmer ist klein, drei Schritte lang, einen breit. Ein Bett hat darin Platz, auf dem liegt sie jetzt, ein Schrank, ein Schreibtisch, ein Hocker und ein Nachttopf. Das ist alles.

Sie liegt ganz still auf der durchgelegenen Matratze, noch benommen vom Schlaf, und versucht, Ordnung in ihre Gedanken zu bringen. Das Zimmer ist ihr bekannt. Das spürt sie eher, als dass sie sich wirklich daran erinnern würde. Wie lange ist sie schon hier? Es könnte genauso gut ein Tag sein wie hundert.

Die Kinder!

Sie dreht das Gesicht zur Tür und will sich aufsetzen, doch da merkt sie, dass das nicht geht. Ihre Arme sind fest um den Körper geschlungen. Sie ist in einem Hemd mit langen Ärmeln eingeschnürt, und Lederriemen fesseln sie rücklings aufs Bett. Durch die Wände hört sie jemand ununterbrochen Russisch sprechen, ein anderer stößt ständig eintönig jammernde Rufe aus, ein anderer lacht in sich hinein, um sich im nächsten Moment wieder mit sich selbst zu streiten, irgendjemand hämmert an eine Tür, ein anderer hustet. Sie liegt einen kurzen Augenblick ganz, ganz still, umschlungen von ihrem eigenen Körper, während sie lauscht und herauszufinden versucht, wo sie ist. Sollte sie nicht im Bett liegen, zu Hause in der Hütte am Flussufer? Oder ist die Zeit, die sie dort verbracht hat, nicht mehr als ein langer, seltsamer Traum gewesen?

Und wenn ja – wo bin ich dann jetzt?

Die strohgefüllte Matratze ist ungleichmäßig und hart, sie riecht durchdringend von ihren Körperausscheidungen, und ihre Gliedmaßen toben bereits gegen dieses Gefühl von Gefesseltsein an. Es kribbelt und pikst in Armen und Beinen, und sie kann sich nicht mehr damit abfinden, still liegen zu bleiben. Eine Sekunde später bewegt sie auch schon ihren Oberkörper, windet sich auf der Matratze, und während sie darum kämpft, sich loszumachen, rasen ihr die Gedanken durch den Kopf.

Muss mich losmachen! Muss zu den Kindern!

Sie verleihen ihr die Kräfte der Wut. Sie schwitzt, strampelt, um auf die Füße zu kommen, und es gelingt ihr, sich hochzurappeln und aufrecht hinzustellen. Sie schwankt, atmet rasch, und sie explodiert aus ihrem Körper in einem Schrei, den sie gegen die verschlossene Tür schleudert.

»Macht mir die Tür auf! Kommt schnell her und macht mir die Tür auf! Ich bin hier drin! Helft mir! Hilfe!«

Sie verstummt und lauscht kurz, atmet durch die Nase und versucht, ihre Atemzüge zu beruhigen, damit sie mehr hören kann als ihr eigenes Schnaufen. Dann ruft sie erneut. Und dann noch einmal.

»Helft mir! Hilfe! Ich muss raus zu meinen Kindern!« Und zwischen ihren Rufen verstummt sie und presst das Ohr an die Tür, um zu lauschen. Ihre Rufe werden lauter und lauter, ebenso das Klagen der anderen Stimmen. Deren Hilferufe, ihr Flehen um Gehörtwerden, steigern sich ebenfalls, genau wie ihre, als würden sie einander antworten. Wenig später brüllen sie alle aus vollem Hals, mit geweiteten Augen und schmerzender Kehle, um einander zu übertönen, um derjenige zu sein, der gehört wird in dieser Kakofonie aus Schreien und Stöhnen, wenn nur einer von ihnen gerettet werden kann.

Nach einer gefühlten Ewigkeit hört sie durch den Lärm das Knirschen von Schritten. Es klingt wie Stiefel auf Kies. Eine Tür geht auf, und das Geräusch hat eine beruhigende Wirkung auf die Stimmen. Sie verstummen nicht, aber sie werden leiser, als würden viele von ihnen jetzt horchen, so wie Kristina. Ja, es ist tatsächlich das Geräusch einer Tür. Jetzt geht sie zu, und irgendjemand, jemand Fremdes, jemand Neues klopft sich den Schnee von den Füßen und streift sich die Schuhe ab. Kristina stößt einen erleichterten Schrei aus und verstummt dann ganz, um es besser hören zu können, dieses wunderbare Geräusch der Rettung und Befreiung, sie ist ganz sicher, und jetzt kommt es immer näher. Dann ruft eine gedämpfte, kräftige Frauenstimme ein munteres »Guten Morgen!«, und sofort antwortet ihr ein Strom von klagenden Schreien und flehentlichen Bitten um Hilfe.

Kristina keucht aufgeregt. Mit weit aufgerissenen Augen und fliegendem Atem ruft sie: »Hilfe! Helfen Sie mir!«, und hält den Mund dabei so nah an die Tür, dass ihre Lippen das Holz berühren. Ihre Stimme ist so heiser und laut wie die einer Betrunkenen.

Die Kehle tut ihr weh von dem ganzen Schreien, und sie befürchtet, demnächst ihre Stimme zu verlieren. Die Schritte nähern sich ihrer Tür und gehen dann vorbei. Sie keucht auf und wimmert vor Enttäuschung, ganz ihrer Gemütsbewegung ausgeliefert.

Muss sie aufhalten! Muss sie zu mir locken!

Sie folgt dem Geräusch mit dem Blick. Der Schweiß läuft

ihr in die Augen, und das brennt. Sie blinzelt ihn fort und schreit dann:

»Hilfe! Hilfe! Lassen Sie mich raus! Ich muss zu meinen Kindern! Meine Kinder brauchen mich!«

Die Frau, die vor ihrem Zimmer herumläuft, scheint nicht weiter beeindruckt von dem Strom der Worte und Geräusche, der aus allen Türen zu ihr dringt. Sie geht an ihnen vorbei, es muss wohl ein Korridor sein, und in gleichmäßigen Abständen ruft sie:

»Guten Morgen! Ich hoffe, Sie haben alle gut geschlafen!«

Sie muss von Sinnen sein!, denkt Kristina. *Wie kann sie so rumlaufen und mit sich selbst reden? Hört sie denn nicht, was um sie herum für eine Not herrscht, dick wie Qualm? Wie kann sie hier überhaupt Luft kriegen? Hört sie denn nicht, wie ich sie rufe?*

Jetzt nähern sich die Morgengrüße ihrer Tür, und Kristina packt die Tür wie ihre letzte Rettungsleine, sie wirft sich mit der Schulter mit voller Wucht gegen die Tür und schreit wie besinnungslos:

»Helfen Sie mir! Oh mein Gott, hilf mir doch jemand! Aufmachen! Aufmachen!«

Kristina schmeißt sich ein viertes Mal mit voller Kraft gegen die Tür, und da sie voller Leben, Zorn, Glut und sprudelndem Zorn ist, bricht sie die Tür fast auf, ehe sie endlich aufgemacht wird und Kristina gegen die Frau stößt, die dort steht.

»Was ist denn hier los? Was meint das Fräulein Kristina denn, wo sie hinwill?«, fragt die Frau.

Kristina wirft ihr einen raschen Blick zu, scharf wie eine Glasscherbe aus Misstrauen. Die Frau hat sie beim Namen genannt.

Der gleichmäßig dicke Körper steckt in einem hellblauen Baumwollkleid mit weißer Schürze. Das helle Haar ist zu einem Knoten im Nacken zusammengesteckt. Die Frau kommt ihr bekannt vor. Kristina weiß, dass sie sie schon mal gesehen hat, das Gesicht schwebt über ihr in einem Traum, in dem sie zu beißen versucht, aber festgehalten wird. An der Haltung und am Gesichtsausdruck der Frau kann sie ablesen, dass sie hier das Sagen hat. Fest und unerschütterlich steht sie da in ihren Stiefeln. Sie hat die Lippen zusammengepresst und hält Kristinas Blick fragend fest.

Kristina steht vor ihrem Zimmer und keucht wie ein Pferd nach einem harten Ritt. Der Lärm der Schreie und Stimmen ist hier viel lauter zu hören auf dem Korridor. Sie kann in beide Richtungen schauen, nach vorn und nach hinten, und sie lässt den Blick über die dunklen Holzdielen huschen, die direkt zur Tür und hinaus führen. Hastig und nervös leckt sie sich über die Lippen, während sie ihre Situation abwägt. Sie könnte davonrennen! Sie könnte Fersengeld geben und einfach zur Tür hinausrennen, hinaus ins Unbekannte dahinter, und dann einfach weiterlaufen. Sich verstecken, bis man sie nicht mehr sucht. Zu einem Haus gehen, einem Dorf irgendwo, und an eine Tür klopfen. Eine Magd suchen, die ein Messer zur Hand hat, und sie anflehen, dieses verdammte Ding aufzuschneiden, das sie so unbarmherzig fesselt, sie so fest einschnürt, dass sie kaum atmen kann!

Die Frau steht vor ihr, die Arme leicht erhoben, wie in Bereitschaft, und sie ist sehr kräftig und sieht erfahren aus. Kristina weiß, dass sie keine Chance hat, an ihr vorbeizukommen, keine Chance, davonzurennen, nicht, solange sie gefesselt ist, also hebt sie den Blick zum Gesicht der Frau, holt noch ein paarmal keuchend Luft und sagt dann flehend:

»Ich muss zu meinen Kindern! Lassen Sie mich raus!«

Und fügt ein bisschen sanfter, ein bisschen leiser hinzu:

»Bitte.«

Die Frau schaut sie lange an, und Kristina erwidert den Blick wütend, aber sie ermahnt sich selbst, ruhig zu bleiben. Wenn sie sich nur beruhigen kann. Wenn sie nur vernünftig und ruhig mit dieser Frau reden kann, wird sich das bestimmt alles klären und lösen lassen. Sie befiehlt ihrem Körper, sich zu entspannen, ihren Lippen, sich wieder über ihren

Zähnen zu schließen, den Zähnen, nicht so hart aufeinanderzubeißen. Trotzdem merkt sie noch, wie es in ihrem Gesicht zuckt und bebt, als würden die Nerven direkt unter der Haut Amok laufen, und ihr Körper vor kaum unterdrückter Wut zittern.

Als die Frau sie zu Ende gemustert hat, streckt sie eine Hand aus und schiebt Kristina wieder in das kleine Zimmer, dann macht sie hinter ihnen beiden die Tür zu. Sie dreht Kristina zu sich und hält sie mit beiden Händen fest. Dann beugt sie sich ein wenig vor und schaut Kristina in die Augen.

Kristina zwingt sich, der anderen Frau in die blauen Augen zu sehen, die zur Pupille hin dunkler werden. Widerwillig stellt sie fest, dass in diesem Blick nicht nur Härte liegt, sondern auch noch etwas anderes, vielleicht eine gewisse Milde hinter der ganzen Strenge, und dann seufzt die fremde Frau einmal.

»Ich kenne Sie jetzt schon seit vier Jahren, und so freundlich haben Sie noch nie mit mir gesprochen«, sagt sie dann. Kristina schaut sie einen Augenblick an.

»Wer sind Sie?«, fragt sie, und die fremde Frau schüttelt ratlos den Kopf.

»Wissen Sie wirklich nicht, wer ich bin?«, fragt sie.

Langsam bewegt Kristina den Kopf von einer Seite zur andern. Verneinend.

»Wissen Sie, wo Sie sind?«

Wieder eine Verneinung.

»Wissen Sie, wer Sie sind?«

Da schaut Kristina der fremden Frau in die Augen, geradewegs und fest.

»Ich bin Kristina Andersson aus Andtböle«, stößt sie zwischen zusammengebissenen Zähnen hervor. »Wer sind Sie? Und wo sind meine Kinder?«

Die Frau zeigt mit keiner Regung, was sie denkt. Nur der Mund bewegt sich in dem drallen Gesicht, und ihre Wangen zittern, als sie spricht.

»Ich bin Fredrika Rask, und ich bin eine der Pflegerinnen hier im Krankenhaus.«

»Im Krankenhaus? Was denn für ein Krankenhaus?«

»In einem Asyl für unheilbar Geisteskranke. Sie sind seit fünf Jahren hier. Bald werden es sechs«, antwortet Fredrika.

Kristina wendet den Blick zur Wand. Mustert das braune Muster, während sie versucht, sich zu erinnern. Fünf Jahre? Ihr wird schwindlig, und sie lässt sich aufs Bett sinken. Ihr Körper ist auf einmal so kraftlos, nachdem der Zorn verebbt ist. Fünf unfassbare Jahre?

»Und meine Kinder?«, fragt sie, obwohl sie die Antwort nicht hören will, sie will es gar nicht wissen.

Den Kindern kann niemand mehr helfen. Die sind bereits zu Gott gegangen.

»Die sind schon lange weg«, erwidert Fredrika kurz. »Können Sie sich wirklich an nichts von alldem erinnern?«

Als sie so dort sitzt, durchfährt sie die alte Trauer. Sie ist kalt und grau, wie abgestandene Grütze. Sie bleibt ihr ebenso klebrig in der Kehle stecken und ist ebenso schwer herunterzuschlucken. Dann kann sie nur noch wimmern, und sie wendet das Gesicht ab, während ihr die jämmerlichen Laute entschlüpfen.

»Ich kann mich … an etwas erinnern«, sagt sie, als sie sich wieder zusammengerissen hat. »Aber es ist ganz undeutlich und verschwommen.«

Dann schaut sie wieder zu Fredrika.

»Warum bin ich gefesselt? Warum müssen Sie mich so hier festhalten?«

Die Frage, die leise begonnen hat, erhebt sich am Ende zu einem klagenden Schrei, und sie sieht, wie Fredrika zusammenzuckt und nervös blinzelt.

Sie hat Angst vor mir …, denkt Kristina, und bei der Erkenntnis könnte sie losheulen.

»Entschuldigen Sie«, murmelt sie. »Es ist nur, weil … Ich kann mich an so vieles nicht erinnern.«

Sie senkt den Blick zum Boden und blinzelt durch die Tränen.

»Bald kommt das Blut«, antwortet Fredrika. »Wir haben schon gemerkt, dass Sie grundlos unruhig werden, kurz bevor das Blut kommt und während der Blutung, deswegen haben wir Sie gefesselt. Das machen wir immer so.«

Kristina schluckt und leckt sich über die trockenen Lippen.

»Wie lange?«

»Bis Sie aufgehört haben zu bluten.«

Sie atmet aus, mit einem langen, zitternden Atemzug. Jeden Monat. Fünf Jahre. Jeweils sechs Tage. Vielleicht mehr? Ihr Blick zuckt hin und her, bis sie ihn schließlich wieder zu Fredrika hebt.

»Aber … Wie kann ich denn dann meine Bedürfnisse verrichten …? Wie kann ich denn dann essen …?«

»Wir füttern Sie. In der Zeit müssen Sie hier drinnen bleiben und eben zurechtkommen, so gut es geht«, antwortet Fredrika und deutet mit einem Kopfnicken zum Nachttopf.

Rund um das Porzellangefäß sieht Kristina, dass der Boden heller geworden ist, wo der Urin über die Kante gespritzt ist, und sie schluckt und wendet den Blick ab. Eine Weile bleibt sie stumm sitzen und blinzelt in Fredrikas rundes Gesicht. Die schmalen Lippen sind ein bleicher Strich zwischen zwei hängenden, aufgequollenen Wangen. Das Blut, hat Fredrika gesagt. Kristina merkt, wie es in ihr wieder anfängt zu schwelen, wie die Wut schnell wieder durch die Kanäle ihres Körpers läuft. Der Speichel steigt ihr in den Mund. Ihr Blick wandert zu Fredrikas Hals, wo sich die blauen Adern unter der dünnen, blassen Haut abzeichnen. Sie fährt sich mit der Zungenspitze über die scharfen Kanten ihrer Schneidezähne. Sie stellt sich die warme Süße des Bluts vor, den Rausch, Fredrika auf die Knie zu zwingen. Rote Flecken auf der weißen Schürze. Bald kommt das Blut, hat Fredrika gesagt. Wenn sie wüsste, wie recht sie hat.

»Bitte …«, beginnt Kristina, und Fredrika schaut ihr zerstreut ins Gesicht.

Kristina windet ihren Körper.

»Das Ding sitzt so fest. Meine Schultern … Ich habe Angst, dass es mir wirklich schadet«, sagt sie und steht auf.

Fredrika streckt eine Hand aus und zieht an den festgezurrten Stoffstreifen.

»Ich finde, die sitzt wie immer.«

»Nein … bitte … meine Schulter, die … Es tut so schrecklich weh.«

»Na gut. Nur dieses eine Mal«, sagt Fredrika, und dann dreht sie Kristina um, sodass sie mit dem Rücken zu ihr steht.

Ein paar schnelle Rucke, und der Stoff lockert seinen Griff. Kristina spürt, wie die schmerzenden Glieder an ihren Platz sinken. Sie streckt den Nacken, beugt den Kopf nach vorn, nach hinten, zu den Seiten, sie zieht die Schultern hoch bis zu den Ohren, lässt sie ein paarmal rollen und lässt die Arme dann herabfallen. Die Tür ist nicht verschlossen. Sie ist frei.

Jetzt!, denkt sie. *Jetzt, jetzt, jetzt!*

Der Gedanke gleitet vorbei und strudelt hinab in eine tiefe, warme Dankbarkeit für die Frau, die hinter ihr steht und ihr diese vorübergehende Linderung verschafft hat. Dann werden ihre Arme wieder angehoben, wieder hinter dem Rücken festgebunden – ein klein wenig lockerer diesmal –, und die Tür wird hinter ihr geschlossen.

8

Sie hat viele Jahre verloren. So viel ist ihr klar. Sie ist von vielem verschont worden. Die Erinnerungen, die sie hat, sind kleine, ganz kleine Krümelchen, wie Teile eines Traums, und ihr ist die Gnade zuteilgeworden, viel Schmerz vergessen zu können. Nach einer Weile erinnert sie sich daran in Form einer Reihe von verschwommenen Bildern, die hervortreten und wieder verschwinden. Die Kinder. Die Zelle. Das Zuchthaus für eine Weile, aber bald schon im Irrenhaus. Drei Jahre in Pitkäniemi, bevor sie hier landete. Ein Zimmer in einem Haus mit cremefarbenen Wänden. Das Licht über den Feldern. Die Kirche.

Die Irrenpflegerinnen, die mit ihr sprachen, während sie davonglitt, zu Tode erschrocken, das Bett, das sie festhielt, die stramm gezogenen Laken, die Riemen um die Handgelenke, der Geschmack der Medizin, salzig-bitter, und dann die Erlösung. Sie glitt in ein Schattenland hinein und wieder heraus, in die lange, verschlingende Finsternis, und danach in ein hartes, schonungsloses Licht, und dann waren wieder mehrere Monate vergangen.

Eine gute Woche nach ihrem Erwachen bekommt sie einen Spiegel, keinen eigenen, sondern eine Leihgabe, damit sie zum ersten Mal seit acht Jahren ihr Gesicht betrachten kann. Sie hebt den Spiegel langsam hoch und ist nicht im Geringsten vorbereitet auf das Bild, das sich ihr bietet.

Die Jahre sind nicht gnädig mit ihr umgesprungen. Ihre Augen sind in die Höhlen gesunken. Die darunterliegenden Schatten sind tief und dunkel. Stellenweise ist ihr das Haar ausgegangen. Das ist die Krätze, sagt Margareta, als sie danach fragt. Ihre Haut ist matt und hat jeden Glanz verloren, und von der Nase zu den Mundwinkeln haben sich tiefe Falten eingegraben. Ihre Wimpern sind ausgefallen. Lange Phasen der Appetitlosigkeit und Nahrungsverweigerung haben ihre Zahnreihen gelichtet.

Immer und immer wieder hat sie diese Frage gestellt, ob sie sterben kann, erzählt Fredrika, entschuldigend und mit abgewandtem Blick, als schämte sie sich an Kristinas Stelle dafür, dass ein Mensch sich so nach dem Tod sehnen kann.

Im Aufenthaltsraum, in dem sich die Patienten aufhalten,

ist es hell. Die großen Fenster lassen viel Sonnenlicht herein, und nun wird es ja auch bald Frühling. Sie sitzt gerne dort, wo das Licht hereinfällt, sagt Margareta. Wie eine Katze.

Und ihre Mutter und ihr Vater?

Nein, die haben sie nicht besucht. Es war das Beste für sie, ihr fernzubleiben, solange sie gewalttätig und unberechenbar war, heimgesucht von Anfällen von Raserei, Heulkrämpfen, und in ihren schlimmsten Momenten sogar unfähig, irgendjemand wiederzuerkennen. Mit der Zeit hörten sie auf zu warten. Stumm akzeptierten sie ihre Diagnose. Unheilbar geisteskrank.

Sie lässt den Spiegel auf den Schoß sinken und befeuchtet sich die Lippen mit der Zunge. Margareta Högström steht an der Tür und beobachtet sie abwartend. Im Gegensatz zu Fredrika traut sie sich nicht bis zu Kristina, wenn diese nicht fixiert ist. Kristina hatte immer die Neigung, sich auf Margareta zu werfen und zu versuchen, sie in den Hals zu beißen, sowie sie Gelegenheit hatte. Margareta schien sie an jemand von zu Hause zu erinnern. Kristina betrachtet Margareta, als würde sie sie zum ersten Mal sehen.

Ja, denkt sie.

Ihr Körperumfang, die großen Brüste unter dem strengen, langärmligen Kleid, das rotbraune Haar mit dem straffen Knoten und die mürrische Falte auf der Stirn über ihrem kritischen, ungnädigen Blick. Margareta erinnert sie an Einaris Mutter Auli.

Sie senkt den Blick. Acht Jahre, haben sie gesagt. Acht Jahre lang hat sie also gesühnt. Ein Jahr für jedes Jahr, das ihre Tochter gelebt hat. Kristina blinzelt die Feuchtigkeit weg, die ihr in die Augen steigt, und gibt Margareta den Spiegel zurück. Die streckt hastig den Arm aus und schnappt sich den Spiegel.

Danach wird Kristina in ihr Zimmer geführt, und dort setzt sie sich auf ihr Bett, dreht den Rücken zur Wand und zieht die Knie an die Brust. Sie schlingt die Arme um ihre Beine und bleibt dann so sitzen, während sie den vertrauten und doch so fremden Geräuschen rundherum lauscht.

Das Aufwachen erfolgt nicht auf einen Schlag, aber wenn es einmal angefangen hat, geht es genauso stetig voran wie das Kommen des Frühlings, obwohl ein paar bewölkte Tage mit überraschenden Schneefällen jeden noch so hartnäckig lächelnden April in tiefe, düstere Wintertage verwandeln können. Die Pflegerinnen haben im Laufe der Zeit gelernt, ihre verschiedenen Anfälle zu unterscheiden, und als sie in den letzten zwei Jahren immer mehr Regelmäßigkeit erkennen ließen, konnte man ihre zyklische Natur ausmachen. Im Laufe der Wochen baut sich eine steigende Nervosität in ihr auf, bis sie von einer wilden Welle mitgerissen wird. Sie überspült alles, sie ertränkt alles, aber wenn sich Kristina der Bewegungen des dunklen Wassers bewusst wird, weiß sie auch, dass sie sich besser in die Zurückgezogenheit flüchtet, in die Ruhe ihres eigenen Zimmers, sobald sie spürt, dass es wieder durch sie flutet. Und da kauert sie dann auf ihrem Bett und lässt es alles geschehen, in dem Wissen, dass es auch wieder verebben wird. Die Dunkelheit, die sie früher ganz geschluckt hat, wird zu kleinen schwarzen Nadelstichen, Löchern, durch die sie verschwindet, aber an die sie sich dann doch erinnert. Sie lernt bald zu versuchen, sie ganz zu umgehen, sie lernt, um Medikamente zu bitten, um Opium, Kaliumbromid und Chloral, um ihre Ruhe zu haben, wenn es richtig schlimm ist, und das Gefühl, ihren Geist in gewissem Maß selbst beeinflussen und meistern zu können, gibt ihr Kraft und Sicherheit. Sie sitzt in ihrer Therapiewanne und starrt ins Wasser. Das, was man ihre »wachen Momente« nennen könnte, wird länger. Die geistesabwesenden Momente werden weniger, und wenn sie aus ihnen erwacht, kann sie sich an das meiste erinnern.

Die Tage ziehen langsam vorbei, einer nach dem anderen. Alle gleichartig in ihrem gewohnten Ablauf. Längs und quer gestreift sperren sie sie ein in ihrer eintönigen Routine. Es vergehen Wochen, die sich bald zu ihrem ersten Monat ohne Rückfall summieren, und sie beginnt, auf ein Vielleicht zu vertrauen, zumindest hofft sie auf ein Fast.

Allmählich nähert sie sich einem Zustand, der dem ähnelt, an den sie sich als normal zu erinnern meint. Größtenteils ruhig. Nicht nervös. Nicht weinerlich. Stark und geschickt. Munter und fröhlich. Wie Hilma, eine gute Arbeiterin. Das war vor den Kindern. Bevor sie ihren kleinen Sohn bekam.

Bevor …

Sie sitzt im Aufenthaltsraum an ihrer Näharbeit und schüttelt den Kopf. Hält die Gedanken von dieser Zeit fern. Dorthin kann sie sich noch nicht vorwagen. Noch nicht.

Im Aufenthaltsraum verbringen sie ihre Zeit, alle, die so weit still sitzen oder sich zumindest so weit beherrschen können, dass sie andere nicht gefährden. Bedrohliches oder aggressives Verhalten führt dazu, dass der betreffende Patient in sein Zimmer geführt wird. Eine Stunde am Tag dürfen sie auf den Hof, in die frische, kühle Frühlingsluft.

Es ist immer mindestens eine Pflegerin im Aufenthaltsraum anwesend, und sie sieht die Wachsamkeit in den Augen der Schwestern. Sie haben gelernt, ihr nicht zu trauen, die Nervosität ihrer Gesten zu sehen, ihre ständige Bewegung durchs Zimmer, das Manische in ihren Schritten von der einen Zimmerecke in die andere. Nicht mal, wenn sie stehen bleibt, können sie ihr trauen. Sie kennen sie seit Langem als jemand, der eine Neigung zum unerwarteten Angriff hat. Wenn sie aufsteht und auf sie zugeht, ziehen sie sich zurück, so unauffällig, dass sie es selbst fast nicht merken. Eine kleine, ganz kleine Bewegung ihres Körpers, sie zucken zusammen, als würde eine frische Brandwunde berührt werden. Sie bleibt stehen und schaut sie an.

Haben die wirklich solche Angst, ausgerechnet vor mir? Bin ich wirklich so?

Ihre Wachsamkeit erinnert sie an Helmi, aber diese Erinnerung tut gut daran, die Finger schnell wieder zurückzuziehen, bevor sie draufhaut. Aber vergessen kann sie es trotzdem nicht. Helmis Blick, der sie festhielt, vielleicht nur aus dem Augenwinkel, aber der ständig angespannte Körper, allzeit bereit, aufzuspringen und vor ihr wegzulaufen. Mit der Zeit hatte sich etwas Geducktes und Ausweichendes in Helmis Blick geschlichen. Sie hatte gelernt, vor Kristina zurückzuscheuen, aber Kristina brauchte den Zorn. Am Ende, als nichts anderes mehr übrig war, trug ihr Zorn sie durch die Tage.

Das Wissen, dass sie in dieser Wut stecken geblieben ist und sie so lange hat weiterbrennen lassen, macht die Sache nicht einfacher. Sie beachtet die Wachsamkeit der Pflegerinnen nicht weiter und schaut gar nicht mehr in ihre Richtung. Bald bewegen sie sich schon freier in ihrer Gegenwart, ungezwungen, und können sich sogar eine Weile hinsetzen, um mit ihr zu plaudern, ganz freundlich, so wie sie es mit manchen anderen machen, denen sie vertrauen. Sie stopft Strümpfe und flickt Röcke, und sie flickt die Risse, die sie im Laufe der Jahre in ihr Vertrauen zu anderen gerissen hat.

Die Leute sehen einen anders an, denkt sie, als sie allein mit ihren Socken und Handschuhen dasitzt, *wenn man etwas getan hat, was nicht wiedergutzumachen ist. Davon kann man sich nie wieder befreien. Es liegt unter der Oberfläche und wartet plätschernd, wie ein wassergefüllter Riss im Eis, allzeit trügerisch, allzeit gefährlich lauernd.*

Sie fragt sich, wie viel Zeit ein Mensch hinter sich bringen muss, bis er diesen Fleck loswird, aber sie lebt einen Tag nach dem anderen, und als man die letzten Tage in ihrem ersten Monat völliger geistiger Klarheit abhaken kann, ist es schon richtig Frühling. Wenn sie abends ins Bett geht, kann sie die Amsel hören, die dort singt, vor ihrem Fenster. Singt in ihrer einsamen Sehnsucht.

9

Anfang Juni gestattet man ihr, allein herumzulaufen, zunächst eine Stunde am Tag, und wenn sie dann über die Hügel wandert, macht sie ganz große Schritte und genießt es, dass ihr Körper Bewegung bekommt, dass sie herumgehen und spüren darf, wie jede Sehne und jedes Gelenk arbeitet. Sie strafft den Rücken und wendet ihr Gesicht der Sonne zu.

Ihre Haut bekommt ein wenig von ihrem verlorenen Strahlen zurück. Die Wunden ihrer Krätze werden behandelt, heilen ab, und die Haare wachsen nach. So wie als junge Frau wird sie nie wieder aussehen, aber es fühlt sich an, als hätte sie ihre Wunden und Narben hinter sich gelassen, als ob sie ausgetrocknet wären und sich eine schützende Kruste darüber gebildet hätte. Der Wind fegt über die Insel und wirbelt kleine Abfälle und Zweige hoch in die Luft. Er reißt an ihrem Rock, und sie weitet die Nasenlöcher und atmet die Luft tief ein. Lässt sich von ihrer Kraft erfüllen und stößt sie dann mit einem Seufzer wieder aus. Der Wind ist stark und riecht nach Wasser und altem Tang, und mit ihm im Rücken und in der Nase wandert sie auf der Insel umher, die nun schon seit fünf Jahren ihr Zuhause ist, ohne dass sie sie recht kennengelernt hat.

Die Insel ist nicht besonders groß. Das Gelände ist hügelig. Es gibt wilde, steile Klippen, die hoch über dem Meer aufragen, dunkel und bedrohlich, zwei Kilometer von dem cremefarbenen Krankenhausgebäude entfernt. Wenige Bäume. Kein Wald. Keine Zweige, die die wunde Erde beschatten. Keine Wurzeln, die den Erdboden binden und festhalten würden im starken Griff ihres großen und kleinen Wurzelwerks.

Stattdessen sind hier weich geschwungene Hügel, abgeteilte und bebaute Felder im Sommer, und kleine braune, karge Äcker im Herbst. Es gibt Weiden für die Schafe, die blöken und grasen und die kommen, wenn sie sie ruft. Sie vergräbt die Finger tief in ihrer rauen, fettigen Wolle und krault die darunterliegende Haut. Ihr starker Geruch gibt ihr eine Art Geborgenheit, und sie schnuppert an ihren Händen und lässt sich eine Weile in Gedanken davontragen. In der Ferne stehen auch muhende Kühe, in der Nähe der spärlichen Laubbäume, die den Rand der Weiden markieren und einen dünnen Vorhang zwischen der östlichen und westlichen Hälfte der Insel bilden. Die Lönnallé mit ihren Häuschen rechts und links führt hinunter zum Postanleger. Dort wohnen Familien, die noch nie irgendwo anders gewohnt haben. Seit Generationen haben sie gefischt und beackert und bewirtet, was es eben auf dieser Insel gab. Erst die Aussätzigen, denen sie Brot und Korn fürs Schnapsbrennen gaben, und dann die Wahnsinnigen, um die sie sich nach bestem Wissen und Gewissen kümmerten. Als hätten sie sich daran gewöhnt, eine Art Verwahrungsstelle für die Unerwünschten zu sein. Als kurz nach der russischen Besatzungszeit im 18. Jahrhundert die letzten Aussätzigen starben und die Gebäude, in denen sie gehaust hatten, leer standen, fanden sie sich damit ab, dass ihnen jetzt eine andere Art von Unerwünschten auf die Insel geschickt werden sollte. Und dann kamen sie. Die Lahmen, die Gebrechlichen, die Oligophrenen, die Epileptischen, die Blinden, die Tauben, die Monomanen, die Stummen, die mit der Todessehnsucht, die Melancholiker und die Neurastheniker.

Imbecillitas. Idiotie. Dementia praecox. Es gab noch weit mehr Diagnosen, aber die Lösung war für alle die gleiche. Ausgesperrt mussten sie werden. Aus den Zimmern, Armenhäusern, Gemeindeheimen, Ställen und Koben, herunter von den Dachböden, weg von den Landstraßen, Kneipen und Freudenhäusern, und stattdessen in die neuen, feinen Irrenhäuser. Erst beide Geschlechter, aber bald nur noch Frauen. Der erste Patient, der dauerhaft eingeliefert wurde, war der Pastor, der für die Seelsorge der Aussätzigen zuständig gewesen war. Er wanderte trockenen Fußes über den Sund, der die eine Insel von der anderen trennte, und kam dann nie mehr zurück.

Der höchste Punkt der Insel ist der Ängesnäsberget. Von

dort oben sieht man die zuäußerst gelegenen Schäreninseln, flach und grau breitet sich das Wasser zwischen den Inseln aus, die darin schwimmen. Die Klippe auf der anderen Seite der Insel, hinter der Kirche, heißt Tyttökallio. Sie ist kurvig und rund wie ein junges Mädchen. Unterhalb spielen die Wellen in einem hellblauen Farbton, wie ihn Kristina noch nirgendwo anders gesehen hat. Der Sand am Meeresgrund verleiht dem Meer diese Farbe, sagt Fredrika.

Dort sitzt Kristina immer, und ihr Blick verliert sich auf dem türkis glitzernden Wasser. Sie, die sie nie das offene Meer gesehen hatte, bevor sie herkam, kann kaum mehr begreifen, dass sie einmal glaubte, ihre Welt würde für immer aus den vier Wänden der stickigen Hütte bestehen, wie ein Sarg, in dem sie lebendig begraben war und den sie ihrer Meinung nach zerschlagen musste – diese Wände ihres eigenen Lebens –, um ihn verlassen zu können.

Damals war ich eine andere, denkt sie, *eine andere, aber auch wieder nicht …*

Sie schüttelt den Kopf. Der Gedanke befriedigt sie nicht. Er beantwortet nicht hinreichend, wie die, die sie war, das tun konnte, was sie getan hat, und so sitzt sie im lauen Wind und starrt aufs Meer und gestattet dem Schmerz, sich durch ihren Körper voranzutasten und jede Sehne und jeden Wirbel zu befühlen. Sie muss alles kommen lassen, und es muss durch sie hindurchgehen. Wenn sie Widerstand leistet, wenn sie sich verspannt und versucht, es von sich wegzuschieben, kommt es näher und näher, drängt sich immer näher an sie heran, bis sie nicht mehr atmen kann, und dann verschwindet sie wieder, rollt sich zusammen, schließt die Augen und schlüpft hinein in das, wovon sie damals vor langer Zeit geschluckt wurde. Sie legt sich also auf den Rücken, unter sich die raue Hand des Felsens, und sie stellt sich vor, dass sie sich in die Stromschnelle legt, wie sie es damals schon einmal vorhatte, als sie nur noch sterben wollte. Aber es ist kein Strom, der sie aus dem Leben forttragen wird, eher im Gegenteil, und sie breitet die Arme aus und lässt sich von ihm mitnehmen, wohin er will. Denn nach dem Schmerz kommt etwas anderes. Das weiß sie. Er bereitet den Weg für ein Hinterher. Der Bruch in ihr wird niemals vollständig heilen. Sie kann nur lernen, ihn zu akzeptieren, so wie Hilma mit ihrem Gebrechen lebte und es akzeptierte, als einen unvermeidlichen Teil ihrer selbst.

Aber, denkt sie, wenn es vielleicht irgendeinen Weg gibt, es wiedergutzumachen? Indem man weiterlebt?

Dann schüttelt sie wieder den Kopf über ihre eigenen Gedanken.

Nein, es gibt keinen Weg, es wiedergutzumachen. Die Strafe bekomme ich, und die Strafe liegt darin, dass ich weiterleben muss.

In diesem Sommer erlebt sie eine Schärfung all ihrer Sinne. Als würde sie ein neues Leben geschenkt bekommen. Die Farben kommen ihr klarer und satter vor denn je. Die Gerüche werden stärker. Sie dringen durch die Nase in ihren Körper und breiten sich aus, blühen in Strömen auf, die manchmal fast schon unerträglich sind. Als würde alles, was sie in ihrer Umgebung sieht und wahrnimmt, sich mit einer Erinnerung verbinden, die sich öffnet. Es ist wie eine Berührung, als würde sie etwas berühren, und es beginnt zu leben und zu wachsen, dort, in ihr. Es kann der Duft von Heu sein, der sie an das Haus ihrer Eltern erinnert. Der Geruch der Schafe, der sie daran erinnert, wie sie einmal in ihrem Stall stand, in Tränen aufgelöst und fest entschlossen, sich aufzuhängen, wenn Einari sie nicht haben wollte. Und dann der Duft von Brot aus der nahe gelegenen Bäckerei, frisch gebacken, dampfend heiß und ganz feucht unter der festen Kruste, der sie zu guter Letzt jäh in die Hütte am Flussufer versetzt, in der sie damals am Backbrett stand und versuchte, die Müdigkeit fortzukneten, die in ihrem Kopf saß und scheuerte, bis ihr der ganze Schädel pochte und schmerzte.

Unten in einer Talsenke lag sie. Die Hütte. Zwischen den Hügeln, die sie an allen Seiten umgaben, bis auf eine, die zum Wasser ging, und dort hängte Einari seine Fischernetze auf. Dort saß er mit der Pfeife zwischen den Zähnen und werkelte an seinen Netzen herum.

Einari … Am Samstagabend warfen sie das Netz aus. Sie war an den Rudern, und er warf das Netz aus. Es schwamm einen Augenblick auf der stahlgrauen Wasseroberfläche, bevor es versank. In dem Augenblick herrschte Ruhe in ihrem Körper. Das Kind lebte in ihr. Bald würde es auf die Welt kommen. Sie schaute zu Einaris braun gebranntem Gesicht empor, aus dem ihr die Augen blau entgegenleuchteten, wie die Glasstückchen in den Schmuckstücken, die sie niemals haben würde, und ihre eigenen Arme wiegten sie, während sie ruderte. Am Sonntagmorgen leerten sie die Netze, und abends aßen sie Fisch. Und in diesem Moment war sie fast glücklich.

Ein Jahr lebte sie schon mit Einari in der kleinen Hütte. Ein Jahr, nachdem sie überstürzt ihre Elternhäuser verlassen und sich von den Ihrigen verabschiedet hatten, die bettelten und sie baten, nicht zu gehen – denn wenn sie gingen, ja, dann würde ihr Weg nur in eine Richtung führen, und zwar ganz bestimmt nicht nach Hause.

Ein Jahr, und sie hatten es auskosten können, was es bedeutete, wenn sie keinen anderen Menschen hatten, nur einander, und dass es überhaupt nicht so war, wie sie es sich vorgestellt hatten. Die Schande lag schon in der morgendlichen Grütze, und die Schuld, die sie mit ihr herunterschlucken mussten, blieb ihnen in der Kehle stecken wie Kleie. Ein Jahr der Einsamkeit, der Isolation, Gedanken an Mutter und Vater, und dann diese bittere, elende Müdigkeit, die Kristina in der zweiten Hälfte dieses ersten Jahres befallen hatte, nachdem sie mit ihrem kleinen Jungen schwanger geworden war, und die sich wie ein trauriger, klebriger Film über alles legte, was sie berührte.

Es gab keine Zuflucht vor dieser Müdigkeit. Sie folgte ihr, wo immer sie hinging, und sosehr sie sich auch ausruhte, wenn sie aufwachte, steckte sie ihr immer noch im Körper, wie ein Gewicht, das sie einfach nicht abschütteln konnte. Es fiel ihr immer schwerer, ihren alltäglichen Verrichtungen nachzugehen, schwer, überhaupt etwas zu unternehmen. Die Krämpfe, bei denen sich ihr Bauch spannte und zusammenzog, hielten sie nachts wach, wenn sie im Bett lag und den Mäusen zuhörte, die in den Wänden kratzten und herumliefen. Die Mäuse. Wie sie fraßen. Sich hereinfraßen.

Dann war der kleine Junge zur Welt gekommen, und die kurzen Nächte mit Windelwechseln und Stillen hatten sie nur noch tiefer in den Griff der Müdigkeit sinken lassen. Einari kam abends spät nach Hause und musste sich um seine eigenen Angelegenheiten kümmern. Der Haushalt oblag ihr. Die Kinder schliefen meistens schon, wenn er heimkam. Es gab keinen Weg, wie er sie hätte entlasten können, und das wurde auch gar nicht erwartet. Er verdiente ja das Geld. Sie kümmerte sich um den Haushalt. Und sie redete nicht über die Einsamkeit, die sie an den langen, eintönigen Tagen in der Hütte quälte. Redete nicht über ihre Sehnsucht nach Mutter und Vater. Redete nicht von der Traurigkeit, die sie erfüllte und für die sie keine Erklärung hatte. Redete nicht von der Müdigkeit.

Es war nicht immer eine schlimme Müdigkeit, manchmal konnte sie auch befreiend sein. Sie betäubte die Gedanken, sodass sie langsam und zäh wurden, ihr wie Sauerteig zwischen den Fingern kleben blieben. Helmi saß am Esstisch und bat um Milch oder Wasser, ihre Stimme schien durch den Raum bis zu Kristina zu schweben, durchs Ohr in ihren Kopf zu gehen, mit allem anderen, was darin herumschwirrte, zusammen- und bis zu ihrem Gehirn vorzustoßen, wo es nach kurzem Zögern bearbeitet wurde und eine Antwort hervorrief, und dann schwamm die Antwort langsam, ganz langsam zu Kristinas Mund, der sich öffnete und sie herausließ. Und sie schwebte davon. Wie eine Seifenblase, die kurz darauf zerplatzte.

Ihr Körper fühlte sich betäubt an, als wäre es gar nicht ihrer, und manchmal meinte sie, in ihm herumzuschweben, als wäre ihre Seele geschrumpft und so klein geworden, dass sie sich frei darin bewegen konnte, in diesem plumpen Gefängnis aus ungeschicktem, schwerfälligem Fleisch. Und ihre flinke Seele wunderte sich, dass sie diesen Trampel von Menschenkörper mit sich herumschleppen musste, sie wollte unbedingt befreit werden, aber es gelang ihr natürlich nie, aus ihrem eigenen Körper zu schlüpfen. Diese Befreiung erreichte sie nie. Stattdessen schliefen ihr die Hände ein, die Füße verschwanden, ihr Körper wurde ganz leicht und konturlos, während sie staunend im Schaukelstuhl saß und auf ihre eigenen, ertaubten Gliedmaßen blickte, unfähig zu begreifen, dass es wirklich ihre waren. Wenn sie dann zusammenfuhr und wieder ganz in ihren Körper zurückkehrte, merkte sie, dass sie nicht wusste, wie lange sie dort schon saß und nur in die Luft gestarrt hatte, während der Kleine sich ganz heiser geschrien hatte in seiner Wiege. So konnten Brände entstehen, das war ihr klar, wenn sie dann so schnell aus ihrem Schaukelstuhl aufsprang, dass ihr schwarz vor Augen wurde und sie sich bücken musste, und sie war sich immer ganz sicher, dass sie zu Boden stürzen würde, wenn dieser heiße Schwindel das Zimmer auf den Kopf stellte. Doch dann verebbte er wieder, und sie konnte weitergehen, den Jungen hochnehmen, das Brot genau rechtzeitig aus dem Ofen ziehen und dafür sorgen, dass sie sich ins Bett legte und erholte.

10

Ende Juli wird Kristina für arbeitsfähig erklärt. Die Pflege der Tiere, Melken, Feldarbeit, Ernte und das Heumachen für den Winter machen ihren Körper stark und ihre Haut braun. Ihre Zähne bekommt sie nicht zurück, aber sie lernt, mit geschlossenem Mund zu lächeln, wenn sie muss. Genau wie ihre Mutter. Man teilt ihr ein Stück vom Garten zu, als sie um eine Beschäftigung neben ihrer normalen Arbeit bittet, und dort sitzt sie mit den Knien in der Erde, die von der Sonne gewärmt wird, dass sie dampft. Sie gräbt mit den Fingern darin, jätet Unkraut und reißt unerwünschte Pflänzchen heraus.

Wenn die Männer mit dem Fisch kommen, gehört sie zu denen, die hinuntergehen und den Fang entgegennehmen dürfen, den die Männer aus den Netzen leeren und an Land werfen. Die glatten Körper zucken noch vor Leben, und mit Alma, Selja und Emmi sammelt Kristina die Fische in Körbe, die sie auf dem Rücken tragen. Dann fangen sie unten an der Kyrkobrygga mit dem Ausnehmen an. Geschickt schneiden sie die weißen Bäuche auf und ziehen die Eingeweide mit dem Zeigefinger heraus, dann werfen sie sie den Möwen zu, die sich über ihnen zu einer schreienden grauweißen Wolke gesammelt haben und »klii, kliiii, klaa, klaa, klaa« rufen. Das Geräusch schlagender Flügel ist ganz nah an ihrem Ohr, wenn ein mutiger Vogel sich ein Stück Gekröse direkt aus der Hand zu schnappen versucht, und Kristina muss lächeln, auch über die abwartenden Blicke der Möwen, die roten Schnäbel, die weiche Wärme des lauen Tages, wenn sie die leeren, glitschigen Fischkörper ins flache Wasser wirft, und mit dem Daumen fühlt sie die scharfen Erhebungen ihrer Rückenwirbel unter einer dünnen Hautschicht.

Die ausgenommenen Fische werden wieder in die Tragekörbe geworfen, die die Frauen dann auf dem Rücken in die Krankenhausküche hochtragen. Die Fische werden für den späteren Gebrauch eingesalzen und getrocknet, oder sie werden eingelegt oder zu Suppe verkocht, die sie im Speisesaal essen, und sie findet, dass sie noch nie etwas so Leckeres gegessen hat, an diesem Julinachmittag, als sie die Suppe aus Barsch, Milch und Kartoffeln vom eigenen Acker schlürft. Das Roggenbrot ist frisch gebacken und dampft noch, weich und duftend, als sie es aufbricht, und das Butterstückchen darauf schmilzt und läuft ihr über die Finger. Ihre Mundwinkel wandern nach oben, als sie das goldgelbe Salz ableckt.

In der Hütte hatte der kleine Junge Zähne bekommen, hatte angefangen, auf dem Bauch herumzurutschen, zu krabbeln und aufrecht zu sitzen, aber die Tage verliefen eintönig, sie waren einander so ähnlich, dass sie meinte, denselben Tag immer und immer wieder von Neuem zu erleben, wären da nicht die Jahreszeiten gewesen, die vor dem Fenster wechselten.

Einari stand früh auf, und sie stand mit ihm auf, um ihm Frühstück zu machen. Es gab keine Kuh zu melken, denn zu ihrer Kate gehörte nur noch ein kleiner Vorplatz, keine Weide für eine Kuh, auch kein Stall, in dem sie eine hätten halten können. Nicht mal ein Schuppen.

Manchmal, wenn sie Einari gegenübersaß und ihn betrachtete, während er seine Grütze in sich hineinlöffelte, überlegte sie, ob er überhaupt ahnte, was sie dachte, oder ob es ihn völlig ungerührt ließ, dass sie, die beide von einem leidlich gut gestellten Bauernhof kamen – wobei der seine noch wesentlich größer und reicher gewesen war als ihrer –, jetzt mit zwei Hurenkindern hier wohnten, während ihre Zukunftsaussichten sich in einem so dichten Nebel verloren, dass niemand hätte sagen können, in welche Richtung der Weg führte, aber wahrscheinlich doch schnurgerade in die Hölle. Wenn sie ihn fragte, was er darüber dachte, dass sie jetzt so arm waren, so arm, dass sie nicht mal ein Stück Land besaßen, auf dem sie Karotten hätten ziehen können, nahm er einfach nur ihre Hand, die auf dem Tisch lag, und drückte sie zwischen seinen eigenen großen, kräftigen Händen.

»Du hast mir einen Sohn geschenkt«, antwortete er. »Erlaub mir, dass ich mich jetzt um den Rest kümmere.«

Dann trank er den letzten Rest seines Frühstücksbreis aus der Schüssel, lächelte sie an, zwinkerte ihr zu, stand auf und küsste sie auf den Kopf. Er nahm seine Mütze von der kleinen Hutablage neben der Tür und ging dann davon, um auf das Pferdefuhrwerk zu warten, das ihn immer zur Werft mitnahm. Und er ließ Kristina dort sitzen, mit der leer getrunkenen Schale vor sich. Sie starrte auf ein paar Milchflecken, die sich auf dem groben Holz des Esstischs gebildet hatten, und dann hob sie den Blick und ließ ihn durch den einen Raum wandern, der Küche, Esszimmer, Schlafzimmer und Flur zugleich war. Eine Kate mit einem einzigen Tisch, einer Bank für die Kinder und zwei Stühlen mit gerader Lehne für die Erwachsenen. Eine Spüle und ein Holzofen mit dazugehörigem Backofen. Ein Kamin gegen die Winterkälte. Ein Bett für die Erwachsenen und das Mädchen und ein Gitterbett für den Jungen. Eine Kommode, in der sie ihre wenigen Gegenstände verwahrten. Ein Schaukelstuhl. Ein kleiner Wäscheschrank, und das war schon Luxus. Diesen Schrank hatte Einari von seinem ersten Lohn von der Werft gekauft. Er hatte wirklich über die Stränge geschlagen, wie man so schön sagt. Ein Nachttischchen und eine Badewanne. Das war alles. Ein Leben, das sie mit ihren Kindern teilte und dem Mann, den sie liebte. Ein Leben in Sünde. Sie hatte gehörig an ihrem Stolz und bitteren Kummer zu schlucken gehabt, als sie diese Hütte betrat, und wenn es Einari nicht gelungen wäre, sie zu überzeugen, dass es nicht für immer war, hätte sie niemals den Fuß über diese Schwelle gesetzt. Aber was hatte sie schon für eine andere Wahl? Irgendeine Herberge? Das hätten sie sich niemals leisten können, und selbst wenn, so wäre es doch nie ein passender Ort für Kinder gewesen. Sie schaute zum Bett, wo Helmi immer noch lag und schlief. Ihr schwarzes Haar war zerzaust und feucht vom nächtlichen Schweiß. Die Wangen rot und rund. Der Mund schlaff halb geöffnet. Das

Mädchen sollte in die Schule gehen, aber es gab niemand, der sie hätte hinbringen können. Sie hatten ja nicht mal einen Leiterwagen … Sie unterbrach ihre Gedanken und drückte die Fingerspitzen auf die brennenden, stechenden Augen. Dann schluckte sie die Tränen herunter. Sie war zu stolz. Das wusste sie. Es gab viele, die so lebten wie sie. Vielleicht nicht in Sünde, aber in Armut. Sie war nicht die Einzige. Trotzdem … Die Apfelbäume zu Hause … Bald war das Korn reif für die Ernte … Im Wald reiften die Beeren … Sie sah ihre Mutter vor ihrem geistigen Auge, ihre Mutter mit der Sense über der Schulter, wie sie sich mit der Hand die Augen beschattete. Die Tränen rannen ihr über den Hals und das Kinn und tropften auf die Tischplatte, wo sie sich mit den Milchtropfen mischten. Mutter … Sie hatte so sehr gehofft. Doch der Pfad, der über die Hügel bis an die Tür ihrer Hütte führte, blieb leer.

Sie stolperte über den kleinen Jungen, als er krabbeln lernte. Sie blieb mit dem Fuß an dem Teppich hängen, an dem vor ihr schon jemand hängen geblieben war. Sie verfing sich mit den Füßen in hingeworfenen Kleidern, Schürzen, Handtüchern, die Helmi aus Kommoden und Schränken gerissen hatte. Der Junge hängte sich an ihr Bein, und sie schüttelte ihn ab und ging an ihm vorbei, während er weinend auf dem Boden liegen blieb. Und sie wollte zutreten. Ja, sie wollte treten und trampeln, bis sich nichts mehr bewegte, aber sie besann sich. Hob den weinenden Jungen hoch. Wartete auf Einari, der von frühmorgens bis spätabends arbeitete. Aber die Hütte, sie war einfach wie ein Schraubstock, der ständig fester angezogen wurde, und Kristina stöhnte vor Schmerzen.

Die Wände schoben sie alle näher zusammen, ihre Wange wurde an Helmis Wange gepresst, sodass sich ihr Atem mischte, und der Junge hing an ihrem Rock, sie machte sich los, lief zur Tür, riss sie auf und landete auf den Knien auf der Vortreppe. Sie schnaufte schwer, und hinter ihr schrien die Kinder.

Wann wurde der Abend so dunkel? Wann kroch er durch den Wald und zwang den Tag, sich zögernd zurückzuziehen? Wann ging er über in eine Nacht ohne Sterne, zu denen man emporblicken konnte? Wann vergaß sie das Licht? Wann vergaß sie, dass sie irgendwann einmal tatsächlich gelacht hatte?

Wie oft hatte sie Helmi bei den Haaren gepackt und sie durchgeschüttelt oder zugeschlagen und immer wieder zugeschlagen, bis ihr die Handflächen wehtaten, damit das Mädchen endlich lernte, auf den kleinsten Wink zu gehorchen? Sie hatte gesehen, wie der Blick des Mädchens erlosch, wenn sie auch nur die Stimme erhob, und bald konnte Kristina gar nicht mehr zu ihr vordringen. Helmi zog sich von ihr zurück. Der Junge war zu klein, um zu verstehen, aber auch er hatte gelernt, nicht unnötig zu jammern. Wenn er nachts nach ihr weinte, stand sie auf und gab ihm einen festen Klaps auf den Hintern. Ob Bauchkrämpfe oder Ohrenweh – es gab nur ein Rezept für jede Krankheit. Es dauerte nicht lang, bis er die Nächte ganz durchschlief.

Sie lehrte die Kinder Angst. Mit ihren eigenen Händen zerschlug sie Zärtlichkeit und Vertrauen. Sie lehrte Einari, was der Zorn anrichten kann.

Sie wartete auf ihn, bis er nach Hause kam. Gefangen in ihrer Hütte. Es gab eine Tür. Sie konnte sie aufmachen und hinausgehen. Doch die führte ja auch nirgendwohin. Vor der Tür war der Weg, der über die Äcker und Felder verlief, in die eine Richtung ging es zur Stadt, die um die fünfzig Kilometer entfernt sein mochte. In die andere Richtung führte er zum Dorf, ganz weit weg. Um in die Stadt zu kommen, hätte sie Pferd und Wagen gebraucht. Das war eine ganze Tagesreise. Sie hatte ein Boot. Mit dem konnte sie den Fluss bis nach Åbo hinunterrudern. Dort kannte sie niemand, und dort hatte sie auch wenig Aussichten, wenn sie mit den Kindern im Schlepptau ankam. Bis zum Dorf hätte sie rudern können, oder zumindest in die Nähe, denn ganz hätte sie es nicht geschafft, gegen den Strom zu rudern. Aber das Dorf war ihr ja verwehrt. Also blieb sie zu Hause, blieb in der Hütte, wartete auf Einari, und wenn er dann endlich kam, nachdem die Wände der Hütte schon so nahe gerückt waren, dass sie langsam erstickte, und er dann die Tür aufriss und die Welt mit ins Zimmer brachte, die ganzen Farben, Geräusche, die Nähe eines anderen Erwachsenen, hatte sie keine Kraft mehr, ihm freundlich zu begegnen. Die Bitterkeit, die sie darüber empfand, dass er völlig frei kommen und gehen konnte, dass er einfach nur die Tür aufmachen und hinauslaufen und davonstapfen musste, an der Straße aufs Pferdefuhrwerk warten musste, das ihn zur Werft mitnahm, über seine Arbeit dort, den Lohn, den er für seine Mühen bekam, das fröhliche Zusammensein mit den Kollegen, das den Geist wachhielt, das Lachen, die Witze, das Bier, bei dem sie nach dem Arbeitstag zusammensitzen durften, wenn die erschöpften Männer glücklich beisammensaßen und die Gemeinschaft spürten, dass sie etwas Wichtiges machten, ein Schiff bauten, das Waren von einem Land ins andere brachte – ja, die Bitterkeit darüber machte sie ganz krank, und sie begegnete ihm nur noch mit Missgunst. Sie konnte sich nicht erinnern, wie er einst am Roggenfeld ihre Hand gehalten und sie an sich gezogen hatte. Die Hitze der Sonne, in der sich ihre Körper entgegenleuchteten. Die Lippen, die sanft den Salzgeschmack im Schweiß des anderen kosteten, und dass sie am liebsten für immer in diesem rauschenden Gefühl geblieben wären, dass ihre Körper unter den Händen des anderen zum Leben erwachten. Die Sehnsucht, Haut an Haut daliegen zu dürfen, die Zärtlichkeit, die der nackte Körper des anderen geweckt hatte, wenn er einem unter der Hand und den Fingerspitzen entlangglitt. Nichts davon war mehr zu spüren, wenn sie den Teller Kartoffeln auf den Tisch knallte, dass die braune Soße überschwappte. Sie kehrte ihm rasch den Rücken zu, als er sie verwundert und gekränkt ansah. Er stand auf und ging zu ihr. Schlang ihr die Arme um die Taille und drückte ihr das Kinn auf die Schulter. Er küsste ihr das Haar. Aber was half das alles, wenn sie ihm seine Freiheit neidete? Seine Unbekümmertheit inmitten ihres Kummers? Den munteren blauen Blick, den sie, sosehr sie auch an ihm riss und zerrte, nicht ausmerzen konnte. Oh, sie begann diesen Blick zu hassen, wenn er ihren roten, brennenden Blick traf und dann mit der Enttäuschung zu ihm zurückkam. Diesen Blick konnte er über fremde Gesichter gleiten lassen, über Schultern in blauen Röcken, schwarzen Jacken, hohen Hüten, Arbeitermützen, weißen Hüten, schönen Damenhüten aus violettem Samt, eine Menge angenehmer, sauberer, gesunder Menschen, die allesamt herumlaufen konnten, wie es ihnen beliebte, und sich anlächeln und in die Augen schauen, und vielleicht, vielleicht folgte sein Blick auch einer jungen Dame mit hellen Locken, mit einem strahlend weißen Hals und kobaltblauem Tageskleid, kleinen weißen Stiefelchen und einem dunklen Schleier vor dem schönen Gesicht, in das die Zeit noch keine traurigen Linien hatte zeichnen können oder kummervolle Schatten malen. Wenn sie an all das dachte, fühlten sich seine Arme um die ihren nur noch wie eine zusätzliche Schlinge an, und sie wand sich aus seiner Umarmung. Die Wände drückten sich an ihren Körper, und sie trat vors Haus, um ihnen zu entkommen. Aber wenn sie sich wieder umdrehte und hineinging, waren sie immer noch da, und es gab Abende, da hatte sie alles Mögliche angestellt, um nur ja nicht wieder hineingehen zu müssen.

Es wird Spätsommer, und er vergeht in wunderbaren Sonnenuntergängen, die in einem letzten glühenden Streifen am Horizont verblassen, um schließlich von der Asche der Nacht bedeckt zu werden. Sie sitzen zusammen auf Tyttökallio an solchen Abenden – die Patienten mit Freigang und die Pflegerinnen, die sie beaufsichtigen sollen. Manchmal lässt man sie auch ohne Aufsicht, denn wo sollten sie schon hin, wenn ihnen tatsächlich einfallen sollte wegzulaufen? Rundherum ist ja doch nur Meer. Die Schiffe, die hier vorbeikommen, ziehen still und in weiter Ferne vorüber. Kaum eine von ihnen kann schwimmen, nicht mal so viel, dass sie sich vorm Ertrinken retten könnten. Sie bleiben sitzen, bis es dunkel wird, und der Feuerschein scheint zu wachsen, während die Flammen zwischen ihnen hin und her tanzen. Es wärmt so angenehm, auch in Kristinas Brust wird es warm, und sie lauscht Fredrika, Anna und Margareta. Sie plaudern, wie es die Leute tun, wenn sie vergessen haben, wo sie sind, und in der Stille des Augenblicks versinken, in der Vertraulichkeit. Kristina macht die Augen zu und spürt die Hitze des Feuers auf dem Gesicht und kann beinahe auch vergessen, wo sie ist.

Vergessen … Für einen Augenblick. Wie zu Hause.

Und dann denkt sie, dass das auch eine Art Zuhause sein kann, für Leute, die das Ende ihres Weges erreicht haben und hier gestrandet sind. Müde, abgearbeitet, erschöpft und arm. Dass man hier aufhören konnte, gegen das Dasein anzukämpfen, dass man aufgeben und endlich einmal schwach sein durfte. Kristina wusste von Ida, der Teichbinsenprinzessin, dem jüngsten Kind in einer großen Geschwisterschar. Ihr Vater war siebzig Jahre alt, als er anfing, in ihr Schlafzimmer zu kommen. Sie war sieben. Ab ihrem dreizehnten Lebensjahr hatte sie nur noch im Gemeindehaus gewohnt, und dort war sie ebenfalls von einem der Männer vergewaltigt worden. Er ließ sie auf dem Boden liegen und ging lachend davon, erzählte Ida. Dann hatte er sie zwingen wollen, sie zu heiraten. Er war alt genug, ihr Vater zu sein, und sie hatte sich geweigert. Sie hatte noch zwei weitere Jahre dort gewohnt, und die Männer hatten sie immer weiter gequält und gepiesackt, hatten sie belästigt und ihr unter die Röcke gefasst. Sie hatte sich über ihr Verhalten bei der Aufseherin beklagt, die sie jedoch nur auslachte. Eines Tages hatte Ida genug. Sie beschwerte sich ein letztes Mal, erfolglos wie immer, und dann höhlte sie ihre Matratze in ihrem Zimmer aus und zündete sie an. Für sie war es nur angenehm gewesen, als sie hierhergeschickt wurde. An einen Ort, an dem es nur Frauen gab. Der Preis war hoch. Man war ausgestoßen. Doch das war sie auch schon gewesen, bevor sie herkam. Kristina ebenfalls. Jetzt war jede von ihnen zumindest eine unter mehreren. Eine, die dazugehört, auch wenn sie alle eine Gruppe von Ausgestoßenen waren. Hier gab es Zeit, Zeit sich zu beruhigen, Zeit zum Nachdenken und zur Besinnung, Zeit zur Selbsterforschung für diejenigen, die dazu in der Lage waren. Für solche wie Kristina, die ihr eigen Fleisch und Blut getötet hatte.

Für solche wie mich. Für solche wie Hilja.

Hilja und Kristina haben sich ab und zu unterhalten. Sie sind im Aufenthaltsraum nebeneinandergesessen und sind ihren Tätigkeiten nachgegangen, und dabei haben sie sich, murmelnd und fast unhörbar, so manches anvertraut. Und Kristina weiß es. Was Hilja gemacht hat. Hilja hat ihre eigene Schwester, Irina, mit einer Axt erschlagen. Hat ihr ganz unverhofft den Schädel gespalten, eines Dienstagnachmittags im September, zu Hause in ihrer kleinen Hütte. Ihre Schwester konnte kaum den Mund zum Schrei öffnen, da wurde er auch schon gespalten. Das Letzte, woran Hilja sich erinnern kann, ist Irinas überraschter Blick. Das Blut, das aufs Bett lief, auf dem ihre Schwester saß. Diese Unmengen von Blut waren das Einzige, was ihr Angst gemacht hatte, erzählte Hilja. Als Erklärung für ihre Tat hatte Hilja angegeben, ihre Schwester habe zu viel geredet. Obwohl Hilja sie gebeten hatte, still zu sein, hörte sie einfach nicht auf. Sie ließ sich über ihre Stelle als Küchenmädchen bei den Wahlgrens aus, über ihre Verlobung mit Juha Mäkinen, über dieses und jenes, über die Theatergruppe, die der Jugendverein ins Leben gerufen hatte, die demnächst eine Vorstellung geben wollte – bis Hilja die Nase gestrichen voll hatte. Vor dem Vorfall mit der Axt war Hilja schon einmal zu Hause in der hinteren Kammer eingesperrt worden, weil sie überzeugt gewesen war, ihre Schwester sei vom Satan besessen. Hilja war nämlich Mitglied der Freikirche geworden und hatte ein starkes Erweckungserlebnis gehabt. Die Engel sprachen zu ihr, und sie antwortete ihnen. Zusammen mit Irinas Geplapper, das ebenfalls niemals aufhören wollte, wurde es alles zu viel, und sie beschloss, in einem jähen Wutausbruch, auf die einzige Geräuschquelle loszugehen, die sie zum Schweigen zu bringen wusste. Ihre Schwester saß einfach nur da und flocht sich die Haare und redete und redete, da holte Hilja die Axt aus dem Schuppen hinterm Haus. Die Tür war unverschlossen gewesen. Ihre Schwester hatte die Abendwache. Die Axt hing an einem Nagel in der Wand. Sie fühlte sich kalt an in den Händen, die den Schaft ergriffen. Hilja kann sich daran erinnern, dass die Finger ihrer Schwester noch einen Moment weiterflochten, nachdem die Axt ihren Kopf in zwei Teile gespalten hatte. Sie verstummte mitten im Satz. Ihre Augen waren erschrocken aufgerissen, voller Schmerz und Angst. Die Blutspritzer auf Hiljas Gesicht und Lippen schmeckten nach Eisen. Irina. Ausgelöscht. Einfach so. Der Tod vor ihr, und sie stand da mit der Axt in der Hand. Als sie ins Gefängnis gebracht wurde, rief sie, man müsse sie noch hinauslassen. Sie war noch nicht fertig mit Irina. Der Körper musste noch vom Kopf getrennt werden, so hatte man es ihr gesagt, damit die Sache abgeschlossen war. Vom Zuchthaus war Hilja nach Kellokoski gebracht worden, und von Kellokoski auf die Insel.

Hier war es zumindest still, sagte Hilja immer, als sie aus der Isolierung kam. Sie hört zwar immer noch die Engel, aber hier hat sie ja Zeit, ihnen nicht zuzuhören, denn das ist das Einzige, worum sie sich hier bemühen muss.

Kellokoski, denkt Kristina. *Ein Strom, der so donnert, dass man darin Glocken hören kann. Wie Kirchenglocken.*

Sie wendet den Blick zu dem dunklen Gebäude, das sich hinten vom helleren Nachthimmel abhebt. Sie kann das Kreuz erkennen, das sich vor dem blauen Hintergrund abzeichnet. Die Kirche, die schon hier stand, vor all dem, als die Aussätzigen auf der Insel wohnten. Auch sie haben in der Kirche gesessen, in der sie sich jetzt jeden Sonntag drängen. Auch sie haben hier gelebt, ohne Hoffnung, von etwas anderem befreit werden zu können als dem Tod. Kristina schaudert. Sie wendet den Blick wieder zum Feuer. Innerlich ist sie fünfzehn Jahre alt und sitzt in der Sauna mit ihrer Mutter, die ihr den verschwitzten Rücken streichelt. Sie kriecht in dieses Gefühl hinein, schmiegt sich an die Hand, die sie streichelt, und hinter ihren Lidern pocht und brennt es.

Aber das ist einfach nur der Schein des Feuers, Mutter, denkt sie. *Einfach nur die Hitze und der Schein des Feuers.*

11

Sie steht in aller Herrgottsfrühe auf, um mit den Mägden die Kühe zu melken, und als sie die Stirn an die Flanke des warmen Tieres lehnt und auf das tiefe, ruhige Geräusch seiner Atemzüge horcht, kann sie die reine Lebenskraft in seinem starken Körper spüren. Und wieder erlebt sie die Freude, zu spüren, wie die Milch zwischen ihren Händen nach unten fließt und der dünne Strahl singend im Eimer landet. Das Milchlied mischt sich mit dem Geräusch der muhenden Kühe, den leisen Stimmen der Mägde, mit der weichen und gar nicht widerwilligen Müdigkeit, die daher rührt, dass sie ein rechtschaffener, fleißiger Mensch ist, der früh auf den Beinen ist, um sich um die Bedürfnisse von Tier und Mensch zu kümmern. In dem Moment geht sie in Gedanken in die Hütte am Fluss, zum letzten Halbjahr, in den Frühling, als sie eine kurze Weile ihre Freude wiedergefunden hatte, das Licht, das Leben, als sie ihren Dienst als Magd auf dem Löfström-Hof angetreten hatte, und als diese Entscheidung auch den Ausschlag dafür gab, dass ihre Beziehung zerbrach.

Zu Anfang hatte die Veränderung durchaus Gutes bewirkt. Sie löste sich von der Hütte, auf einmal gab es einen Ort, an den sie gehen konnte. Die Tür führte nicht bloß auf den Vorplatz. Sie führte hinaus, zu den Äckern, zu den Feldern und zu den Wäldern, zur gemeinsamen Spannung und dem Eifer während der Frühjahrssaat auf dem großen Löfström-Hof, zum Geplauder und dem munteren Geschnatter zwischen den Milchmädchen im langen, breiten Viehstall. Ein Gefühl von Raum. Von Verankerung. Von Nützlichsein. Von Gemeinschaft. Diese Freude, die sie erfüllte, als sich die Welt wieder vor ihr öffnete, griff auch auf ihr und Einaris Leben über. Die Luft in der Hütte war wieder leichter zu atmen. Sie bekam ihren Lohn in die Hand für die geleistete Arbeit, und zum ersten Mal seit langer Zeit fühlte es sich so an, als würde alles wieder gut werden zwischen ihnen. Doch wie sich herausstellte, war ihr Versuch, in der Welt wieder hochzukommen, wie das Klettern auf einen eingeölten Pfosten. Die Kinder mussten irgendwo in Pflege gegeben werden, und das kostete Kristina fast ihren ganzen Lohn. Trotzdem gelang es ihr, sich den guten Mut zu bewahren, und angesichts ihrer veränderten Stimmung begann Einari wieder von der Zukunft zu träumen, und er überlegte, ob er zur See fahren sollte. Jetzt würde er richtig Nägel mit Köpfen machen, sagte er. Lukas Miettinen hatte mit Kapitän Hammar über ihn geredet, und sie wollten bis nach Kapstadt runtersegeln. Kristina wusste nicht mal, wo das lag, aber Einari erklärte es ihr. Es war weit weg. So viel hatte sie immerhin begriffen.

»Ja! Aber der Lohn für diese Mühe …«, hatte Einari gesagt. »Dann können wir endlich umziehen! Weg von hier zumindest. Vielleicht in die Stadt! Das ist eine tolle Gelegenheit, Kristina. Ich kann endlich dafür sorgen, dass wir hier rauskommen. Der Lohn, den du als Magd bekommst, wird dich über Wasser halten. Zwar nur knapp, aber es wird schon reichen. Ich hab es ausgerechnet. Du musst einfach nur warten. Und durchhalten.«

Kristina zögerte. Sie hatte Angst vor der Einsamkeit, aber die Arbeit auf dem Bauernhof machte ihr so viel Freude, dass sie meinte, es schon schaffen zu können. Sie ging helleren

Zeiten entgegen, und nun war große Hoffnung da, dass das Schlimmste vorüber war. Daran glaubten sie beide. Aber als die Zeit für Einaris Abfahrt näher kam, wuchsen ihre Unsicherheit und Unruhe doch. Er wusste nicht genau, wann er wiederkommen würde. Sie würde die ganze Zeit nervös auf ihn warten müssen. Und die See war gefährlich.

»Es gibt viele Seemannswitwen, da wärst du nicht die einzige«, scherzte Einari.

Vielleicht, dachte sie. *Frauen mit einer Familie. Mit Mutter und Vater. Mit vielen fröhlichen Gesichtern, in die sie blicken, wenn sie nach Hause kommen, und mit Händen, die helfend zupacken können, wenn nötig. Mit lieben Freunden, mit denen sie lachen können.*

Und vielleicht merkte Einari, wie sie sich verschloss, wie sie schweigsam und pingelig wurde, wie sie sich immer mehr in ihren eigenen Gedanken verlor, wenn er mit ihr redete und sie nicht antwortete. Sie versuchte, ihre Mutter in sich zum Leben zu erwecken, sie versuchte, Hilmas Gestalt anzunehmen. Mit aller Gewalt versuchte sie zu werden, wie Hilma gewesen war, und zu tun, was Hilma getan hätte. Hilma hätte es geschafft, warum also sollte es ihr nicht gelingen? Sie riss sich zusammen und versuchte, neuen Mut zu fassen, wie es sich gehört, aber Hilma war natürlich nie allein gewesen. Nicht einen Tag ihres Lebens. Und als Einari Ende März zu guter Letzt seinen Seesack packte, war ihr Gesicht doch rot und geschwollen vom Weinen. Sie hatte schon die Übersicht verloren, wie viele Tage sie geweint hatte. Sie sagte, sie würde es nicht überstehen, und sie klammerte sich an seine Jacke. Er riss sich mit einer kräftigen Bewegung los. Sie schrie ihm hinterher. Die Tür knallte hinter ihm ins Schloss. Es war das letzte Mal, dass sie ihn sah.

Danach war sie ihrer Einsamkeit überlassen, und der Stille, die diese Einsamkeit mit sich brachte. Sie war es nicht gewöhnt, ohne ihn zu schlafen, und nachts vermisste sie die

Wärme seines Körpers. Zwar mochte sie sich schon vor seiner Abreise allein gefühlt haben, aber das hier war doch etwas anderes. Diese Einsamkeit hatte keinen klaren Abschluss durch das Geräusch seiner Füße auf den zwei Stufen der kleinen Treppe an der Haustür. Die Einsamkeit war jetzt fließend. Das Schweigen der ganzen Welt war in die Hütte am Fluss eingezogen, und es wuchs und schwoll, je mehr es in sich hineinfraß. Es ergoss sich über die Tage und die Nächte, und wenn Kristina in der Dunkelheit wach lag, neben sich die Einsamkeit, die das ganze Bett ausfüllte, lauschte sie den Mäusen, die in den Wänden nagten.

Das Nagegeräusch hielt sie immer öfter wach. Mit weit aufgerissenen Augen lag sie im Bett und hörte zu, wie die kleinen Tiere die Dunkelheit mit ihren leisen Geräuschen füllten, die im Laufe der Nacht aber immer lauter wurden, das Scharren, Kratzen, stur und hartnäckig.

Die Mäuse hatten Zeit. Sie würden die Wände mit Sägespänen füllen, würden die Holzbalken löchrig nagen, aushöhlen und durchbohren, bis nur noch eine Hülle übrig war, durch die der Wind hindurchpfiff, eine verwitterte, unbewohnbare Ruine, die irgendwann in sich selbst zusammenfallen würde, während die rastlosen Tiere sich eine neue Bleibe in irgendeinem anderen armen Gebäude suchten. Wenn sie so dalag, war ihr, als wären es nicht die Wände, die von den Mäusen zernagt wurden, sondern sie selbst. Es war ihr Körper, der verwitterte, ein hungriges Teilchen nach dem anderen, und ihre Muskeln spannten sich, bis sie zitterte, bis ihr der Schweiß an den Schläfen ausbrach und ihre Achselhöhlen glitschig nass waren.

Manchmal, wenn das Geräusch einfach unerträglich wurde, schoss sie vom Bett hoch, außer sich vor Verzweiflung, und dann holte sie einen Holzschuh, mit dem sie gegen die Wand hämmerte. Dann verstummten die Drecksviecher eine Weile, aber der Junge wachte davon auf und fing an zu weinen, und dann schrie sie den auch noch an. Schrie und schrie, weil sie wusste, dass ihn nur Ruhe trösten konnte, und weil seine aufgerissenen, verwirrten Augen sie an das erinnerten, was sich in ihr bewegte, was sie bedrängte und herauswollte. Das Tier, ohne Erbarmen und Verstand, aus dem sie zu Hause bei ihren Eltern herausgewachsen war. Das sich unterschiedslos nahm, das sich satt aß, ohne sich darum zu scheren, wer dann hungrig bleiben musste, das im wilden Kampf alles blindlings opferte, um nur ja den Sieg davonzutragen, egal, wie das Leben danach aussehen mochte. Es war seltsam leicht, sich darin zu verlieren, wenn niemand anders da war als nur die Kinder, niemand, der sie sah, niemand, wegen dem sie sich beherrschen musste. Sie ließ es einfach heraus und ließ sich mitreißen, begleitet vom verschreckten Geheul der Kinder.

Wenn sie sich beruhigt hatte, hob sie den Jungen aus dem Bett und drückte ihn an sich. Sein Weinen schnitt durch ihren Kopf wie das Geräusch eines Sägeblatts, das die Bäume aus dem Wald ihres Vaters Stück für Stück zerteilte.

»Schlaf jetzt, mein kleiner Schatz«, bat sie ihn und versuchte, ihm die Brust zu geben.

Er biss sie. Es tat weh. Ihre Brustwarzen waren wund. Er sog ihr jede Lebenskraft aus. Sie sah ihr Spiegelbild in der dunklen Fensterscheibe. Es war genauso durchsichtig und dünn wie die Milch, die in langen, erschöpfenden Wirbeln aus ihr herausströmte. Vermischt mit Blut. Es rann ihm über die Wangen, und sie musste ihren ganzen Körper anspannen, um das Kind nicht einfach von sich zu werfen. Wenn sie jetzt tot zu Boden fallen würde, würde er einfach weitersaugen, bis er den allerletzten Tropfen aus ihr herausgeholt hatte, dachte sie, und sie spürte, wie der Ekel und der Widerwille in ihr wuchsen und schwollen.

Mutter …, konnte sie in solchen Augenblicken denken. *Mutter würde wissen, was ich tun muss.*

Und da lösten sich ein paar tiefe Schluchzer aus ihrem Inneren. Die Milch strömte weiter. Der Junge grunzte und schmatzte vergnügt. So schliefen sie ein. Er mit halb offenem

Mund in ihren Armen. Sie mit aufgeknöpftem Nachthemd und einer nackten Brust. Als sie aufwachte, war sie milchdurchnässt und hatte einen steifen Oberkörper von der unbequemen Stellung, in der sie geschlafen hatte. Ihr Kopf drehte sich vor Müdigkeit, sie weckte das Mädchen, sie kochte in fliegender Hast die Grütze und sorgte dafür, dass die Kinder etwas aßen, sie selbst aß nichts, obwohl sie schrecklichen Hunger hatte, sie zog die Kinder an, sie stolperte in die Dämmerung hinaus mit dem bockigen, widerspenstigen Mädchen an der Hand und dem Jungen im Korb, hinunter zum Boot, das am Flussufer wartete.

So vergingen die Tage. In völliger Schlaffheit, blass und unförmig ging einer in den nächsten über. Die Sonne ging auf, und sie folgte ihr. Sie machte die Kinder fertig und fuhr mit ihnen im Boot los. Ruderte den Fluss hinunter und gab sie bei Anna ab. Molk die Kühe, bis ihr die Hände wehtaten, und bekam ihren mageren Lohn. Das Geld ging dafür drauf, Anna zu bezahlen und Essen für den Tag zu kaufen. Das war alles. Es galt zu überleben und auf die besseren Zeiten zu warten, die Einari ihr versprochen hatte. Dann ruderte sie wieder nach Hause, und die Kinder schliefen bereits im Boot, bis zu diesem letzten Mal, als sie es einfach nicht mehr schaffte, sie bis nach Hause zu rudern.

Einari muss nach seiner Heimkehr noch einmal in die Hütte gekommen sein, denkt sie, als sie neben der Kuh sitzt und ihren Kopf an die warme Flanke lehnt.

Er musste nach Hause gekommen sein. Er musste in der leeren Hütte gesessen haben, mit einem Kleidungsstück des Jungen in der Hand. Er muss gespürt haben, wie unfassbar es war, dass die Hütte noch genauso aussah wie damals, als er sie verlassen hatte, dass jetzt aber alles Leben, das jemals darin gewesen war, längst kalt und tot war, in aller Eile zusammengeräumt und aufgefegt, und es gab nicht mal ein Grab, zu dem er hätte gehen können. Nichts. Nur ein Verschwundensein. Der Junge war von der Strömung mitgerissen worden und hatte einen auf ewig schmerzenden Wirbel aus Leere hinterlassen, der alles mit sich riss.

12

Einst – aber das ist schon sehr lange her – war einmal ein Stall, und in dem Stall stand ein Mann, der hieß Einari, der hatte ein weißes Hemd an und hatte die Ärmel hochgekrempelt, und er wandte sich ab.

Kristina steht in der kleinen Sauna und wäscht sich. Ihre Sachen hat sie auf den Schemel neben sich gelegt. Sie saugen die Wassertropfen auf, die sich auf dem Stoff zu dunklen Flecken ausbreiten. Sie streckt sich ein bisschen in der Wärme des Saunaofens. Spürt ihren Körper, dehnt die steifen Gliedmaßen, den Nacken, den Hals, die Schultern. Es ist lange her, dass ihr so warm gewesen ist. Es ist kalt im Krankenhaus. Nicht mal die warmen Bäder helfen. Vor dem kleinen Fenster hat der Schnee schon seit Monaten Mauern und Wege, Weiden und Hecken geschluckt. Der Wind hat Wolken aus eisigem Puder aufgepeitscht, das sie in Wangen und Hals biss, als sie vom Krankenhausgebäude zur Sauna lief. Lockend und glühend stand sie dort, braun im Schnee, der im Sturm allen Glanz verloren zu haben schien. Wie ein Leuchtturm in der Nacht leuchtete sie ihr aus den geschwungenen Schneewehen entgegen und versprach vorübergehende Lust und Linderung.

Sie lässt das Wasser über den Körper laufen, langsam und versonnen. Es fließt vom Scheitel herunter, durchs Haar, über den Hals und die schmalen Schultern, die Brüste, die nie schwer gewesen sind, aber doch schon anfangen zu hängen, fast leer, nachdem sie zwei Kindern Leben und Nahrung geschenkt haben. Sie nimmt noch eine Schöpfkelle und schließt die Augen, als ihr das Wasser übers Gesicht rinnt und hinunter bis zur weichen Rundung des Bauches, den derben Oberschenkeln, dem Venushügel hinter seinem dicken Teppich aus braunen Haaren und bis zu den Waden, um am Ende über die müden, schmerzenden, geäderten Füße zu spritzen, die sich schon den ganzen Winter so anfühlen, als wären sie vollkommen durchgefroren.

Körperlich ist sie immer noch gut in Form. Manche von den anderen, Alma, Jelena, Aino, Saima … bei denen sehen die Augen aus, als wären sie in den Höhlen versunken, denkt Kristina. Die sitzen am Esstisch vor ihrem Teller und heben den Löffel langsam an die blassen, trockenen Lippen, die sich kaum öffnen. Sie könnte Ainos Oberarm mit Daumen und Mittelfinger umfassen, so dünn ist sie geworden. Sie vertrocknen. Im Februar ist Hilja gestorben. Kristina jedoch ist fest entschlossen zu überleben.

Die Hand fährt übers Gesicht, wischt die Nässe fort. Sie bleibt so stehen. Presst die Finger an die Lippen. Die dunkle Sauna verschwindet und ist plötzlich ein Stall. Der Duft von Heu, sowohl frisches als auch die Einstreu unter den Schafen. Es riecht gleichzeitig säuerlich und streng. Sie hat sich vorher nicht gestattet, auf diese Art an ihn zu denken, aber dieser Abend, diese weiche Wärme der Sauna und das angenehm müde Gefühl im Körper, die Nacktheit, ihre Hände auf der Haut, all das hat irgendetwas, was sie dorthin führt, eine Sehnsucht vielleicht, oder vielleicht liegt es auch nur am Abstand, dass die Welt so weit weg scheint, während sie in dieser kleinen Sauna sitzt, mitten in einem Winter ohne Anfang oder Ende, dass er ihr jetzt auf einmal so deutlich vor Augen steht, als würde sie noch einmal dastehen und ihn mustern.

Den Rücken ihr zugewandt, die weißen Ärmel seines Hemdes hochgekrempelt, das dicke blonde Haar verschwitzt und zerzaust. Er stützt sich schwer auf das Gattertor. Es ist dunkel im Stall. Ein paar Mutterschafe, die demnächst lammen sollen, bewegen sich unruhig hin und her, während sie an den Halmen zupfen und ihn und sie in der Dunkelheit betrachten.

Als würden sie sich fragen, warum sie es sich so schwer machen, diese beiden Menschenkinder? Die so nah beieinanderstanden, aber von ihrer Angst auseinandergescheucht wurden wie erschrockene Kaninchen, zitternd und schweigend. Die Schatten an der Decke und in den dunkelsten Ecken schienen näher zu rücken, und Kristina schaute hinaus in den ganz stillen, leuchtenden Tag. Durch den Türspalt konnte sie ein Stück Wiese erkennen. Den hellbraunen, staubigen Weg. Die Welt dort draußen war vollkommen ungerührt. Der einzige Sturm wogte hier in diesem kleinen Raum, in dem sich bloß die Schafe bewegten.

»Wie weit bist du schon?« Er presste die Worte zwischen den Zähnen hervor.

Sie zögerte. Rechnete im Stillen nach.

»Drei Monate, würde ich sagen. Vielleicht vier.«

Er drehte sich um. Er hatte die Augen wild aufgerissen.

»Da war ich im Wald von Mäntyläs. Bei der Waldarbeit!«

Sie tastet hinter sich, um sich irgendwo abzustützen, als er auf sie zukommt. Ergreift eine Latte der Einzäunung, damit die Knie nicht unter ihr nachgeben. Von der Härte seiner Miene bleibt ihr die Luft weg. Er hat noch nie auch nur die Stimme erhoben.

»Nein, ich … So was kann man nie mit Sicherheit sagen. Bitte, Einari!«

Sie schüttelt den Kopf, streckt die Hand aus, will ihn anfassen, aber etwas hält sie zurück.

»Ich hätte wissen sollen, dass es stimmt, was sie im Dorf über dich erzählen. Jedes Wort. Aber ich hab mich ja von dir verführen lassen. Ich hätte es wissen müssen. Ich hätte mich von dir fernhalten sollen.«

Als er gegangen ist, starrt sie eine geraume Weile die Schafe an. Die Mutterschafe. Die kleinen Lämmer, die mit dem Maul die großen, wolligen Körper anstupsen, die Zunge, die daraufhin ein kleines hellgraues Mäulchen abschleckt. Die Mutterschafe starren zurück. Ihre runden, hellen Augen verraten keinen Gedanken, kein Gefühl, aber sie drängen sich näher aneinander, als sie sie so anschaut, angesteckt von der Angst, die in der Luft liegt. Sie kauen hektisch. Mechanisch, während die Kleinen ihr Euter suchen. Die Erinnerung an die Mutterschafe mit ihren Lämmern, diese natürliche Zuneigung, die Kleinen, deren Bedürfnisse ohne jedes Zögern oder Überlegen befriedigt wurden – das grub sich tief in Kristinas Gedächtnis ein. Jetzt in der Sauna holt sie diese Erinnerung wieder hervor, und sie trocknet sich langsam mit einem dünnen Stofffetzen ab.

Fünf Tage hat sie auf ihn gewartet, aber er kam nicht. Da stellte sie sich an den Weg, zu der Zeit, zu der die Männer aus dem Wald heimkamen, wie sie wusste. Ihr war sehr wohl bewusst, was für eine Schande darin lag, hier so zu stehen. Er kam allein, als Nachzügler, die schmale, schlanke Gestalt hob sich deutlich von dem hellen, staubigen Weg hinter ihm ab. Sie stand am Zaun und wartete. Ihr Mund war ganz trocken, sie konnte kaum atmen. Er blieb stehen und schaute sie an. Ihr Kinn begann zu zittern, als sie den Schmerz in seinen Augen sah. Eine ganze Weile stand er dort und schaute sie nur an. Der Wind strich leise durch die späten Kamillenblüten. Zerzauste das flaumige, hellgrüne Lieschgras und bog seine Köpfe herunter. Derselbe Wind fuhr ihm durchs Haar, das die Sonne in den langen Arbeitsstunden gebleicht hatte, und strich über ihre trockenen Augen, die geweint hatten und noch mehr weinen würden, wenn auch nicht jetzt. Und dann machte er einen Schritt auf sie zu, fiel auf die Knie, drückte seine Wange an ihren Bauch und schlang die Hände um ihren Rücken.

Er hat mich nie verlassen.

Sie zieht sich langsam an.

Er hat mich nie verlassen, und damals, mit Einari, das war wirklich Liebe.

Ja, das war Liebe. Liebe hinter Hausecken im Dorf, in engen Gängen zwischen Hausmauern auf dem Kopfsteinpflaster.

Es waren ungeschickte Liebkosungen und schnelle, atemlose Küsse zwischen den Arbeitsstunden unten auf den Äckern der Eltern. Der Hof der Anderssons und der Hof der Jokiniemis hatten ihren westlichsten beziehungsweise östlichsten Acker nebeneinander, nur getrennt durch einen Graben und einen Zaun, und sie hatten sich auch die Arbeit geteilt, seit Jokiniemis Hof von Großvater Uolevi an den ältesten Sohn Tarmo vererbt worden war.

Tarmo, der vorher als Verwalter auf dem Gut der Hammarströms in Pargas angestellt gewesen war, war nach Hause auf den Jokiniemi-Hof gezogen und hatte sich mit Erik Andersson geeinigt, zur Erntezeit, beim Heumachen und beim Aussäen zusammenzuarbeiten, um Zeit, Geld und Arbeitskraft zu sparen, und so kam es, dass der jüngste Sohn Einari und Kristina eines heißen Spätsommers im Jahre 1889 Seite an Seite arbeiteten.

Im Gegensatz zu den meisten anderen Männern in der Stadt kannte er Kristina nicht, und so war er auch nicht beeinflusst von all dem, was man im Laufe der Jahre alles über sie geredet hatte. All das, was in der Erinnerung der Dorfbewohner hängen geblieben war und auf ihre Gestalt abfärbte, wenn sie sich auf den Dorfstraßen bewegte. Ein Fleck auf ihrem Hals, wie ein schmutziger Daumenabdruck. Ein Schatten, der immer über ihr Gesicht fiel. Einari sah nichts von alldem. Stattdessen sah er die bedächtige Ruhe in ihrem Körper, den geraden Rücken, und wie hart sie arbeitete. Sie war gesund und rein, dachte er, im Gegensatz zu dem, was die anderen behaupteten, und vielleicht war er blind, denn er war der Einzige, der darüber hinwegsehen konnte, was sie gemacht hatte. Sein Nacken hob sich glatt und sonnengebräunt vom hellen Leinenkragen ab. Sein weiches, gestreiftes Hemd saß so schön an seinem Körper, der sehnig und hart war von der schweren Arbeit. Oh, so gerne wollten sie ihn haben, die jungen Frauen im Dorf. Kristina war dreiundzwanzig, er zwei Jahre älter. Der elterliche Hof würde einmal zwischen den drei Söhnen aufgeteilt werden. Aus reinen Vernunftgründen wäre es schon eine gute, fruchtbare Verbindung, wenn Einar und Kristina sich zusammentun würden. Und es wäre dann ja auch nicht von Nachteil gewesen, wenn er obendrein gegen allen Verstand und besseres Wissen wahnsinnig, rettungslos und völlig behext von ihr war. Wann immer er bei der Heuernte eine Pause machte, schob er sich die Mütze von den verschwitzten hellen Locken und schaute suchend umher, und immer, immer blieb sein Blick an ihr hängen, an Kristina. Sie war schlank und geschmeidig, groß und dunkelhaarig. Das Haar trug sie glatt zurückgekämmt, doch wenn er die Strähnen sah, die sich aus der straffen Flechte lösten und sich weich um ihr rundes Gesicht kringelten, dessen Haut ein ganz besonderes Leuchten besaß, und die schöne Farbe ihrer Lippen und Wangen, kostete es ihn wesentlich mehr Willenskraft als gewöhnlich, den Blick von ihr loszureißen. Wenn er sich wieder seiner Arbeit zuwandte, merkte er, dass er schneller atmete und ihm die Finger zitterten, und er warf einen Blick hinter sich, nur noch einen einzigen, damit er sie noch einmal anschauen konnte, wie sie sich bückte und nach dem Korb oder der Sense griff.

Sie hatte seine Blicke bemerkt. Sie auf der Haut gespürt, lang bevor sie sich über ihr Zögern und ihre Angst hinwegsetzen und sich gestatten konnte, diese Blicke zu erwidern. Sie strichen leicht über ihre Wangen, über ihren nackten Hals, und schienen jeden ihrer Nackenwirbel zu zählen, auf eine Art, die ihr Schauder über den Körper jagte. Denn jedes Mal, wenn ein Mann sie so ansah, so hingerissen, heimlich, roch sie den Geruch von nassem Moos, vom Wald, der ihr Feind wurde, und sie hörte Schritte, die ihr auf dem Waldweg hinterhertrampelten, und die Fichte, die sie mit ihren Zweigen streifte. Auch damals hatte es heimliche Blicke, heimliche Gedanken gegeben. Und obwohl sie sah, dass Einaris Augen klar und blau und unbekümmert waren, voller Jugend und Unschuld, wusste sie doch, dass sein Blick auch von der Lust verzerrt werden konnte.

Männer!, hatte ihre Mutter gesagt.

Und sie selbst? Sie tat das Einzige, was sie tun konnte, und betrachtete ihn, wenn er sie nicht sah. In Gedanken fuhr sie ihm mit den Fingern durchs beinahe weißblonde Nackenhaar und kostete das Salz auf seinen Schultern. Wenn sie morgens die Kühe melkte und ihre Finger an den rosa Zitzen drückten und zogen, machte sie in Gedanken Knopf für Knopf sein Hemd auf und drückte ihm Lippen und Zunge auf den Brustkorb. Die Gedanken an ihn erfüllten jeden Atemzug, den sie nahm, und verbrannten und erstickten ihre Lunge, bis sie sich fühlte, als wäre sie nahe am Ertrinkungstod. Im ganzen Körper. Ein süßer Tod. Trotzdem wurde sie von ihrer Furcht zurückgehalten. Wollte er sie nur, weil er wusste, dass ein anderer sie schon einmal gehabt hatte? Dachte er an sie nur als an ein vorübergehendes Vergnügen? Und obwohl sie gerne nachgeben wollte, seinen Blick erwidern und vollkommen darin versinken wollte, wusste sie, dass sie erst sicher sein musste, was er wollte, bevor sie ihn an sich heranlassen durfte. Denn der Mensch kann sich vielleicht einen Fehltritt leisten, aber der zweite ist schon so gut wie sicher ein Schritt in eine Richtung, die sie nicht einschlagen wollte. Also warf sie keine verstohlen lächelnden Blicke in seine Richtung, und er biss die Zähne auch fest zusammen und versuchte, sich auf seine Arbeit zu konzentrieren. Doch jeden Augenblick war ihm bewusst, dass sie da war, gar nicht weit von ihm, und ihre Aufmerksamkeit auf alles andere richtete, aber sicher nicht auf ihn. Sie zwang ihn, an der straffen Leine der Ungewissheit zu laufen, und in ihm glühte eine Art stiller Zorn, der ihn so hart arbeiten ließ, dass er abends in eine Dunkelheit fiel, die mehr Ähnlichkeit mit Bewusstlosigkeit hatte als mit Schlaf, wenn er seinen erschöpften Körper endlich hinlegte. Aber der Schlaf befreite ihn auch nicht immer. Manchmal, sosehr er auch versuchte, die Augen zuzulassen, stellte er fest, dass er lange dalag und an die Decke starrte, während er Kristinas Gesicht vor sich sah, ihre Gestalt, die sich langsam durch den Roggen bewegte, ihre Finger, die über die reifen Ähren strichen, das Sonnenlicht in ihrem Haar, und er stellte sich vor, dass er auch dort entlangging, immer hinter ihr, und dass sie ihn ansah, dass sie sich umdrehte und seinen Blick suchte, denn er wünschte sich nur, dass sie ihn einmal anschaute. Ihn einfach nur anschaute. In seinen Gedanken musterte sie ihn, ihr Blick glitt über sein Gesicht, und dann stellte er sich vor, dass sie ihn anlächelte, für ihn lächelte, einfach nur, weil er dort stand und sie deswegen lächeln musste. Sein Bauch zog sich wie in einem Krampf zusammen. Eine warme Süße mischte sich mit seinem Blut, dick und schwer, und sein Kopf drehte sich, als wäre er ein bisschen zu lange im Hullu Kukko geblieben, unten am Flussufer. Aber in diesem Schmerz verbarg sich auch eine ganz besondere Wonne. Er schien ein paar Zentimeter über der unbequemen, strohgefüllten Matratze zu schweben, während er sich gegen die Bilder sträubte, die ihm im Kopf hingen wie eine ansteckende Krankheit. Manchmal versetzten ihn diese Bilder in einen Zustand, in dem er tief und heftig atmete und die Hände vors Gesicht pressen musste.

Er wartete ein paar Wochen, um ganz sicher zu sein, dass es keinen anderen Weg mehr gab, als zur Tat zu schreiten. Natürlich wusste er von ihrer Situation, dass sie ein Kind von früher hatte, und das war der Grund für sein Zögern. Wäre das Kind nicht gewesen, er wäre schnurstracks zu ihren Eltern gegangen, um Nägel mit Köpfen zu machen. Aber er wusste, dass seine Eltern diese Verbindung sehr ungern sehen würden. Sie wollten nicht, dass er sich für eine wie Kristina wegwarf. Deswegen kämpfte er lange mit seinen Gefühlen, aber jedes Mal, wenn er meinte, dass es ihm gelungen war, sie zu unterdrücken, kamen sie mit solcher Wucht zurück, dass sie ihn fast zu Boden streckten. So konnte es nicht weitergehen, das war ihm klar, er musste sie haben, damit er sich wieder auf die Arbeit konzentrieren konnte, seinen Appetit zurückgewinnen und den lebenswichtigen Nachtschlaf, seinen Seelenfrieden und seine Lebensfreude. In letzter Zeit war er in eine derartige Apathie verfallen, dass seine normalerweise so lustigen und leichtsinnigen Brüder und Freunde lange, ernste Gespräche mit ihm anfingen, um ihm zu entlocken, was ihn quälte, aber er verweigerte ihnen jede Antwort, er beugte sich nur noch tiefer über seine kaum angerührte Grütze und kaute auf einem Stück Roggenbrot herum, das ihm im Hals stecken blieb, wenn er schlucken wollte. Sie war sein Geheimnis, ein leuchtender, strahlender Nachtmahr, den er mit größter Zärtlichkeit hütete, damit ihn nur niemand in den Schmutz ziehen konnte.

Und dann. Eines Abends nach dem Heumachen in den letzten Julitagen ließ sie sich hinter die anderen zurückfallen und wartete am Gattertor auf ihn.

13

Wieder ist ein Winter vergangen, und wie immer kommt der Frühling ganz plötzlich. Jeden Tag zeichnet die Sonne einen immer größeren Triumphbogen in den staubig hellblauen Himmel, und auf einmal merken Menschen und Vieh, dass sie sich an das dunkle Halbjahr gar nicht mehr erinnern können, so schnell haben sie sich daran gewöhnt, dass das Licht wieder zurückgekehrt ist und schon in den frühen Morgenstunden ans Fenster klopft, dass die Vögel zurückgekommen sind, als ob sie niemals über den Kontinent davongeflogen wären und die Menschen zurückgelassen hätten, die dann zusehen können, wie sie mit der Kälte zurechtkommen, und jetzt singen sie so eifrig und lauthals, dass die Menschen ihnen verzeihen. Ein paar windstille Tage, und schon dampft die Erde. Noch ein paar Tage, dann kann man bereits einen ersten blassgrünen Schatten über den Feldern erkennen. Dann wird es noch einmal kalt, aber die Erde hat die Wärme schon gespeichert und hält sie fest, ganz fest in ihrem Schoß, in dem der Bodenfrost mit einem tiefen Seufzer weit hinabgesunken ist und aufgegeben hat. Die Wärme, die die Erde festhält, lässt Samen und Wurzeln erwachen, woraufhin sie stur und zielstrebig ihren Schlaf beenden und aus der Erde drängen. Auf einmal sind sie einfach da: die Buschwindröschen, die Knollen des Rhabarbers, die vor dem dunklen Erdreich rot leuchten, und Kristina kniet sich hin und betrachtet sie. Sie drückt die Handflächen fest auf den Boden, und ihre Haut sieht verblüffend weiß aus auf der dunklen Erde. Rhabarber, Hyazinthen, bald auch die Märzenbecher … Sie hebt den Blick und schaut sich um. All das hat sie angebaut. »Kristinas Garten« nennen sie ihn. Sie setzt sich zwischen die Beete und wendet das Gesicht zur Sonne. Schließt die Augen und denkt an absolut nichts. In ihr ist es völlig still. Sie ist gewichtslos, alterslos. Die Sonne wärmt ihr Gesicht und Schultern, brennt ihr auf Haar und Kopfhaut, und in ihren Mundwinkeln spielt ein kleines Lächeln.

Es ist so schön zu leben, denkt sie. *Es ist so schön, auf der Welt zu sein.*

Der Klang der Kirchenglocken reißt Kristina aus ihren Gedanken, und sie schlägt die Augen auf. Einen Augenblick ist sie geblendet von der Sonne, und völlig gefangen jenseits von Zeit und Raum, isoliert von allen Zusammenhängen, beschleunigt und unendlich zugleich. Doch dann fällt ihr ein, dass ja Sonntag ist und die Glocken zum Gottesdienst rufen. Rasch steht sie auf und läuft ungeschickt stolpernd den Hügel erst hinauf, dann auf der anderen Seite wieder hinunter, Richtung Meer, das in der ruhigen Frühlingsbucht glitzert.

Das Gerücht vom neuen Pastor erreicht die Insel, lange bevor er selbst eintrifft. Er ist ziemlich jung, heißt es, und gut aussehend. Der vorherige Pastor hat die Gemeinde für eine bessere Stelle in Vasa verlassen. So ist es wohl einfach: Niemand bleibt im Schärengarten, wenn er die Erlaubnis zum Weggehen hat, weswegen die rote Kirche auf der Insel so manchen Pastor hat kommen und gehen sehen. Einen Pfarrhof gibt es auch, aber der Pastor wohnt auf Nagu, und eine Gemeinde, die sich wirklich in der Kirche einfindet, denn außer der Sonntagspredigt werden hier nicht allzu viele andere Zerstreuungen geboten. Und wenn es eine Gemeinde gibt, die Seelsorge nötig hat, dann diese. Hier kann ein Verkünder von Gottes Wort wirklich das Gefühl haben, dass er etwas zurückgibt. Ging nicht Jesus selbst hinaus und berührte die Aussätzigen mit bloßen Händen und heilte sie? Sollte es nicht möglich sein, dasselbe mit Gottes Wort auszurichten? Menschen mit offenem, eiterndem, verletztem Geist berühren und heilen? Und dann kommt er, eines Frühlingstages, als die Buschwindröschen bereits in dichten Büscheln wachsen und die Mücken sich in ihren feurigen Tanz werfen, dass die Schwärme im Sonnenuntergang glühen.

Kristina ist eine der wenigen, die zum Strand hinuntergehen durften, um das Boot zu empfangen, wenn es anlegt. Lange stehen sie nur dort und warten, dann kann man einen Punkt erkennen, der langsam größer wird, der aus dem Sund zwischen den nächstgelegenen Inseln auf sie zukommt. Sie sehen es näher kommen, und Kristina, die ein Tablett in der Hand hat, mit einem Glas Rhabarbersaft, den sie aus den allerersten zarten Stängeln aus ihrem eigenen Beet zubereitet hat, spürt, wie das Tablett schwerer wird, aber es gibt keine Möglichkeit, es abzustellen, damit sie ihre Arme kurz ausruhen könnte. Sie schaut sich um. Neben ihr stehen Lisa, Rakel, Impi und Sylvi, von den Pflegerinnen sind Margareta und Hanna hier sowie die Oberschwester Emilia Svanström. Man hat Kristina aufgetragen, sich die Haare zu kämmen und zu flechten, sie hat gebadet und hat saubere Sachen bekommen. Die haben sie aus Stoffresten zusammengenäht, die ihnen wohlwollende Leute aus der Stadt geschenkt haben. Irgendwo. Weit weg. In Åbo. Von dort kommt er, der Pastor, aber mehr weiß sie auch nicht.

Er hat sich freiwillig auf diesen Posten beworben und ist kein ganz junger Mann mehr, wirklich nicht, nicht so jung, dass er gezwungen gewesen wäre, die Stelle anzunehmen, einfach um Erfahrung zu sammeln. Es hört sich so an, als hätte er die Wahl gehabt und ganz bewusst das hier gewählt, und deswegen sind sie alle besonders gespannt. Vielleicht ist er ja einer mit einer wirklichen Berufung? Vielleicht einer, der bleiben wird? Dieser Pfarrer ist verheiratet und hat zwei liebe Kinder, ein Mädchen und einen Jungen. Eine junge, hübsche Frau, die später mit den Kindern nachkommen soll, im Spätsommer, wenn der Pastor sich in seine Stelle eingefunden und seine Gemeinde etwas kennengelernt hat. Ein Pfarrer mit Familie, mit fröhlichen Kindern, darauf freuen sich alle, und deswegen strahlt ihr Lächeln mehr als sonst, als das Schiff anlegt und der neue Pastor auf den Anleger steigt.

Kristina hält den Blick gesenkt. Auch das hat man ihr so aufgetragen. Sie hört die Pflegerinnen flüstern. Sie hört ein Kichern, das rasch wieder verstummt. Sie hört, wie sich die Männer, die ihn hergebracht haben, verabschieden, und dann hört sie Schritte näher kommen. Sie fasst das Tablett noch fester. Hört, wie Emilia Svanström den Pastor mit einem Lächeln in der Stimme willkommen heißt. Hört ihn seinen Namen sagen, diesen Namen, den wohlbekannten, und sie kann es nicht glauben, sie weigert sich, es wirklich aufzunehmen. Ihre Finger, die das Tablett halten, werden steif und schmerzen. Ihre Arme zittern. Schweiß läuft ihr übers Genick und erkaltet auf der Haut. Als er vor ihr stehen bleibt, um das Glas vom Tablett zu nehmen, hebt sie den Blick und schaut ihm direkt ins Gesicht. Die Jahre haben ihn nicht so stark verändert wie sie, und er erwidert ihren Blick. Sie kann es in seinen Augen sehen, wie sie für ihn aussieht, und ihre Lippen zittern. Er grüßt sie nicht und sie ihn auch nicht. Überraschung, Zweifel, Wiedererkennen, Schmerz, Angst und Mitgefühl, all das wechselt rasch in seinen Augen, und er hebt die Hand, um das Glas zu ergreifen. Da lässt sie das Tablett auf den Boden fallen und dreht sich um. Läuft davon über das gelbe Strandgras, während das Glas zum Ufer hinunterrollt. Die überraschten Stimmen der Pflegerinnen. Sie läuft davon. Sie rufen ihr nach, aber sie eilt weiter über den Pfad, bis sie richtig rennt. Sie läuft nach oben, vorbei am Leuchtturm und dem Felsplateau darunter, vorbei an der Waschküche, in der Nora Lindman sich mit einem Wäschekorb voller Bettwäsche abschleppt, den Weg hinauf, der sie zu ihrem eigenen Flügel bringt, unter der Linde, die auch schon zartes, hellgrünes Laub trägt.

Der Brief fällt ihr wieder ein. Sie hat ihn nicht gelesen, aber Doktor Qvarnström hat ihr erzählt, was Erland geschrieben hatte. Und sie weiß auch noch, wie er sich ausgedrückt hatte. Sie habe es Pfarrer Björkestam zu verdanken, nein, es sei sein Verdienst, dass sie ins Krankenhaus dürfe, wo man sich um sie kümmern würde, sie pflegen und gesund machen würde, statt sie ins Zuchthaus oder ins Gefängnis zu schicken. Denn dort, hatte Doktor Qvarnström gesagt, dort hätte sie echtes Leiden zu kosten bekommen. Das hier war überhaupt nichts im Vergleich zum Zuchthaus. Nein, wahrhaftig nicht!

Sie erreicht den Hof und geht durchs Tor, das offen steht. Die anderen Irren sind um diese Tageszeit eingesperrt. Und sie läuft ins Hauptgebäude, wo sie ihre Holzschuhe auszieht und anfängt, die Fensterscheiben einzuschlagen, ganz mechanisch, eine nach der anderen. Wenig später sitzt sie in Isolierung, und wenn es nach ihr ginge, bräuchten sie sie erst nach ein paar Wochen wieder rauszulassen.

Sie verfolgt, wie die Sonne durchs Zimmer wandert. Stück für Stück beleuchtet sie verschiedene Teile der braun und senfgelb gestreiften Wände. Die systematische, rationale Wiederholung und die erdigen Farben sind dazu gedacht, eine beruhigende Wirkung auf einen angegriffenen und aufgewühlten Geist auszuüben. Doch Kristinas Geist ist weder angegriffen noch aufgewühlt. Sie presst die Lippen fest zusammen und atmet durch die Nase, und vielleicht geht ihr Atem ein bisschen schneller als normal, vielleicht klopft der Puls heftiger an den Handgelenken als sonst, und vielleicht huscht ihr Blick auf eine Art über die Wand, die die Pflegerinnen normalerweise misstrauisch machen würde. Aber jetzt sind keine Pflegerinnen in der Nähe, und Kristina schlägt den Hinterkopf gegen die Wand, ganz leicht, es ist eher ein Klopfen, während sie ihren Gedanken freien Lauf lässt.

Es war wie ein Schlag in den Magen, ihn zu sehen, das gesteht sie sich unumwunden ein. Seine hellen Augen, der Bernsteinblick und der rötliche Bart. Er sah fast so aus wie immer, nur etwas gröber, mit leichten Falten am Mund und an den Augenwinkeln. Sie hatte nicht erwartet, jemals wieder einen Menschen aus ihrer Heimatgegend wiederzusehen. Sie hatte sich längst mit dem Gedanken abgefunden und diese Insel zu ihrer Heimat erkoren. Und auch zu ihrem Schutzort.

Aber jetzt …

Kristina holt tief Luft und drückt die Hand an die Stirn. Jetzt zittern ihre Finger ein wenig, und sie fährt sich mit der Hand übers Gesicht, drückt sie auf Mund und Nase, schnäuzt sich in die Finger und trocknet den Schleim an ihrer Bluse ab.

Er hätte mir einen Brief schicken können, den mir dann jemand vorgelesen hätte. Er hätte mich besuchen können. Einmal! Und das hätte vollauf gereicht! Vielleicht vor fünf Jahren? Oder vor zehn? Aber warum jetzt?

Da ist ein Schmerz, und der liegt irgendwo in ihrem Körper auf der Lauer. Sie kennt ihn. Wie er abwartet. Dabei hatte sie doch geglaubt, sie habe ihn abgeschüttelt, und das hätte sie vielleicht auch, wäre da nicht dieser Eindringling aus der echten Welt gewesen, der in ihr versperrtes und verstecktes Innerstes eindrang und vordrang. Erland, Erland Björkestam, der das Dorf wieder näher an sie heranbrachte. Er trägt es in seinem Körper und wandert damit durch die Krankenhausflure, und sie ist noch nicht bereit, ihn zu sehen, sie will ihn noch nicht sprechen hören, von ihren Eltern hören …

Jetzt zieht sich ihr Zwerchfell zusammen, jetzt kommt die

Nachwirkung des Schlages, das, worauf sie sich unten am Strand gefasst machte, als sie seinem Blick begegnete. Das war es wohl, es war eine Wut, die sie befallen hatte, als sie ihn sah, und sie musste davonrennen, um ihn nicht auch sofort niederzuschlagen, wo sie schon mal dabei war. Aber jetzt, nachdem der Zorn ihren Körper verlassen hat, drückt sie die Arme auf den Bauch und rollt sich auf ihrem Bett zusammen, sie heult wie eine Wölfin, die mit einer Pfote in der Falle steckt, und so bleibt sie liegen, bis es dunkel wird und Fredrika an ihre Tür klopft. Sie antwortet nicht, die Tür geht leise und diskret auf, und Fredrika tritt ein.

Seit zehn Jahren pflegt Fredrika diese Frau, aber sie hat sie noch nie so daliegen sehen wie jetzt, die Decke fest im Arm, verloren in ihrer Sehnsucht nach einer Vergangenheit, die man bereuen, aber niemals verändern oder wiederaufnehmen kann. Einen Augenblick bleibt sie unschlüssig stehen, dann geht sie zu Kristina und setzt sich aufs Bett, das unter ihrem gemeinsamen Gewicht knarzt. Kristina hat das Gesicht zur Zimmermitte gewandt und starrt ins Leere, und ihr Blick … ihr Blick aus weit offenen Augen ist so, dass Fredrika ihr die Hand auf die Schulter legt und dann ihren Oberkörper an sich zieht. Sie bettet Kristinas Kopf auf ihren Schoß, und mit ihrer schwieligen, derben Hand streichelt sie der liegenden Frau übers Haar. Kristina spürt die Berührung, sie hat große Ähnlichkeit mit den Liebkosungen ihrer Mutter. Das Haar bleibt genauso in den rauen Stellen ihrer Handflächen hängen, und die ungeschickte Zärtlichkeit will mehr geben, als sie kann. Sie kann es nicht vermeiden, dass ihr die Tränen in die Augen steigen, aber sie versucht, ganz still liegen zu bleiben. Doch bald spürt Fredrika die ersten lautlosen Zuckungen in Kristinas Körper. Sie bleibt sitzen und streichelt ihr weiter das Haar. Als sie merkt, dass Kristina eingeschlafen ist, legt sie sie vorsichtig aufs Bett und flüstert ein »Gute Nacht«. Dann beendet sie ihre Runde, auf der sie sich jetzt verspätet hat, und sie denkt sich, dass es manchmal nur so wenig braucht, so wenig, um einen Menschen wieder geradezurichten, der ein bisschen aus der Spur geraten ist.

In ihren Träumen ist alles noch da, und am Morgen liegt Kristina mit ihrer Wange auf der rauen Matratze und geht die Bilder durch, die die Nacht aus den Taschen ihres Gedächtnisses geholt hat. Ihre Mutter, die mit der Magd Salma über den Hof zum Stall geht. Der Friede im Häuschen, wenn sie im Schein einer Wachskerze dasaß und nähte, und das Feuer prasselte neben ihr, und ihre Mutter saß ihr gegenüber. Und ihr Vater. Ihr Vater, der einen dicken Klotz Brennholz ins Feuer legte und sich dann hinsetzte und sie beide einfach nur beobachtete. Ihre Mutter, die manchmal aus heiterem Himmel den Kopf zurückwarf und loslachte, über irgendetwas, was Vater sagte, und dabei ganz vergaß, die Hand vor den Mund zu halten, als wären ihre schlechten Zähne nicht mehr wichtig, wenn sie unter Menschen war, die sie liebte.

Mutter hebt sie hoch, und Kristina legt ihr lachend die Hände auf die Wangen.

Ich habe dich wohl geliebt, Mutter, denkt sie, obwohl sie sich auch an die Härte erinnerte.

Die Hände, die sie an den Haaren rissen, bis ihr die Augen tränten. Die Finger, die sie ins Ohr kniffen und sie von einem verbotenen, gefährlichen Ort wegführten. Die Schläge auf den Kopf und ins Genick, als sie an einem Brunnen stand und hineinschaute und beinahe hineingefallen wäre. Sie sieht ihre Mutter am Pflug, Furche um Furche zieht sie, und sie selbst läuft hinterher und setzt die Kartoffeln. Ihre Knie tun weh, als sie so in der weichen Erde herumlaufen muss. Der Rücken tut ihr weh, vom vielen Bücken, um die Kartoffeln in die Ackerfurchen zu legen. Ihre Mutter wirft einen Blick auf sie, und in ihren Augen ist die Angst zu lesen, Angst, es nicht zu schaffen, nicht zu genügen, es nicht bewältigen zu können, Angst davor, was mit ihnen allen passieren würde, wenn sie mitten in so einer Ackerfurche zu Boden sinken würde. Sie hat keine Söhne, die ihr helfen können. Nur Kristina. Kristina, die sie enttäuscht hat und fortgegangen ist.

Gott hat die Erde verflucht, und dort geht Hilma mit ihrem Pflug und vertraut auf sie. Die Schwielen an ihren Händen kratzen Kristina auf den Wangen, wenn sie sie streichelt. Hart wie Holz ist ihre Mutter, eine Frau, so zäh und herb wie Wacholder. Kristina dreht sich auf die Seite und wischt sich die Wangen mit dem Handrücken trocken. Das Geräusch von Schritten nähert sich, aber sie bleibt liegen, als Fredrika die Tür aufsperrt und ins Zimmer kommt. Sie hat den neuen Pastor mitgebracht. Erland Björkestam.

14

Sie gehen zusammen am Strand entlang, ganz langsam, mit zögerlichen Schritten, Richtung Tyttökallio. Wo er sich hinsetzt und ihr mit einer Geste bedeutet, dass sie sich neben ihn auf den Felsen setzen soll. Als Kristina zum ersten Mal auf den Felsen stieg, der sich hoch über das Meer erhebt, und die Kraft der Winde spürte, die vom Meer herwehten, hatte sie einen Augenblick rauschhaften Freiheitsgefühls erlebt. Als würde man auf dem Weltendach stehen und über Land und Wasser blicken, die dort weit unter einem liegen. Sie hatte Höhenangst. Es war nicht ungewöhnlich, aber überraschend. Jetzt setzt sie sich neben Erland. Er hat die Beine angezogen und stützt die Arme auf die Knie. Seine Finger zupfen an einem Kiefernzapfen, den er in kleine Teile zerbröckelt, bevor er sie auch nur anschauen kann. Man hat ihn gefragt, ob er sich wirklich sicher genug fühlt, um allein mit einer Patientin zu sein, aber er hat die Wahrheit gesagt, dass er nämlich die Patientin Kristina Andersson von Kindesbeinen an kennt. Dass sie ihm niemals etwas tun würde. Sie sitzt in einem gewissen

Abstand zu ihm, abwartend, aber doch nah genug, um hören zu können, was er sagt, und antworten zu können, ohne dass sie die Stimme heben müssen. Sie lässt den Blick übers Meer schweifen. Es ist so hellblau, vor allem jetzt im Frühjahr. Immer noch so fremd nach all den Jahren. Dann beginnt er zu sprechen. Zögernd zunächst. Er beginnt irgendwo mittendrin, um überhaupt einen Anfang zu finden, und erst hört sie ihm zu, ohne zu antworten, ohne Fragen zu stellen, ohne zu wagen, ihn anzuschauen, atemlos von diesem Moment, von diesem Jemand an ihrer Seite, der kennt, was und wen sie kennt, einer, der alles erzählen kann, worüber sie sich so lange den Kopf zerbrochen hat.

»Das Dorf«, sagt Erland, »ist im Grunde unverändert. Jedenfalls fast, soweit ich das das letzte Mal sehen konnte«, und dann wagt sie ihn doch anzuschauen, seinem Blick zu begegnen, denn genau so hat sie es sich auch vorgestellt.

Wenn sie die Augen zumacht, sieht sie den Hof mit den Gemüsebeeten, dem Misthaufen hinter der Trockenscheune mit dem Getreide, die Johannisbeersträucher, die Apfelbäume, Mutters Rosen neben der Bank vor dem Pferde- und Kuhstall. Die niedrigen roten Gebäude des Vierkanthofs. Das Wohnhaus mit der Dachwohnung. Es ist höher als die anderen. Dann das Hühnerhaus und der Stall für ihre zwei Pferde, Vilma und Mirkku, junge, zähe Zugpferde, der Kuhstall mit ihren paar Milchkühen. Die Schafe. Auf der anderen Seite des Hofes liegt die Trockenscheune, auch sie zweigeschossig, aber viel niedriger. In der Trockenscheune wohnte die Magd Salma. Sie arbeitete hier für Kost und Logis. Unter ihr die Schafe in ihrem Verschlag und das Winterfutter. Der Zaun rund um den Hof, der die Hennen auf dem Gelände hält. Das Tor, auf dem Kristina immer schaukelte, als sie noch klein war. Die Nesseln hinter der Trockenscheune. Die Felder dahinter. Der Wald.

Kristina lächelt. Sie kann ihre Mutter auf der Wiese vor dem Wald sehen. Und als sie dieses Bild gesehen hat, als sie ihre Mutter auf der Wiese gesehen hat, findet sie auch den Mut zu fragen:

»Und Mutter? Und Vater?«

Er muss den Ton in ihrer Stimme gehört haben, die Angst, denn er wendet ihr den Kopf zu und schaut sie an.

»Sie leben, Kristina. Alle beide!«

Sie macht die Augen zu. Sie kann nicht anders. Sie schließt die Augen und lächelt, während die Erleichterung die harten, verspannten Knoten in ihrem Körper auflöst. Der Wind streicht ihr weich über die Wangen, und ganz weit unten hört sie die Wellen, die gegen den Felsen donnern, immer wieder und wieder und wieder.

»Gott sei Dank. Dem lieben Gott sei's gedankt.«

Sie nickt, wischt sich mit den Fingerspitzen unter den Augen entlang und seufzt.

»Sie haben Sie nie vergessen. Sie haben sich auch Sorgen gemacht. Sie könnten ihnen ja vielleicht einmal schreiben – wenn eine Weile vergangen ist und Sie darüber nachdenken konnten?«

Kristina wendet ihm das Gesicht zu. Sie schaut ihn eine Weile an, sammelt ihre Gedanken, schüttelt dann aber den Kopf.

»Wie meinen Sie das? Ihnen schreiben?«

»Ja. Einen Brief.«

Er sagt das so einfach. Als müsste man bloß einen Schritt machen. Auf einen Baum klettern. Einen Stein werfen. Einen Brief schreiben.

»Einen Brief?«

»Ja.«

»Aber ich hab doch kein Geld … Ich kann nicht …«

»Ich helfe Ihnen.«

Sie verstummt und schaut ihn an. Einen Brief schreiben. Und er wird ihr helfen. Erland lächelt sie an, und sie runzelt verdattert die Stirn.

Er ist so … normal. Genau wie früher.

Er erzählt weiter vom Dorf und von Einari. Einari ist zurückgekommen. Aber statt zu seinen Eltern zu ziehen, ist er bei Hilma und Erik Andersson eingezogen.

Kristina runzelt die Stirn und wendet ihm verdutzt den Kopf zu. Erland wirft ihr einen raschen Blick zu, bevor er wieder aufs Meer schaut.

Ja, nickt Erland. Auli kam und klopfte an seine Tür, aber er weigerte sich, mit ihr zu gehen. Wütend war er, jahrelang, und gebrochen vor Kummer. Seine Bewegungen wurden immer langsamer, und er stapfte über den Hof bei seinen verschiedenen Tätigkeiten, schweigend und geduldig, grimmig und hartnäckig. Er meinte wohl, er müsse etwas wiedergutmachen, sagte Erland, aber das könne er nicht mit Sicherheit sagen, denn Einari ließ sich nie in der Kirche sehen, und er redete auch nicht mit Erland. Eines Tages verschwand er vom Hof, und niemand hörte mehr von ihm. Es gab jedoch Gerüchte, er habe vor acht Jahren eine Irene Blomster geheiratet, die einen Bauernhof in Sibbo hat. Als Kristina das hört, schweigt sie einen Moment und lässt die Worte auf sich wirken.

»Das ist gut«, sagt sie. »Genau so soll es auch sein.«

Doch während sie es ausspricht, merkt sie, dass das gelogen ist.

»Eines sollten Sie aber trotzdem wissen«, sagt Erland, »im Hinblick auf den Brief, den Sie vielleicht schreiben möchten.«

Nachdem Kristina fortgeschickt worden war, war ihre Mutter Hilma so schlimm krank geworden, dass sie sich alle große Sorgen gemacht hätten. Sie war bettlägerig gewesen, und Salma hatte den Haushalt übernehmen müssen, mit Hilfe einer anderen Magd, Merja. Es kam die Eltern hart an, für die Hilfe von Außenstehenden bezahlen zu müssen, auch wenn Salma im Laufe der Jahre wie ein Familienmitglied geworden war, und es war auch ein Glück, dass sie Einari hatten. Hilma trauerte heftig um Helmi, und sie hatte sich nicht mit dem Gedanken versöhnen können, dass das Mädchen jetzt weg war. Sie sah sie überall. Sie hatten schon Angst gehabt, Hilma würde am Ende denselben Weg nehmen wie Kristina, und so versuchten sie, ihr so viel Ruhe wie möglich zu geben. Knapp vier Monate lag sie im Bett, und der Arzt musste ziemlich oft zum Hof kommen. Doch nach und nach schien sie sich doch wieder ein bisschen zu erholen.

»Aber sie ist nicht mehr dieselbe. Sie wurde nie wieder wie früher«, erzählt Erland.

Als das Mädchen starb, starb auch etwas in ihr, und obwohl sie sie nicht mehr sah, lief das Mädchen geradewegs durch ihren Körper und auf der anderen Seite wieder hinaus, und jedes Mal hinterließ sie eine klaffende Lücke. Kristina hat auf ihre Hände geschaut, während er redet. Dann schaut sie ihn direkt an.

»Wie haben Sie mich gefunden?«, fragt sie dann. »Nach all den Jahren?«

»Ich habe vor ein paar Jahren mal nach Pitkäniemi geschrieben, aber die sagten, Sie wären verlegt worden. Ohne dass jemand etwas davon wusste. Hierher. So nah. Und als dann die Stelle auf Nagu frei wurde, habe ich sie genommen. Ich war vorher in Sjundeå, aber dort hat es mir nicht gefallen, und ich …«

»Sie haben das Dorf verlassen? Warum?«

Erland blinzelt aufs Meer. Schweigt einen Augenblick.

»Ich konnte nicht bleiben. Es war zu schwer zu ertragen. Ich hätte überhaupt nie dorthin zurückkehren dürfen. Aber ich nehme an, ich war einfach neugierig. Nach allem, was ich gehört habe, ist der neue Pastor äußerst beliebt.«

»Und warum meinten Sie, dass Sie mich suchen müssten? Weil Sie sich irgendwie schuldig fühlten? Sie haben diesen Brief geschrieben, der mich ins Irrenhaus gebracht hat?«

»Kristina … Wenn Sie wüssten, wie mich das gequält hat. Der Gedanke, dass ich mich damit schuldig gemacht habe. Ich habe keinen Trost gefunden in dem Gedanken, dass …«

»Nein, Herr Pastor. Ich tadle Sie überhaupt nicht. Ich will Ihnen danken. Ihnen ist das vielleicht nicht so klar, aber … es ist gut, hier zu sein. Die Seele bekommt Ruhe. Das ist hier ein schöner Ort auf Erden.«

Erland schaut sie verzweifelt an.

»Wie können Sie so etwas sagen? Dass das hier ein guter Ort zum Leben ist? Sie sind nicht krank, Kristina. Wie können Sie hier zwischen all diesen kranken und unglücklichen Seelen leben?«

»Bin ich denn nicht krank? Was meinen Sie, Herr Pastor? Sie wissen doch, was ich getan habe. Acht Jahre lang habe ich das Mädchen überall gesucht. Ich habe sie gesehen, genauso wie meine Mutter, und ich habe sie in jedem Winkel und jeder Ecke dieses Krankenhauses gesucht. Wie können Sie da behaupten, Sie wüssten, ob ich krank bin oder nicht?«

»Entschuldigen Sie, Kristina, das wollte ich ja auch gar nicht behaupten. Ich sage nur das, was ich sehe, und wenn ich Sie jetzt anschaue, sehe ich keinen kranken Menschen. Dreizehn Jahre, Kristina. Dreizehn Jahre an diesem Ort. Sie hätten sechs Jahre Zuchthaus bekommen. Vielleicht nicht einmal sechs. Aber ich habe Ihr Leben einfach weggeworfen …«

Kristina schüttelt den Kopf und schaut ihn an.

»*Ich* habe mein Leben weggeworfen. Ich hab mich nur so schrecklich danach gesehnt, mich einmal ausruhen zu dürfen. Eine Nacht zu schlafen, ohne dass mich jemand aus dem Schlaf reißt. Jetzt kann ich mich wirklich ausruhen, wenn ich es schaffe einzuschlafen«, sagt sie und lächelt ohne einen Hauch von Freude. »Wissen Sie … Manchmal wache ich morgens auf, vielleicht nach einem Traum, in dem alles immer noch so war wie früher, als die Kinder klein waren, als ich jung war, als noch nichts passiert war … und dann lagen wir da im Bett, in der Wärme … und ich lächle ein bisschen, bis mir auf einmal bewusst wird, wie es in Wirklichkeit ist. Und dann werden sie mir noch einmal genommen, und das ist so … Ich kann nicht …«

Sie ballt die Faust und schlägt sich damit leicht auf die Brust, während sie spricht.

»Sie müssen sehr böse auf Gott sein, und ich tadle Sie nicht dafür«, sagt Erland.

»Auf Gott sollte ich böse sein? … Gott hat mich gerettet, Pastor Björkestam. Ich war so weit, dass ich mich nur noch in die Stromschnellen legen wollte, und ich hätte es auch getan, wenn Gott mir nicht diesen Zustand geschickt hätte, sodass ich nicht konnte, nicht wusste, was ich tat«, sagt Kristina.

Erland schweigt einen Augenblick. Er blinzelt zum Meer und schüttelt dann den Kopf.

»Ich weiß nicht, was ich sagen soll, Kristina. Aber eines weiß ich. Der Herr ist denen nah, die ein gebrochenes Herz haben, und er rettet die, die geistig verloren sind. Sie wussten nicht, was Sie taten, als Sie Ihre Kinder ertränkt haben. Und Sie haben selbst gesagt, dass Sie acht Jahre in geistiger Umnachtung verbracht haben. Ist das nicht Strafe genug?«

»Diese Frage entscheiden nicht Sie. Ich habe überhaupt nicht das Gefühl, meine Verbrechen gesühnt zu haben, und ich bin froh, sie jeden Tag aufs Neue zu sühnen.«

»Nein. Sie werden gesund werden, Kristina. Schauen Sie sich doch an, wie Sie hier sitzen und mit mir reden. Sie können gesund werden, Kristina, wenn Sie es nur versuchen.«

Sie schüttelt den Kopf und schaut auf ihre Hände.

»Was wollen Sie hier, Erland Björkestam?«

Sie schaut ihn eine Weile an und deutet dann mit einem Nicken zum Friedhof. Erland folgt ihrem Blick.

»Ich werde diese Insel niemals verlassen«, sagt sie. »Von hier … Von hier führt nur ein Weg fort, und der geht dorthin.«

Erland lässt sie beim Garten allein. Den hat sie zu ihrem ganz eigenen Teil der Insel gemacht, der nur ihr allein gehört, und sie setzt sich zwischen die Märzenbecher, die schon herausgekommen sind und der Welt ihre Farben schenken, obwohl die Nächte immer noch kühl sind. Sie rupft ein paar frühe Unkrauttriebe aus.

Erland hat darum gebeten, dass sie aus der Isolierung genommen wird, und man hat seiner Bitte entsprochen. Er ist erst seit ein paar Tagen auf der Insel, und schon hat er gezeigt, dass er Veränderungen bewirken kann.

Wenn er wohlwollend ist.

Sie schaut sich um. Betrachtet das Durcheinander aus Stängeln und Blättern in den Beeten, und die Wege, die durch die Pflanzen schneiden und sie in organisierte Felder einteilen. Ein geordnetes Durcheinander.

Will er versuchen, so etwas zu schaffen?

Sie atmet tief durch.

Warum fragt mich niemand, was ich will?

Die Pflanzen riechen intensiv, aber es ist kein angenehmer Geruch.

Nach Hause.

Er hat von diesem Zuhause mit einer Selbstverständlichkeit gesprochen, die sie nicht so recht verinnerlichen kann. Dass sie nach Hause soll. Er will ihr helfen, dass sie wieder nach Hause kann.

Welches Zuhause?, würde sie ihn am liebsten fragen. *Und wozu?*

Sie sieht sich selbst, wie sie die Küche ihrer Mutter betritt. Sie sieht den Rücken, den die Mutter ihr zuwendet, in ihrem dunkelblauen Kleid, das Schürzenband hinten zu einer strahlend weißen Schleife gebunden.

Würdest du dich umdrehen? Würdest du mir entgegengehen? Würdest du mich wiedererkennen? Würden wir uns in die Arme fallen?

Sie schüttelt den Kopf, und hinter ihren Lidern brennen die Tränen. Er glaubt, dass er sie vorm Zuchthaus gerettet hat, als sie wirklich so krank war, wie ein Mensch nur werden kann. Sie war nicht arbeitsfähig. Sein Brief spielte keine Rolle, sie hatten ja selbst gesehen, wie es um sie bestellt war. Er hat die Verantwortung für ihre Lage übernommen, als wäre er ein gefolterter Held. Er nahm sich das Recht, ihr Leiden zu teilen und darin einen Sinn für sein eigenes Leben zu finden, eine Schuld, um die er etwas herumbauen kann. Aber das war eine Fantasie, genauso verzerrt wie die Albträume, die sie in den ganzen Jahren gequält haben. Es verschafft ihr keine Linderung, dass er ihr das gestohlen hat. Aber es berührt sie auch nicht.

Sie nimmt eine kleine Harke und beginnt, das Unkraut zusammenzurechen. Sie arbeitet, bis sie anfängt zu schwitzen.

Wie kannst du es wagen?, denkt sie. *Wie kannst du es wagen, dir einzureden, dass das etwas ist, was wir teilen, und dich damit in mein Leiden drängen?*

Sie hackt mit einem Spaten in die Erde. Gräbt ziellos. Vor ihren Augen verschwimmt alles. Denn Erlands Worte haben eine verborgene Saite in ihr angeschlagen, etwas ganz Geheimes, was sie in ihrem tiefsten Inneren aufbewahrt hat, wie ein Kleinod, das sie versteckt hat und das herauszuholen und im klaren Licht ganz nüchtern zu betrachten sie einfach Angst hatte.

Zurückgehen.

Wie oft hat sie sich so etwas vorgestellt? Irgendwie zurückgehen? Allerdings ohne genau zu wissen, wie das aussehen sollte. Sie sieht sich selbst über den Weg gehen, den sandigen, staubigen Weg, der über die Hügel bis zu der kleinen Holzhütte am Fluss führt. Der Wind lässt ihre Röcke um die Schnürstiefel flattern. Die Hügel sind graubraun. Nass. Es ist Herbst. Sie geht über den schmalen, steinigen Pfad bis ganz zur Hütte. Die Fensterscheiben sind längst eingeschlagen. Die Wände tragen Narben vom Zahn der Zeit. Sie kann sich noch erinnern, wie sie aussah, als sie hier war. Am Herd stand. Das fleckige Kleid. Die angespannten Kiefer. Die schmerzenden Schultern. Die schnellen, ruckartigen Bewegungen. Der Zorn, den sie in alle Richtungen ausließ. Sie atmet schneller. Bohrt ihren Spaten in die Erde, immer wieder. Das Geräusch wird lauter, bis es ihren Kopf zur Gänze erfüllt. Die Stöße gehen durch den Arm und pflanzen sich durch den Körper fort. Sie beißt die Zähne zusammen. Sie keucht. Sie macht die Tür auf, und dort ist niemand. Sie nicht. Einari nicht. Die Kinder nicht. Niemand hat das Haus berührt, seit sie es verlassen hat, und die Decke liegt immer noch so da, hastig zur Seite geworfen, wie an dem Morgen, als sie allein aufwachte und die Kinder weg waren. Der Spaten gräbt sich in die Erde. Macht ein tiefes Loch. Steine. Dunkle Erde. Hellerer Sand. Und dann. Sie hört auf zu graben. Ein Käfer schlüpft aus der Erde und krabbelt über den Boden, verschwindet zwischen dem Unkraut. Noch einmal. Dann quellen sie aus der Erde. Sie lässt den Spaten fallen. Sie krabbeln aus dem Loch, das sie gegraben hat, und bedecken wenig später den Boden. Maden, Larven, Käfer, Tausendfüßler, Spinnen, sie huschen ihr über die Hände, und sie schreit und schüttelt sie ab. Schaut sich um, aber niemand hört sie. Sie steht auf. Stampft mit den Füßen auf. Wischt sie ab. Bürstet sich mit den Fingern den Rock ab. Schreiend, zitternd, sie sind überall, im Haar, im Gesicht, im Mund, in den Ohren. Sie wischt fieberhaft an sich herum, schüttelt den Kopf, damit die Viecher herunterfallen, schlägt sich auf die eigenen Wangen und den Hals, dann rennt sie zum Krankenhaus, fuchtelnd, wischend, zitternd, stampfend, schreiend, Fredrika entgegen, die sie mit ausgebreiteten Armen empfängt, und Kristina rennt ihr geradewegs in die Arme.

15

Pastor Erland Björkestam hat es eilig. Er kommt über die Wiese getrabt, die grün in der Morgensonne glitzert, und die Hosenbeine flattern ihm um die Knöchel. Er ist körperliche Anstrengung nicht gewöhnt, deswegen keucht er, als er sich neben Kristina setzt, die auf ihrer Bank bei der Linde sitzt.

Die Wand hinter ihnen gibt wie immer etwas Kühle ab, und

der Schweiß auf seiner Stirn wird rasch kalt. Der enge Priestermantel, den er gerne ausziehen würde, was natürlich nicht geht, hält wiederum seine Körperwärme fest und verhindert, dass sie verfliegt. Er spürt die nassen Flecken unter den Achseln und stützt sich mit den Händen auf die Knie, während sich seine Atmung nach dem kurzen Lauf bald beruhigt. Dann schaut er Kristina an, die dort so ruhig und so zufrieden neben ihm sitzt, und wie so oft denkt er sich, dass es ihm guttut, sie so zu sehen, dass sie ihn damit glücklich macht. Sie ist ein Stück von etwas Vertrautem an einem ansonsten fremden Ort, und jetzt hat er ihr etwas zu erzählen, etwas, was sie auch glücklich machen kann. Er strahlt übers ganze Gesicht, weil er ihr diese Nachricht überbringen kann, und sie muss den Blick abwenden, weil seine treuherzige Unschuld sie so blendet, obwohl er ein erwachsener Mann ist.

»Ich habe mich ein wenig mit der Oberschwester unterhalten«, sagt er. »Über Ihre Situation, und sie hat mir erzählt, was für große Fortschritte Sie in den letzten zwei Jahren gemacht haben. Das freut mich sehr, Kristina, dass sie so zufrieden mit Ihnen ist. Wir haben auch darüber gesprochen, wie Ihre Zukunft aussehen könnte, und dabei kamen wir dann auf eine Entlassung zu sprechen.«

An dieser Stelle macht er eine Pause, und sie schaut ihn an. Ihre alte Gereiztheit macht sich wieder bemerkbar. Er hat überhaupt nicht gefragt, ob er sich zu ihr setzen darf. Er ist hier angerannt gekommen und hat sie aus ihren Gedanken und Überlegungen gerissen, als würde er meinen, dass sie sowieso nie wirklich nachdenkt. Er hat sich hinter ihrem Rücken in ihre Angelegenheiten eingemischt, und jetzt redet er, als hätte er ein Geheimnis. Sie lässt den Blick über ihn gleiten und wendet ihn dann wieder ab. Sie wünschte, er würde gehen und sie in Frieden lassen.

»Es ist durchaus möglich«, fährt er fort, »dass Patienten, die große Fortschritte gemacht haben und als ungefährlich und arbeitswillig eingeschätzt werden, in die Aufsicht von Familien entlassen werden können, zum Beispiel auf dem Festland oder auf Nagu.«

Kristina denkt einen Augenblick über seine Worte nach. Sie weiß noch, dass bereits einmal im Gespräch war, sie könnte vielleicht nach Nagu fahren. Sie hatte jedoch gehört, dass die Familien, die solche Patienten bekamen, sie schlimmer schinden ließen als ihre Ackergäule. Dann kamen sie nach dem Sommer völlig kaputtgearbeitet zurück und wollten nicht wieder dorthin, deswegen hatte sie sich von vornherein geweigert.

»Also habe ich mich bei der Oberschwester erkundigt, ob es nicht möglich wäre, dass Sie in den Dienst der Kirche treten könnten.«

Seine Stimme zittert unterdrückt vor lauter Übereifer. Es juckt auf ihrem Trommelfell, als wäre ihr eine Grille in den Gehörgang gekrabbelt und würde dort sitzen und zirpen. Sie würde sie zu gerne herausholen. Sie fühlt sich schon seit einer Weile so. Niedergeschlagen. Sie tut ihr Bestes, um ihre zunehmende Melancholie zu verbergen, aber sie denkt jetzt schon an den Winter und daran, wie sie ihn überstehen soll, und in ihrem Inneren zieht sich ein Unwetter zusammen. Sie merkt, wie sie sich innerlich zurückzieht. Wie ein verletztes Tier, das sich von den anderen entfernt, um in Ruhe sterben zu können.

»Hören Sie nicht, was ich sage, Kristina? Sie sollen ins Pfarrhaus kommen und dort helfen! Sie können den Haushalt im Sommer ganz so führen, wie Ihnen der Sinn steht. Ich brauche wirklich jede Hilfe, die ich bekommen kann. Ich muss zugeben, ich habe dort in den letzten Wochen wie ein ungeschickter Junggeselle gehaust, und das Haus sieht jetzt auch so aus, darauf bin ich wirklich nicht stolz, und im Spätsommer, zur Erntezeit, kommt meine Frau, und dann wird natürlich sie die Zügel übernehmen, aber sie braucht sicher auch jemand, der ihr mit den Kindern hilft, vor allem, wenn sie sich auf …«

Erland Björkestams Stimme geht unter im Rauschen ihres Blutes, ein Geräusch, das ihren ganzen Kopf ausfüllt.

Die Kinder.

Die Kinder, hat er gesagt.

Die Luft ist zum Schneiden dick vom Sommer, vom Surren der Insekten, die die Lindenblüten aussaugen, und sie schaut ihn an und sieht den Mund, der sich bewegt, die Worte, die nur so herauspurzeln, die sie auffängt und mit der Hand festhält.

Perlen.

Sie glitzern und schimmern wie Perlen.

Die Kinder, hat er gesagt. Und das verändert alles.

Sie verstummt, und sie merkt, dass sie nickt. Sie nickt und lächelt, und ab diesem Morgen gibt es in ihrem Kopf nur noch einen einzigen Gedanken. Er singt in ihr, wenn sie morgens in den Stall geht, um die Kühe zu melken. Sie summt ihn leise, wenn sie in der Küche das Geschirr abwäscht und den Flurboden mit dem Besen fegt. Es klingt wie ein Glockenspiel in ihrem Kopf, wenn sie sich abends hinlegt.

Die Kinder.

Die Kinder sind unterwegs.

Sie sind unterwegs.

Zurück zu mir. Die Kinder sind unterwegs, zurück zu mir.

Aus der dunkelsten Zimmerecke hört sie abends die Stimme des Mädchens. Sie schlängelt sich bis zu ihr, dünn wie ein Faden.

»Jetzt ist es so weit, Mama. Jetzt ist es so weit. Jetzt, jetzt, jetzt.«

Und am nächsten Tag beginnt sie ihre Arbeit damit, dass sie in ihrem Garten das Mädchen aus der Erde gräbt.

Näher ist sie einer Abreise noch nie gekommen. Er rudert, sie sitzt im Heck, und mit jedem Ruderschlag wird ihr stärker bewusst, wie unglaublich es ist, dass sie zum ersten Mal seit dreizehn Jahren die Insel verlässt. Niemand rennt ihr am

Strand hinterher. Niemand ruft, dass sie stehen bleiben soll, dass sie ausgerissen ist, und niemand wird sie am Abend einsperren. Die Kirche wird immer kleiner, und Erland schwitzt immer mehr und wird immer müder, denn bis nach Nagu muss man eine Stunde rudern, und sie fragt ihn, warum er nicht segeln oder auf die Fähre warten wollte. Doch er lächelt sie mit offenem Mund an und sagt zwischen seinen keuchenden Atemzügen, dass ihm die körperliche Anstrengung guttut. Und er möchte, dass Kristina das Wasser und die Sonne genießt. Also blinzelt sie in die Sonne und schaukelt mit den Bewegungen des Bootes mit.

Im Inselhafen sieht sie fremde Menschen, und sie wendet den Blick ab und umklammert ihr Kleiderbündel mit den Armen. Sie hat immer noch ihre Anstaltskleidung an, damit man ihr ansieht, dass sie aus dem Irrenhaus kommt und dass man sich von ihr fernhalten soll, und sie hält den Blick starr auf den Boden gerichtet, damit sie nicht sehen muss, wie sie untereinander tuscheln und ihr scheele Blicke zuwerfen.

Das Pfarrhaus ist gelb, ein zweistöckiges Holzhaus mit einer Wiese, die zum Wasser hin abfällt. Der Überrest eines Mittsommerbaums steht an dem kleinen Strand, der zum Schwimmen genutzt werden kann und an dem der Steg kreuzförmig in die Bucht hineinragt. Rechts von diesem Strandstück erhebt sich ein glatt geschliffener Bergrücken, wie eine Landzunge. Knodden heißt er, hat Erland erzählt. Einen Steinwurf vom Pfarrhaus entfernt ist ein Stall, und dort findet Kristina zwei Kühe, die Blässar und Iitu heißen. Im Stall steht das Zugpferd Gulliver, ein stämmiges Finnisches Kaltblut. Schafe haben sie vier, und Hühner offenbar genauso viele. Schlachtvieh gibt es keines, Fleisch muss man also im Laden kaufen. Hinter dem Haus erstrecken sich die Felder, die zum Pfarrhof gehören, und das kleine Dorf, und sehr bald erkennt man, dass diese Insel an die Anstaltsinsel erinnert, und dass diese Gemeinde an die Gemeinde in Andtböle erinnert, und dass es eigentlich überhaupt keinen Unterschied macht, wo Kristina hingeht, weil alle Menschen letztlich ähnlich sind. Nur die Landschaft ist verschieden.

Die Bewohner von Nagu sind das Krankenhaus und die Irren gewohnt. Ungefähr zehn Personen leben in der Gegend, die meisten von ihnen sind Männer, die man zu Zeiten hierherschickte, als das Krankenhaus noch Patienten beiderlei Geschlechts aufnahm, und einer ist sogar ganz entlassen worden.

Entlassen, denkt Kristina, die Erlands Idee zu Anfang sehr feindselig gegenüberstand. *Ja, vielleicht.*

Es bedeutet jedoch nicht, dass die Bewohner nicht doch ein wenig Angst vor ihr haben. Wenn sie sie ansprechen, reden sie oft ganz langsam und deutlich, als wäre sie taubstumm, und niemand versucht, ihr näher zu kommen oder mehr als ein paar Worte mit ihr zu wechseln. Sonntags fährt sie mit Erland auf die Anstaltsinsel, um sich zu zeigen und um in die Kirche zu gehen, aber ansonsten bewegt sie sich nicht nennenswert vom Pfarrhaus weg, das sie im Laufe des Sommers ganz zu dem ihren macht.

Sie hat jede hauchdünne Porzellantasse mit der dazugehörigen Untertasse abgewaschen und sie in kerzengeraden Reihen in den Geschirrschrank in der Küche gestellt. Sie hat das Silber geputzt und poliert. Sie hat den Ofen gescheuert und sich richtig darüber gefreut, wie sich der Ruß löste und was für eine blanke Fläche darunter zum Vorschein kam. Sie hat den Boden mit Lauge gewischt und die Teppiche zum Steg hinuntergeschleppt, wo sie sie mit Kiefernseife geschrubbt und sie dann hinter dem Waschhaus auf die Trockengestelle gehängt hat. Sie hat die Fenster geputzt und den Schornsteinfeger bestellt. Sie hat die Speisekammer aufgeräumt und Mäusedreck weggeputzt. Sie hat jedes Laken und jedes Handtuch und jeden Kissenbezug gewaschen und sämtliche Polster gelüftet. Sie hat das zweistöckige gelbe Haus völlig auf den Kopf gestellt und sich Pastor Björkestam unentbehrlich gemacht, und mit kaum verhohlenem Vergnügen hat sie auch gehört, wie er von ihr redet – dass die Kristina Andersson Gold wert ist, eine echte Arbeiterin, ein richtiger Schatz, und die Pflegerinnen behandeln sie mit größerer Achtung denn je, wenn sie die Anstaltsinsel besucht.

Wenn ich das hier kann, denkt Kristina, *wenn ich hier wohnen und das alles machen kann, dann könnte ich vielleicht auch wieder nach Hause zurück.*

Sie haben noch nie so mit ihr gesprochen wie in diesem Sommer, als sie die Haushälterin im Pfarrhof gibt und ihre Arbeit mit leichter Hand und tänzelnden Schrittes tut, ihre Tochter immer neben sich, und dabei wartet sie, sie wartet wie nie zuvor darauf, dass der Sommer endlich zu Ende geht. Er blüht üppig. Er ist wärmer als die meisten Sommer der letzten Jahre. Und sie sucht die besten Walderdbeer- und Blaubeerstellen, weil sie sie den Kindern zeigen will, wenn sie endlich kommen.

»Dann bekommst du ein bisschen Gesellschaft«, sagt sie zu dem Mädchen, als sie im Blaubeerschlag stehen, wo sie allein sind und niemand sie hören kann. »Wird auch langsam Zeit, nicht wahr?«

Das Mädchen begann im Frühjahr gleich nach Erlands Ankunft zu ihr zurückzukommen. Zu Anfang hat sie so getan, als würde sie es nicht sehen, sie war überzeugt, dass es nur ihre Fantasie war, reines Wunschdenken vielleicht, aber in den letzten Maitagen wurden die Zeichen immer deutlicher. Ein melodiöses Lachen kam hinter den cremeweißen Ecken des Anstaltsgebäudes hervor. Spuren von abgebrochenen Zweigen folgten ihr auf ihrem Weg und tauchten dann am Abend in kleinen Bündelchen unter ihrem Kissen wieder auf. Einmal sah sie eine graue Decke auf der Wiese liegen, halb versteckt hinter der Linde, und sie ging ganz langsam und ängstlich hin, um sie aufzuheben. Es war dieselbe Decke. Dieselbe Decke, in der das Mädchen verschwunden war. Schmutzig und zerfranst und mit Kristinas Initialen am Rand. Doch Kristina konnte sie nicht sehen, und sie wusste, dass das Mädchen sein Spiel mit ihr trieb, dass es gefunden werden wollte. Und es wusste auch, dass es ihr gefehlt hatte. Sie hatte es in diesen Jahren gesehen, an die sie noch immer nicht so recht denken will, aber damals hatte es sich ganz anders angefühlt. Sie hatte solche Angst gehabt. Hatte versucht davonzurennen. Jetzt wusste sie, dass sie es geschehen lassen musste, ihm entgegengehen, und sie wartete und sie sehnte sich so danach, jeden Tag mehr, mit steigendem Eifer und Spannung, weil alles irgendwie dorthin zurückkehren würde, wo es einmal begonnen hatte.

Das allererste Zeichen waren die Käfer gewesen, die aus dem Erdboden krabbelten, dann war es weitergegangen mit dem Blut, das aus demselben Loch floss, als sie den spitzen Spaten einmal kräftig und rücksichtslos in den Boden rammte. Da hatte sie Angst bekommen, aber sie war am gleichen Abend noch einmal in ihren Garten hinausgeschlichen und hatte die Erde behutsam beiseitegeschoben, und dort, im dunklen Erdreich, legte sie einen Streifen von hellblauem Kleiderstoff frei. Danach arbeitete sie fieberhaft weiter. Sie wischte und schob und grub, und ganz allmählich, Gliedmaße um Gliedmaße, trat der Körper des Mädchens aus der Erde hervor. Sie war nicht jeden Tag da. Sie musste auf sie warten. Manchmal war sie weg, aber jedes Mal, wenn sie zurückkam, war mehr und mehr von ihr hervorgetreten.

Und dann, eines Nachmittags, saß Kristina ganz unten in ihrer Grube. Rundherum die Gaben des geplünderten Gartens. Rhabarberstangen, Märzenbecher und Tulpen lagen herum, niedergetrampelt und achtlos beiseitegeworfen, blassgrün, gelb und rot auf der dunklen Erde. Die Hände strichen über das Erdreich. Mit den Fingerspitzen fuhr sie das Gesicht des Mädchens nach und zeichnete ihre Umrisse hinein. Die Abenddämmerung brach herein. In den Fenstern des Anstaltsgebäudes brannten Kerzen und Öllampen mit flatternden, unruhigen Flammen. Die Linde schüttelte ungeduldig ihren Kopf im Wind. Die ersten Regentropfen fielen hart und knatternd und trafen mit voller Wucht auf eine Sturmbö. Es gab einen Höllenlärm, und Kristina kletterte aus ihrer Grube. Ihre Stiefel waren voll nasser Erde und Matsch. Ihr Kleidersaum war steif und schwer vom Schmutz. Sie strich sich das Haar aus dem Gesicht, und die feuchte Erde mischte sich mit Wasser und hinterließ dunkle Streifen auf ihrer Haut. Sie schaute sich um. Der Regen peitschte ihr auf die Wangen, ihr Haar war bald durchnässt. Das Mädchen lag auf dem Rücken in der Grube, jetzt ganz fertig, und Kristina wartete. Ungeduldig trampelte sie auf der Stelle und kauerte sich fröstelnd zusammen. Ihre Finger waren eiskalt. Der Regen wurde von der Meerseite herübergeweht, der Himmel war ungleichmäßig grau. Sie leckte sich Wasser von den Lippen und spuckte Erde aus. Wandte den Blick zur Grube. Jetzt hatte das Mädchen die Augen aufgeschlagen. Kristina schnappte nach Luft. Sie lachte einmal. Das Mädchen setzte sich auf. Dann stützte sie sich mit den Händen an den Kanten ab und stemmte sich aus der Grube hoch.

Ab diesem Tag war das Mädchen bei ihr, wo immer sie hinging. Zu Anfang hatte Kristina sie in ihrem Zimmer versteckt gehalten, und erst wenn es rundherum still geworden war und die Geräusche von ihren Mitpatientinnen verebbt waren, rief sie sie ganz leise und hob die Decke hoch, damit das Mädchen zu ihr ins Bett schlüpfen konnte. Und sie war nicht mehr kalt, sie war ganz, ganz warm und weich und kuschelig, genau wie früher.

Sie lief im Pfarrhof von Zimmer zu Zimmer und stieß vor Begeisterung über das große, schöne Haus vergnügte Schreie aus. Sie wollte Kristina alles zeigen, und die musste sich beherrschen, nicht laut loszulachen über den Eifer des Mädchens. Wenn sie Fische putzte, watete das Mädchen in Ufernähe im Wasser, und Kristina musste sich richtig zusammenreißen, um ihr nicht laut zuzurufen, dass sie nicht zu weit rausgehen sollte. Sie konnte schließlich nicht schwimmen. Doch Kristina durfte ja kein Wort über das Mädchen verlauten lassen. Das war ihr klar. Sonst würden sie sie sofort wieder ins Irrenhaus schicken, und das durfte ihr nicht passieren. Nicht jetzt, wo sie doch so nah waren. Und so ging der Monat seinem Ende entgegen, und der Juli nahm seine letzten warmen Atemzüge.

16

Anfang August kommt die junge Frau. Amalia Björkestam. Die Pastorengattin. Mit den Kindern. Kristina sitzt im Garten und sieht sie herankommen. Sie hat freie Sicht bis fast ganz hinunter zum Anleger, an dem sie aussteigen, und sie hat schon gesehen, wie Erland die abschüssige Wiese hinunterläuft, um ihnen entgegenzugehen. Seine schnellen, eifrigen Beine. Sein fröhliches Winken. Sie wendet den Blick wieder zum Boden. Fährt vorsichtig mit dem Finger darüber. Eine Spinne zappelt, sie ist schwarzgrau wie das Erdreich selbst, dann rennt sie erschrocken vor ihrer riesigen Hand davon. Kristina drückt die Hand schnell auf die Erde und zerquetscht sie. Die Feuchtigkeit des zarten, zerbrechlichen Körpers klebt an ihrem Daumen, ein Abdruck von Leben gegen Tod. So schnell geht das. So einfach. Und auch barmherzig. Sie hätte den Winter ja doch nicht überlebt.

Dann hört sie sie. Das fröhliche Gelächter. Das Geplauder. Die Worte, die aus ihren Mündern sprudeln, übereinander stolpern, trampeln, knuffen und drängen, um als Erste gehört zu werden. Helle Stimmen. Grelles Schreien und Lachen. Die Kinder. Er hat zwei. Ein Mädchen. Einen Jungen. Sie hebt den Blick von der zerdrückten Spinne auf dem Boden, schaut zu den Kindern und verspürt einen jähen Stich im Magen.

Wann war ich zum letzten Mal in der Nähe eines Kindes?

Wann habe ich zum letzten Mal eines an meine Brust gedrückt? Ach ja … Jetzt fällt es ihr wieder ein.

Sie hielt sie so fest umklammert, und dann ließ sie los. Das Wasser. Sie kann es sehen. Die Blasen, die auf der Oberfläche zerplatzten, nur zwei, drei Stück, dann war alles verschwunden, und als Kristina sich aus ihrer unbequemen Stellung erhebt, wird ihr schwarz vor Augen, so wie damals, vor langer Zeit in der Hütte, als sie davonzugleiten begann, aber sie kämpft gegen den Schwindel, streckt ihre steifen Glieder und bleibt schweigend so stehen, um sie zu beobachten. Ihr Gesicht bleibt verborgen im tiefen Schatten des Kopftuchs, und sie ragt über den zarten Blumen auf, düster und unförmig.

Sie laufen voraus, sie bleiben zurück, sie wechseln jäh die Richtung, wie Schmetterlinge oder kleine Hündchen, die ihrem Herrchen um die Füße wuseln. Sie jagen sich über die Wiese, sie schreien und deuten, und die Sonne legt ihnen die Hände aufs Haar und streichelt es, bis es funkelt und glänzt.

Wie schön sie sind.

Sie blenden sie. Nach den Kindern kommt sie, Amalia Björkestam. Kristina kann aus dieser Entfernung nicht erkennen, wie sie aussieht, aber man erkennt jetzt schon, dass sie groß und schlank ist, feingliedrig und aufrecht, blond, wie es scheint, unter einem dunklen Hut mit einer Schleife unterm Kinn. Das Kleid sieht aus, als wäre es gut geschnitten, und sie geht mit langsamen, aber raumgreifenden und entschlossenen Schritten hinter den Kindern. Als sie zu ihr kommen, um sie am Rock zu ziehen, und blinzelnd zu ihr aufblicken, legt sie ihnen eine Hand auf den Kopf oder auf die Schulter, um den allergrößten Eifer etwas zu dämpfen. Eine ruhige Mutter. Eine gute Mutter. Kristina presst die Lippen zusammen. So eine Mutter, die zu werden Kristina nie geschafft hat. Es tut so weh. Es schneidet so tief. Die Kinder zu sehen und ihre ruhige, gute Mutter. Und genau in diesem Moment, genau an diesem Ort fasst sie den Entschluss, gute Miene zum bösen

Spiel zu machen, denn ihr ist klar, es ist nur eine Frage der Zeit, bis man ihr auch diese Kinder wegnimmt, bis auch sie sich von ihr losreißen, sich erschrocken vor ihr zurückziehen, wenn sie erfahren, wer sie ist und was sie getan hat.

Als sie die Kinder zu ihr kommen lassen, beugt sie sich zu ihnen herab und berührt ihre Wange und ihr Kinn mit den Fingerspitzen. Streichelt über die Rundung des Wangenknochens nach unten. Sie ist glatt wie Sand, aber noch weicher. Die Augen der Kinder funkeln, blitzen und glänzen. Hinter ihnen steht Erland. Der Junge ist schüchterner. Er klammert sich an Erlands Hand, und sie erkennt mit einem Blick, dass er ihm sehr ähnlich ist – nicht dem toten Jungen, sondern seinem Vater ähnlich –, und das Mädchen ähnelt ihrer Mutter, wie es Mädchen meistens tun. Aber es liegt auch etwas Fremdes in den Zügen des Jungen. Eine gewisse Helligkeit. Von Mutterseite. Die blaugrauen Augen. Kristina richtet sich auf und schaut Erland an, der ein Lächeln und ein unbekümmertes Achselzucken versucht.

»So, guten Tag, Kristina! Da wären wir also.«

Sie wischt sich die Hände am Rock ab und nickt. Streckt die Hand noch einmal aus und berührt das Mädchen an der Schulter. Sie trägt eine weiße Schürze mit kurzen Ärmeln über ihrem rot-weiß karierten Kleid. Ihre Haare sind geflochten. Sie sieht aus, als wäre sie vielleicht acht Jahre alt, und der Junge ist sechs.

»Tja«, sagt Kristina. »Na dann.«

Sie schaut sich um, aber von Amalia ist nichts zu sehen. Die Pastorengattin hat ihr die Hand hingestreckt und sie mit einem kurzen Händedruck begrüßt, das war alles, und danach hat Kristina sie nur noch im Vorbeigehen gesehen.

»Ich hab mir gedacht, Sie könnten auf die Kinder aufpassen, wie geplant. Amalia hat alle Hände voll zu tun mit dem Backen für den Sonntag und … Sie ist eben so … Ständig muss sie irgendwas backen oder kochen«, sagt Erland.

Kristina nickt. Sie weiß es nicht, aber sie denkt sich, dass Amalia Björkestam die Kinder auch im Haus haben könnte, während sie backt. Oder dass die beiden allein herumlaufen könnten. Aber als hätte er ihre Gedanken gelesen, schaut Erland sie an und sagt:

»Nun ja, sie könnten natürlich auch im Haus bleiben, aber Amalia ist in letzter Zeit immer so reizbar. Sie braucht ein bisschen Ruhe. Ein bisschen Stille. Und sie mag es nicht, wenn die Kinder unbeaufsichtigt herumlaufen. Da unten am Strand ist ja auch der Knodden, wer weiß, was ihnen da für Unfug einfällt, wenn sie da hochklettern und sich dann gegenseitig überbieten wollen, wer sich weiter an den Klippenrand vortraut, um nach unten zu schauen. Na, wir wissen ja alle, wie Kinder so sein können.«

Sie wendet den Blick ab, aber Pastor Björkestam scheint nicht zu finden, dass er etwas Unpassendes gesagt hätte. Als sie ihn wieder anschaut, hält sie seinen Blick einen Augenblick fest, als ob sie ihn anfassen und drücken könnte, um zu sagen: »Verlass dich ganz auf mich!« Er lächelt fast unmerklich, und rundherum erhebt sich Vogelgesang und Wärme. Das Gras dampft. Es wird ein heißer Tag werden.

»Selbstverständlich«, sagt sie. »Kinder darf man nie ohne Aufsicht lassen. Wer weiß, was da alles passieren kann.«

Und keiner von ihnen sagt etwas von den Kindern, die wie Steine im Wasser versunken sind. Den Kindern, die in die Dunkelheit davonglitten. Von der Feuchtigkeit in der Hütte am Fluss und von dem herben, bitteren Geschmack in der Kehle. Nun steht sie hier, hat einen Arm um die Schulter eines fremden Mädchens gelegt, während sie ihr eigenes, das knapp außerhalb ihres Blickfeldes ist, irgendwo im Hinterkopf hören kann, und sie nickt, ja, ja, sie wird sich schon um sie kümmern, sie kennt sich ja aus mit Kindern.

Hört er nicht, wie falsch das klingt? Hört er nicht, wie hässlich diese Worte aus meinem Munde klingen?

Aber nein, es scheint, als würde er nichts merken, und als

er geht, beugt sie sich wieder herunter, geht in die Hocke vor dem Mädchen mit den schmalen dunkelblauen Augen, den kurzen schwarzen Wimpern und den glänzenden geflochtenen Haaren.

»Ich bin Kristina, und wer bist du?«

Man kann sie an der Hauswand sitzen sehen. Die Hände ganz still auf dem Schoß. Alles ist jetzt ganz still. Der Sonnenschein über ihr. Er ist in sie eingedrungen. Erleuchtet die graue Hütte in ihrer Brust. Sie geht hin und her zwischen Ofen, Küchenbank, Bett, Vortreppe, aber das Licht, das durch die Wände, Fenster, Bodendielen, das Dach fällt, hebt die Hütte in die Höhe und löscht alles rundherum aus. Sie schwebt einsam in weißer Leere, und bald wird auch die Hütte ausgelöscht. Das Licht sprengt sie und erfüllt dann jeden Winkel von Kristinas Körper, bis ihre Fingerspitzen strahlen, ihre Zehenspitzen strahlen, die Augen strahlen, der Mund strahlt, und die Kinder kommen zu ihr. Die echten Kinder, mit ihren warmen Körpern, spitzen Ellbogen und knubbeligen Knien. Ihre Schritte knirschen auf dem Kies, ihre Fersen prallen auf die Wiese und erzeugen einen Trommelwirbel von Energie und Freude. Sie rennen auf sie zu. Stina! Stina!, so nennen sie sie, und sie schlingen ihr die Arme um die Taille. Und was ist sie? Eine rundliche, ergraute alte Frau, die viele Zähne verloren hat, man sieht die Lücken, wenn sie lächelt, aber in dem seltsamen Ausdruck, der über ihr Gesicht zieht wie der weiche Schlag einer schnellen Schwungfeder, liegt der Duft des Moorbodens im Frühling, eine Hand, die langsam durch das Wasser zog, eines faulen Sommermorgens, als sie fünfzehn war, ein schneller, eifriger Blick in den Spiegel, als die Sommersprossen noch rot und hübsch auf ihrer hellen, durchscheinenden Haut leuchteten.

Sie nimmt sie in den Arm. Sie heißen Karl und Emilia. Manchmal werden sie gerufen. Kalle! Milia! Und dann rennen sie davon, der Kies spritzt unter ihren Füßen hoch, und

Arme und Beine schwingen kräftig auf und ab, während sie beschleunigen.

Sie gehören Erland. Sie gehören Amalia. Aber während der Spätsommer sich langsam seinem Ende zuneigt, leiht sie sich die beiden aus. Kristina fängt sie auf und hebt sie schwungvoll hoch in die Luft, bis sie vor Lachen kieksen. Sie geht mit ihnen Hand in Hand über die Wiesen und zeigt ihnen, wo es die besten Himbeeren gibt. Sie flicht ihnen Kränze aus Wildblumen und bringt ihnen bei, auf die halb erwachsenen Drosseljungen achtzugeben, die sich im Gras verstecken. Es passiert so leicht, dass man auf eines drauftritt, sagt sie. Dann hört man nur ein leises Krachen unter dem Fuß, und wenn man ihn anhebt, liegt dort ein totes, kleines Ding mit gebrochenem Genick.

Sie lassen sie gewähren. Erland meint, dass es für alle Beteiligten gut sei. Gut für Kristina, gut für die Kinder, gut für Amalia, die ihre Ruhe hat und sich auf den Haushalt konzentrieren kann. Amalia und Erland werden ja auch auf dem Feld gebraucht. Beim Heumachen und bei der Ernte. Erland fährt mit hinaus zum Fischen. Man arbeitet mit vereinten Kräften für die ganze Insel. Es liegt eine gewisse Nervosität in der Luft, Gerüchte von Krieg auf dem Kontinent kommen übers Meer und erreichen sie wie schnelle Schauder über die bald immer herbstlichere, grauere Wasseroberfläche. Aber auf der Insel geht alles weiter wie zuvor. Man erntet Kartoffeln, Rüben, Radieschen, Karotten, Rote Bete, Äpfel, Pflaumen, rote und schwarze Johannisbeeren, Stachelbeeren, Himbeeren, Salat, Kohl, Zwiebeln, Weizen und Roggen, alles, was man brauchen kann, um einen Herbst und anschließend einen Winter zu überstehen, mit den Früchten seiner Mühen im Keller. Die Schafe, die Ziegen, die Kühe, die Schweine und die Hühner geben ihnen Milch, Butter, Eier, Käse und Fleisch. Wolle für die Kleidung. Leder für Schuhe. Und Fisch gibt es im Meer, den muss man sich nur holen, wenn das Wetter es erlaubt. Also müssen sie nur dankend annehmen und das zur Verfügung Stehende bestmöglich verwalten. Und die Gerüchte vom Krieg? Die Gerüchte vom Krieg können den Frieden auf der Insel nicht stören, die regelmäßigen Lebensmuster nicht durchbrechen, die die örtliche Bevölkerung in Generationen von geruhsamen Schärengartenleben ausgearbeitet hat. Sie hängen ihre Netze an die Hauswände, putzen ihren Fisch am Strand, fahren mit ihren Booten zum Festland hinüber, brennen Schnaps im Schuppen und halten sich immer schön an das Leben und die Menschen, die sie kennen. Bald denkt niemand mehr groß über Kristinas Anwesenheit nach. Sie sehen sie aus der Ferne, wie sie Kalle in die Luft hebt und Milia mit ihren krummen Fingern übers Haar streicht. Wenn sie so im Gegenlicht steht und einen die Sonne blendet, könnte man meinen, dass dort eine Mutter mit ihren zwei Kindern geht. Sie halten sich so nah bei ihr, sie halten sich so vertrauensvoll an ihrem Rock fest. Und dann senkt man den Blick wieder. Zum Boden, der beackert werden muss, auf die Hände, die einen Stein aufheben und beiseitewerfen, auf die eigenen Finger, die rau sind von der Arbeit und schwarz in jeder Falte, in die die Erde eindringt und sie dunkel färbt, und wenn man den Blick wieder hebt und den schmerzenden Rücken streckt, sind sie verschwunden. Der Hügel, über den sie gegangen sind, hat wieder seine ungebrochene, weiche Rundung, und die Sonne scheint einem angenehm warm aufs Gesicht.

Trotzdem gibt es jemand, der nicht ruht. Jemand, der über sie wacht, wenn niemand hinschaut. Jemand, der sieht, wie Kristina mit den Kindern an der Hand zum Meeresufer hinuntergeht, und der merkt, wie die Besorgnis im Körper aufsteigt und dann auf den Blick übergreift, der die drei beobachtet. Amalia zerknüllt ein Taschentuch in der Hand und drückt die Hand auf die stramme Rundung ihres wachsenden Bauchs. Erland sitzt an seinem Schreibtisch, beschäftigt wie immer, oder vielleicht will er auch einer ihrer immer häufigeren Auseinandersetzungen aus dem Weg gehen.

»Überempfindlich.«

Sie schnaubt verächtlich. So nennt er sie. Er wischt ihre Besorgnis vom Tisch, mit Händen, die ruhig und beschwichtigend sein sollen, aber ihre Unruhe nur noch höherkochen lassen. Hinter ihrem Rücken redet er mit Doktor Portin über sie. Sie gießen sich einen Cognac ein, und dann schließen sie sich im Kaminzimmer ein, wo sie sie analysieren. Aber mit ihr, mit ihr selbst, spricht er nicht. Und der Arzt auch nicht.

Wenn er doch nur zuhören würde!

Amalia wendet sich vom Fenster ab und schaut sich in der Küche um, deren Fenster auf die Bucht und den Anleger geht, wo alles strahlend sauber ist, ordentlich und aufgeräumt von den Händen einer anderen Frau. Der Griff des Ofens blitzt sie aufreizend an, fleckenfrei und silbern. Die Kaffeetassen stehen in geraden Reihen im Küchenschrank, mit Hilfe der Untertassen übereinandergestapelt. Die Küchentücher sind gewaschen und gebügelt, und die Bettwäsche ist gemangelt. Jetzt, Ende September, nachdem die Ernte geschafft ist und Kristina sich um die Kinder kümmert, hat Amalia eigentlich nichts anderes mehr zu tun, als die Mahlzeiten für ihre Familie zuzubereiten und ihrem Mann Gesellschaft zu leisten bei seiner Arbeit und in der Einsamkeit auf dieser Insel. Sie geht zu den nächsten Nachbarn und bietet ihre Hilfe an, wo man sie vielleicht brauchen könnte, und dann wartet sie; wartet auf das neue Leben, das jeden Tag größer wird in ihrem Becken. Sie wartet und wiegt es, wenn sie geht, aber irgendetwas reizt sie derart, dass sie beim besten Willen keine Ruhe findet, und je weiter die Schwangerschaft fortschreitet, umso reizbarer wird sie und umso näher hat sie am Wasser gebaut, so sehr quält sie diese Unruhe, die sie nicht definieren kann. Sie fühlt sich ruhelos und ausgefranst, wie ein immer dünner werdendes Taschentuch, das man auf der Wäscheleine vergessen hat, bis die Farben durch heftigen Regen und starken Sonnenschein verblichen sind. Die Stiche, die in den hübschen Mustern der hoffnungsvollen Jugend aufgestickt wurden, haben ihre scharfen Umrisse verloren und sind zu unförmigen Bildern und Abstraktionen verwischt. Und wenn sie sich losmachen würde? Wenn sie davonfliegen würde? Wohin sollte sie sich wenden auf dieser gottvergessenen Insel? Sie würde ins Schilf hinunterflattern und im flachen Wasser versinken. Oder ein Stückchen aufs Meer hinausgetragen werden. Aber niemals würde der Wind sie über die unendliche Umarmung der See hochheben und wieder nach Hause bringen, nach Hause zu Mutter, nach Hause zu Vater, in Åbo. Noch nie sind sie ihr so weit weg vorgekommen, noch nie so für sie verloren, wie es sich jetzt für sie anfühlt. Es ist eine zweistündige Bootsfahrt, und für die werden sie nur selten Zeit haben. Im Winter – sie hat gehört, dass im Winter das Meer kaum befahrbar ist. Dass das brüchige Eis manchmal monatelang am Stück den Postverkehr lahmlegt. Hier draußen werden sie den Launen des Wetters hilflos ausgeliefert sein. Und Amalia Björkestam verflucht in Gedanken wieder einmal ihren Mann und seine unbedachte Entscheidung, sie alle hierher zu bringen, an diesen hoffnungslos abgelegenen, gottvergessenen Ort, an dem ihre bereits angespannten Nerven noch mehr auf die Probe gestellt werden.

Die Insel mag groß sein, viel größer als die Anstaltsinsel, aber was für eine Rolle spielt das schon, wenn es nichts weiter gibt als einfach nur Land, das sich in alle Richtungen erstreckt, um dann irgendwo vom Wasser abgeschnitten zu werden?

»Diese Insel ist ein sehr lebendiger Ort mit einer lebensfrohen Gemeinde«, hatte Erland gesagt.

Unsinn! Bauerntölpel und ungebildete Fischer, von solchen Menschen ist sie tagein, tagaus umgeben. Mit denen kann sie ja kaum ein vernünftiges Wort sprechen. Wenn es nach ihr ginge, könnte man jeden von denen genauso gut in der Anstalt einsperren.

Sie reckt den Hals ordentlich, schnieft einmal, dreht dem Fenster dann den Rücken zu und wirft einen raschen Blick auf ihren Mann durch die halb offene Tür des Arbeitszimmers.

Der angefangene Streit schwelt noch, und sie merkt, dass es in ihr immer noch köchelt von all den Worten, die sie nicht aussprechen konnte, weil er sie ausbremste, indem er einfach in sein Zimmer ging. Es ist immer derselbe Streit, den sie führen, seit Erland ihr in einem Brief mitgeteilt hat, dass er eine Haushälterin ausgesucht hat. Dagegen hatte Amalia ja gar nichts. Eine?, hätte sie rufen können. Warum nicht zwei? Es ging nicht um die Haushälterin an sich – aber eine Frau aus dem Irrenhaus? Eine Patientin, die obendrein noch nicht einmal wieder für gesund erklärt worden war? Das konnte Amalia nicht hinnehmen, und das hatte sie ihrem Mann auch gesagt, erst in ihrer immer gehässigeren Korrespondenz und dann von Angesicht zu Angesicht, als sie auf die Insel kam.

»Gib ihr die Möglichkeit zu zeigen, was in ihr steckt. Wenn du das Geringste zu bemängeln hast, dann schicke ich sie zurück«, hatte Erland gesagt, und Amalia hatte versucht ihm zu erklären, dass sie sich keine Sorgen wegen Kristinas Arbeitsfähigkeit machte, sondern wegen ihrer geistigen Fähigkeiten.

»Ich will nicht, dass sie sich um die Kinder kümmert. Sie kann sich um den Haushalt und ums Vieh kümmern, das überlasse ich ihr gerne, aber mit den Kindern darf sie nicht einfach unbeaufsichtigt Umgang haben«, hatte Amalia gesagt.

Erland hatte sie mit angestrengter Miene angesehen, als wäre sie diejenige, die hier lästig wurde und unangemessene Forderungen stellte.

»Sie ist völlig ungefährlich, Amalia. Ihr fehlt überhaupt nichts!«, hatte er erwidert.

»Ihr fehlt überhaupt nichts? Warum ist sie dann eingesperrt? Warum hat sie die letzten dreizehn Jahre in einer Anstalt für unheilbar Geisteskranke verbracht, wenn ihr überhaupt nichts fehlt?«, rief Amalia.

»Sie ist krank gewesen. Aber jetzt geht es ihr besser«, antwortete Erland.

»Und was für eine Art Krankheit hatte sie?«

»Sie war niedergeschlagen. Melancholisch … Du weißt doch, wie das ist.«

»Wie bitte? Was meinst du damit – ich weiß, wie das ist?«

Und so ging es immer weiter. Das nagende ungute Gefühl ließ nicht nach. Da war irgendetwas, was Erland ihr nicht erzählte. So fühlte es sich an. Sie hatte die Oberschwester der Anstalt angeschrieben, um herauszufinden, weswegen man Kristina eingesperrt hatte, aber sie hatte nur zur Antwort bekommen, das sei eine vertrauliche Information, die sie nicht an Außenstehende herausgeben konnten, aber im Großen und Ganzen war es egal. Das wurde Amalia klar, als sie den ablehnenden Bescheid erhielt. Es war egal, was Kristina gemacht hatte. Sie wollte nicht, sie wollte ganz einfach nicht, dass eine Frau aus dem Irrenhaus ihre Kinder auch nur anschaute.

17

Amalia Björkestam hat das blonde Haar zu einer einfachen, aber ansprechenden Flechtfrisur weit oben auf dem Hinterkopf hochgesteckt. Sie sitzt auf einem Ruhesessel im Schlafzimmer mit den hellgrünen Apfelbaumtapeten. Die geschwollenen Füße hat sie auf einen niedrigen dunkelgrünen Samtschemel gebettet, und eine Hand hat sie auf den Bauch gelegt, in dem sich das Baby im Schlaf bewegt. Der Abend gleitet langsam den Strand hinunter und versinkt dann brav im schwarzen Wasser der Nacht. Das alles spielt sich ganz leise ab. Das Licht bewegt sich ständig. Es steht nie still. Es lebt, und es stirbt, und dann wird es neu geboren, in einer Bewegung, die die Ewigkeit und die Kürze des Menschenlebens widerspiegelt. Langfristig ist sie chancenlos. Im Gegensatz zu fast allem, was sie in ihrer Umgebung sieht, wird sie keinem neuen Leben entgegengehen, jedenfalls nicht auf der Erde, und jetzt, während der Abend unaufhaltsam Kurs Richtung Nacht und nächsten Morgen nimmt, scheint die Grenze zwischen dem irdischen Leben und dem Leben danach zu verschwimmen und ebenso fließend zu werden wie das Spiel der Schatten rundherum.

Die Kinder schlafen. Sie schaut sich in dem kleinen Schlafzimmer um und spürt, wie ihr die Dunkelheit auf Schultern und Wangen lastet. Sie meint, sie sehen zu können, wie einen Schwarm aus Punkten, die größer werden, bis sie eine einzige durchgehende Masse aus Dunkelheit bilden, aber bevor das geschieht, wird sie den Docht der Öllampe hochdrehen und anzünden. Wenn sie es schafft, aufzustehen und sie aus der Küche zu holen, heißt das natürlich. Sie seufzt, leise und diskret, und unter ihren Fingern spürt sie, wie sich das ungeborene Kind an ihre Wärme drückt. Einen Augenblick wandern ihre Gedanken über die abschüssige Wiese hinter dem Haus, und sie rennt den Weg hinunter, zum Anleger und übers Wasser zur Anstalt, in der sie schon alle auf ihren Pritschen liegen, eingesperrt in ihre winzig kleinen Zimmer. Die Irren. Sie stellt sich Kristina unter ihnen vor, wo sie hingehört, und Amalia wird auch schnellstmöglich dafür sorgen, dass sie dorthin zurückgebracht wird. Amalia steht vor der Schlafenden und schaut sie an. Sie betrachtet ihre hängenden Brüste. Den schlaffen, halb geöffneten Mund, in dem die Zähne wie Grabsteine zwischen den Lücken stehen. Kristina. Warum hat er sie in ihr Leben gelassen? Diese Person. Dieses Monster! Ausgerechnet sie hat er in die Nähe der Kinder geholt. Hat zugelassen, dass sie …

Amalia Björkestam wird aus ihren Gedanken gerissen, als der Bauch sich unter ihrer Hand zu einem harten Ball zusammenzieht. Sie verzieht das Gesicht und wartet, bis die Muskeln, die sich anspannen und ziehen, wieder entspannen und weich werden. Und sie?

Wie eine Zuchtkuh … Sie schnaubt verächtlich und streichelt dem Kind über Schultern und Rücken, als hielte sie es bereits richtig im Arm.

Sie ist ungefährlich. Das sagen alle. Natürlich. Trotzdem wollte ihr niemand verraten, was Kristina eigentlich gemacht hat. Aber sie hatte es dann doch herausgefunden. Statt sich vom beharrlichen Schweigen der Oberschwester entmutigen zu lassen, hatte Amalia einfach abgewartet, und als sie am Sonntag mit Erland und Kristina zum Gottesdienst auf die Anstaltsinsel fuhr, hatte sie die Gelegenheit genutzt und sich zum Krankenhaus geschlichen, während Erland zurückblieb, um sich auf der Treppe mit ein paar Gemeindemitgliedern zu unterhalten. Allerdings versuchte sie es nicht noch einmal bei der Oberschwester, sondern hatte es einer der Novizinnen entlockt, einer jungen Schwester namens Erika Liljestam, mit der sie schon ein paarmal gesprochen hatte. Amalia hatte sie angefleht.

»Würdest du deine Kinder gern Kristinas Aufsicht überlassen?«, hatte sie gefragt.

Da hatte Erika den Kopf geschüttelt, den Mund aufgemacht, und nachdem sie sich ein paarmal schnell umgeschaut hatte, hatte sie es erzählt.

Sie behandelten Amalia, als hätten ihre Gefühle die allergeringste Bedeutung. Da war Erland den halben Sommer weggegangen und hatte abgewinkt und sie abgespeist, obwohl ihre Besorgnis berechtigt war. Er weigerte sich, sie ernst zu nehmen, wenn sie sich so aufregte. Also versuchte sie, sich zu beruhigen. Das war auch gut für das Kind, das sie austrug. Doch er hörte ihr immer noch nicht zu. Wenn es nicht ihre Schwangerschaft oder ihre Wochenbettpsychose war, dann waren es eben ihre monatlichen Beschwerden. Immer war irgendetwas.

Sie hat Kristina mit den Kindern zusammen gesehen. Wie sie bei ihr Zuflucht suchten, vor allem jetzt, wo Amalia selbst von dieser Schwangerschaft geplagt wurde, die belastender für sie ist als die anderen. Sie kann sich nicht mehr flink bewegen. Sie kann nicht mit den Kindern spielen, nicht mit ihnen hinausgehen, weil sie ihnen nicht mehr hinterherrennen kann. Es stimmt, dass sie jemand braucht, der ihr beim Aufpassen hilft, aber nicht Kristina, nicht eine unberechenbare Kindesmörderin. Niemals.

Ich weiß schon, was du willst, denkt Amalia Björkestam. *Aber von mir wirst du es nicht bekommen.*

Das Kind bewegt sich wieder, und die überstraffe Haut spannt sich so stark, dass Amalia sich vorbeugen muss. Ein kleiner Schrei entfährt ihr. In der Stille klingt er noch viel lauter.

Noch nicht, denkt sie. *Noch nicht. Nicht heute Nacht.*

Der Arzt kommt und geht wieder. Im Pfarrhaus strahlt alles in perfekter Ordnung, und Kristina schließt die Tür zum Schlafzimmer, in dem Amalia Björkestam liegt, und dann dreht sie den Schlüssel um. Zack, einfach so, ist Amalia aus dem Weg, und Kristina seufzt froh und erleichtert. Der Schlüssel verschwindet in ihrer Schürzentasche, und sie geht die Treppe hinunter. Jetzt sind nur noch die Kinder und sie selbst da, genau wie vorher, so, wie es immer hätte sein sollen, in einem Zuhause wie diesem. Sie legt sich einen Zeigefinger auf den Mund. Die Kinder sollen still sein, und sie bittet sie, zu schleichen, ganz leise. Sie macht ein Spiel daraus: Sie müssen versprechen, dass sie unter keinen Umständen zu dieser Tür gehen dürfen, nicht mal, wenn ihre Mutter sie ruft.

»Eure Mutter ist schwach«, erklärt sie ihnen. »Eure Mutter ist krank und muss sich ausruhen. Wenn ihr sie ausruhen lasst, bekommt ihr bald eine kleine Schwester oder einen Bruder. Und wenn ihr sie nicht ausruhen lasst, wird es für beide böse ausgehen.«

Doktor Portin hat vollkommene Bettruhe verordnet, bis das Kind kommt, also muss Kristina nicht mal lügen. Nun muss sie nur noch die Ohren vor Amalias Weinen verschließen, aber da ist sie freilich ganz anderes gewöhnt, und wenn man im Untergeschoss ist, hört man es sowieso kaum. Also trällert sie einfach ein bisschen lauter, schickt die Kinder zum Spielen hinaus, macht nebenbei noch einen Teig für einen Hefezopf und betrachtet die Regenwolken, die sich über dem Meer auftürmen, mit einem gespielten Stirnrunzeln.

Sie bewacht sie mit Adleraugen. Sie verschwinden niemals aus der Peripherie ihres Bewusstseins. Sie nimmt sie bei der Hand und geht mit ihnen zum Schafefüttern. Sie schaut ihnen beim Schwimmen zu, obwohl es schon Ende September ist und das Wasser langsam ganz schön kalt wird, und sie lacht, als die beiden schwören, dass sie den ganzen Winter über schwimmen werden. Sie erwartet sie mit dem Handtuch, wenn sie bibbernd vor Kälte zum Abtrocknen herauskommen. Sie schaut zu, wie sie sich Boote aus Rinde schnitzen. Sie sucht ein paar knorrige Kiefern aus, die sie hochklettern können, und sie führt sie an der Hand zum Kilen hinauf, um die Aussicht zu genießen. Einmal am Tag macht sie die Tür zu Amalias Schlafzimmer auf, und dann gehen sie langsam und zögerlich zu ihrer Mutter und küssen und umarmen sie. Amalia liegt geschwollen und fremd unter ihren Decken und schenkt ihnen nur matte, ungeschickte Liebkosungen. Mit leerem Blick betrachtet Kristina die andere Frau, in deren Blick eine Bitte liegt. Sie weiß, dass Amalia Bescheid weiß, und Kristina fragt sich, warum sie ihren Kindern nichts erzählt hat. Ein einziges Wort würde reichen. Nur ein Wort, und sie würden vor ihr davonlaufen. Doch Amalia schweigt, und Erland geht mit einem Buch zu ihr hinein, setzt sich zu ihr und liest. Emilia, die ja schon ein großes Mädchen ist, tut ihr Bestes, um zu helfen und etwas Gutes zu tun, und wenn Kalle mit Piepsstimme fragt, ob ihre Mutter nicht bald wieder gesund wird, schnauzt sie ihn an.

»Du Dummkopf!«, sagt sie. »Sie ist nicht krank. Sie kriegt bald ein Kind, und wir müssen sie in Ruhe lassen, sonst sterben sie alle beide. Und das willst du doch nicht, oder?«

Kristina nickt ihr zu und lächelt. Genau. Genau so ist es. Aber Kalle heult, und nur zu oft ertappt ihn Kristina, wie er auf der Treppe vor Amalias Tür sitzt, die Finger um eine Stange des Geländers geklammert. Und wenn sie kommt, um ihn wegzuziehen, will er ums Verderben nicht loslassen. Er hält sich ganz fest, hält sich ganz fest und schreit.

Jeden Tag will Amalia es ihnen sagen. Dass sie davonlaufen sollen. Weg von ihr. Einfach davonrennen. Doch die Worte bleiben ihr in der Kehle stecken, eckig und klebrig, und sie kann nur durchs Fenster zuschauen, wie Kristina sie nach unten an den Strand führt, während sie sich ab und zu umdreht, als würde sie etwas mit dem Blick suchen, und manchmal bleibt sie stehen, als würde sie auf etwas warten. Amalia spürt, wie ihre Muskeln weicher werden, wie sie auf die Matratze sinkt, wie ihre Gedanken langsamer schwimmen, wie sie ihre Schärfe einbüßen.

Sie will die Kinder nicht erschrecken. Solange sie bettlägerig ist, kann sie Kristina nur gewähren lassen. Erland weigert sich, sie fortzuschicken, gerade jetzt nicht, wo sie sie am dringendsten brauchen, und sie will nicht, dass die Kinder Angst haben, wenn sie mit Kristina zusammen sind. Aber jeden Augenblick, in dem sie in Kristinas Obhut sind und Amalia sie nicht sehen kann, wird sie von wachsender Angst gequält. Sie will es laut herausschreien, dass Kristina von ihren Kindern wegbleiben soll. Sie hat einen Brief an ihre Mutter geschrieben und sie gebeten zu kommen, damit Kristina fortgeschickt werden kann, doch Erland hat ihn gelesen und meinte dann, diesen Brief wollten sie doch lieber nicht abschicken. Es sei doch besser, nicht zu übertreiben. Besser, den Leuten nicht unnötig Angst zu machen, sagte er, und ihr bleibt nichts anderes übrig, als die Tränen fortzublinzeln, die ihr oft in die Augen steigen und überlaufen, und stumm zerknüllt sie ihr Taschentuch in der Hand. Ihre spitze Nase ist rot und wund. Ihre Augen glasig. Sie glänzen und starren mittlerweile ununterbrochen. Sie schüttelt den Kopf und kann einfach nicht aufhören. Vom Weinen wird ihr die Kehle eng.

»Albern«, hat Erland sie genannt.

»Verrückt«, als sie ihm von ihren Ängsten erzählt hat. Wegen der Dinge, die Kristina getan hat. Er sagte es mit solcher Zärtlichkeit, und dann küsste er sie auf die Nase, auf die Stirn, und seine Augen waren weich und sein Blick sanft.

»Dummerchen.«

Als würde es ihm gefallen, dass sie so war. Schwach. Bettlägerig.

»Angegriffenes Nervenkostüm«, hatte Doktor Portin es genannt, eine Folge der anstrengenden Schwangerschaft.

Eine Modekrankheit.

Erland besucht sie einmal am Tag, um ihr vorzulesen oder bei ihr am Bett zu sitzen, und dann wendet sie ihm ihr verschwollenes Gesicht zu und schaut ihn lange an aus ihren blassen, wässerigen Augen.

»Sie hat sie ertränkt. Das weißt du doch. Wie junge Katzen. Sie hat sie ertränkt. Ihre eigenen Kinder.« Und er schaut sie nur von der Seite an, lächelt kurz und sagt: »Ja, ja«, und liest dann weiter, als wäre nichts gewesen.

Als sie es zum ersten Mal sagte, hatte er ihr in die Augen geschaut und erwidert:

»Das ist lange her. Damals war sie noch eine andere. Nervenschwach.«

Wie ich, dachte sie.

Er sagte es nicht, aber er dachte es, das sah sie an der Art, wie sein Blick zur Seite glitt und dem ihren auswich.

Nervenschwach.

»Und woher willst du wissen, dass sie jetzt nicht auch nervenschwach ist?«, hatte sie gefragt, und Erland hatte an die Wand geschaut, während er überlegte.

»Weil ich sie kenne. Weil ich sie schon von klein auf kenne. Weil ich weiß, wie sie vorher war, damals und jetzt. Und weil es ihr jetzt besser geht.«

»Besser? Besser – aber nicht richtig gut?«

Sie hielt kurz inne, weil ihr die Stimme wegbrach.

»Willst du damit sagen, dass du, ohne mit der Wimper zu zucken, unsere Kinder bei einer ... Du weißt ja, was sie getan hat ... und du glaubst, dass es ihr besser geht, aber ob es ihr wieder richtig gut geht, weißt du nicht?«

Er schüttelte den Kopf.

»Sie ist nicht gefährlich, Amalia. Sie ist jetzt bald fünfzehn Jahre in der Anstalt und hat nie etwas angestellt.«

»Sie ist auch nie in die Nähe eines Kindes gekommen!«

»Nein, aber ...«

»Verstehst du denn nicht? Ich will nicht, dass du unsere Kinder für eine Art ... Experiment benutzt.«

Sie starrten sich an. Funkelten sich an. Zwei Schafsböcke mit gesenkten Hörnern, denen vom Kämpfen schon die Schädel wehtun.

»Ich bin ihr Pastor. Ihr Seelenhirte. Wenn ich nicht an sie glaube, wer soll es dann tun?«

Und er meinte, dass die Diskussion mit diesen Worten beendet war, und er stand aus seinem Sessel auf und ließ sie allein zurück. In ihrem Körper setzte sich die Sorge fest, breitete sich aus und juckte wie die Krätze, und wie Fäulnis befiel sie jeden Teil ihres Körpers und machte sie hässlich und unappetitlich für ihn und zu guter Letzt krank, schlafwandelnd, unzuverlässig. Die Worte verwelkten und fielen aus ihrem Mund wie trockene Blätter. Kristina fegte sie zusammen. Erland streichelte ihr die Hand. Und da lag sie dann. Hinter einer Tür, die zwischen ihr und allem anderen geschlossen wurde. Sie vom Leben abschnitt. Bis sie eines Tages überraschend aufging, und da stand er. Der Junge. Atemlos, als wäre er gerannt, und dann rannte er zu ihr und warf sich ihr in die Arme.

Als Kristina aufblickt, ist der Junge verschwunden. Die Mädchen, ihres und Erlands, sitzen nebeneinander und füllen sittsam ihre kleinen Körbchen mit den leuchtend roten Beeren, die so sauer sind, dass einem beim bloßen Gedanken daran das Wasser in den Mund schießt. Aber der Junge ... Sie blinzelt, um schärfer zu sehen. Lässt ihren Blick, scharf wie die Sense im Geräteschuppen, über das glänzende Gras gleiten, das in der trägen Herbstsonne weich und kuschelig aussieht. Er ist verschwunden. Sie steht auf, das Herz hämmert ihr heftig in der Brust. Verschwunden. Sie krümmt sich. Presst sich die Fäuste auf den Bauch und beugt sich vornüber. Verschwunden. Sie wirft einen Blick zu den Mädchen, und atemlos und mit hohler Stimme ruft sie ihnen zu, dass sie dort warten sollen. Sie wenden ihr die runden, überraschten Augen zu, und ihre Lippen bewegen sich, aber Kristina hört nicht, was sie sagen. Sie zittert und friert, obwohl die Sonne den Stoff ihres Kleides wärmt. Ihr klappern die Zähne, sie wimmert und rennt zum Ufer, wobei sie den Jungen unablässig ruft. Ihr Blick gleitet am Wassersaum entlang. Sucht noch einmal vergeblich, in der Düne, in den Schilfhalmen, und das Bild verschwimmt ihr vor Augen vor lauter Angst. Nichts, niemand da, obwohl sie bis ganz nach unten läuft, um nachzusehen.

Sie findet ihn im Pfarrhaus. Die Tür zu Amalias Zimmer steht offen, der Spalt klafft ihr entgegen, als sie durch die Tür stolpert, in der noch der Schlüssel steckt, den sie darin vergessen hat, und dort, im Bett, sitzt Amalia und hat ihren Sohn im Arm. Ihre Haare sind ungewaschen und zerzaust, ihre Augen groß und glasig, ihre Finger klammern sich um die Schultern des Jungen wie Klauen. Er schaut sie an und vergräbt das Gesicht im Nachthemd seiner Mutter.

»Bleib weg!«, schreit Amalia, als sie Kristina erblickt.

Kristina bleibt stehen. Versucht sich zu der Ruhe zu ermahnen, von der sie weiß, dass sie bei Erland gut ankommt, dass sie Erlands Vertrauen gewinnt, aber es will ihr nicht gelingen. Es ist zu groß geworden. Es erfüllt schon ihren ganzen Brustkorb mit seinem Keuchen. Lässt ihre Konturen verschwimmen und macht sie sauerstoffarm. In ihr wirbelt alles durcheinander. Wird mit in den heißen roten Tanz ihres Blutes gerissen, und sie muss sich auf ihre Knie stützen, während sie keuchend und stöhnend atmet, und dabei geht Amalias Geschrei auf sie nieder, stößt sie zurück, Amalias wilde Augen, der verzerrte Mund. Sie hat Amalia jeden Tag gesehen, aber es kommt ihr vor, als würde sie sie jetzt zum ersten Mal sehen. Wie konnte sie sich so verwandeln? Wie ist das passiert?

»Geh weg! Geh weg! Lass uns in Ruhe! Du fasst mir meine Kinder nicht an! Lass uns in Ruhe! Du fasst mir meine Kinder nicht an!«

Kristina weicht zurück. Stolpert über die Schwelle. Fällt hintenüber, schlägt sich den Kopf am Treppengeländer an und bleibt dann liegen. Amalia Björkestam bekommt ihr drittes Kind, einen Jungen, Ende Oktober. Er hat kaum Lebensgeister, und die Entbindung zehrt so sehr an Amalias Kräften, dass ihre Milch nicht einschießt. Zwei Tage nach der Nottaufe stirbt das Kind, das den Namen Artur bekommen hat, und wird auf dem Friedhof begraben. Ein paar Wochen nach der Entbindung ist Amalia wieder auf den Beinen, und obwohl sie sich noch langsam bewegt, bewegt sie sich. Für Kristina gibt es im Björkestam'schen Haushalt nichts mehr zu holen.

18

Die Zeit, die alle Wunden heilen soll, hinterlässt sie bloß schlecht zusammengenäht, entzündet und mit geröteten Wundrändern. Sie pulsieren vor Schmerz, und das Böse breitet sich im ganzen Körper aus. Kristina zieht sich die Decke über den Kopf und verschwindet in ihrem Bett, in den Geruch ihres ungewaschenen Körpers. Sie richtet es sich darin ein, als wäre es das Einzige, was sie noch hat, nachdem sie die Kinder verloren hat, und sie spürt, dass man eine ganze Runde mit ihr gedreht hat, wie mit einem Eimer Wasser, der auch einmal rundum gewirbelt werden kann und dann in seine Ausgangslage zurückkehren, ohne dass ein Tropfen herausspritzt, aber sie weiß, dass eine weitere Runde in einer nassen Katastrophe enden würde. Sie kann nicht mehr. Sie kann sich nicht mehr zusammenreißen für eine weitere Runde, die wieder haargenau so enden würde, an derselben Stelle, und dann verliert sie die Kinder noch einmal, nachdem sie sie gerade erst zurückbekommen hat, aber dieses Mal muss das letzte bleiben.

Sie hat immer noch Freigang, aber man hat ihr strikt verboten, sich den Kindern zu nähern, wenn sie entgegen allen Annahmen doch einmal zufällig auf die Anstaltsinsel kommen sollten. Sie darf die Pastorsfrau nicht ansprechen und den Pastor nur, wenn sie muss. Sie hat Erlaubnis, an den Gottesdiensten teilzunehmen, aber nur, wenn sie dabei ihren Seelenfrieden bewahren kann. Sie schaut auf ihre gefalteten Hände herab, und aus ihren trockenen Augen fallen keine Tränen. Eine Härte, die sie früher gehabt hat. Den Willen, den sie vorher Stück für Stück aufbauen konnte, nachdem er eingerissen und in sich zusammengestürzt war. Sie spürt, wie er durch sie hindurchsinkt und ihren Rücken und ihren Nacken beugt, und er hinterlässt eine Leere, die alles anzusaugen scheint, was irgendwie in der Nähe ist, bis sie zu guter Letzt selbst mit eingesogen wird. Der Blick, der zuvor wachsam und scharf war, ist jetzt von einem schmutzigen Schleier verhangen. Sie scheint zu sehen und doch nicht zu sehen. Wenn jemand mit ihr redet, kommt ihre Antwort nach einer quälend langen Pause, und immer öfter lächelt sie nur und wendet sich ab. Sie wird eine von den Stillen, Gefügigen. Tagsüber sitzt sie im Aufenthaltsraum und strickt, stickt oder häkelt, was ihr die Schwestern in die Hand drücken, und sie führt ihre Tätigkeiten mechanisch und technisch einwandfrei aus, aber ohne innere Beteiligung oder Freude.

Immer öfter kann sie aus sich selbst herausschlüpfen und sich sehen, wie sie damals war, vor langer Zeit. Wenn sie die Augen zumacht. Da geht sie noch einmal auf dem Weg, auf dem alles begann, an jenem Herbstnachmittag, der diesem Tag sehr ähnlich war, an dem sie nur herumgesessen und hauptsächlich gestarrt hat, ohne sich wirklich der vergehenden Zeit bewusst zu sein, abgesehen von der Wanderung von Licht und Schatten über Wände, Boden und Decke, abgesehen von ihren Wanderungen vom Aufenthaltsraum in ihr Zimmer, in den Speisesaal, auf den Hof, und dann wieder von vorne, aber das alles in Abschnitten, die ihr fast schon wieder sekundenschnell scheinen wollen.

Sie ist im Wald, und er kommt ihr hinterhergerannt. Sie hört seine Füße auf den nadelbedeckten Boden hämmern.

Dann ist sie wieder in der Hütte. Wandert hin und her zwischen Bett und Spüle. Bleibt am Fenster stehen. Der Wind zieht über die Hügel. Niemand kommt ihr entgegen auf diesem gewundenen Weg.

Du hättest kommen sollen, Mutter. Du hättest die Tür aufmachen und hereinkommen sollen. Du hättest nicht mal zu klopfen brauchen.

Sie presst ihre Decke an sich und schließt die Augen, und Erland sagt, dass der Herr denen nah ist, die ein gebrochenes Herz haben, und die errettet, die geistig gebrochen sind. Das Dach ist undicht, und die Farbe blättert von den Wänden. Eine Weile bleibt sie im Bett bei ihrer Mutter liegen und lauscht dem volltönenden Geräusch der Kuhglocken vorm Haus. Es ist Ende Juli, und sie hat sich gerade mit Einari getroffen. Sie fährt sich mit den Händen über das Oberteil ihres Kleides, schlingt einen Arm um ihre Taille, als wäre es seiner, und schließt leise lächelnd die Augen, als sie sein Gesicht vor sich sieht. Die Dämmerung rollt ihr blaues Gespinst über die Felder aus, und die Leinblumen leuchten in der Abenddunkelheit, die um diese Jahreszeit nicht mehr dichter werden wird. Sie dreht sich auf die Seite, schlägt die Augen auf und schaut direkt in die von Helmi. Die erwidert ihren Blick eine geraume Weile, ohne zu blinzeln, und auf dem Grund dieses braunen Glänzens liegt ein unergründlicher Ernst. So schöne Augen hat sie in ihrem ganzen Leben nicht gesehen. Dann hellt sich das Gesicht des Mädchens zu einem Lächeln auf, und Kristina streckt die Hand aus und streichelt die rundliche Wange. Sie hebt ihre Decke an. Und lässt das Mädchen mit darunterschlüpfen.

19

Schärengarten von Nagu, 1932

Die Neue heißt Sigrid. Die Neue Sigrid. Fräulein Friman, und ihr Verlobter heißt Frans. Obwohl – die Neue? Zwei Jahre ist sie jetzt schon hier. Wie lange dauert es, bis sie nicht mehr die Neue ist? Sie hat hier schon viele kommen sehen. Martha. Karin. Gretel und Olga. Eine nach der anderen darf sich in die schützenden Fesseln des Krankenhauslebens begeben. Das Haar fällt in langen Strähnen um die Füße und wird zusammengefegt. Die Krankenakte wird angelegt. Es ist ein ewiger Wechsel. Das Rascheln der Seiten. Die Ordner mit den Krankenakten, die in die Regale gestellt und wieder herausgenommen werden.

»Gewalttätig. Bettnässerin. Unruhestifterin. Schmiert herum. Isst. Nass.«

Mit den anderen Schwestern geht Sigrid von Zimmer zu Zimmer, von Gebäude zu Gebäude, und schließt Türen auf. Sie stecken ihre Köpfe hinein und schauen nach. Dann machen sie sich Notizen. Gewicht. Gesundheitszustand. Stimmung. Körperliche Ausscheidungen. Verhalten. Sie füllen ihre Tabellen aus, als wäre es leichter, das Elend anzusehen, wenn sie zumindest ordentlich Buch darüber führen. Achtundfünfzig Kilo, sechsundfünfzig, einundfünfzig, neunundvierzig, sechsunddreißig … Unter zweiunddreißig gehen die Zahlen nicht mehr. Mehr kann man von sich nicht mehr aufgeben, außer den Geist. Manche von ihnen sind so leicht, wenn sie sterben, dass man sie in Kindersärge legen kann, mehr Luft als Körper, wieder ganz klein geworden.

Wenn sie in die Erde gelassen werden, dort am Abhang hinter der Kirche, werden ihre Krankenakten ins Regal geschoben und nicht mehr aufgeschlagen, und damit ist das Kapitel abgeschlossen. Zweiunddreißig Kilo, dann gleitet die Krankenakte ins Regal und wird archiviert, die Bettwäsche wird gewechselt, und dann wird Platz gemacht für eine andere.

Im Arbeitszimmer der Oberschwester werden die Krankenakten verwahrt. Meistens ist Sigrid hinter den wachsenden Regalmetern zu finden. Sie sortiert, liest und archiviert. Die anderen lachen sie aus und ziehen sie auf, weil sie so umständlich ist. Die Neue Sigrid. Alles will sie wissen. Aber wirklich alles über die Patienten. Woher sie gekommen sind, wer sie sind, was sie quält. Was sucht sie eigentlich? Hat sie vielleicht vor, sich Margareta Högströms Posten zu angeln? Dabei ist die doch schon so lange hier. Fast von Anfang an.

Bald nach Sigrid kommt auch Manna. Sie ist aus Åland und hat ihre Ausbildung in Uppsala gemacht. Die spricht mit einem ganz weichen, singenden Tonfall. Es klingt fast wie ein Schwedisch von ganz weit weg, dem man anhört, wie es von den Wellen geschaukelt wird. Das wird heutzutage verlangt. Eine Ausbildung. So können heutzutage auch solche wie Sigrid und Manna, die körperlich leicht und schwach sind, Pflegerinnen in einer Irrenanstalt werden. Die von der alten Garde können da nur verächtlich schnauben. Ausbildung! Wozu soll das denn bitte gut sein? Was gibt es denn da groß zu lernen, was man nicht vor Ort lernen könnte? Stark muss man sein, damit man sie hart anfassen kann. Der Großteil ihrer Arbeit ist körperlich, sagen sie, Fredrika Rask und die anderen. Es hilft doch nichts, die Patientinnen zu verzärteln und sie zu verhätscheln, wie Sigrid und Manna es tun. Denn ihre Patientinnen sind hinterlistig. Manipulativ. Lügen und verführen. Wenn man denen den kleinen Finger gibt, schlucken sie einen gleich mit Haut und Haar. Sigrid und Manna werfen sich verstohlene Blicke zu und lächeln. Ihnen obliegt gemeinsam die Verantwortung für die Badetherapie. Sie stehen neben der Wanne und passen auf. So wie alle. Wenn sie neu sind.

Sigrid blinzelt ein paar Mal. Sie sitzt in der Kirche und ist schon seit einer Weile in der Stille versunken. Es ist so still hier, so voller Ruhe und Trost. Hier kommt sie immer her, wenn sie Frieden braucht. Sie hebt den Blick zur Votivtafel mit dem Menschensohn mitten in den tobenden Wassermassen, die erschrockenen Jünger zu seinen Füßen. Ein Boot mitten auf stürmischer See, und dann kommt einer und hebt die Hand und sagt: Sei still und verstumme. Und so geschah es.

Es steht so viel geschrieben, denkt sie. Nicht nur auf den Bänken rundherum, auf den Wänden, auf dem Felsen unterhalb des Leuchtturms, sondern überall. Auf den Bäumen. Auf der Klippe, die sie Tyttökallio nennen, und die ganz schwarz ist vom Ruß nächtlicher Feuer. Auf der ganzen Insel. In der Erde. Als sie zum ersten Mal dort grub, förderte ihr Spaten haufenweise Knochen zutage. Sie hatte sich gewundert. Hatte die weißen Fragmente näher untersucht. Zähne. Stücke von Schädelknochen. Von Tieren. Von Menschen. Mittlerweile zieht sie kaum noch die Augenbrauen hoch. Sie hat sich schon daran gewöhnt.

Sie schläft mit Socken, auch im Sommer, denn sie hatte schon immer kalte Füße. Es ist eine Kälte, die sich im Grunde nur beim samstäglichen Saunagang ganz vertreiben lässt. Sie wohnt mit den anderen Schwestern im Leuchtturm, oben auf dem Irrenhaushügel, und hat einen eigenen Kamin im Zimmer. Wenn sie morgens die Decke zur Seite schlägt, ist sie rein und schön und weiß. Sie zieht sich immer im Dunkeln an. Sie braucht kein Licht anzuschalten, um ihre Arbeitsuniform zu finden. Sie hängt genau dort über der Stuhllehne, wo sie sie gestern Abend ausgezogen hat.

Sie ist wie eine zweite Haut, eine Farbe, die sie sich jeden Tag überstreift und die sie von den Patientinnen unterscheidet. Vielleicht auch von allen anderen auf der ganzen Welt. Von allen Menschen, die auf der großen, weiten Erde leben und atmen, gibt es nur einen, der so eine Uniform besitzt. Sie ist maßgeschneidert, und Sigrid hat ihre Initialen im Nacken eingestickt, auf der Innenseite, wo Oberschwester Margareta Högström sie nicht sehen kann. Im Stoff stecken die Fäden, die ihre Fasern ausmachen. Sie folgen ihren Bewegungen und saugen ihren Schweiß und ihren Körpergeruch auf. So weich der Stoff ist, ist er doch eine schützende Hülle, die den Abstand zwischen einer Schicht im Leben und einer anderen markiert.

Im Gegensatz zu vielen anderen Schwestern ist sie weder auf der Insel geboren noch hier aufgewachsen. Sie hat ihr Los nicht von ihren Eltern geerbt, wie so viele andere Schwestern. Sie hatte eine Anzeige im *Hufvudstadsbladet* gelesen, dass die Irrenanstalt Personal anstellte. Der Lohn lag bei hundertzwanzig Finnmark, Logis wurde gestellt. Es gab noch andere, die so waren wie sie. Jung, stark und gesund kamen sie übers Wasser, um sich zu erproben und ihre Kräfte auf dem Feld der Pflege von Geisteskranken zu messen, aber dann verschwanden sie genauso schnell, wie sie gekommen waren. Sie jedoch biss sich fest, zäh wie das Wacholdergestrüpp in den Felsspalten auf Tyttökallio.

Müde blinzelnd schaut sie zum Lager, das ein Stück entfernt liegt. Im Leuchtturm brennt Licht. Jemand hat an diesem schläfrigen Sommerabend ein Feuer gemacht. Das Leuchtturmlicht, das einst das Licht für die Seefahrer, die einsamen Reisenden, die von weit her kommenden Verirrten, Heimatlosen und Umherziehenden war, ist jetzt das Licht der Verlorenen und Verdammten geworden. Der Beton unter ihrem Hintern fühlt sich rau an, und sie merkt, wie die kühle Nachtluft sich ihren Weg unter den Rocksaum und zu ihren Schienbeinen sucht. Ihre Arme sind nackt, an den

Handgelenken glänzt kein Schmuck. An den Fingern auch nicht. Schwestern sollen unverheiratet sein. Sie hat ihren Verlobungsring in einem Kästchen im Zimmer, das sie sich mit Manna, Astrid und Eva-Stina teilt. Sie liegen in Betten nebeneinander und lauschen in der Stille auf die Geräusche, die die anderen machen. Sie hört sie atmen und denkt daran, wie sehr sie sie mag.

Oh, wie gerne sie jetzt im Bett wäre. Die Nachtwache ist einsam, obwohl man dabei immer zu zweit ist. Und sie denkt an die anderen, in ihren kleinen Zimmern, an die, die niemals schlafen, die unablässig wimmern, an die, die weinen, und wie anders es sich anfühlt, müde zu sein, so wie sie jetzt, aber doch glücklich, nicht weinen zu müssen, sich ausstrecken zu können, wo man gerade ist, und einmal zu seufzen und sich umzuschauen, ein bisschen genervt und ein wenig gereizt, und die Arme in die Luft strecken, sich dehnen und gähnen, die Kühe im Stall leise muhen hören, die auch gerade ihre nächtliche Ruhe finden, den Duft der Linde und der Tiere riechen, und den eigenen, unbändigen Willen im Körper. Die Lebenslust. Das Abenteuer Zukunft. Und sie ist zwar auch eine Gefangene auf der Insel, ja, aber eine Gefangene aus freien Stücken und mit Geld in der Tasche, die sowohl nach Nagu als auch nach Åbo fahren darf, wenn sie möchte. Und sie kann auch ganz weggehen. Das wird sie nie vergessen. Sie hat immer die Möglichkeit zu gehen. Sie ist niemals dazu verurteilt worden, auf ewig hierzubleiben.

Morgens sehnt sie sich nach dem Duft von Kaffee, schon wenn sie aus dem hohen gelben Holzhaus tritt und den Hügel hinunterläuft und über die Wiese bis zum Eingang, durch den man den viereckigen, schützenden Vorhof betritt. Der Geruch von Kaffee, der sich aus der Küche in die nächsten Flure ausbreitet und das Signal gibt, dass der Tag begonnen hat. Sie geht durch die Küche in den Speisesaal, der um diese Zeit am Abend dunkel und leer ist. Dann geht sie ins Hauptgebäude und beginnt ihre Wanderung durch die dunklen Flure, während sie auf die vertrauten Geräusche der Patientinnen lauscht, die sie mit Namen kennt, jede einzelne von ihnen. In einer Irrenanstalt in den Dreißigerjahren ist es nicht still. Niemals.

ELLI

20

März 1934, Irreninsel

Als Elli von ihrem Platz im Heck aufsteht, reißt ihr der Wind das kleine petroleumblaue Pillbox-Hütchen doch noch vom Kopf und wirft es in die Wellen, auf denen es neckisch wippend Richtung Festland davonschwimmt. Sie hat vergessen, es festzuhalten, nur eine kurze Sekunde, und schon war es weg. Ihr Haar wird nach vorne gepustet, flattert ihr wild um Hals und Schultern. Vom Fahrtwind steigt ihr das Wasser in die Augen, und sie blinzelt es weg. Es sind keine Tränen. Nicht, dass das jemand verwechselt.

Der Anleger taucht zwischen den Wellen auf. Die Kirche schaukelt zwischen den niedrigen, dürren Bäumen. Das Meer ist stahlgrau, und die Schaumkronen lecken an den Bootswänden empor. Die Luft schmeckt nach Salz.

Die zwei Männer, die sie bewacht haben, seit sie die Haftzelle in Åbo verlassen hat, haben ihr für die Bootsfahrt keine Handschellen angelegt. Wenn etwas passieren sollte, sollte sie zumindest das Recht haben, das Schwimmen zu versuchen. Außerdem, hier auf dem offenen Meer, da könnte nur die letzte Verzweiflung einen Menschen dazu bewegen, ins Wasser zu springen. Jetzt schließt sich das Metall wieder klickend um ihre Handgelenke. Silberglänzend und kalt, wie das Armband, das Morris ihr einmal geschenkt hat. Mit einer einzigen schnellen Handbewegung schließt er die zwei Ketten. Eine um sein Handgelenk und eine um ihres.

Morris. Die Erinnerungen sind wie Messer. Sie sammelt sie alle ein und wirft sie ins Meer. Schaut zum Hügel mit der Kirche empor, von wo ihr eine Gestalt entgegeneilt, die sich mit ihrem hellen Kleid vom graugrünen Alltag abhebt. Sie sieht aus wie eine blasse Flamme, die sich ruckartig und flackernd nähert.

Einer von den Bewachern trägt ihre kleine braune Ledertasche. Darin hatte sie einmal neun Bleistifte. Die Polizei fand die Stifte in ihrer Tasche und beschlagnahmte sie. Auf den Stiften standen die Initialen des Lehrers. Wie dumm. Und die Tasche? Ein Geschenk zu ihrem fünfzehnten Geburtstag, ihr Name war ins Leder eingraviert. Die Schläge vom Hammer des Richters, als er sie für zwei Jahre Zuchthaus einstempelte, hallen immer noch in ihrem Kopf nach, als sie auf der windgepeitschten Insel am äußersten Rand der Schären an Land geht und von einer großen blonden Frau in hellblauer Schwesternuniform und weißer Schürze in Empfang genommen wird. Die Frau lächelt sie an und stellt sich als Sigrid vor.

Die Holzschuhe klappern durch den dunklen, engen Korridor. Die Frau mit dem Namen Sigrid geht schnell, und Elli muss traben, um Schritt halten zu können. Auf beiden Seiten lange Reihen von Türen, die meisten geschlossen, abgeschlossen wahrscheinlich, aber manche sind auch offen, und dahinter sieht man die Frauen auf ihren schmalen Betten in den winzig kleinen Zimmern. Manche verfolgen sie mit einem stummen Blick, andere liegen auf der Seite und fixieren mit starrem Blick einen Punkt irgendwo in der Luft. Das Licht fällt durch die Türöffnungen und bildet glänzende Pfützen auf dem Boden. Der Geruch im Korridor ist leicht faulig. Säuerlich. Wie von ungewaschenen Matratzen. Wie von vollen Nachttöpfen. Geruch von Haut, von Haar, von Talg und Fett, von getrocknetem Schweiß, Urin, Kiefernseife, Essensresten, eine Art von durchdringendem Aroma, etwas, woran man sich erst gewöhnen muss.

Sigrid verlässt sie mit einem Nicken und dem kurzen Bescheid, dass es um fünf Uhr Abendessen gibt, dann wird die Tür zugemacht und der Schlüssel umgedreht.

Von Elli heißt es, sie sei unberechenbar. Sie habe im Zuchthaus ohne Vorwarnung ihre Mithäftlinge angegriffen. Sie biss, hieß es, und kratzte, und konnte in unbewachten Augenblicken großen Schaden anrichten. Sie soll am Anfang eingesperrt bleiben, bis sie wissen, woran sie mit ihr sind, und sie schiebt ihre Tasche unter das Bett im ihr zugeteilten Zimmer, setzt sich auf die Matratze und schaut sich um – die braun gemusterten Wände, das Schreibpult, der Kleiderschrank und der Nachttopf in der Ecke.

Hedvig-Sofia-Heim … Kakola … Lappviken … Und jetzt hier.

Sie lässt den Blick zum Fenster hinausgleiten, wo die Gitterstäbe den grauen Himmel in gleichmäßige Scheiben schneiden. Dann blinzelt sie ein paarmal, um die Feuchtigkeit zurückzudrängen, die ihr in die Augen steigt.

Morris. Mein Geliebter. Wo bist du jetzt?

21

Auszug aus einer Krankenakte:

Name: Ellinor Augusta Curtén
Alter: 17
Beruf: Schülerin
Größe: 162 cm
Gewicht: 59 kg

Krankheitsform: Schwere Psychopathie, dementia praecox, Mythomanie, Nymphomanie.

Aufnahme: Auf Wunsch der Eltern. Verlegt vom Zuchthaus Kakola ins Krankenhaus von Lappviken. Ärztliches Gutachten von Dr. Edvin Ahlmqvist, Hausarzt.

Aufnahmedatum 04.03.1934. Patientin hat drei Monate im Zuchthaus Kakola verbracht, wo sie eine zweijährige Haftstrafe absitzen sollte, verhängt wegen wiederholter Diebstähle, Herumtreiberei, Sittlichkeitsvergehen, Körperverletzung, Raub, Nötigung sowie Besitz von Stichwaffen. Pat. hat in Kakola Stimmen gehört, unter anderem Vögel, die sich ihrer Meinung nach in ihrer Zelle befanden. Gewalttätiges Verhalten mit Angriffen und Konvulsionen. Hat mit Gegenständen geworfen und Kleidung zerrissen. Nachts geschrien und herumgelaufen und an der Bettwäsche ihrer Zellenmitbewohnerinnen gerissen. Angegriffen ohne Vorwarnung. Isolierung, aber ohne Besserung. Angst vor den Vögeln, die sie im Zimmer gehört und gesehen hat. Weigerung, zu essen oder sich zu waschen. Allgemein schlampig, nässt sich ein. Hat Bewachung beantragt und behauptet, eine Berühmtheit oder eine Zigeunerprinzessin zu sein, alternat. Waise. Verlegung nach Lappviken mit unverändertem Krankheitsbild. In Lappviken hat Pat. begonnen, sich um ihr Äußeres zu bemühen. Bekam Kaliumbromid und Opiate. Somnifen-Kur. Zwei Monate in Lappviken. In den letzten Tagen hohe Dosen Opiate, um Pat. vor Transport zu beruhigen. Pat. hat Verlegung nach Besuch des Hausarztes Ahlmqvist selbst zugestimmt, da die Genesungsprognose in Lappviken ungünstig schien, und die Eltern wünschten, dass Pat. in eine Einrichtung verlegt wird, die näher an Pargas liegt.

Die fremden Substanzen verlassen ihren Körper schmerzhaft und langsam unter Zittern und Schweißausbrüchen und mischen sich mit den Umrissen der Stunden, werden mit einem weichen, feuchten Schwamm abgewischt wie Schweiß von der Stirn. Konvulsionen, Schwindelanfälle, und dann wacht sie auf dem Boden auf und kann sich nicht erinnern, wo sie ist. Jemand legt sie ins Bett, und sie schlägt und tritt um sich. Doch die Hände sind schnell und geübt, und sie wird mit einem Gurt fixiert. Eine Emailletasse an die Lippen, dieser bodenlose Durst. Das Fieberthermometer, das sie wieder ausspuckt, wird an die Wand geschleudert, woraufhin man sie festhält und es ihr in den After schiebt. Müder Körper vom Kämpfen und heisere Stimme vom Schreien. Nächte und Tage in einem zusammengebackenen Bündel aus nassen, stinkenden Laken, bald grau und unmöglich zu unterscheiden, eine einzige lang gezogene Dämmerung und kurze Lichtblicke, die wohl der Tag sein müssen – bis sie irgendwann mit ganz stillem Körper aufwacht, und matt, hungrig und verschlafen schaut sie sich um. Als hätte sich eine Falltür in ihr geöffnet und sie wäre unten herausgefallen, purzelnd, rudernd, ohne zu wissen, wie oder wo sie landen sollte. Aber jetzt stellt sich heraus, dass die Welt jenseits ihrer Augenschlitze ein Bett in einem sehr kleinen Zimmer ist, und da fällt es ihr wieder ein.

Die Fähre, die Kirche, das Krankenhaus, Sigrid.

Sie steht vom Bett auf und geht an die Tür, nur um festzustellen, dass sie abgeschlossen ist. Sie rüttelt daran, schlägt mit der Handfläche dagegen, ruft nach dem Personal. Sie verlangt Schutz! Sie will ihre Eltern anrufen! Sie will mit ihrem Anwalt sprechen, der dafür sorgen wird, dass sie entlassen wird! Sie will ihre Spritzen haben!

»Hier gibt es keine Medikamente«, sagt Sigrid durch die Tür.

Aber sie schlägt weiter mit der flachen Hand auf die Tür, und irgendwann nimmt sie die Fäuste. Sie will Kaffee haben! Sie will die Morgenzeitung lesen! Sie will, nein, sie *verlangt*, wie eine Berühmtheit behandelt zu werden.

Haben sie denn nicht von ihr, Elli, in der Zeitung gelesen? Von ihr und Morris und ihrer wilden Flucht über die Landstraßen von ganz Südwestschweden, am Ende sogar bis nach Uleåborg? In dieser Karre?

Sie flohen, bis ihnen das Benzin ausging, und dann flohen sie nicht weiter. Sie jedenfalls nicht. Aber Morris floh sehr wohl. Er hatte lange Beine. Schnelle Schritte. Er lag nicht mit der Fresse im Dreck wie sie. Er schoss wie ein Hase über den letzten Graben und war verschwunden.

Als die einzige Antwort aus Schweigen besteht, aus den regelmäßigen Mahlzeiten, die sie zurückweist, dem Blick einer Schwester durch die Luke in der Tür, den sie trotzig erwidert, fängt sie irgendwann an zu weinen. Es ist ein lang gezogenes, heulendes Weinen, und es wird genau aufgezeichnet. Jedes Lauter- und Leiserwerden, jedes Aufflammen und Verebben, jede wirbelnde Strömung oder jedes lang gezogene Schniefen. Und als es vier Tage später aufhört, liegt sie erschöpft auf ihrer Pritsche, mit zerzaustem Haar, schmutziger Kleidung, zitternd und schlotternd vor Hunger und Kälte.

Am achtzehnten Tag schließt Sigrid Ellis Tür auf. Der Nachttopf ist übervoll, und sie steht schnell auf, als die Schwester ins Zimmer kommt. Sie fährt sich mit den Händen durchs Haar, streicht ihre Sachen glatt. Dabei war sie doch so adrett, als sie kam.

Sigrid lächelt sie an, doch Elli weicht ihrem Blick aus und weigert sich, die Schwester anzuschauen. Die Sonne fällt durchs Fenster und füllt die Stille mit Staub, der in langsamen Wirbeln in den breiten Streifen des Tageslichts tanzt. Elli hat nicht mal gemerkt, dass die langen, nassen Tage in blendenden Sonnenschein übergegangen sind, aber jetzt blinzelt sie mit müden, brennenden Augen in das grelle Licht.

Wann hat sie zum letzten Mal geschlafen?

Ja, wann …

Als Elli endlich Sigrids Blick aus halb geschlossenen Augen erwidert, muss Sigrid einen Seufzer unterdrücken. Dieses Mädchen ist noch ein Kind. Eine Frau mit dem Verhalten eines Kindes und der Ausdrucksweise eines Kindes. Man hat sich über sie lustig gemacht, als sie in ihrem Zimmer lag und nach

Kaffee und Keksen rief. »Das kleine Fräulein Hollywood« haben sie sie genannt. Und ja, sie haben in der Zeitung von ihr gelesen. Ihre Verlegung aus Lappviken hat einiges an Publicity bekommen. Sie wurde in Handschellen fotografiert, als sie aus dem Krankenhaus trat. Da schenkte sie den Fotografen ein schiefes Lächeln und warf einen dunklen Blick unter ihrem Hut hervor. Sie durfte ihre eigenen Sachen tragen. Man hatte ihr einige Freiheiten zugestanden.

Tja, denkt Sigrid. *Sie wird bald auf den Boden der Tatsachen geholt werden.*

Man hat ihr ihre eigenen Sachen weggenommen, und tagelang hat sie geschrien, dass sie sie zurückhaben will, doch Sigrid hat an ihrem Nein festgehalten.

»Lieber geh ich nackt!«, hatte Elli geschrien, als man sie nach ihrer Kleidung fragte, und Sigrid, die ihr die Krankenhauskluft hingehalten hatte, nickte nur kurz und meinte:

»Wie du willst. Im Winter wird es hier sehr kalt. Und hier tragen nur die Tiere Pelz, um sich warm zu halten.«

Elli hatte die Arme um den Körper geschlungen und Sigrid nachgestarrt, nachdem sie gegangen war.

»So lange werde ich hier gar nicht bleiben! Im Winter müsst ihr ohne mich zurechtkommen, da bin ich nämlich schon weg!«, rief sie.

Jetzt schauen sie sich direkt an. Ellis grüne Augen glitzern träge, als sie Sigrid in die hellblauen Augen schaut. Der harte Zug um ihren Mund ist etwas weicher geworden, aber er ist immer noch da.

»Ich … ich will meinen Anwalt sehen. Herrn Lucas Lindgren. Er soll dafür sorgen, dass ich entlassen werde«, sagt sie, und ihre Stimme ist belegt und heiser vom stundenlangen Weinen, ihre Kehle ist wund nach dem vielen Geschrei.

Sigrid deutet mit einem Nicken auf die offen stehende Tür.

»Der Doktor würde dich jetzt gerne sehen. Wenn du dich dazu in der Lage fühlst.«

Elli bleibt unschlüssig stehen. Sie fummelt an ihren Röcken

herum, die vom Urin gelb gefleckt sind. Ein strenger Geruch hängt in der Luft, wie in einem Tierkäfig.

»Ich will … Kann ich mich erst ein bisschen zurechtmachen?«

»Das schaffst du jetzt nicht mehr. Der Doktor hat noch eine Menge andere Patientinnen. Aber du kannst dich in seiner Praxis umziehen. Deine Krankenhauskleider sind sauber. Wir stellen dir ein Waschbecken hin, damit du das Gröbste abwaschen kannst. Und nach dem Arztbesuch können wir dann an ein Bad denken.«

Sie haben sie im Zuchthaus ausgezogen, in Lappviken und nun auch hier. Immer dieses Ausziehen. Immer diese eingehenden Untersuchungen des Körpers in verschiedenen Stadien des Verfalls. Immer diese Aufzeichnungen über Form, Farbe und Verfassung dieses Körpers. Die Jagd auf Gebrechen, Missbildungen, Narben, all das, was eine physiologische Erklärung dafür liefern soll, warum es ihnen im Leben so ergangen ist, wie es ihnen eben ergangen ist. Es soll an der Länge ihrer Gliedmaßen und der Form des Schädels abgelesen werden. An der Genografie des Körpers. An ihrem entstellenden Bartwuchs oder ihren zusammengewachsenen Augenbrauen. An ihrer zu hohen, zu niedrigen oder zu normalen Stirn. Am Geruch ihrer Angst.

Jetzt steht sie nackt vor dem Arzt. Langsam und mit gesenktem Kopf hat sie ein Kleidungsstück nach dem anderen abgelegt. Ihre Bewegungen waren vor Scham langsam und widerstrebend, aber sie war auch erleichtert, ihre Sachen ausziehen zu dürfen, weil sie vor Schmutz schon starrten. Sie hat seinen Blick auf sich gespürt, als sie Knöpfe und Haken öffnete, ihre Strumpfhose auszog, ihre Unterhose bis zu den Knöcheln herunterrutschen ließ. Sie bekommt eine Gänsehaut. Sie merkt, wie ihre Atemzüge den Brustkorb weiten und Sauerstoff bis in die Fingerspitzen und Haarwurzeln schicken. Sie riecht den Geruch ihres Körpers, ihres Geschlechts. Im Schritt stinkt sie unangenehm streng nach Urin und Schweiß.

Sie denkt: »Morris, wo bist du jetzt?«, und versucht dann, jeden Gedanken auszuschalten, um nicht zusammenzubrechen.

Doktor Mikander sitzt an seinem Schreibtisch und schaut sie an. Er hat die Beine übereinandergeschlagen, der lange weiße Kittel sitzt an seinem Körper wie ein Panzer, steif, sauber, tadellos. Das dunkle Haar ist zur Seite gekämmt. Es glänzt vor Pomade. Er trägt die gleiche runde Brille wie ihr Vater. Benutzt die gleiche Pomade wie Direktor Ekman in der Scherenfabrik.

Er steht auf und stellt sich vor sie, legt ihr die Hände an den Kopf, schiebt ihr die Finger ins Haar und untersucht dann geübt die Form ihres Schädels. Sigrid notiert die Dicke ihres Haars, und Doktor Mikander zieht es zwischen den Fingerspitzen, um seine Textur zu untersuchen. Trocken, rotbraun und ungewöhnlich lockig. Er bittet Sigrid um das Instrument zur Schädelvermessung, und Elli zuckt zurück, als er das Ding öffnet, das aussieht wie eine große, spitze Zange. Sie hat Angst, dass er es irgendwie in ihren Kopf drücken will. Sigrid eilt zu ihr und legt ihr beruhigend die Hände auf die Schultern, aber Elli kann die Spannung in den Fingern der Schwester spüren. Sie ist bereit, kräftig zuzupacken, wenn es nötig werden sollte, und ihre Berührung ist ebenso sehr Warnung wie Schutz. Das Messgerät wird geöffnet, und Doktor Mikander diktiert murmelnd die Maße, die Sigrid auf ihre Zettel kritzelt. Dann setzt er die Untersuchung fort. Elli muss seinen Zeigefinger mit dem Blick verfolgen, damit man die Beweglichkeit ihrer Augen kontrollieren kann. Er studiert gründlich die Farbe ihrer Iris, die Größe der Pupillen und die Dichte der Wimpern. Er stellt fest, dass ihre Augenbrauen üppig, fast schon buschig sind, und leicht zusammengewachsen.

»Ungewöhnlich dunkle Behaarung auf der Oberlippe, ansonsten normale Gesichtsbehaarung. Mund auf und Zunge rausstrecken«, murmelt Doktor Mikander. »Hier ist alles normal. Die Zunge ist klein, Feuchtigkeit und Farbe normal, Rachen sauber und von frischer roter Farbe. Abgeriebene Kauflächen, Zähne aber ansonsten gesund. Mund wieder zu!«

Sie schluckt, und seine Hände wandern weiter, streichen über die Sehnen an Hals und Nacken, kontrollieren die Beweglichkeit des Kopfes und die Steifheit der Schultern.

»Muskeln in Genick und Schultern anspannen.«

Er ergreift ihre eine Hand und untersucht Form und Farbe der Nägel sowie die Weichheit ihrer Hände.

»Hochheben!«, sagt er, und sie ist einen Augenblick unschlüssig, bis er sie ungeduldig am Arm zieht. »Hochheben!«

Zögernd hebt sie den Arm.

»Beide!«, sagt er, und sie tut, was er sagt, und streckt die Arme zur Decke.

»Kräftige Behaarung!«, ruft er, und geht mit der Nase näher an ihre Achselhöhle, um daran zu schnuppern. »Strenger Körpergeruch!«

Jäh nimmt sie die Arme wieder herunter, gekränkt von seiner Bemerkung, und Doktor Mikander tritt überrascht einen Schritt zurück, damit ihn ihr Ellbogen nicht am Kopf trifft. Er blinzelt heftig, als wäre er aus dem Konzept gekommen, und dann schaut er sie einen Moment an und sagt:

»Na gut.«

Die Hände noch einmal, die ihre Brüste umfassen, sie lange und gründlich massieren und kneten, in die Brustwarzen kneifen, die Brüste hochheben und dann fallen lassen, die Prozedur mehrfach wiederholen.

»Schwer … groß … voll, aber weich … vielleicht ein wenig knotig. Fest, nicht herabhängend. Brustwarzen dunkel und groß.«

Elli ist sich nicht ganz sicher, aber sie hat das Gefühl, dass er zufrieden klingt, als er ihre Brüste kommentiert. Als ob er sie loben würde, und das ist ihr peinlich. Am liebsten würde sie in die Hocke gehen und ihren Körper mit den Armen abschirmen, aber sie bleibt stehen wie versteinert, passiv und willenlos, während die Untersuchung fortschreitet. Doktor Mikander bittet Sigrid um ein Maßband und nimmt dann Maß an der Brust, an der Taille und an den Hüften. Er misst die Länge der Arme, der Beine, der Rumpfes, den Kopfumfang. Langsam wird ihr kalt, aber sie beißt die Zähne zusammen, damit sie nicht anfangen zu klappern.

»Körperbehaarung … kräftig, dunkel. Haut geschmeidig. Beine unverhältnismäßig lang im Verhältnis zum Rumpf, Schenkel kräftig … leichter Fettansatz, klein und gedrungen … ostbaltische Züge … die Mutter ist Finnin, oder? Ja, typisch finnische Konstitution.«

Er geht zum Waschbecken und wäscht sich die Hände. Sigrid bringt ein Handtuch und trocknet sie ihm ab. Dann kommt er zu ihr, schaut auf den Untersuchungstisch, der ihr Angst macht, seit sie das Zimmer betreten hat, und deutet mit einem Nicken darauf.

»Steigen Sie da hoch, und legen Sie sich auf den Rücken!«

Sie bleibt stehen. Schwankt unentschlossen. Hebt die Hände und umschlingt den Oberkörper schützend mit den Armen. Schüttelt kaum merklich den Kopf. Sigrid bewegt sich, neigt den Körper leicht und macht einen halben Schritt in ihre Richtung. Elli schaut von ihr zu Doktor Mikander. Macht, Ohnmacht – es bleibt ihr nichts übrig, als zu gehorchen.

»Na also!«, sagt Doktor Mikander schnell, und Elli stolpert zum Untersuchungstisch.

Die kalten, sterilen Instrumente auf dem Tablett daneben klirren, und Sigrid muss Ellis Beine festhalten, als sie sie instinktiv zusammenpresst. Sie verzieht das Gesicht und dreht es zur Wand, als die harte Zange unsanft in sie hineingeschoben wird und sie aufdrückt. Sie spannt den Körper an, dass sie zittert und eng und unzugänglich wird, und der Doktor schraubt das Gerät seufzend noch ein bisschen weiter auf, bis sie ihre elenden Jammerlaute nicht mehr unterdrücken kann. Sie meint zu bersten, und er sagt nichts, um sie zu beruhigen. Er murmelt, fast als würde er mit sich selbst reden, und Sigrid schreibt mit. Äußeres Geschlechtsorgan abnorm. Sehr fleischige Labia, überentwickelte Klitoris. Ellis Lider flattern, und sie spürt, wie ihr die Feuchtigkeit aus den Augenwinkeln fließt. Was bedeutet das? Dass ihre Klitoris überentwickelt ist? Was ist eine Klitoris? Wen soll sie fragen? Aber Doktor Mikander murmelt weiter. Übertriebener Sexualtrieb. Die männlichen Geschlechtsorgane dominieren. Keine Hermaphroditis.

»Haben Sie eine regelmäßige Menstruation?«, fragt er, und sie blinzelt und blinzelt, bevor sie leise ein »Manchmal« hervorbringt.

Sigrid notiert, wann sie begonnen hat, wie lange sie dauert, ob die Blutung stark ist, ob sie Schmerzen hat, wie sie sich vorher, währenddessen und danach fühlt, welche Farbe und Konsistenz das Blut hat, all das ist furchtbar wichtig, um ihren Allgemeinzustand beurteilen und über ihre weitere Behandlung entscheiden zu können.

Hinterher, als die harten Instrumente aus ihrem Körper herausgezogen worden sind und eine Art schlaffe, warme Leere hinterlassen haben, wie sie einer körperlichen Schändung folgt, lässt sie sich vom Untersuchungstisch rollen und schleicht zu dem Stuhl, auf dem zusammengefaltet ihre hellblaue Uniform liegt. Sie schlüpft hinein, so wie ein Fuchs in seinen schützenden Bau schlüpft, und als sie die Knöpfe zugemacht hat, spürt sie den weichen Stoff auf ihrem Körper und den Schatten seiner Berührung immer noch wie einen schmutzigen Abdruck auf ihrer Haut. Dann wagt sie endlich den Mund aufzumachen und die Frage zu stellen, die sie ihm stellen wollte, seit sie ihren Fuß auf den glatten, salzwassergetränkten Anleger bei der Kirche gesetzt hat.

»Herr Doktor. Sagen Sie doch. Wann kann ich hier weg? Wann darf ich wieder nach Hause?«

Ihre Stimme ist heiser, sie räuspert sich, und er schaut sie eine Weile durch seine runde Brille an, bevor er ihr antwortet.

»Haben Sie Ihre Diagnose verstanden, Fräulein Curtén?«
Sie schüttelt den Kopf.

»Dementia praecox. Frühzeitig einsetzender Schwachsinn. Schwere Psychopathie. Hypersexualität ... Für Ihre Leiden, Fräulein Curtén, gibt es keine bekannten Heilmittel.«

Elli schaut ihn verwirrt an und schüttelt noch einmal den Kopf.

»Das verstehe ich nicht. Wenn es keine Heilmittel gibt ... Wenn es keine Möglichkeit gibt, wie ich wieder gesund werden könnte ... Was mache ich dann hier?«

Doktor Mikander spielt mit seinem Füllfederhalter, während er nachdenkt. Dann beugt er sich über den Tisch vor.

»Die meisten unserer Patientinnen hier sind seit mehreren Jahren auf der Insel. Ihr Krankheitsbild ist unveränderlich. Das ist hier eine Anstalt für chronisch Kranke. Sehr, sehr wenige werden entlassen. Praktisch keiner.«

Er seufzt, bevor er fortfährt.

»Es gibt keine Heilmittel. Nur Pflege.«

Elli schaut ihn wortlos an. Doktor Mikanders Worte senken sich über sie herab wie ein Netz, und es dauert eine Weile, bis sie ihre Sprache wiedergefunden hat.

»Meine Eltern ... meine Mutter und mein Vater! Die werden kommen und mich nach Hause holen! Die werden Ihnen nicht erlauben, mich hier zu behalten!«

Doktor Mikander drückt die Fingerspitzen gegeneinander, und seine Hände schaukeln ein paarmal gegen die Tischplatte. Dann lehnt er sich jäh zurück und schlägt wieder die Beine übereinander.

»Fräulein Curtén ... Ich halte Sie hier nicht fest. Ihre Eltern haben Sie hier einweisen lassen. Und sie haben gut daran getan! Sie sind krank, Fräulein Curtén! Und das Schlimmste ist, dass Sie das selbst anscheinend nicht sehen! Wie könnten Sie überhaupt jemals gesund werden, wenn Sie nicht mal selbst sehen, dass Sie krank sind?«

»Gesund werden?«, ruft Elli bestürzt. »Aber haben Sie nicht

vor einer Sekunde gesagt, dass ich eine unheilbare Diagnose habe?«

Sie starren sich schweigend an. Elli holt tief Luft.

»Glauben Sie wirklich … dass meine Mutter und mein Vater sich damit abfinden werden, dass ich mehrere Jahre hier bleibe? Vielleicht das ganze Leben? Dass sie Ihr Gerede über Unheilbarkeit akzeptieren werden?«, fragt sie, und Doktor Mikander nimmt seine Brille ab und reibt sich die Nasenwurzel.

»Sie wollen Ihnen einfach die beste Pflege angedeihen lassen, die Sie bekommen können«, antwortet er.

»Es gibt also keine Chance? Das wollten Sie damit sagen? Keine Chance, jemals entlassen zu werden?«

»Tja. Kommt ganz drauf an. Mit der weiblichen Natur verhält es sich nämlich so, dass sie zyklisch ist. Das gilt auch für den weiblichen Wahnsinn. Der Zusammenhang zwischen diesen Wahnsinnszyklen und der Menstruation ist in den meisten Fällen offensichtlich, und sobald die Menstruation aufhört, hört sehr oft auch der Wahnsinn auf. Deswegen hatten schon viele das Glück, zu diesem Zeitpunkt entlassen zu werden«, erklärt er.

Elli mustert ihn ohne ein Wort.

Viele Frauen werden entlassen, wenn ihre Menstruation aufhört. Wann ist das?

Sie sieht sich vor ihrem inneren Auge, wie sie als gebückte, krumme Frau ins grelle Sonnenlicht blinzelt und den Weg zum Anleger hinuntergeht, wo sie einst an Land gegangen ist, leichtfüßig und mit wild und ungezähmt gegen die Rippen pulsierendem Leben.

Nein, denkt sie dann. *Nein. Das wird Mutter niemals zulassen. Hier werde ich nicht bleiben!*

22

Zwei Wochen nach ihrem ersten Besuch bei Doktor Mikander beschließt Elli Curtén endlich, ihr Bett wieder zu verlassen. Sigrid und eine andere Schwester, Mildred, die Manna gerufen wird, haben dreimal am Tag nach ihr gesehen, um sie zu fragen, wie sie sich fühlt, und um ihre Auskünfte dann sorgfältig in ihre Krankenakte einzutragen. Sie hat gelernt, die beiden am Schritt zu erkennen – Sigrid mit ihren scharfen, schnellen Schritten und Manna mit ihrem Schlurfen –, auch wenn sie sich nicht umgedreht hat, als sie aufschlossen und hereinkamen, auch wenn sie sich nicht bewegte, als sie sich auf die Bettkante setzten, und auch wenn sie nicht auf ihre Fragen antwortete.

Und: »Wie fühlst du dich?« Was ist das überhaupt für eine unmögliche Frage?

Sie lag auf der Seite, mit dem Rücken zur Zimmermitte, und starrte an die Wand. An manchen Tagen kam es ihr so vor, als könnte sie sich nicht mal bewegen, wenn sie wollte. Als wären ihre Gelenke eingerastet. Als wäre die steife Stahlwelt der Fabrik geschmolzen und in sie geronnen und ihr Körper eine Gussform aus Gips für den Kummer der ganzen Welt geworden. An anderen Tagen war sie leicht und voller stechendem, brennendem Stickstoff. Dann ballten sich ihre Fäuste wie von selbst, und sie presste sie fest an die Brust, während ihre heißen Tränen überliefen, ihr über die Wangen kullerten und Hals und Kissen tränkten, bis es so nass war, dass sie es umdrehen musste. Sie vermisste Morris, aber am meisten, noch mehr und mit fast erstickender Verzweiflung, vermisste sie ihre Mutter. Ihre Mutter, die nicht zum Gericht gekommen war und auch nicht ins Zuchthaus. Die ihr über den Anwalt ausrichten ließ, dass sie dieses ganze Elend, das Elli anrichtete, einfach nicht aushielt. Der Abend kam jedoch, und sie starrte sich durch die ersten, dunklen Stunden, schlief dann mitten in einem Lidschlag ein und erwachte in der

Dämmerung, ohne ihre Träume von ihren wachen Gedanken unterscheiden zu können. Die Sonntage wurden von der Kirchenglocke eingeläutet, und sie maß die Stunden des Tages in den jähen Ausbrüchen von Leben und Bewegung auf dem Flur, die mit einem Gruß oder einem Zuruf von den Schwestern begannen und die Übergänge zu den Mahlzeiten oder anderen Tagesaktivitäten signalisierten.

Sie hörte Menschen schreien, die mitten in ihrem Tobsuchtsanfall unterbrochen und dann heulend und fluchend über den Boden geschleift wurden, und dann hörte man den Knall der Tür, die hinter ihnen zugesperrt wurde. Sie hörte Menschen in der Nacht weinen. Sie hörte sie Kirchenlieder singen, ihr unbekannte Lieder auf Finnisch oder auf Schwedisch, und sie hörte, wie sie einfach nur zusammenhangslos irgendetwas herunterleierten. Manchmal schrie jemand etwas auf Russisch. Sie hörte Menschen die Namen ihrer Liebsten immer wieder wiederholen, wie Beschwörungen eines Lebens, das man ihnen genommen hatte. Sie hörte gackerndes Lachen und dumpfes, eintöniges Röhren, schäumende, rasende Monologe, Flüche, die zwischenrein gespuckt wurden – es war, als hätte man sich in einem Albtraum zur Ruhe gebettet. Die Wände schützten sie vor alldem, aber sie schlossen sie auch ein. Gedanken an den Tod schwebten durch sie hindurch, leicht wie Wolken, und sie betrachtete sie teilnahmslos, wie eine Möglichkeit, die eine Überlegung wert wäre und im Laufe der Zeit auch etwas, was man anstreben könnte. Wenn sie dort liegen würde, einfach nur liegen würde, bis sie verhungert war, aber ihr Körper wollte es anders.

Langsam erwachte der Hunger in ihr.

Mutter, dachte sie, *diese Krankheit verlangt nach dunklem Brot. Kartoffeln. Salzhering. Und viel starkem Kaffee.*

Der Speichel lief ihr im Mund zusammen, und ihr Magen begann zu knurren. Als sie schniefte, merkte sie, dass sie Rosenkohl roch, der auf dem Herd kochte, und dann war da noch der Sonntagsbraten, der rot und lecker im Ofen glänzte.

Barsch in Butter. Kleine Piroggen mit einer würzigen Hackfleischfüllung. Sie drückte sich die Hand auf den Magen. Borschtsch! Blutwurst! Sie setzte sich langsam auf. Schwindelig und benommen. Sahne … Butter! Gebratene Zwiebeln! Kohlrouladen! Sie beugte sich über ihre eigenen Beine und wimmerte. Haferbrei … mit Butter … Butter … Und als Sigrid eines Morgens anklopft und den Schlüssel im Schloss dreht, sitzt eine schmutzige, aber vollständig bekleidete Elli auf dem Bett, und obwohl Elli sie weder anschaut noch anlächelt, kann Sigrid nicht anders, sie muss einfach den Mund verziehen.

Elli weiß nicht, dass Sigrid gerade als Siegerin aus einer Wette hervorgegangen ist: Sie hat mit den anderen Schwestern gewettet, dass das kleine Fräulein Hollywood ihren Hungerstreik nicht länger als zwei Wochen durchhalten wird, und sie hat recht behalten, einen Tag vor Ablauf der Frist. Sie führt eine sehr steifbeinige, sehr schwache Elli zum Frühstück und setzt sie an einen ganz eigenen Platz am Tisch, an einem der ruhigeren Tische. Sigrid macht eine Ausnahme und holt Elli eigenhändig eine Schale mit Grütze, und dann schaut sie zu, wie das Mädchen eine ganze Weile die Augen schließt, als sie den Teller vor sich hat, und den salzigen Duft des Butterkleckses einzieht, der auf der dampfenden, heißen Portion zerläuft.

Sie setzen sie in den Aufenthaltsraum in einen der Lehnsessel und breiten ihr eine Decke über die Füße. Der Impuls, der sie auf der Schwelle kehrtmachen und fliehen ließ, als sie sie ins Zimmer führen wollten, steckt ihr immer noch sehr in den Knochen, und sie hält sich an den Armlehnen fest, um sich selbst am Davonlaufen zu hindern. In Lappviken hatte sie eine Todesangst vor den Irren gehabt. Sie war an den Haaren gezogen, geschlagen und getreten worden, und einmal bekam sie sogar einen so heftigen Faustschlag ab, dass ihre Lippe aufplatzte. In Lappviken waren sie jedoch noch in Gruppen aufgeteilt, je nachdem, wie ruhig sie sich verhalten konnten. Aber hier gibt es keine Aufteilung. Hier halten sich die Ruhigsten mit den potenziell Gewalttätigsten gleichzeitig im Aufenthaltsraum auf. Die Allergewalttätigsten werden eingesperrt, hat Sigrid gesagt, aber deswegen fühlt sie sich trotzdem kein bisschen sicherer. Sigrid hatte sie aufgehalten. Sigrid hatte sie eine Weile im Arm gehalten und sie dann wieder zum Aufenthaltsraum geschoben. Hatte ihr ein paar ruhige Worte ins Ohr geflüstert und sie zum Sessel geschoben, sanft, aber bestimmt.

Zwei Wochen lang ist Elli im Bett geblieben und hat verschiedene Laute von den anderen Frauen gehört, aber das ist ihr erster näherer Kontakt mit den Irren, und sie sitzt steif und sprungbereit unter ihrer Decke, die seltsamerweise wie ein Schild aus Wolle und Wärme gegen diesen Raum wirkt, der sich vor ihr öffnet, woraufhin sich sein bizarres Schauspiel ohne Akte aus ihm ergießt.

Im Aufenthaltsraum sind ungefähr vierzig Personen unterschiedlichen Alters. Sie tragen alle die gleichen hellblauen Kleider wie Elli, und die meisten von ihnen sitzen nur ganz ruhig da und machen Handarbeiten. Sie häkeln, stricken, sticken und klöppeln. In einer Ecke steht ein Webstuhl, dort sitzt auch eine und lässt ihn poltern. Als eine von ihnen, eine blonde Frau, die aussieht, als wäre sie Mitte zwanzig, vom Stuhl rutscht und in Krämpfen auf den Boden fällt, dass sich ihr Körper bogenartig anspannt und man das Weiß in ihren Augen sieht, zuckt Elli zusammen. Sie hat noch nie einen epileptischen Anfall miterlebt, aber die anderen Frauen im Zimmer scheinen nicht mal zu reagieren. Eine ihr unbekannte Schwester eilt zu ihr und passt auf die krampfende Frau auf, redet mit ihr, hält die anderen auf Abstand, und nach einer Weile ist der Anfall vorüber und die junge Frau setzt sich auf, verblüfft und schläfrig blinzelnd und mit geistesabwesendem Lächeln. Die Schwester redet beruhigend auf sie ein und erzählt ihr, dass sie einen Anfall hatte. Die Frau lässt sich zu ihrem Stuhl zurückführen, wo sie wieder ihre Handarbeit in die Finger gedrückt bekommt, und sie nimmt sie entgegen mit einem:

»Danke. Vielen Dank für deine Hilfe.«

Dann macht sie weiter, als wäre nichts geschehen. Elli reißt den Blick von ihr los und lässt ihn durchs Zimmer schweifen. Auf der anderen Seite, auf einem Stuhl neben dem Bücherregal, sitzt breitbeinig eine Frau mittleren Alters, die Haare zum schwarzen Pagenkopf geschnitten, an den Schläfen mit Spangen zurückgesteckt. Sie starrt vor sich auf den Boden. Sie hat eine viereckige, dunkelbraune Lederhandtasche im Arm, die sie mit lautem Knipsen öffnet und zumacht, und Elli versucht, sie weder zu sehen noch auf das Geräusch zu horchen, das mit der Zeit ziemlich entnervend wirkt.

An einem der sechs kleinen Tische mit den dazugehörigen Bänken sitzt eine braunhaarige, gebeugte kleine Frau, zart und dünn in einer allzu großen weißen Wolljacke, und liest immer und immer wieder den Text auf einer abgegriffenen Ansichtskarte, und wenn jemand vorbeigeht, streckt sie eine zitternde Hand aus und hält einen Arm oder einen Saum fest und sagt auf Finnisch:

»Die ist von Hannu! Meinem Sohn! Der reist und reist! In Wien ist er gewesen! Verstehst du? In Wien! Und in Rom! Er hat so viel zu tun mit seinen ganzen Reisen, weißt du? Er hat gar keine Zeit. Ja, der … reist und reist …«

Wenig später hat sie schon wieder vergessen, was sie gesagt hat, und wiederholt dieselbe Prozedur mit derselben Person oder jemand anderem, je nachdem, wen sie gerade festhalten kann.

Eine andere Frau, groß und mollig, mit braunen, schulterlangen Locken, geht im Zimmer herum und klopft an die Wände. Sie geht zu den Türen und rüttelt an den Klinken, um zu sehen, ob sie abgesperrt sind, geht an einer vorbei, die die Hände vors Gesicht hält und zwischen den Fingern durchschaut.

Auf der anderen Seite des Zimmers wandert eine magere, dunkelhaarige Frau auf und ab. Sie macht ein paar Schritte und bleibt dann stehen, um die Füße aneinanderzureiben. Sie geht an einer vorbei, die in einer Ecke sitzt, wie ein Fleck auf dem Boden, die Arme über dem Kopf, völlig regungslos, wie eingefroren in ihrer erschrockenen Stellung. Eine blonde Frau Ende vierzig, groß und rund mit hängenden, drallen, rot gefleckten Wangen, starrt mit erschlafftem Gesicht ins Leere. Während Elli sie betrachtet, lächelt sie einen Augenblick, bevor ihre Mimik wieder völlig ausdruckslos wird, nur um kurz darauf wieder zu lächeln. Dann schürzt sie die Lippen und schüttelt kaum merklich den Kopf, bevor ihre Gesichtszüge wieder in sich zusammenfallen. Als würde das, was in ihr vorgeht, verschiedene Stimmungen wechseln lassen, die sich dann in Kräuselungen der Oberfläche manifestieren. Elli wendet den Blick ab, als die große Frau verächtlich schnaubt und die Handflächen über die Oberschenkel reibt, vor und zurück, vor und zurück, und völlig unvorbereitet auf das, was passieren wird, bemerkt sie diesen Blick, den dunklen, tiefen, bodenlosen, bei der kleinen, gebeugten Frau mit dem langen weißen Haar, die die Hände auf ihren krummen Spazierstock gelegt hat und Elli anschaut. Elli begegnet ihrem Blick kurz, aber am Ende ist sie diejenige, die zuerst wegschauen muss, denn in den Augen der weißhaarigen Frau liegt absolut nichts, und trotzdem scheinen sie sich zu verändern, trotzdem scheinen sie alles zu spiegeln, was Elli denkt und fühlt, Dinge, denen sich zu stellen sie noch nicht bereit ist. Den Rest der zwei Stunden im Aufenthaltsraum kauert sie sich einfach auf ihrem Stuhl zusammen, die Knie an die Brust gezogen und die Arme um die Unterschenkel geschlungen, und lässt den Blick durchs Zimmer huschen, bis es sich an sie gewöhnt hat und seine harten Fäuste lockert. Es geschieht nichts Besorgniserregendes, und als es Zeit wird für die nächste Mahlzeit, sind ihre Schritte ein bisschen langsamer und ihre Schultern ein bisschen entspannter, und Sigrid, die sich immer in Ellis Nähe aufhält, kann sie nun schon ein Weilchen aus den Augen lassen oder sogar vergessen, dass sie da ist, denn sie macht in der Tat kein Aufhebens mehr von sich. Ihre kleine Berühmtheit, von der sie dachten, dass sie ihnen so viele Probleme machen würde, aber die sich nach einer etwas holprigen Eingewöhnungsphase als vorbildliche und ziemlich pflegeleichte Patientin herausstellt.

23

»Kristina!«

Sie hatte einmal ein Zuhause mit einer Mutter und einem Vater. Sie hatte einmal eine Tochter. Sie hatte einmal einen Verlobten und einen Sohn. Sie hatte einmal eine Bank unter der Linde. Sie hatte einmal ein Gartenbeet für sich ganz allein. Das Einzige, was ihr von alldem noch geblieben ist, ist die Bank unter der Linde.

»Kristina.«

Sigrids Hand an Kristinas Wange. Die weißhaarige Alte blickt nicht auf. Es ist lange her, dass sie auf Ansprache reagiert hat. Vor langer Zeit ist sie herumgeirrt und hat ihr Mädchen gesucht.

Als Sigrid neu im Krankenhaus war, konnte es manchmal immer noch passieren, dass Kristina aufstand und ihre Decke versteckte und dann herumlief und sie suchte, als wüsste sie nicht, wo sie war. Es war fast wie ein Spiel. Manchmal suchten sie sie alle zusammen, und dann wurde sie an den abwegigsten Orten gefunden.

Orte, dachte Sigrid, *an die Kristina eigentlich gar nicht hinkommen dürfte.*

Aber sie war listig. Zog die anderen Patientinnen in ihre Spiele hinein. Und dann vergaßen sie wieder. So waren sie eben. Die eine Sekunde da, die nächste irgendwo anders. Ihre Gedanken flossen und wirbelten und hüpften.

Das letzte Mal, dass Kristina aufgestanden und herumgelaufen war, war irgendwann im Herbst vor vier Jahren gewesen. Sigrid hat ihr Verschwinden beobachtet. Irgendwo dort drinnen ist sie, das glaubt Sigrid schon, aber herauslocken kann man sie nicht mehr. Karin benutzt ihre Finger immer gern als Zigarettenhalter. Da wird Sigrid ganz böse.

»Sie ist immer noch ein Mensch! Hab gefälligst ein bisschen Respekt!«, sagt Sigrid immer, und dann wirft ihr Karin einen stillen, dunklen Blick zu.

»Sie ist eine lebende Tote. Es wäre besser für sie, wenn sie einfach verfaulen würde.«

Manchmal ist Sigrid geneigt, ihr zuzustimmen. Was hat es eigentlich für einen Zweck, dieses Leben noch am Leben zu erhalten?

Aber, denkt sie dann, *was in Kristinas Innerem vorgeht, wissen wir ja überhaupt nicht. Es ist nicht unsere Sache, zu entscheiden, wer leben soll und wer sterben soll. Das liegt einzig und allein bei Gott.*

Im Aufenthaltsraum. Martha und Karin in ihrer Lieblingsecke – einer Ecke, die sie zu der ihrigen gemacht haben und für sich selbst behalten. Sie verteidigen sie auch ungestüm, sogar mit Gewalt, falls jemand tatsächlich eindringen sollte. Dort sitzen sie und werfen Blicke in die Runde, so wie man hungrigen Vögeln Brotkrümel hinwerfen würde, und dann schauen sie, wer den Köder schluckt. Da wird getuschelt. Und geflüstert. Karin und Martha. Martha und Karin. Manchmal auch Minerva. Vielleicht Riikka. Alle vier auf einmal eventuell, das mag auch schon mal vorgekommen sein. Dann sind da noch Mildred und Inkeri. Sini. Die stehen für Jugend und Schönheit in der Anstalt. Alle unter dreißig. So jung, und das ist gar nicht selten an diesem Ort, Jahr um Jahr kommen sie, mal mehr, mal weniger, meistens direkt von der Straße oder aus dem Armenhaus, aus dem einen oder anderen Grund, wenn sie mit den Behörden in Konflikt geraten sind. Elli wendet den Blick von Martha und Karin ab und lässt ihn stattdessen weiter durchs Zimmer gleiten, wo die ganzen Irren versammelt sind.

Elli hat schon vor einer geraumen Weile beschlossen, für sich allein zu bleiben. Sie hat gemerkt, dass mehrere Patientinnen die anderen zu dummen Streichen und Streitereien aufwiegeln, und das will sie um jeden Preis vermeiden. Zu Anfang, als sie noch in erster Linie Angst hatte und nicht so gut aufpasste, war es schon passiert, dass sie von Aino einen heftigen Schlag kassierte oder von Uoti an den Haaren gerissen wurde, aber jetzt hat sie gelernt, die aggressivsten Patientinnen zu erkennen und ihnen aus dem Weg zu gehen.

Nichts, denkt Elli, *soll zwischen mich und meine Entlassung kommen. Ich bin nicht wie sie. Ich werde hier wieder rauskommen.*

Aber gegen Martha und Karin hat sie keine faire Chance. Sie haben den Beschluss schon gefasst, und ohne Ellis Erlaubnis haben sie bereits angefangen, sie wie ein gefangenes Tier vor sich auszubreiten und zu fixieren, damit sie sie in aller Ruhe sezieren können.

Der Haken am Aufenthaltsraum ist der, dass man hier unheimlich viel Zeit hat, aber unheimlich wenig Platz. Jeden Morgen nach dem Frühstück werden Aufgaben mit unterschiedlichem Schwierigkeitsgrad verteilt. Meistens sind es Handarbeiten. Stricken, Häkeln, Weben, Sticken, das Säumen von Gardinen oder das Klöppeln von Spitzentaschentüchern. Es werden Sachen für den eigenen Gebrauch genäht. Zerschlissene Sachen werden geflickt, Bettwäsche wird nach Maß von den Schwestern zurechtgeschnitten und dann gesäumt. Die Patientinnen, ungefähr achtzig an der Zahl, werden in Arbeitsfähige und nicht Arbeitsfähige eingeteilt. Die nicht Arbeitsfähigen sind die richtig Alten, wie Kristina, die Dementen, diejenigen, die an motorischen Problemen leiden und morgens in ihren Rollstühlen in den Aufenthaltsraum geschoben werden, die Katatoniker und diejenigen, die in verschiedensten manischen Zuständen gefangen sind. Mit der Hälfte von ihnen ist jedoch äußerlich alles in Ordnung, abgesehen von vereinzelten Episoden der einen oder anderen Art. Manche haben überhaupt keine Diagnose. Die sind einfach arm. Sie haben sich selbst ins Psychiatrische Krankenhaus einweisen lassen, um Essen und ein Dach überm Kopf zu haben, und dann wurden sie aus dem einen oder anderen Grund nicht wieder entlassen. Andere, wie Margot, wurden aufgenommen, als sie junge, traurige Frauen waren, mussten dann aber feststellen, dass ihre Familie sie vergessen hatte, als sie sich wieder gefangen hatten, und dann gab es niemand, der sie hätte aufnehmen können. Manche haben Epilepsie, Schizophrenie oder Psychosen, und sie arbeiten. Manche in der Wäscherei, andere in der Küche, manche putzen, ein paar helfen bei der Pflege der anderen Patientinnen, andere wiederum melken die Kühe und kümmern sich um den Acker. Sie helfen auch tagsüber im Garten, wenn das Wetter schön ist, aber sie müssen sich die Erlaubnis für längere Außenaufenthalte erst verdienen, und so weit ist Elli noch nicht. Sie muss sich mit der obligatorischen Stunde auf dem Hof begnügen.

Martha und Karin erheben sich aus ihrer Lieblingsecke. Jetzt kommen sie auf sie zu, sie haben sich fest untergehakt und kichern und flüstern im Näherkommen. Karin ist blond, Martha braunhaarig. Karin ist größer und dünner als Martha, und als Elli die beiden sieht, denkt sie eine Sekunde lang an Lisbet und Anna-Stina, aber sie braucht sich nicht gegen den Stich in der Brust zu wappnen, denn er kommt nicht. Man lernt ziemlich schnell, seine Gefühle abzuschalten, um hier zu überleben. Wenn sie jetzt an Fisknäs denkt, fühlt sie gar nichts.

Die anderen rutschen von den Stühlen an dem Tisch, an dem Elli sitzt, und alle lächeln so erwartungsvoll und sind voll von kaum verhohlenem Eifer, dass Elli den Blick auf den roten Faden heftet, der auf und ab und rein und raus und durch verzwickte Muster einer Stickarbeit läuft, die im Grunde nur ein nutzloses Chaos ist. Sie war schon immer abgrundtief schlecht in Handarbeit.

»Du bist doch Elli, oder?«, beginnt Karin, und als sie lächelt, entblößt sie ein paar Vorderzähne, die ein bisschen schief und vom Nikotin leicht gelblich verfärbt sind.

Elli blickt kurz unter ihrem Pony auf und nickt bestätigend. »Ja.«

Das war eine ganz klare Eröffnungsreplik. Alle wissen mittlerweile, wer die anderen sind, oftmals sogar schon, bevor eine Neue eintrifft. Recht viel anderes passiert hier nicht, deswegen ist der Tratsch über die Neuankömmlinge oder über die Frauen, die angeblich kommen sollen, der beliebteste Zeitvertreib bei denen, die dazu noch in der Lage sind. Und von Elli haben nun wirklich alle gehört.

»Stimmt es, dass du die Geliebte des Fabrikdirektors warst, aber dass Morris dich so sehr geliebt hat, dass er nicht zulassen konnte, dass du mit einem anderen zusammen bist, und dann hat er dich entführt und dich gezwungen, Männer für ihn zu verführen und auszurauben?«, fragt Martha begeistert in einem einzigen Atemzug, und Elli schaut sie mit hochgezogenen Augenbrauen an.

»Wir haben von dir gelesen. In der Zeitung!«, fährt Martha fort.

Ja, das ist die Wahrheit, wenn auch leicht abgeändert, und sie ist bereit, sich damit abzufinden. Nach einem langen, düsteren Frühjahr hatte sie ein paar Wochen im Hedvig-Sofia-Heim für leicht geisteskranke Frauen verbracht, und danach hatte man sie in die kleine Fabrikstadt Fisknäs geschickt. Ihr Vater besaß eine Kommanditgesellschaft und hatte Kontakte zu einem gewissen Jarl Ekman, dem Direktor der Scherenfabrik, und Elli sollte im Sommer als seine Sekretärin arbeiten, solange seine normale Sekretariatskraft in Urlaub war. Es hörte sich an wie ein vernünftiges Arrangement. Elli hatte schon lange Stenografieunterricht genommen, den sie hasste, und sie brauchte einen Tapetenwechsel nach ihrer kleinen Krise. Und Ellis Mutter wiederum brauchte eine Pause von ihrer Tochter, die nur zu Hause rumlag und überflüssige Liebesromane las. In der Fabrikstadt wohnte bereits Lisbet, Ellis Kindheitsfreundin, die eine Stelle als Lehrerin angenommen hatte. Sie würde um diese Zeit Sommerferien haben, und am Wochenende konnten sie dann zusammen auf kleine Abenteuer ausziehen. Elli brauchte sich keine Sorgen zu machen, Jarl Ekman würde sich gut um sie kümmern, sagte Vater.

Wie sich herausstellte, kümmerte sich Jarl Ekman ein bisschen zu gut um sie, wenn auch auf ganz andere Art, als ihr Vater sich das gedacht hatte, und Elli war es nicht unrecht. Er war großzügig und gepflegt, und er überschüttete sie mit Geschenken, die sie ohne Zögern annahm. Es war die übliche Geschichte: Jarl Ekman war verheiratet und hatte drei Kinder, aber das hinderte ihn nicht daran, wahnsinnig eifersüchtig zu werden, als Elli dann beim Sommertanz einen jungen, schwarz gelockten Feinschmied namens Maurice kennenlernte, oder Morris, wie man ihn nannte. Sie verliebten sich und begannen eine heimliche Romanze, aber dann geschah das Unvermeidliche, und nach einer aufwühlenden Szene in Direktor Ekmans Büro wollte sich Elli von Morris zu einer anderen Freundin fahren lassen, Anna-Stina, die in Hangö wohnte, doch dort kamen sie nie an. Sie hatten Fisknäs gerade erst verlassen, da hatte Jarl Ekman in einem Tobsuchtsanfall sein eigenes Büro zu Kleinholz gemacht und es dann als Raub hingestellt. Dann ging alles sehr schnell. Der Amtmann wurde hinzugezogen. Morris wurde von Panik gepackt, und auf einmal war man mitten in der Treibjagd. Als das Gesetz sie schließlich eingeholt hatte, gelang Morris die Flucht, und Elli musste sich damit abfinden, allein in der Anklagebank zu stehen.

Dumm war sie gewesen. Dumm und gedankenlos. Aber davon wissen die beiden Mädchen nichts, die mit ihr an einem Tisch gelandet sind, und Elli braucht sich auch gar nicht die Mühe zu machen, ihnen zu erklären, wie es wirklich war. Sie ist ganz zufrieden mit dem begeisterten Glänzen in ihren Augen, als sie sie anschauen. Es ist lange her, dass sie sich irgendwie als Heldin gefühlt hat.

»Das ist so romantisch!«, haucht Martha, und Karin, die bis dahin still danebengesessen hat, streckt die Hand aus.

»Karin«, sagt sie, und ihre Stimme ist tief und dunkel, sie stößt das Wort gerade so hervor.

»Martha«, sagt Martha und streckt ihr auch die Hand hin.

Und da sieht sie, wie jung sie sind. Sie sind ein paar Jahre älter als sie selbst, aber neben ihnen fühlt sie sich richtig alt. Wie ist es ihnen gelungen, sich an diesem Ort dieses Leuchten zu bewahren? Sie schaut sich um. Die Sonne fällt durch die hohen Fenster, und rund um die drei Mädchen breitet sich die ganze Welt aus, mit ihren Krankheiten und ihrem Dreck. Frauen, Frauen in verschiedenen Stadien des Verfalls, gehen an ihnen vorbei, bleiben stehen, um sie anzustarren, schreien, stöhnen, wiegen sich vor und zurück, murmeln, reden, lachen in sich hinein, aber diese zwei sind anders, und als sie ihr die Hände hinhalten, nimmt Elli sie und drückt sie fest.

24

In ihrer siebten Woche auf der Insel hat Elli sich bereits eingeschränkten Freigang verdient, eine Stunde am Tag, auf Probe. Sie steht eine Weile vor dem Tor, hinter sich das cremeweiße Krankenhaus, und schaut über den kahlen Schädel der Insel. Es ist noch nicht so richtig Frühling, und die Spinnenbeine der Linden kratzen über den schweren grauen Himmelsbauch. Manna hat ihr einen langen grauen Mantel gegeben, den sie über ihre weiche, dünne Anstaltskleidung ziehen kann, aber sie schlingt trotzdem noch die Arme um den Oberkörper, als sie auf den Weg tritt, der zum Anleger bei der Kirche hinunterführt. Es kommt ihr vor, als wäre auf einmal die ganze Welt hier, in der Luft rundherum, und würde sich um ihre Schultern wickeln, aber sie gehört nicht mehr dazu. Die Welt stößt sie von sich – oder ist es vielleicht umgekehrt, und sie stößt die Welt von sich?

Elli. Ellinor. Da steht sie. Auf dem höchsten Punkt von Tyttökallio, wo so viele vor ihr gestanden haben. In den Felsspalten wachsen Wacholdersträucher, und sie sehen aus wie Menschen, die dort in einer Reihe sitzen, wenn man sie aus der Ferne betrachten würde, vom Meer her. Elli hat geschrieben: Mutter. Und den Brief in eine Flasche gesteckt. Voller Hoffnung wirft sie sie ins Meer. Die Wellen schubsen sie hin und her, schlagen sie, klatschen um sie herum. Die Flasche schlägt gegen die Uferfelsen von Tyttökallio und zerspringt. Das Wasser dringt ein, die Tinte fließt heraus. Mischt sich mit dem Meer. Die Worte schmelzen und verlaufen ineinander. Dann werden sie weggetragen. Sie beginnen ihre Seereise und fließen mit der Strömung, und ein paar Tage später ist das Wasser im Fluss, der an ihrem Vaterhaus vorbeifließt, blau wie das Blut in seinen Adern.

Eine lange, schlanke Frau mit aufrechter Haltung steigt am Anleger unterhalb der Kirche aus. Es ist Ende April, und in der Luft liegt Hoffnung. Das Meer bewegt sich immer noch träge, als würde ihm die Kälte die Kraft rauben, aber es ist schon wahnsinnig blau. Die Angekommene bleibt einen Augenblick stehen und schaut sich um, als wäre sie nicht ganz sicher, wo sie hingehen soll, aber es gibt nur eine Richtung, und kurz darauf rafft sie die schweren Säume ihres langen pflaumenfarbenen Mantels zusammen und schlägt den Weg ein, der an der Kirche vorbeiführt und hinauf zum Leuchtturm.

Beim Krankenhaus zögert sie kurz, bevor sie ihre behandschuhte Hand ausstreckt, um versuchsweise am Tor zu ziehen. Es ist verschlossen. Natürlich. Und sie geht zur nächsten Tür, die zufällig die Küchentür ist.

Sigrid steht im Aufenthaltsraum, und ihr Lächeln sieht aus wie ein Geheimnis, das sich in ihrem blauen Blick versteckt.

»Elli«, ruft sie leise und streckt die Hand aus, und Elli, die mit einer Decke um die Schultern zugeschaut hat, wie Marjo-Riitta die Wand an der Hand spazieren führt, richtet ihre rot geränderten Augen auf Sigrid.

Sie kann nicht schlafen. Die Leere im Bett, die Sehnsucht nach Morris, nimmt zu viel Platz ein, aber jetzt sitzt jemand da und wartet auf sie, als sie in ihr Zimmer kommt. Ein blasser Jemand, mit einem nervösen Zug um den Mund.

Sie hat sich gesammelt, hat sich lange vorbereitet, aber als die Tür dann aufgeht und sie Elli sieht, fällt alles von ihr ab, alle Vorbereitungen, die zurechtgelegten Worte verlieren jeden Zusammenhang, spritzen in alle Richtungen und rollen lautlos weiß über den Boden. Elli macht die zwei Schritte bis zu ihr, lässt sich auf sie fallen und klammert sich an ihrem Bein fest mit einer Kraft, dass sie hintenüberkippt, und es kommt nur ein Wimmern aus ihrem Mund, als sie sich über ihre Tochter beugt und das Gesicht in ihrem Rücken vergräbt und ihren Geruch einatmet.

Sie hält Ellis Gesicht zwischen den behandschuhten Händen und küsst es immer und immer wieder, während sie ihr Dinge zuflüstert, mit einer Stimme, die ganz belegt ist von den Tränen, die ihr im Hals stecken geblieben sind und die Worte aufgestaut haben. Sie verspricht, dass sie sie wieder nach Hause holen werden, sie werden einen Weg finden, koste es, was es wolle. Sie hatten gemeint, keine Wahl zu haben, als sie den Betreuungsvertrag unterschrieben, der Elli vorm Zuchthaus rettete, aber jetzt werden ihre Juristen versuchen, ihn aufheben zu lassen.

»Mein liebes Kind! Hauptsache, dass wir dich jetzt hier haben. So nah bei uns!«

Doch Elli muss versprechen, Morris nie wiederzusehen. Niemals zu versuchen, ihn ausfindig zu machen. Und wenn er kommt, um sie zu holen, darf sie nicht mit ihm gehen. Elli nickt mit aufgerissenen Augen, hinter denen die Furcht liegt und glänzt wie eine Rasierklinge auf dem Boden eines dunklen Brunnens. Sie verspricht es.

»Und während du wartest«, sagt ihre Mutter, »darfst du in keinster Weise auffallen. Du musst dich ganz ruhig verhalten und mit diesen Albernheiten und diesem dummen Gerede aufhören, mit dem du im Zuchthaus angefangen hast. Du musst dich zusammennehmen! Reiß dich zusammen! So einfach ist das.«

Und Elli verspricht es. Sie flüstert, und ihr Atem ist heiß zwischen ihren trockenen, aufgebissenen Lippen.

Mutter. Mutter ist gekommen. Elli hat ihren Brief geschrieben, und der Brief hat Mutter zu ihr geführt. Ihre Hände umklammern den pflaumenfarbenen Mantelstoff, drücken ihn zwischen den Fingern und möchten nie wieder loslassen. Mutter riecht, wie sie immer gerochen hat, und in diesem Augenblick ist Elli bereit, ihrer Mutter zu verzeihen, dass sie sie in Lappviken nie besucht hat.

Es war ja so weit weg, denkt Elli, *und Mutter ist eben immer so beschäftigt.*

Elli starrt und starrt sie an, als wollte sie so viel wie möglich von ihrer Mutter auf ihrer Netzhaut speichern, denn es muss bis später reichen, wenn sie wieder allein auf ihrem Bett liegt und mit sich selbst flüstert.

Mutter. Wird sie flüstern. *Mutter. Du bist gekommen.*

»Und Vater?«, fragt sie. Ihre Stimme ist nur ein jämmerliches Piepsen, dünn und kratzig.

Mutter sieht sie an und schüttelt dann schnell den Kopf.

»Er kann dich nicht hier besuchen. Nicht so. So will er sich nicht an dich erinnern.«

»Sich an mich erinnern? Das klingt ja so, als wäre ich tot!«

»So was darfst du nicht denken, Elli, überhaupt nicht. Und so wird es auch nicht kommen. Aber es kann länger dauern, deine Entlassung zu erwirken, als wir dachten, es muss glaubwürdig aussehen, verstehst du, und da will dein Vater … Er wollte dich nicht so im Kopf haben, wenn er an dich denkt. Das wäre ihm unangenehm.«

»Ich verstehe«, sagt sie. »Er ist nicht stark. Nicht so wie du.«

»Genau. Und jetzt bist du dran mit Starksein. Wir haben an den Oberarzt geschrieben und ihn gebeten, seine Entscheidung noch einmal zu überdenken. Leider scheint das nicht so einfach zu sein, wie wir dachten. Doktor Ahlmqvists Gutachten … Er kennt dich eben von Kindesbeinen an, und das wiegt schwer.«

Sie knüllt das Taschentuch fest zwischen den Fingern.

»In dem Moment schien es das einzig Richtige, was wir tun konnten. Wir waren aber auch so böse auf dich!«, flüstert sie dann, und die Worte ertrinken wieder in Rotz und Schleim, der unter der Oberfläche lauert und nur darauf wartet, herausfließen zu können. »Was hast du dir eigentlich dabei gedacht? Was um Gottes willen hat dich getrieben, dass du mit diesem … Wahnsinnigen weggelaufen bist? Jarl Ekman war ganz aufgewühlt, als er uns anrief! Du warst zwei Monate weg! Wir haben das Schlimmste befürchtet. Und dann bist du aufgetaucht. Polizeilich gesucht! Und in den Zeitungen! Wir mussten in den Zeitungen von dir lesen!«

»Bitte, Mutter, sei nicht böse«, antwortet Elli. »Ich habe die Strafe bekommen, die ich verdiene.«

Ellis Worte scheinen ihre Mutter zufriedenzustellen. Und es ist ja auch wahr. Mutter und Vater haben alles getan, was sie konnten, um sie aus ihrer misslichen Lage zu befreien.

»Es war nur ein Fehler. Ein dummer, dummer Fehler. Ich hab ihm vertraut und … Ach, Mutter. Ich bin so froh, dass du hier bist.«

Sie legt den Kopf auf den Schoß ihrer Mutter, schlingt ihr die Arme um die Beine und spürt die Hand, die ihr das Haar streichelt.

Mutter ist gegangen, und Elli liegt im Bett, auf dem ihre Mutter gesessen hat, in der kleinen Grube, die der Körper ihrer Mutter hinterlassen hat, und versucht, die Wärme ihres Körpers festzuhalten. Sie hält ihre Erinnerung krampfhaft fest, hinter den Händen, die sie an den Brustkorb presst, in dem alles in Auflösung ist.

Mutter …, denkt sie, und bei dem Gedanken brennt und schmerzt es hinter den Lidern.

Denn wie ihre Mutter die Sache auch sehen will, das alles ist nur die Wiederholung eines Musters, das schon begonnen wurde, als Elli klein war. Elli auf Abstand halten. Auf Abstand von Mutter, damit Mutter ihre Ruhe haben konnte.

Mutter war geschützt vom heiligen Prinzip der geschlossenen Tür. Sie hatte ihr Zimmer am Ende des langen Flurs, der durch Bibliothek und Rauchzimmer führte, auf der einen Seite, und obwohl es den Kindern streng verboten war, sie zu stören, wenn sie wussten, dass sie dort drinnen saß, war es Ellinor unmöglich, es zu unterlassen. Sie wurde von dieser Tür angezogen. Es war wie ein innerer Zwang. Sie konnte es nicht lassen. Wenn sie geschlossen war, konnte sie sich vorstellen, was dahinter vorging, und sie stellte sich vor, dass ihre Mutter dort an der Nähmaschine saß, allein und ganz versunken in ihre Arbeit. Oder vielleicht mit irgendeiner spannenden Kundin. Vielleicht Frau Hofstedter oder Frau Cederström, mit ihrem gepuderten Busen und ihrem intensiven Geruch nach Staub und Parfum und den harten Lockenfrisuren unter ihren angenagelten Hüten, dem Pincenez und den kleinen Tütchen mit Süßigkeiten. Oder vielleicht die Operettensängerin Francesca Lidmann, die sich vor dem Spiegel hin und her drehte, mal die eine Seite, mal die andere, und ihren Rücken und ihren Bauch musterte, dann wieder ihren Rücken und ihren Bauch, die eine Hand vorn und die andere Hand hinten, und dann legte sie den Kopf schief und betrachtete mal sich selbst, mal Mutter, und dann öffnete sich ihr Mund entweder zu einem weiß strahlenden Lächeln, oder sie schürzte nachdenklich die Lippen. Mutter steckte ab und zog und zupfte und ordnete und plauderte dazu leise, ganz leise, mit der Vogelschwinge ihrer Zunge, die Luft unter die Worte fächelte, um sie höher zu tragen und schweben zu lassen, und dabei warf sie immer wieder kurze, oberflächliche Blicke zum Spiegel. Und wenn die Tür zu war und Elli ihrer Fantasie überlassen blieb und sie wusste, dass Vater nicht zu Hause war, dann legte sie sich immer vor die Tür und trat mit den Fersen dagegen und schrie, bis sie reinkommen durfte. Und obwohl es den Kindern strikt verboten war, aufs Allerstrengste, mit Sanktionen belegt und unter Todesstrafe gestellt, Mutter in ihrem Atelier zu stören, ging die Tür nach ein paar Minuten doch auf, nur einen Spalt, und wenn Elli sich hochgerappelt und den zeitlosen Schmutz der wütenden Erniedrigung abgeklopft hatte, saß ihre Mutter schon wieder an der Nähmaschine, wenn Elli ins Zimmer kam, bescheiden und beleidigt, misstrauisch und schuldbewusst, und Mutter blickte nicht auf, sie tat, als würde sie sie nicht sehen, als wäre dies ihre stillschweigende Übereinkunft. Elli durfte sich hereinschleichen, trotz des Verbots, aber man durfte sie nicht sehen und nicht bemerken, und im Gegenzug tolerierte ihre Mutter ihre Anwesenheit mit dieser grimmigen und stoischen Ruhe, die alle Mütter sich irgendwann zulegen.

Im Nachhinein ist Elli klar, wie das jeden Aspekt ihres Lebens bestimmte, und dass die Symbiose, die dadurch entstand – und die sie ständig zu zerstören versuchte, obwohl sie vollständig von ihr absorbiert war –, sie beide in einem einzigen flackernden Lichtkegel hielt, der einen Ring um sie beide bildete: Mutter an ihrer Nähmaschine und Elli auf dem Boden zu ihren Füßen.

Sie schaute zu Mutter empor. In Elli ging etwas auf, wie Baumwolle in Blut. Es wurde wärmer. Ihr Hals war wie zugeschnürt. Mutters Lider waren halb geschlossen, und sie führte den Stoff durch die laut surrenden, zubeißenden Kiefer der Maschine und ließ die Säume von ihr festbeißen. Elli musste die Arme hochstrecken. Sie musste Mutter haben, jetzt sofort! Es war ein durch und durch zwingendes Gefühl. Mutters Haar kringelte sich weich um das Lichtoval ihres Gesichts, und Elli wurde von seinem blendenden Schein getroffen. Er fuhr in sie, und sie musste aufstehen, blind für alles andere. Arme wurden hochgereckt. Finger molken die Luft. Ein Mund wurde geöffnet. Sie wollte sich festsaugen. Mutter hob zerstreut den Blick, und Elli konnte es spüren, schon bevor es geschah. Mutters Augenbrauen zogen sich zusammen. Ein Strich aus Dunkelheit dazwischen. Die Mundwinkel wurden heruntergezogen statt hinauf. Ein Schatten würde durch ihren Blick ziehen und sie beide in Dunkel tauchen. Ein Seufzer würde Elli entgegengeschleudert werden und sie ausblasen. Ihre Arme waren weit geöffnet, und Elli stand vor Mutter, völlig entblößt und bereit für den Gnadenstoß. Sie spannte sich schon im Voraus an, flehte Mutter mit den Augen an, und eine Sekunde lang sah sie die Eiseskälte in Mutters Blick. Die ihr sagte, dass es dort drinnen keinen Platz für Elli gab. Aber dann glättete sich ihr Gesicht. Die Augen glänzten. Die Hügel der Wangen hoben sich zum Himmel, und die Augenbrauen, die bis zum Haaransatz hochwanderten, öffneten Mutters Gesicht. Elli schluchzte vor Erleichterung auf und kletterte zu ihr hoch, sie musste pinkeln, sie kroch zitternd in ihre Arme und drückte ihr die Wange an die Brust. Kurz darauf waren Ellis Augen starr aufgerissen, und ihr Blick glänzte vor Schreck, denn das, was sie gesehen hatte, was in Mutter zu erkennen gewesen war, als sie sich zu Elli wandte, verriet, dass es unter der Oberfläche noch eine andere gab, glatt und glänzend, wie eine Messerklinge, die sie jederzeit hervorholen konnte, wenn sie Lust hatte. Dann überließ sich Elli den Armen um ihren Körper, Mutters weicher Brust an ihrem Bauch, und die Angst, die in ihrer Brust nagte, durfte sich so lange in ihren Schwanz einrollen und schlummern, während Mutter ihr Haar und Nacken streichelte.

Du hast mich fortgeschickt, denkt Elli, als sie in der Grube liegt, aus der Mutters Wärme bereits verschwunden ist. *Immer. Als ich klein war und dir lästig fiel, hast du mich zu Tante Elna und Onkel Abraham geschickt. Dann war es das Sommer-*

lager. Danach das Hedvig-Sofia-Heim. Dann Fisknäs. Und jetzt hierher. Wie lange musst du mich irgendwohin schicken, damit meine Liebe dir nicht die Luft abschnürt? Ans Ende der Welt? Ist das weit genug?

25

Der Frühling kommt zum Fenster hereingeströmt. Es ist Mai. Die Mädchen sind aus Licht. Aus Luft. Sie flattern im Aufenthaltsraum lachend an Elli vorbei. Jagen einander. Spielen. Wie können sie an einem Ort wie diesem an ihrer Fröhlichkeit festhalten? Oder bildet sie sich das nur ein? Sind sie in Wirklichkeit leer und müde und innen ganz staubig – oder geht es nur ihr so? Martha Ekblad und Karin Nyman. In gewisser Weise sind auch sie auf der Flucht, genau wie Elli. In einer Ecke steht Manna neben dem Grammofon, bereit, es unter Einsatz ihres Lebens zu verteidigen. Es ist schon allzu oft passiert, dass unvorsichtige Finger gegen die Nadel gestoßen sind, sodass sie einen grässlichen Kratzer in der knisternden Musik hinterließ, woraufhin Riina und Olga und ein paar andere sich die Hände auf die Ohren pressten und schrien und jammerten.

Elli sitzt still und bleischwer auf ihrem Stuhl, die Hände ohne Beschäftigung. Sigrid hat ihr gerade ihre Häkelarbeit weggenommen, um sie wieder aufzutrennen. Sie kann einfach nicht häkeln. Nicht mal das einfachste Tischtuch.

»Deswegen bist du hier«, sagt Karin mit einem neckenden Blick in ihre Richtung. »Du und ich, aber Dotti nicht.«

Dotti ist Karins Schwester. Dotti die Brave, Fleißige. Aber heute redet Karin nicht von Dotti. Stattdessen lässt sie sich mit einem Kartenspiel in der Hand auf den Stuhl neben Elli fallen. Elli lässt den Blick über die versammelten Irren gleiten und springt dabei wie immer über Kristina hinweg, aber sie bemerkt es doch. Kristinas Blick. Wie er ihr folgt, wohin sie auch geht. Er ruht auf ihr wie eine stetige schwere Hand, hält sie in seinem stillen, leeren Griff, und manchmal merkt Elli, dass sie unter diesem Blick dasitzt und den Atem anhält. Wenn sie weggeht, geht Kristinas Blick mit. Nicht sofort, aber allmählich, als würde er von Elli angesaugt werden. Immer wartend, immer wachend.

»Warum starrt die mich ständig an?«, fragt Elli, und Karin schaut sich um.

»Wer?«

Elli deutet mit einem Nicken auf Kristina, und Karin lacht auf.

»Ach, die?«

Dann beginnt Karin die Karten zu mischen.

»Keine Ahnung«, fährt sie fort. »Vielleicht mag sie dich.«

»Wie?«

»Vielleicht …«, sagt Karin, und Elli schaut sie an und merkt, dass da irgendetwas ist, was sie auszusprechen vermeidet.

Ein Ass im Ärmel, eine unerwartete Trumpfkarte. Das ist genau Karins Stil, und Elli kann es nicht leiden.

»Vielleicht erinnerst du sie an jemand, den sie mal gekannt hat?«

Elli schnaubt.

»An wen denn?«

Sie weiß, dass Karin mit ihr spielt, aber sie kann nicht widerstehen. Sie schaut Kristina an und schaudert.

»Was weiß ich? Vielleicht sich selbst.«

»Wie, an sich selbst?«

Doch Karin macht sich nicht die Mühe, auf diese Frage zu antworten. Sie schaut Elli lange an.

»Weißt du«, sagt Karin dann, »dass sie mal ein Kind hatte? Ein Mädchen.«

»Nein«, sagt Elli.

»Doch, sie hatte ein Kind.«

Elli lässt den Blick über Kristina gleiten. Sie ist so alt. Sie muss eine der ältesten Patientinnen im Krankenhaus sein.

»Was ist denn mit ihr passiert?«, fragt Elli, obwohl sie nicht sicher ist, ob sie die Antwort hören will, und Karin zögert ihre Antwort hinaus.

Sie lässt sich genüsslich Zeit, bevor sie antwortet.

»Sie hat ihr Kind ertränkt. Hat es in den Fluss geworfen, einfach so.«

Karins Hände halten inne. Sie schaut Elli in die Augen.

»Stell dir vor, wie jemand so was tun kann. Mit seinem eigenen Kind.«

Sie sitzen ganz still und schauen sich an. Karin schweigt. Lässt ihre Worte wirken.

»Sie ist verrückt geworden nach ihrer Tat, und seitdem ist sie hier im Haus. Aber angeblich sieht sie das Kind noch immer.«

Karin deutet mit einem Nicken zu Kristina, und Elli folgt ihrem Blick.

»Dieses Bündel, das sie da auf dem Schoß hat, das ist die Decke von ihrer Tochter.«

»Ach nein«, sagt Elli tonlos. Sie ist jetzt ganz bleich. »Aber wo hat sie die denn her?«

»Wer weiß! Sie hat seit elf Jahren nicht mehr gesprochen. Aber wenn du versuchst, ihr die Decke wegzunehmen, schreit sie. Und schlägt zu. Glaub mir. Ich hab es selbst gesehen.«

Karin rutscht näher heran. So nah, dass Elli ihren Atem am Ohr spüren kann. Es kitzelt so, dass sie sich beherrschen muss, nicht von Karin abzurücken.

»Wenn man sich vor ihre Zimmertür stellt und ganz still ist, kann man angeblich manchmal hören, wie sie mit dem Mädchen spricht, spätnachts, wenn sie glaubt, dass sie keiner hört«, erzählt Karin. »Und wenn du noch stiller bist, kannst du hören, wie das Mädchen antwortet.«

Elli antwortet nicht, und Karin fährt fort.

»Viele haben sie gesehen. Oder glauben es zumindest. Hier

werden am Schluss alle zu Schatten, die in den Korridoren herumwandern. Eines schönen Tages du, und ich irgendwann auch.«

Langsam wendet Elli ihren Blick wieder Kristina zu. Diesen Augen. Den bodenlosen, bodenlosen Augen.

Sie ist zu nichts nutze, denkt Elli. *Ein kauziges altes Weib. Jemand sollte sich hinter ihren Stuhl stellen und ihr den Hals umdrehen, und dann wäre Schluss mit dem Elend.*

Im Speisesaal steht Margot Flinck und rührt in den Töpfen. Sie ist schon fast fünfzehn Jahre hier und hat schon lange Freigang. Sie wurde eingewiesen, als sie jung und traurig war, und danach ist sie einfach geblieben. Vielleicht ist sie ein bisschen wunderlich. Menschenscheu und zeitweilig stumm. Absolut nicht gewalttätig. Vielmehr ängstlich, ganz leicht zu erschrecken. Seit fünf Jahren hilft sie in der Küche und bekommt zum Dank ein belegtes Brot und eine extra Tasse Kaffee. Im Moment kocht sie Grütze. Sie rührt sie um, sie trägt sie in den Speisesaal, die Patientinnen kommen hereingeschlurft, und sie steht hinter dem Ausgabetisch und überwacht die Zuteilung. Begegnet den Blicken. Emma. Mildred. Olga. Amanda. Sofia. Augusta. Merja. Aino. Karin und Elli. Die beiden stecken mittlerweile immer zusammen.

Wo ist Martha?

Sie erinnert sich an alle drei, wie sie auf die Insel gekommen sind, und sie spürt einen Stich in der Brust wegen Martha. Martha, die Karin brauchen würde, aber Karin steigt nur noch Elli hinterher.

Elli …

Als Margots Blick auf Elli fällt, wirkt er auf einmal, als würde sie weit in die Ferne schauen. Elli wiederum wirft rasch einen wachsamen Blick auf Margot hinter ihrer Grütze.

Mit Elli ist es was anderes. Die ist verschlossen. Sie zeigt überhaupt kein Krankheitsverhalten. Sie bewegt sich hier, als ob …

Margot schnieft einmal. Elli wird nicht hierbleiben. Dieses Gefühl hat Margot immer, wenn sie Elli anschaut.

Aber Karin … Margot seufzt tief und schüttelt den Kopf. *Karin* …

Sie pustet und rührt die Grütze im Topf um und gibt Elli einen Schöpflöffel voll in die Schale, die sie ihr mit beiden Händen hinstreckt.

Ihr Blick.

Margot erwidert ihn, und sie mag ihn nicht. Viel zu verschlagen und berechnend. Das Mädchen macht sie nervös, ihre Hand zuckt, und sie verschüttet etwas von dem heißen Brei auf Ellis weißen, weichen Handrücken. Elli zuckt zusammen und schnappt überrascht nach Luft. Und dann werden die Augenbrauen über den grünen Augen hochgezogen. Der schnelle, scharfe Blick, der über Margots Gesicht zieht, sodass sie richtig Angst bekommt. Dieser Blick. Dieser Blick gehört hierher. Das sieht Margot. Elli, die nach einem kurzen Augenblick der schmerzlichen Schockstarre die Hand hebt und den erkaltenden Breiklecks ableckt und an der Haut lutscht, die sich demnächst röten wird. Elli wirft Margot ein schiefes Lächeln zu, bei dem Margot am liebsten zurückweichen und sich unter dem Ausgabetisch verkriechen würde. Doch statt sie anzufauchen oder vor Entrüstung laut aufzuschreien, sagt Elli nur:

»Danke, Margot! Vielen Dank!« Und die Leute rundum bekommen überhaupt nichts von der Sache mit.

Nicht mal Sigrid, die im Saal zwischen den anderen herumgeht, die ihre Portion bereits bekommen und sich hingesetzt haben, nicht mal Sigrid sieht etwas, und Margot würde sie am liebsten zu sich rufen. Aber was sollte sie sagen? Dass mit Elli was nicht stimmt?

»Das versteht sich wohl von selbst. Deswegen ist das Mädchen ja wohl auch hier«, würde Sigrid wahrscheinlich sagen. Trotzdem wird Margot das unbehagliche Gefühl nicht los. Dass etwas Schreckliches passieren wird. Dass Elli aufgehalten werden muss. Aber sie kann nur diese überwältigende

Stummheit spüren, die sie immer befällt, wenn sie Verunsicherung oder Gefahr fühlt, wenn man sie vor einen Fremden stellt und wenn jemand sie nach etwas fragt, wovon sie keine Ahnung hat, und sie kann nichts auf Ellis Dankeschön erwidern. Also schlurft Elli weiter, und Karin streckt ihr mit einem fröhlichen Hopser und einem Lächeln ihren Teller hin. Und Margot steht einen Augenblick da wie angewurzelt, bis Karin den Kopf schief legt und sagt:

»Hallo! Meine Grütze, bitte! Oder sollen wir hier jetzt auch noch in der Essensschlange verhungern?«

Das reißt Margot aus ihrer Erstarrung, aber aus ihrer Stummheit kann sie sich noch nicht befreien.

»Was war denn mit der los?«, fragt Karin und deutet mit einem Nicken auf Margot, die hinter dem Ausgabetisch steht und jetzt den anderen Patientinnen in der Schlange ihre Grütze auffüllt.

Elli schaut sich um und wendet sich dann mit einem Achselzucken wieder an Karin.

»Weiß nicht. Sie hat mich mit heißer Grütze verbrannt. Das gemeine Stück.«

»Sag das nicht. Margot ist schon nett«, sagt Karin, und Elli zuckt mit den Schultern, während sie den Brei in sich hineinschlürft.

»Drecksweib«, sagt Elli.

»Ekel«, erwidert Karin.

»Idiotin«, fährt Elli fort, und sie machen weiter, mit sämtlichen Beschimpfungen, die ihnen einfallen, bis der ganze Tisch mitmacht. Sie fluchen, dass es nur so kracht, und Margot steht hinter dem Topf mit aufgerissenen Augen, denen man das dunkle, unbestimmte Grauen ansieht. Irgendwann kommt Manna zu ihr, legt ihr einen Arm um die Schultern und führt sie in ihr Zimmer.

Elli umschleicht Sigrid. Sie zieht immer engere Kreise um sie mit ihrer schmeichelnden Stimme und den zärtlichsten Worten, bis Sigrid sie anschnauzt: »Was willst du denn?!« Denn heute ist Sigrid ungnädig, gar nicht anschmiegsam und bereitwillig, und Elli huscht davon wie eine verscheuchte Katze, bis Sigrid nach einer Weile zu ihr kommt und sich an den Ecktisch am Fenster setzt und sie mit ihrer normalen Stimme, wenn auch etwas mürrischer als sonst, fragt:

»Was willst du?«

Doch Elli gibt ihr keine Antwort, und sie sitzen zusammen und schauen in den Aufenthaltsraum, in dem Karin heute fehlt. Aber Elli denkt ständig an sie, deswegen glaubt sie, dass Sigrid verstehen wird, von wem sie spricht, als sie den Mund aufmacht und fragt:

»Was hat sie gemacht?«

Doch Sigrid zieht die Augenbrauen hoch und fragt:

»Wer? Gun?« Und sie deutet mit einem Nicken auf Gun, die mitten im Zimmer auf dem Boden kauert und sich grinsend umschaut, während sich unter ihr eine Urinpfütze ausbreitet. Sigrid beobachtet das Ganze mit einem unterdrückten Seufzer.

»Nein. Karin«, antwortet Elli.

Sigrid mag Gun anschauen, aber Elli kann ihrem forschenden Blick entnehmen, dass sie nicht über die gelbe Pfütze nachsinnt, sondern über Ellis Frage, und nach einer Weile wendet sie ihr den Kopf zu und sagt:

»Warum sollte sie denn unbedingt was gemacht haben?«

Mehr eine Feststellung als eine richtige Frage.

»Weil sie hier ist«, antwortet Elli.

»Das ist hier kein Gefängnis, Elli. Ich meine, was hat Gun schon getan, außer auf den Boden zu pinkeln? Du kannst da draußen eben nicht beliebig oft auf den Boden pinkeln, dann landest du irgendwann hier, und genauso verhält es sich wohl mit Karin.«

Elli schaut Sigrid mit einer Miene an, dass diese hastig hinzufügt:

»Na ja, das war jetzt eher eine Metapher.«

Dann schweigt sie wieder eine Weile.

»Bei Karin ist die Sache die …«, sagt sie dann, »dass die richtige Welt dort draußen sie nicht haben will. Sie ist in diversen Einrichtungen gewesen, seit sie zwölf ist. Als sie volljährig wurde, kam sie auch immer wieder zurück. Nach Kellokoski. Sie hat auch in Kakola gesessen. Wahrscheinlich dachten sie, dass das Zuchthaus sie ein bisschen regulieren würde. Aber dort konnte sie nicht bleiben. Denn weißt du … Sie weigert sich zu gehorchen. Im Zuchthaus haben sie sie grün und blau geschlagen, aber sie tat trotzdem nicht, was man ihr sagte, und am Ende sahen sie wohl ein, dass sie sie entweder totschlagen oder ins Krankenhaus schicken mussten. Also entschied man sich fürs Krankenhaus. Und jedes Mal, wenn sie versuchten, sie zu entlassen, kam sie zurück. Da draußen … Da draußen gibt es niemand, der sie haben will.«

Elli schließt zwar nicht die Augen, versucht sich aber trotzdem das Bild zu vergegenwärtigen. Karin dort draußen, in der wirklichen Welt. Aber es wird nichts. Körnige Bilder von Karin in einer Konditorei irgendwo, wo sie einen lästigen Gast mit Kleingeld bewirft. Oder vielleicht als Putzfrau irgendwo, und dann jagt sie jemand mit dem Mopp, weil sie wütend geworden ist. Karin betrunken bei einem Damenausstatter. So hatte sie gelebt, bevor sie hierherkam, hatte sie selbst erzählt. Getrunken und gepöbelt und herumgezogen. Elli löscht die störenden Bilder aus und denkt sich dann, dass sie vielleicht recht hat. Karin kann sich nicht an die Welt anpassen, also müsste sich die Welt an sie anpassen. Und hier tut das die Welt eben. Hier kann sie sein, wie sie will. Oder – sie kann auf jeden Fall ihre Ruhe haben, wenn sie will. Es fühlt sich an, als würden in ihrem Magen lebendige Eidechsen krabbeln. Kalt und ein bisschen spitz. Karin wird niemals hier rauskommen. Deswegen ist es auch egal, ob sie hier gehorcht oder nicht. Für sie gibt es kein Fährticket hier raus bei guter Führung. Sie wendet den Kopf wieder und schaut Sigrid an.

»Deswegen ist sie also hergeschickt worden?«

Sigrid antwortet nicht. Sie lächelt nur leise.

»Und du?«, fährt Elli fort. »Was tust du hier?«

»Irgendjemand muss sich doch um euch kümmern«, sagt Sigrid. »Dann kann das doch genauso gut ich machen.«

»Karin kommt immer zurück. Das hast du gesagt«, sagt Elli und starrt Sigrid an.

Als sie weiterspricht, ist ihr Ton ein härterer.

»Es gibt keinen Platz für sie dort draußen! Hast du das so gesagt? Obwohl sie nicht mal krank ist!«

»Beruhig dich bitte, Elli«, sagt Sigrid, doch Elli hört ihr gar nicht zu.

Sie beugt sich vor, und Sigrid muss sich zwingen, nicht zurückzuweichen, als Elli fortfährt.

»Und ich? Glaubst du wirklich, dass meine Mutter und mein Vater das so weitergehen lassen? Glaubst du das wirklich? Ich werde nicht hierbleiben! Und du hockst schweigend hier und glaubst, dass das alles für immer ist! Dass ich auch hierbleiben werde!«

»Ich warne dich, Elli«, beginnt Sigrid, aber als sie merkt, dass Elli immer mehr in Fahrt kommt, presst sie die Lippen zusammen und fasst Ellis Hand. »Die meisten, die hierherkommen, sind sehr krank. Sie können nicht entlassen werden, aber das liegt nicht an uns, sondern an ihnen. Und Karin … Die will gar nicht entlassen werden. Wenn man bei dir Anzeichen eines Fortschritts sieht, wenn du wirklich hier wegwillst, dann kann das vielleicht tatsächlich klappen. Aber dann musst du dich ändern, Elli. Auf diese Art wird das nichts werden.«

Elli schaut Sigrid an. Direkt in die dunkelblauen Augen, in denen sich Wohlwollen mit Strenge und Gereiztheit mischt.

»Und wie viele sind schon entlassen worden? Seit du hier angefangen hast? Wie viele, hm?«

Da bleibt Sigrid die Antwort schuldig. Die ist auch gar nicht nötig. Das weiß Elli genauso gut wie Sigrid. Sie kämpft gegen die Atemnot, um nicht so abgehackt zu sprechen.

»Ich werde nicht hierbleiben«, sagt sie. »Ich habe nicht vor hierzubleiben.«

»Das liegt nicht bei dir. Das liegt bei Doktor Mikander.«

Doktor Mikander. Der sich immer endlos Notizen macht, wenn sie redet, und je mehr sie redet, umso tiefer wird sein Blick in das, was er ihr Seelendelirium nennt. An ihm hängt alles. An ihm, der sich nichts mehr wünscht, als ihr endlich nicht mehr zuhören zu müssen. An ihm, der jedes Wort als weitere Bestätigung ihrer Krankheit sieht. Ihr Widerwillen gegen das Reden ist Krankheit. Ihr Wunsch zu reden ist Krankheit. Ihre Empfindungen sind Krankheit. Ihr Mangel an ebendiesen, tja, das ist nun wirklich Krankheit. Kein Krankheitsverhalten. Das ist das allergrößte Vergehen.

»Die schlimmsten Kranken sind diejenigen, die einem vormachen, dass sie gesund sind. Die gesundes Verhalten imitieren, und zwar so gut, dass es ihnen gelingt, sogar Ärzte zu täuschen. Das sind die Allergefährlichsten, Elli, die Psychopathen, und zu denen gehörst du«, hat er einmal gesagt.

»Die einzige Krankheit, an der ich leide, ist Heimweh, und dass ich verdammt noch mal hier sein muss!«, erwiderte sie einmal, und da sah er sie intensiv an und fragte, warum sie dann mit Morris durchgebrannt war, wenn sie nun auf einmal solches Heimweh hatte.

Und sie versuchte ihm atemlos zu erklären, wie sie sich gleichzeitig hierhin und dorthin sehnte, wie sehr sie sich wünschte, geblieben, aber eben auch, nicht geblieben zu sein. Wie sie zum einen ihre Eltern sehen wollte und andererseits nie mehr hören wollte, wie sie sie mit ihrem Namen ansprachen.

»Sie haben mich weggeschickt!«, hatte sie gesagt. »Immer wieder!«

Schizophrenie, stand bald darauf in ihrer Krankenakte. Jeder patschende Schritt Richtung Rettung saugte sie tiefer in den Sumpf, also hörte sie auf zu waten und blieb einfach still stehen, während das Wasser langsam immer höher stieg, und sie versuchte zu entscheiden, ob sie wieder losgehen oder untertauchen wollte.

Sie wird von Träumen gequält, aus denen sie mit ersticktem Gemurmel erwacht, und in ihren Träumen hat Karin den Aufenthaltsraum gegen sie aufgehetzt, und Karin steht vor dem lärmenden, schreienden Haufen, in dem jeder Mensch sein innerstes geheimes Wesen spielt, wie eine Symphonie der verschiedenen Symptome, und Karin streckt die Hand aus und zeigt mit einem harten Zeigefinger auf sie und sagt:

»Du! Was machst du hier? Du bist doch überhaupt nicht krank! Du bist ein Bluff! Ein Bluff, ein Bluff!« Und dann kommt Karin auf sie zu und packt sie am Kopf und sagt, sehr leise und sehr boshaft: »Das Einzige, was du brauchst, ist das hier«, und dann beginnt sie Ellis Kopf abzuschrauben.

Im Traum sackt ihr Körper zu Boden, und Karin hält ihren Kopf in der Hand, hält ihn bei den Haaren, wie eine Salome, und Ellis erschrockene Augen sehen, wie Kristina mit tintenschwarzen Augen und ausgestreckter Hand auf sie zukommt, immer näher und näher, bis eine ausgestreckte Hand beinahe Ellis Wange berührt. Sie schreckt aus dem Schlaf hoch, und zwischen ihren Schläfen pocht ein einziger Gedanke.

Ich muss hier weg. Muss hier weg. Muss.

Jetzt schaut sie Sigrid an. Sigrid sitzt vor ihr und redet um den heißen Brei, und Elli unternimmt einen halbherzigen Versuch, sie zu hassen, aber es gelingt ihr nicht, denn Sigrid kommt einem Engel so nah, wie es an einem Ort wie diesem eben möglich ist. Also beruhigt sie sich, reißt sich zusammen, murmelt etwas Unverständliches, und Sigrid steht auf und geht zu Gun, um sie wegzubringen, denn die hat mittlerweile angefangen, mit der flachen Hand in die Urinpfütze zu patschen und jedes Mal »Oh!« zu rufen, wenn es spritzt.

Wie die bin ich ja nun wirklich nicht, denkt Elli.

Aber mit einem leichten Stich von Zweifel.

26

Die Laken blähen sich im Wind. Sigrid hält sie fest und steckt sie dann rasch mit Wäscheklammern an die Leine. Die Klammern beißen in den nassen Stoff. Trockene Bettwäsche abnehmen, nasse aufhängen – die Arbeit nimmt nie ein Ende. Rundherum die Stimmen der Mädchen. Aber was heißt eigentlich Mädchen – junge Frauen, sie sind ja schon erwachsen. Ihr schwindelte, als ihr klar wurde, dass Karin und sie fast gleichaltrig sind. Es trennen sie nur zwei Jahre. Sie sind beide blond. Groß. Wenn sie irgendwo anders gewesen wären, vielleicht in Åbo oder auf Nagu, wo sie niemand kannte, hätte man sie nur zu leicht für Schwestern halten können. Sigrid muss fast schnauben bei dem Gedanken. Von ihnen beiden ist sie die einzige Schwester. Und richtige Schwestern hat sie ohnehin jede Menge. Sie fährt mit der Hand über den Stoff, schlicht und grob, von ihr und den Patientinnen auf der Insel zugeschnitten und genäht, und wie schon so oft denkt sie sich, dass das Leben hier auf der Insel einfach, aber gut ist.

Zu Hause hatte man sie gewarnt. Vor der Einsamkeit, vor der Entfernung, vor dem Licht, das sich einem hier draußen immer entzog. Aber sie war nicht wie Inga, ihre große Schwester, die am Konservatorium studierte und sich bleich und kühl in der dunklen Wohnung ihrer Eltern in Ulrikasborg versteckte. Und sie war auch nicht wie ihre kleine Schwester Edit, die ernst und zielstrebig darauf hinarbeitete, Lehrerin am Mädchengymnasium am Bulevarden zu werden, kaum dass sie selbst die Grundschule hinter sich hatte. Sie hatte eine andere Konstitution. Stark und rotwangig, robust und bei guter Gesundheit. Schlank, aber nie schwach, nie zerbrechlich. Ihr Onkel Ludwig hatte am Vortag ihrer Konfirmation nur einen einzigen Blick auf sie geworfen und gemeint, sie sei wie geschaffen für den Beruf der Krankenschwester, und da ihre Mutter ihm zugestimmt hatte – Sigrid war schon als Kind zu ihrer Mutter geschlichen, wenn sie fiebernd im Bett lag, und hatte ihr kalte Umschläge auf die Stirn gelegt, ohne dass jemand sie darum gebeten hätte, Alma konnte sich lebhaft erinnern, wie Sigrids kleine, weiche Finger ihre Wangen gestreichelt hatten und ihr mitten im tiefsten Krankenelend die Lebenslust zurückzugeben schienen –, so sah es aus, als wäre es von vornherein beschlossen. Nach ihrer Schulzeit an einer Einrichtung für Jungen und Mädchen in Helsingfors ging sie an die Vorbereitende Schwesternschule, die sie nach drei Jahren als voll ausgebildete Krankenschwester verließ, mit einem einjährigen Praktikum am Allgemeinen Krankenhaus in Helsingfors. Sie wusste, dass sie nicht im langweiligen Krankenhausleben in der Stadt stecken bleiben wollte, wo der Kampf gegen Ansteckung und Krankheiten immer etwas von einer Sisyphusarbeit hatte. Stattdessen wollte sie an die frische, reine Landluft, irgendwohin, wo man eine wie sie wirklich brauchte, einen Ort, wo es Raum für Entwicklung gab. Frans studierte an der Universität von Åbo, aber es war ja ohnehin nicht denkbar, dass sie zusammenzogen, bevor sie verheiratet waren, also war diese Lösung wie so viele andere praktische Lösungen: Es war nicht die beste, aber sie konnten sich zumindest öfter sehen, als wenn Sigrid in Helsingfors geblieben wäre. Wenn alles gut ging, würde sie ein paar Jahre in Nagu arbeiten, und dann, wenn sie genug Geld für ihren gemeinsamen Unterhalt verdient hatte und sie heiraten konnten, konnte Frans sein Wirtschaftsstudium abschließen und die Rolle des Familienernährers schultern.

Beim Gedanken an Frans muss sie lächeln. Sie bückt sich und hebt einen Streifen von einem Laken auf. Karin zieht sie immer auf.

»Sigrid ist verlobt mit Frans, versorgen kann er sie nicht ganz.«

Manchmal bezeichnet sie ihn in ihren Spottversen auch als »hässlich«. Je nach Lust und Laune. Sigrid seufzt. Sie späht zwischen die aufgehängten Laken, hebt eines an, und dort steht Elli mit ausgestreckten Händen und versucht, eine Wäscheklammer festzustecken, aber sie kann nicht ganz bis nach oben langen, weil die Leine an dieser Stelle am weitesten vom Boden weg ist. Karin kommt ihr zu Hilfe, legt die Arme um Ellis Taille, und Karins Körper drückt an Ellis Rücken. Einen Augenblick sieht es aus wie eine Umarmung, und Elli bleibt ganz still stehen, bevor sie sich losmacht und lachend nach Karins Rock greift.

Sie sind wie Kinder, sagt Doktor Mikander immer. Aber wie könnten sie auch anders sein? Bei der Art, wie man sie behandelt? Kein Wille, keine Verantwortung, keine Freiheit.

Sie bedauert sie manchmal so sehr, wenn sie sieht, wie sie sich von hier fortsehnen, aber gleichzeitig ist ihr klar, dass sie dort draußen in der Gesellschaft nicht zurechtkommen würden. Die Gesellschaft ist eine harte Mutter. Sie liebt keinen. Es gibt nur Anforderungen und sehr wenig Belohnungen. Die Gesellschaft liebt auch Sigrid nicht, aber sie akzeptiert sie, weil sie nützlich ist. Wer nicht nützlich ist, muss draußen in der Kälte stehen.

Von der Stelle, an der Sigrid steht, kann sie den Leuchtturm sehen. Der Fels darunter ist über und über bedeckt mit eingeritzten Inschriften. Sigrid hat sie gesehen, als sie auf die Insel kam. Sie bückte sich und legte die Hand darauf. Die ältesten gehen zurück bis in die Zeit der Aussätzigen. Die ritzten ihre Initialen in den Fels, Bilder, dann kamen die ersten Patienten und ihre Pfleger. Alle Namen, ihre heimlichen Symbole, versammelt auf einem kleinen, ganz kleinen Stück Granit. Es fühlte sich fast an wie ein Ritus, als Sigrid sich eines Tages ein freies Plätzchen suchte und mit Hammer und Meißel ihren eigenen Namen eingrub. Hinterher setzte sie sich eine Weile davor und betrachtete ihn, wie er so zwischen den ganzen anderen stand.

Eine von ihnen? Wohl kaum. Aber auf jeden Fall hatte sie sich hier mittendrin verewigt.

Sigrid nimmt das letzte Laken aus dem Wäschekorb und hängt es auf. Dann geht sie um die weißen, schlaffen Segel herum, um nachzusehen, ob Karin und Elli fertig sind. Sie findet sie mitten im Versteck- und Fangenspielen zwischen dem aufgehängten Stoff. Lachend schließt sie sich ihnen an.

27

Mutter hat ihr große Neuigkeiten in Aussicht gestellt, und am Sonntag steht Elli mit Karin am Fenster und wartet, damit sie sie sofort erspäht, sobald sie auf dem Weg vom Postanleger erscheint. Karin wartet auf Dotti. Wie jeden Sonntag. Sie wartet und wartet.

»Ich bin sicher, dass Dotti früher kommt«, sagt Karin. »Oder sie kommen beide gleichzeitig. Wäre das nicht lustig? Wenn sie nebeneinandergehen und plaudern würden? Denn Dotti ist eine feine Dame, also würde deine Mutter sich sicher gerne mit ihr unterhalten.«

Und Elli wirft einen Seitenblick auf Karin und überlegt, ob sie eigentlich selbst glaubt, was sie da sagt, doch Karin steht dort und reckt den Hals und schaut weiter angestrengt hinaus. Sie hat sich die Haare geflochten, sodass sie ganz glatt und gepflegt aussieht, sonntagsfein, aber vielleicht war es auch wegen des Gottesdienstes, den sie heute am frühen Morgen schon besucht haben.

Es ist selten, dass Besucher kommen, und wenn, dann meistens sonntags. Wenn sie kommen, sehen sie aus wie Brieftauben, die den Schnabel voll grüner Zweige vom Land dort draußen haben, aber sie sind auch eine quälende Erinnerung an ein Leben, das ohne die Patientinnen weitergeht, während sie auf der Insel festsitzen. Eine Erinnerung an die Zeit, die nur so vorbeirast. Verlorene Jahre. Kinder wachsen heran, und Liebhaber ergrauen. Eltern verwelken vor ihren Augen, und die Geschwister sind es irgendwann leid und vergessen zu kommen. Besonders schmerzhaft für die Mütter sind die ausweichenden Blicke ihrer Kinder. Das Fremdeln, das man in ihren Gesichtszügen und ihren Körpern sieht. Die Steifheit, mit der sie die Umarmungen erwidern, als wollten sie, dass sie ganz aufhören, während der Umarmende sie am liebsten festhalten und immer nur weiterdrücken würde. Die Frauen, die Kinder haben, finden das Leben fast unerträglich, und die Wartezeit zwischen den kurzen Besuchen ist immer viel zu lang. Ihre Augen glänzen vor Verzweiflung, wenn sie ihre Kinder anschauen. Ihre Blicke sagen: Geh nicht! Wachse nicht aus unserer Liebe heraus! Elli kann sich an diese Art Liebe erinnern. Wie jede Zelle schmerzhaft bis zur Belastungsgrenze anschwoll, wenn sie da war.

Mutter.

Die jetzt gerade über den Weg herankommt und gebeugter aussieht. Was für Sorgen belasten ihren Rücken? Elli hofft, dass es nicht ihr eigener Körper ist, der dort auf den Schultern ihrer Mutter sitzt und sie niederdrückt.

Mutter trägt Handschuhe. Mutter nimmt ihre Hände. Ihre grünen Marmoraugen schauen Elli an, und sie gehen in Ellis Zimmer. Hand in Hand gehen sie. Liebling. Mutters Hand auf Ellis Wange. Die weiche Liebe des Hirschleders. Sie gehen an Karin vorbei, und Karin schaut sie an, ohne sie anzuschauen, denn Karin hat den Platz am Fenster verlassen, wartet aber immer noch, obwohl sie versucht, es zu vertuschen. Auf Dotti. Sie wartet noch, als die Zeit längst verstrichen ist. Sie wartet jeden Sonntag, ohne zu warten, aber Elli sieht es an der Art, wie sie aufhört zum Fenster zu schauen, und wie sie mit ungewöhnlicher Sorgfalt die Spitze der Sticknadel in den Stoff führt, um den Faden hindurchzuziehen. Karin bestickt bestimmt hundert kleine Tischdeckchen, während sie wartet und doch nicht wartet, auf eine Dotti, die niemals kommt, und wenn Karin sterben würde, könnte man die Tücher an Dotti schicken, als Erinnerung daran, womit Karin sich die Zeit vertrieb, während sie an ihre Schwester dachte, in Gedanken Dialoge mit ihrer Schwester führte, lachte und die Hand ihrer Schwester hielt, und Dotti einfach nicht kam. So muss es für Karin sein, so stellt es sich Elli vor, wenn sie sich aufs Bett setzt und ihrer Mutter den Platz auf dem Stuhl am Schreibtisch anbietet.

Elli wartet geduldig, während ihre Mutter die neuesten Neuigkeiten erzählt, von Kelvin, der zur Schule geht, und Christoffer, der nach Uppsala gegangen ist, um die ach so neumodische Psychiatrie zu studieren. Von der Haushälterin Ada, die endlich dem Werben von Kaufmann Bergström nachgegeben hat und die traurig ist, weil damit verbunden ist, dass sie nach Pargas zieht und an einer anderen Adresse den Haushalt führen wird, und Mutter führt bereits gründliche Vorstellungsgespräche mit einem stetigen Strom von Ersatzkandidatinnen, aber sie sieht sich außerstande, einer von ihnen zu vertrauen, denn sie sprechen alle nur Finnisch und stammen aus ärmlichen Pächterhäuschen, und Mutter klagt, dass sie nicht nur hoffnungslose Bauerntrampel sind, sondern obendrein auch noch stehlen wie die Elstern.

»Aber ich werde schon noch rechtzeitig jemand finden. Du darfst dir deswegen keine Sorgen machen, mein lieber Schatz. Du sollst dich nur darauf konzentrieren, dass du wieder gesund wirst.«

»Ja, Mutter.«

»Doktor Mikander ist zufrieden mit dir«, sagt Mutter und bedenkt Elli mit einem ersten kleinen Lächeln, als würde sie Elli ein Goldstück schenken.

Elli nimmt es begierig an.

»Danke, Mutter!«

»Er hat gesagt, dass du schon seit ein paar Monaten ein gutes Benehmen an den Tag legst und eine gesunde Einstellung sowohl zu deinen Mitpatientinnen als auch zu den Schwestern.«

»Ja, Mutter.«

»Vor allem Sigrid spricht sehr gut von dir. Da siehst du, wie eine gute Kinderstube sogar an einem Ort wie diesem Eindruck machen kann.«

Mutter hält inne und schaut sich um mit einer Miene, die eine gewaltige Portion Grauen verrät.

»Oh Gott, was für ein Ort … Was haben wir uns eigentlich dabei gedacht? Es war nur so, dass Doktor Ahlmqvist … Er war so überzeugend, weißt du. Er fand, du müsstest weit weg von jeder Art von Ablenkung und dich richtig ausruhen. Was hab ich mir nur dabei gedacht, als ich auf ihn gehört habe? Aber er ist doch schließlich ein Arzt! Er sollte es doch wissen!«

Du hast ihm vertraut, Mutter, so wie wir alle, denkt Elli, aber sie betrachtet nur ihre Mutter, die weiter ihre eigene Dummheit verflucht, und Doktor Ahlmqvists fast übermenschliche Fähigkeit, zu überreden und zu überzeugen, und die ganze Zeit sieht Elli sich selbst durch den langen Korridor gehen, mit den dicken, staubigen Teppichen, auf ganz leisen Sohlen, bis zu Mutters Zimmer, dessen Tür offen steht, und dort, durch den Türspalt, sieht sie die grüne Beleuchtung über Mutters weißen Schultern und Doktor Ahlmqvist, der die Hände ausstreckt.

»Wir haben das ja nur gemacht, damit du näher bei uns bist. Lappviken ist so weit weg, und hier ist ja doch …«

»Er ist ein Scharlatan«, sagt Elli, und Mutter schließt den Mund so jäh, dass man ihre Zähne aufeinanderschlagen hört.

»Wie kannst du dich unterstehen, so etwas zu sagen! Über unseren eigenen Hausarzt! Es ist ein kleines Wunder, dass es ihm gelungen ist, dich vor dem Zuchthaus zu retten, junge Dame! Nach allem, was du angestellt hast. Aber vielleicht wäre das besser für dich gewesen, dass du dort sitzt und darüber nachdenken kannst, was du getan hast. Ja, vielleicht wäre das Zuchthaus der rechte Platz für dich gewesen. Undankbar bist du, jawohl! Undankbar und verwöhnt.«

Mutter springt vom Bett auf, reißt die Tasche auf, die sie

mitgebracht hat, und schüttet den Inhalt aufs Bett. Orangen, Schokolade, Briefpapier und Stifte, Geld für Briefmarken, zwei Bücher und ein paar Zeitschriften. Die Lockenwickler. Alles fällt heraus und purzelt aufs Bett. Ein paar Münzen fallen klirrend auf den Boden. Mutter schmeißt die Tasche hinterher.

»Da hast du dein Zeug! Bitte schön!«

Dann lässt sie sich auf den Haufen Sachen plumpsen und vergräbt ihr Gesicht in den behandschuhten Händen.

Elli starrt ihre Mutter wortlos an. Der kleine grüne Hut ist ihr verrutscht, und ein paar braune Locken sind ihr in die Stirn gefallen. Nach einer Weile besinnt sich Mutter und zieht eine Stoffserviette aus der Handtasche. Sie tupft sich das Gesicht trocken und richtet sich schniefend wieder auf. Die schmale Nase, deren Nasenlöcher so winzig sind, dass Elli immer Angst hatte, ihre Mutter könnte nachts ersticken, weshalb sie jedes Mal an ihr Bett schlich und sich ganz still neben sie legte und auf ihren Atem lauschte, ist gerötet, und Mutter schnäuzt sich geräuschvoll.

»Jetzt schau mich an! Schau, wie du mich aus der Fassung bringst!«, sagt sie, und zeigt mit beiden Händen auf ihre ganze Erscheinung.

Sie richtet ihren anklagenden Blick auf Elli.

»Dabei haben wir noch nicht mal von den großen Neuigkeiten gesprochen!«, sagt sie. »Aber vielleicht willst du die ja gar nicht hören! Vielleicht ist das auch alles ganz unwichtig, hm? Lügen und … Wie hast du das genannt? Bluff?«

Elli schluckt den Kloß, der in ihrem Hals geschwollen ist, wie eine schlecht gekaute Orangenspalte, zäh und schleimig, die einem die ganze Zeit in die falsche Kehle rutschen will.

»Aber nein, Mutter. Entschuldige! Natürlich will ich die großen Neuigkeiten hören. Bitte, Mutter!«, fügt sie schnell hinzu, und es ist, als würde ihre Atmung über eine Schwelle stolpern, genauso, wie wenn sie als Kind so lange geweint und geschrien hatte, dass sie kaum mehr ein Zischeln herausbekam und ihr die Luft knapp zu werden schien.

Wenn Mutter sie allein gelassen hatte. Wenn Mutter sich weigerte, zu ihr zu kommen. Wenn sie vor der Tür saß und mit den Nägeln daran kratzte, damit man sie einließ, und dann auf den Teppich vor dem Zimmer ihrer Mutter pinkelte, weil Mutter sich dort drinnen versteckte. Sie hätte sich mit den Kerzen, die im stillen Flur brannten, selbst anzünden können, einfach nur, damit Mutter zu ihr gerannt kam.

»Liebe Mama, bitte. Erzähl mir die großen Neuigkeiten«, schmeichelt Elli, und Mutter bleibt eine ganze Weile mit abgewandtem Blick sitzen, bevor sie Elli eines schnellen Blickes würdigt, und dann schüttelt sie den Kopf, um die zärtlichkeitsbedürftigen Locken zu verjagen, die kitzelnd auf ihre Stirn gefallen sind.

»Die Juristen deines Vaters haben einen Weg gefunden, wie sie dich hier rausholen können. Aber das wird leider gewisse Opfer verlangen. Und es wird eine Weile dauern«, sagt Mutter.

Elli holt tief Luft.

»Wie lange denn?«

Mutter wirft ihr noch einen schnellen Blick zu.

»Nicht allzu lange, hoff ich mal. Ein paar Monate. Vielleicht ein halbes Jahr.«

»Ein halbes Jahr!«, ruft Elli, und ihre Mutter schaut sie an.

»Du wirst sehr dankbar dafür sein! Die Juristen deines Vaters haben sich die Sache neben ihrer eigentlichen Arbeit angesehen, und dein Vater musste ihnen ein sehr hohes Honorar dafür zahlen. Er ist ziemlich wütend über die Probleme, die das alles für uns mit sich bringt! Und er kommt immer noch um vor Sorge um dich!«

»Bis dahin wird es ja Winter! Ich werde hierbleiben müssen … Bis dahin wird es hier Winter, Mutter! Und wir werden fast von der Umwelt abgeschnitten sein.«

»Ja, ja, ja! Das weiß ich doch alles! Und wir werden uns halb tot sorgen, weil wir wissen, wie es dir hier draußen geht, das kannst du aber glauben! Aber es ist das Beste, wenn wir jetzt noch nicht allzu viel daran denken. Du musst bloß zusehen, dass du gesund wirst. Es hängt ja tatsächlich von dir ab! Doktor Mikander kann dir helfen. Wenn du dich gut benimmst, entlässt er dich vielleicht schon vorher ganz spontan, und dann musst du den Winter nicht abwarten. Im Frühling wirst du wieder zu Hause sein. Im Frühling. Du wirst schon sehen.«

Und dann breitet sie endlich die Arme aus. Dann darf ihr Elli endlich in die Arme fallen.

Winter. Elli hat die Hände auf den Rücken gelegt und betrachtet die Wiese vor dem Aufenthaltsraum, während sie versucht, die üblichen Geräusche ihrer Mitpatientinnen auszublenden. Das fällt ihr von Tag zu Tag leichter. Sie gewöhnt sich daran.

Ein paar Jahre an einem Ort wie diesem, dann wirst du ein Teil des Inventars. Und der Gedanke an eine Heimkehr wird unmöglich.

Dann muss sie auf einmal ein paar hartnäckige Tränen wegblinzeln.

Will nicht weinen!

Aber bei jedem Blinzeln laufen sie erneut zusammen, ärgerliche, ärgerliche Tränen, die aus ihr schmelzen, wenn sie an den Winter denkt. Sie hatte ja geschworen, dass sie den bestimmt nicht hier erleben würde. Sie schließt still die Augen und lässt sich von den Gedanken an das Weiß in kalte Umschläge hüllen.

Der Winter …

Ein Jahr wird sie an diesem Ort sein, mindestens. Karin ist seit zwei Jahren hier. Sie war zweiundzwanzig, als sie kam. Jetzt ist sie vierundzwanzig. Martha ist seit drei Jahren hier. Sie ist fünfundzwanzig. Auf Lappviken bekam Martha immer Besuch von ihrer Mutter. Ihren Vater kennt sie nicht. Das war nur jemand, der zufällig vorbeikam und in ein Leben hineintrampelte und wieder hinaus. Er hängte ihr Martha an, und dann waren sie zu zweit. Marthas Mutter arbeitete in einer

Konditorei. Ihren Lohn legte sie beiseite, damit Martha einmal etwas lernen konnte. Und jetzt ist Martha hier. Von der Sekretärinnenschule ins Irrenhaus und vom Irrenhaus über das Leichenhaus zum Friedhof hinter der Kirche. Oder vielleicht kommt Martha ja doch noch einmal hier weg. Vielleicht tragen sie ihre Leiche über die Umarmung des Wassers zurück nach Åbo, damit sie neben ihrer Mutter begraben werden kann. Eine Parallele zu den Aussätzigen, die damals angeblich gleich mit dem Holz für ihre eigenen Särge auf die Insel transportiert wurden. Ein Schicksal, das mit der Überfahrt zur Insel besiegelt war. Hier kommt niemand lebend an Land. Aber vielleicht würde man Martha in Segeltuch wickeln und von der Fähre über die Bucht bringen lassen? Vielleicht geschehen solche Wunder ja immer noch? Doch Elli glaubt nicht an dieses Märchen. Sie denkt an den Winter. Wenn sie im Winter stirbt, werden sie sie in den Kühlkeller legen und auf den Frühling warten. Sie schaudert. Die Gedanken an den Tod … sie hat sich ihnen bis jetzt noch nicht hingegeben. Und sie erinnert sich an den letzten Winter, im Zuchthaus. Dort war es auf jeden Fall irgendwie warm. Aber sie hatte sich alle Sachen ausgezogen und sich auf den kalten Steinboden gelegt, um krank zu werden, und als es ihr nicht gelang, krank zu werden, war sie stattdessen verrückt geworden.

Und der Winter davor?, überlegt sie.

Dieser Winter, bevor sie sechzehn wurde, als sie eine Fremde im Hause ihres Vaters wurde.

Es hatte sehr langsam begonnen, mit Einbruch des Herbstes, ein leises Verschwinden, ein Verblassen und dann Grauwerden aller Farben. Sie hatte schon vor ein paar Jahren angefangen, sich im Herbst zu grämen, weil er leise und schläfrig das Licht hinter sich herschleifte und mitnahm und es immer schwerer wurde, die Dunkelheit zu ertragen. Aber diesmal war ihr, als würden die Zimmer schrumpfen und dunkler werden, bis sie sich irgendwann nur noch auf der halbkreisförmigen Terrasse aufhalten konnte. Mutter kam und ging, Vater ebenfalls, und ihre Brüder waren zum Studium weggezogen. Es gab niemand, der Zeit für sie gehabt hätte, und wenn sie sie anschauten, war ihre Miene sorgenvoll. Was sollte aus ihr werden? Sie war nicht unbedingt die größte Leuchte in der Schule, und sie war zu jung, um in die Gesellschaft von Åbo eingeführt zu werden und zu heiraten. Außerdem hatte sie neuerdings die Neigung, nur noch zu Hause herumzuliegen. Ihre Mutter seufzte jedes Mal, wenn sie an ihr vorbeiging. Elli fühlte sich wie ein altes Möbelstück, das jemand geerbt hat und für das sich kein richtiger Platz findet, und so wird es von einem Zimmer ins andere geschoben, ohne jemals irgendwo reinzupassen, und am Ende steht es einfach herum und stört das harmonische Ganze, aber man muss es behalten, weil es ein Geschenk gewesen ist, und da muss man zumindest so tun, als würde man es schätzen.

Es war ein ungewöhnlich nasser Winter gewesen, fast schneelos, nass und schmutzig. Das Lichtgebende, das Befreiende, war damals ganz ausgeblieben, und sie hatte sich durch die Dunkelheit geschleppt mit einem Körper, der ihr mehr tot als lebendig vorkam, und offenbar empfanden es die anderen im Hause genauso. Mutter nähte mehr Kleider denn je. Vater organisierte Soireen mit einer unnatürlichen, manischen Besessenheit. Das Geräusch des sturen Ratterns der Nähmaschine und das hysterische Zwitschern des Spinetts, wenn es in den allzu vielen allzu langen Nächten misshandelt wurde. Die explosiven Lachanfälle, der Partylärm, Mutters finnische Schlager, wenn sie in der rechten Stimmung war, und ihre Seufzer, wenn sie es nicht war. Der Applaus, das Klirren der Teller, die aufgetragen und abgeräumt wurden, das Geräusch von Glas, das zu Boden fiel und zerbrach. Das Gemurmel der Dienstmädchen in den Tagen danach, die Türen, die in regelmäßigen Abständen zugeknallt wurden. Vater lag mit seiner Migräne und einem nassen Handtuch auf den Augen in seinem abgedunkelten Zimmer. Die gedämpften Streitereien.

Vaters Verschwinden. All das dröhnte durch die dunklen Flure wie eine einzige gigantische Schallwelle, und Elli wanderte darin umher, war von ihr umgeben, spürte, wie sie sie jagte, sie einholte, überwältigte und umschloss mit ihrem Klirren, Rasseln, Poltern, Klingen, bis die Wände bebten und die Kristalllüster zitterten. Sie ging auf die Knie und kauerte sich zusammen, und ihr ganzer Körper zuckte und zappelte wie der Zeiger auf einer Art Apparat, der auf Erdbeben reagierte, bis die Welle vorbeigezogen und alles wieder still war, unwirklich still. Sie versank in Schweigen, einem Schweigen, das den Atem anhielt und sie auf die Terrasse zog, wo der Winter vor den verglasten Wänden wegtropfte, und sie legte sich auf die Chaiselongue, die sie sich hineingestellt hatte, damit sie dort liegen und lesen konnte. Aber sie las nicht. Die Bücher, die Mädchenabenteuer und Liebesromane, die Mutter banal nannte, aber durch die Elli sich sonst so schnell hindurchlas, dass ihre Augen kaum mithalten konnten mit dem Flug der Gedanken über die Seiten, lagen jetzt neben ihr auf dem Tisch und waren keine lebendigen Welten mehr für sie, sondern tote Gegenstände. Sie roch das alte, zerfledderte Papier, salzig von den Fingern anderer Leser, fettig von den belegten Broten anderer Leser, ein schwacher Geruch von allem Möglichen, durchmischt und erlebt, eine fremde Sprache, die übersetzt wurde und in nichts anderem resultierte als in einem schwachen Hauch von Erbrochenem, und sie spürte, wie ihr ein Würgen im Hals hochstieg, wie ein müder Rülpser, der sich aber auch nicht herunterschlucken lassen wollte. Statt zu lesen, lag sie also bloß dort und schaute hinaus in den Spätwinter, der sich mit fast schon lächerlich schüchternen Schritten näherte, wie eine unschuldige Braut, die zum ersten Mal ihr Nachthemd ausziehen und sich dem Ehebett nähern soll. Aber es gab eigentlich gar keine weiße Schneedecke, die hätte schmelzen müssen, und schon im März lag alles offen da, das harte, struppige wässrig-graue Vorjahresgras war bloßgelegt, als würde es sich überhaupt nicht genieren für seine entblößte Scham, und Elli hatte kaum einmal zwinkern können. Die Schule hatte zu Hause angerufen, weil ihre Leistungen immer bescheidener ausfielen, aber in erster Linie war jeder Tag ein einziges Gähnen, das darauf wartete, in den nächtlichen Halbschlaf übergehen zu können, aus dem sie dann mit dem Gefühl erwachte, dass es besser gewesen wäre, sich überhaupt nicht schlafen zu legen. Sie war knapp sechzehn und hatte das verloren, was Doktor Ahlmqvist »ihren Lebenshunger« nannte, aber sie merkte in erster Linie, dass sie keinen Hunger mehr auf Schokolade hatte.

Ihre Abneigung gegen Schokolade kam völlig überraschend für alle, sie selbst eingeschlossen. Früher hatte sie Schokolade geliebt: weiße, Vollmilch, Zartbitter, mit oder ohne Nüsse, Pralinen mit Knickebein oder Marmelade, mit Orange, mit Vanillecreme, ja, buchstäblich alle Sorten, und sie war unersättlich, ein Schleckermaul, sagte Ada und musterte missbilligend ihre schwellenden Brüste und ihre fleischigen Oberarme. Aber in diesem Spätwinter war der Geschmack auf einmal fade geworden. Die Schokolade blieb ihr an den Zähnen hängen, verklebte ihr den Gaumen, legte sich wie eine ölige Schicht auf ihren Rachen, ließ den Speichel fließen, bis er aus den Mundwinkeln floss und am Kinn entlanglief und sie ihn nicht mehr schlucken konnte. Ihre Kehle verschloss sich. Ihre Kiefer verkrampften. Mutter trocknete ihr das Kinn ab, als wäre sie ein kleines Kind. Doktor Ahlmqvist, den sie auch nicht abkonnte, kam und ging, und sie bekam eine Tinktur, wie immer. Die Tinktur, *ach ja,* der Geschmack ihrer Kindheit. Bittere Enttäuschung. Tief verwurzelter Zorn. Trotzige Tränen. Aber auch eine geschwollene und sehr dumpfe lila Traurigkeit. Alles, was sie im Laufe der Jahre heruntergeschluckt hatte mit seinen guten, alten Branntweintropfen – die im Grunde nicht viel mehr waren als Opiumschnaps, der sie benommen und pflegeleicht machte –, kochte nun wieder hoch, und sie nahm die braune Glasflasche und trank sie in einem Zug aus, ganz gegen die Empfehlung von einem

Esslöffel. Dann legte sie sich auf ihren Platz auf der Chaiselongue, die bereits angefangen hatte, bedenklich zu riechen, weil sie sich schon so lange nicht mehr gewaschen hatte.

Eine knappe Viertelstunde später begann die Welt um sie herum zu verschwimmen. Sie löste sich auf und zerfloss darin. Ihre Augen weiteten sich, bis sie ihr halbes Gesicht einnahmen, und das Licht, das hereinfiel, kam bei den Fingerspitzen und Zehenspitzen wieder heraus. Sie fiel auf den Rücken, blieb so liegen und sah, wie das Dach näher kam, sich über sie herabsenkte wie ein Sargdeckel, und gleichzeitig verschwand der Druck der Chaiselongue unter ihr, und sie meinte, langsam zu schaukeln, von der einen Seite auf die andere, als läge sie in einer sehr großen, sehr weichen Hand. Diese Weichheit war nicht nur unter ihr, sondern überall um sie herum, als würde sie gegen ihren Körper drücken und in ihn hinein, aber nicht so, als wäre sie eins mit ihr, sondern als würde sie sie einhüllen und durch sie hindurchlaufen, alle harten Kanten auslöschen, und sie stöhnte laut, weil es so wunderschön war, und nachdem sie einmal angefangen hatte, konnte sie einfach nicht mehr aufhören. Ada hörte sie, und Elli sah das Gesicht der Haushälterin in ihrem Blickfeld erscheinen, langsam, unendlich langsam, und sie streckte die Hand aus und berührte ihre Wange, aber sie konnte ihren eigenen Arm nicht mehr spüren. Adas Gesicht wurde zu Wasser, als sie es berührte, als würden ihre Finger das Spiegelbild auf einer glatten Wasserfläche berühren, und gleichzeitig sammelten sich all ihre Gedanken an einem einzigen scharfen Punkt in ihrem Bewusstsein, das sich in alle Richtungen erstreckte und unendlich zu sein schien. Sie wusste, dass sie in Schwierigkeiten war und dass sie später Ärger kriegen würde, aber sie konnte sich einfach nicht sonderlich darüber aufregen, denn zum ersten Mal seit langer Zeit war sie schön, sie war schön, ja, sogar der ekelhafte Spätwinter, der sich in schmutzigen, grün-grauen Streifen über die Wiese zum gelben Flusswasser zog, war schön, und was auch passieren mochte, was auch kommen mochte, es war ihr in diesem Moment egal. Sie lag ganz still und verlosch langsam, während rundherum Menschen kamen und gingen: Mutter, Vater, Ada, Doktor Ahlmqvist, sie schlugen sie auf die Wangen, zogen sie an den Armen, aber sie war und blieb reglos, ein Lehmklumpen, eine Lumpenpuppe, und am Ende ließen sie sie einfach so liegen, während Doktor Ahlmqvist Wache hielt. Die Nacht kam, und sie war hell und glückselig und offen wie ein Leopardenauge.

Am Morgen war das Grau wieder da, und Mutter zog sie um, während sich Doktor Ahlmqvist im Zimmer herumdrückte, als würde er auf etwas warten. Dann kam Ada mit einem Koffer. Mutter warf Ada einen flüchtigen Blick zu, und Elli sah, wie sich ihre Lippen bewegten, als sie wieder sie anschaute. Ihre schmalen Augen glitzerten und glänzten, und Elli meinte, Erleichterung in ihnen zu entdecken. Elli sollte weggeschickt werden. Jetzt hatte sie es ein für alle Mal zu weit getrieben. Doktor Ahlmqvist sollte sie ins Hedvig-Sofia-Heim mitnehmen. Er praktizierte dort und würde sich gut um sie kümmern.

»Es ist zu deinem Besten.«

Mutters Hände ruhten auf Ellis Schultern, und ihr Blick war endlich ruhig, klar und ganz still. Elli öffnete den Mund, um zu protestieren, um einen Schrei auszustoßen, lauter als jeder, den sie je gehört hatte, aber das Einzige, was herauskam, war ein warmes, feuchtes, übel riechendes Ausatmen.

Das Hedvig-Sofia-Heim für geringfügig geistesgestörte Frauen befand sich in Pargas. Der Sand war weiß, und nach dem Regen war er ganz glatt und glänzend. Wie ein Stück Seide in Mutters Atelier, das auf dem langen, dunklen Tisch am Fenster ausgebreitet lag, wo das Licht am schönsten hereinfiel. Das Meer strich unablässig mit langsamen Händen über den Sand und glättete ihn immer weiter, schnitt ab und spülte zurück, weich und sauber.

Sie hatten recht gehabt. Auf der Terrasse der hellblauen

Villa saß Elli unter einer Decke und sah zu, wie der Frühling kam. Der Frühling nach dem, was man jetzt als ihren Selbstmordversuch bezeichnete. Am Strand spielten die Kinder der Schwestern, und alle waren sanft, und alle waren freundlich.

Wie sie es hasste. Ihre netten Gesichter und ihre weichen Hände. Das Essen, das regelmäßig, geschmacklos und reichlich aufgetischt wurde, und die Spaziergänge, die lang und ruhig waren. Und fast widerwillig merkte Elli, wie ihr Körper und ihr Wille stärker wurden, denn wenn sie stärker wurde, konnte sie wieder nach Hause, und dorthin wollte sie damals absolut nicht zurück. Mutter hatte sie ja immerhin fortgeschickt, und was sollte Mutter davon abhalten, es immer und immer wieder zu tun? Wie oft? Wohin? Und was erwartete sie schon zu Hause außer Eingesperrtsein und Lethargie? Die Schule, die sie so hasste? Und danach? Die Sekretärinnenschule vielleicht? Das Mädchengymnasium? Handarbeit und französische Konversation? Was wurde aus Frauen wie ihr, wenn nicht Gattinnen und Mütter? Und sie wollte nicht! Mit ihrem ganzen Körper wollte sie nicht! Wenn sie zurückkehrte, musste sie diese ganzen Lebenslügen fortsetzen, die man ihr vorgesetzt hatte, seit sie ein Kind war. Ständiges Schreien? Ab ins Bett! Streitsüchtig? Ab zu Tante Elna! Klettig? Ab zu Ada! Weinerlich und niedergeschlagen? Her mit der Tinktur! Und jetzt? Melancholisch? Ab ins Hedvig-Sofia-Heim für geringfügig geistesgestörte Frauen! Nur weg, weg!

Aber wenn du mich stattdessen mal wirklich anschauen würdest, Mutter, mich wahrnehmen, mit mir reden …

Sie blinzelte müde auf den leuchtenden Sand und lauschte auf den flachen Trost der Wellen, ihr kaltes Gleiten über ebenso kalten und nassen Sand. Sie wandte den Blick zur Tür, die vom Foyer auf die Terrasse führte, und sah dort jemand stehen. Sie blinzelte, und die stämmige Gestalt nahm langsam schärfere Konturen an. Bekam ein Gesicht, einen Namen. Sie holte Luft. Konnte kaum glauben, dass sie ihn nicht wiedererkannt hatte. Das war ja Vater.

28

Der Sommer kommt, und Karin hat ein Geheimnis. Sie wendet sich mit einem Lächeln ab, und auf der Wiese neben dem Weg blühen die Blumen. Es ist verschwenderisch, fast ein bisschen zu viel. Schaum von Wiesenkerbel auf Glockenblumenwellen. Karin hat einen violetten Blütenkranz in der Hand und dreht ihn herum, spielt damit, streicht sich damit über die Lippen, und Elli schaut zu. Wie Karin strahlt! Wenn sie Fangen spielen, Elli ihr nachrennt und sie zum Strand hinunterlaufen. Ihrem Dasein und ihrer Bewegungsfreiheit sind Grenzen gesetzt. Von dort, wo sie stehen, können sie das Meer in zwei verschiedenen Himmelsrichtungen sehen, und der anderen beiden sind sie sich sehr wohl bewusst, aber trotzdem – sind sie in diesem Augenblick nicht doch frei? Es ist ein verlockender Gedanke. Die Sonne brennt ihnen auf Genick und Wangen, und Elli schwitzt, obwohl sie ein kurzärmliges Kleid trägt. Ihre Füße kochen in den plumpen Stiefeln. Sie verlangsamt auf Gehgeschwindigkeit, und sie wäre beinahe stehen geblieben, als sie erkennt, dass sie glücklich ist. Karin breitet die Hände aus und läuft vor ihr her, und sie bohrt die Füße schwungvoll in Staub und Sand und genießt die Geräusche und die Hitze. Wenn sie an den Irrenstrand kommen, werden sie ihre Sachen ausziehen und sich eine Weile hinsetzen, während sie sich unterhalten und vergessen, wo sie sind. Karins Körper ist so dünn, dass alle Rippen zu sehen sind, und ihre Brüste sind klein und spitz. Elli hat sie nie berührt, aber sie weiß, wie sie sich unter ihren Händen anfühlen würden. Einmal ist sie Karin mit der Hand übers Rückgrat gefahren und hat die Wirbel unter den Fingerspitzen gespürt, und da wandte Karin ihr den Blick zu, schweigend und lächelnd. Sie war gerade erst aus dem Wasser gekommen, und Elli meinte, sie solle sich abtrocknen, damit ihr nicht kalt wurde, und dann hatte sie mit der Handfläche die Tropfen von Karins Haut entfernt. Es war das einzige Mal.

Sie schwimmen ein wenig, und dann gehen sie zurück zum Krankenhaus, und Karin erzählt immer noch nicht, worüber sie nachdenkt, aber im Aufenthaltsraum zieht sie einen geöffneten Brief aus der Tasche ihres Kleides, mit schöner, geschnörkelter Handschrift, adressiert an Karin. Sie hält ihn in die Höhe, um ihn Elli und Martha zu zeigen, die an einem Tisch sitzen und Fünf in einer Reihe spielen. Sie schielt fast vor lauter Eifer, denn mittlerweile hört sie nur noch ganz selten von Dotti, und Martha und Elli schauen sie an. Sie umklammert das Kuvert mit beiden Händen.

»Der ist heute gekommen!«, sagt Karin.

»Wie schön!«, sagt Martha. »Was hatte Dotti zu erzählen?«

Karin schaut sie an.

»Ich weiß es noch nicht«, antwortet sie.

Elli zieht mit einem Stein. Martha liegt in Führung, aber noch ist nichts verloren, und Elli schlägt zwei von Marthas weißen Steinen auf einen Zug und gleicht die Lage ein wenig aus.

»Aber der ist doch geöffnet. Hast du ihn denn noch nicht gelesen?«

Karin wirft einen zerstreuten Blick auf den Umschlag, als hätte sie nicht mal gemerkt, dass er offen ist, aber jetzt zieht Karin den Brief heraus und faltet ihn auseinander. Sie überfliegt ihn, ganz schnell, später wird sie ihn mit in ihr Zimmer nehmen und sich bei jedem Wort aufhalten, wird ihn immer und immer wieder lesen, aber jetzt will sie zur wichtigen Mitteilung kommen, wenn es eine solche gibt, am besten ein Besuch oder so etwas, und nach einer Weile blickt sie mit großen Augen vom Blatt auf, und Elli und Martha unterbrechen ihr Spiel. Man kann unmöglich sagen, ob Karin schockiert oder glücklich ist oder einfach überrascht.

»Dotti hat einen Braten in der Röhre!«

Sie lässt das Blatt sinken.

»Ich werde Tante!«

Martha steht auf und breitet die Arme zu einer großen Umarmung aus, sie schlingt sie um Karin, und die erwidert die Geste.

»Das hätte Mutter noch erleben sollen«, sagt sie, und Martha nickt.

Karin schaut zu Elli, die immer noch vor dem Spielbrett sitzt. Dotti bekommt ein Kind. Die Reise zur Insel an sich ist bereits lang und beschwerlich, aber so gut wie unmöglich zu bewältigen mit einem Neugeborenen oder als plumpe Schwangere. Karin muss doch wohl klar sein, was das bedeutet, oder? Die Geburt des einen bedeutet den Tod des anderen. Den endgültigen Todesstoß für die Geschwisterbeziehung. Die ja ohnehin schon schwierig ist. Karin schreibt, aber Dotti kommt nicht. Dotti findet, dass es zu weit weg ist. Im Winter, wenn sie von der Außenwelt abgeschnitten sind, hat sie Karin ein bisschen vergessen können, und im Frühjahr fand sie es so belastend und schwierig, den Kontakt wieder aufzunehmen, vor allem, schrieb sie, weil Karin ja an einem Ort war, von dem niemand jemals wieder entlassen wurde.

Warum, hatte sich Dotti gefragt, und wie lange soll jemand einen anderen besuchen, der sowieso nie von dort fortkommen kann? Wofür? Um ihm Hoffnung einzuflößen? Worauf denn? Es wirkte einfach nur so schrecklich sinnlos.

So hatte sie sich ausgedrückt, und sie hatte sich zu Karins Leben geäußert, zu Karins Dasein. Sinnlos und insgesamt auch hoffnungslos. Und Karin stand am Fenster, ihr Gesicht war leer und glatt wie Glas, und sie wartete, starr von Kopf bis Fuß, und als Sigrid sie berührte, wich sie bloß ein bisschen, ein ganz kleines bisschen mit dem Oberkörper aus, eine winzige Andeutung von Zurückweisung, das einzige Mittel, das ihnen hier zu Gebote stand, um ihre Verletzlichkeit zu zeigen. Im Speisesaal hatte sie einen Ausbruch. Heulte und warf sich auf den Boden. Musste hinausgeführt werden.

Und Ellis Mutter? Ihre Mutter war keinen Deut besser. Denn als Dotti nicht zu Besuch kam, hatte Elli die Gelegenheit ergriffen und Karin mitgenommen, als ihre Mutter kam. Nachdem Karin gegangen war, fragte Mutter mit mühsamer Beherrschung und abgewandtem Gesicht: »Wer war denn das?«, und Elli hatte sich vor ihre Mutter gesetzt und kam beinahe ins Stottern vor Verblüffung, so wütend wirkte ihre Mutter. Elli spürte immer noch die Wärme von Karins Hand, die sich unter ihre Haut geschlichen und sie immer noch weitergewärmt hatte, als Karin schon davongelaufen war.

»Hättest du sie denn nicht wenigstens grüßen können?«, fragte Elli.

Mutter warf ihr einen Blick aus rot geränderten Augen zu, stechend und unangenehm, und sagte: »Die? Warum?«, und als Elli nicht antwortete, fuhr sie fort: »Du gehörst nicht hierher. Fang keine freundschaftlichen Beziehungen an, die dir zum Nachteil gereichen können. Gib ihnen keinen Grund, dich hierzubehalten.«

29

Martha sitzt auf Tyttökallio, und der Wind bläst ihr durchs Haar. Er weht von Nordost über die Inseln und geht über die kleinen Kiefernsprösslinge hinweg, die sich überall aus dem Boden geschoben haben und die wahrscheinlich wachsen und eines Tages vielleicht einen richtigen Wald bilden werden. Aber noch kann man von Tyttökallio aus in alle Himmelsrichtungen schauen und sich bewusst sein, dass sie hier gefangen sind, in der riesigen blauen Umarmung des Meeres, Martha, Elli und Karin, Seite an Seite an Seite. Karin sitzt in der Mitte, wie ein warmer, lebendiger Magnet, und die beiden Mädchen neben ihr. Beiden ist bewusst, dass die andere sich danach sehnt, diejenige zu sein, die Karin am nächsten steht. Sie stehen in einem schweigenden, erbittert ausgetragenen

Zweikampf, den zu gewinnen Martha anfangs fest überzeugt war, aber jetzt ist sie nicht mehr so sicher.

Martha und Karin sind ungefähr gleichzeitig gekommen. Martha etwas früher, ein halbes Jahr, und dann hatten sie Karin in Handschellen hereingeführt. Wenn Elli wüsste, wie Karin damals war. Wie eine Katze, die für eine Weile weggelaufen, dann aber wieder nach Hause gekommen war. Sie wirkte fast zufrieden. Elli glaubt, dass Karin so ist wie sie, eine, die wegwill, aber Martha weiß, dass Karin in Wirklichkeit hierhergehört und dass sie den Kampf gegen Elli gewinnen wird, indem sie einfach nur bleibt. Dann wird es genauso sein, wie es immer gewesen ist. Trotzdem tut es weh zu sehen, wie Karin und Elli beieinander Trost suchen. Wie sie die Köpfe aneinanderlehnen und Karin Elli mit den Fingerspitzen über die Wange streicht. Wenn sie sich vorbeugt und ihr etwas zuflüstert, ist es wie ein Kuss. Fast. Ihre Lippen berühren den Hals und das Ohr, und Elli schaut ihr in die Augen und lächelt. Sie wissen selbst nicht, wie es nach außen aussieht. Als hätten sie nur Augen füreinander, und Martha muss schwer schlucken, um das Band zu lockern, das ihr die Kehle zuschnürt.

Wenn jemand es merkt … Wenn Sigrid es merkt … dann wird es keinen Ausweg mehr für Elli geben. So ein abnormes Verhalten … abstoßend und … und … kriminell obendrein! Wenn jemand bemerkte, dass die beiden ein Liebespaar sind, würde Elli für immer auf der Insel festhängen. Und dann würde Karin …

»Blödsinn!«, rief Karin aus, genau wie Martha gehofft hatte, als sie sich an Karin gewandt hatte, um sich bestätigen zu lassen, dass ihr Verdacht unbegründet war. »Was redest du denn da? Du bist die Einzige, die ich liebe. Außerdem …«, hatte sie hinzugefügt, während sie sich eine Zigarette ansteckte, und das beruhigte Martha nicht unbedingt, »ist sie nicht so eine wie wir. Sie hatte doch diesen Tunichtgut. Diesen Morris. Da besteht also überhaupt keine Chance.«

An diesem Abend konnte Martha nicht einschlafen. Sie hatte gesehen, was sie am meisten von allen Dingen gefürchtet hatte. Dass Karins Blick sich aufhellte, wenn sie von Elli sprach. Dass ihr Gesicht sich verfinsterte, wenn sie an Morris dachte. Ohne es selbst zu merken.

Der Wind bläst über die Rundung der Klippe und wirft sich aufs Meer, wo er sich über die Wasseroberfläche bis zum Festland schlängelt, in schlangengleichen Reihen, fast wie ein Lebewesen. Ja, es ist schon seltsam, wie er sich in voller Fahrt aufs Wasser stürzt, und Karin und Elli plaudern und zeigen auf die vorbeigleitenden Schiffe. Weiße Segel in weiter Ferne, auf dem Weg nach Schweden oder an einen anderen Ort, den sie sich nur in ihrer Fantasie ausmalen können, mit ihren Männern und ihren Waren segeln sie, wohin der Wind sie trägt.

Vielleicht könnte man versuchen zu schwimmen, denkt Martha. *Wenn es nur nicht so schrecklich weit weg wäre.*

Und sie schließt die Augen und stellt sich vor, wie sie aufsteht und die paar Schritte bis zum Abgrund läuft, ins Wasser springt, glitzernd und türkis, und wie sie dann mit munteren Schwimmzügen auf eines der Schiffe zuhält.

Sie müssten einen ja rausfischen, denkt sie. Wenn einer so angeschwommen kommt. Auf der Flucht … Aber dann merkt sie, wie ihre Sachen schwerer werden und wie sie nach unten gezogen wird, obwohl sie darum kämpft, den Kopf über Wasser zu halten.

Vielleicht ja nackt?, denkt sie, doch dann sieht sie vor ihrem inneren Auge, wie sie von einer Gruppe grölender, lachender Seemänner an Deck gezogen wird.

Abrupt schlägt sie die Augen auf und schaut zu Karin.

Nein, denkt sie. *Lieber würde ich sterben.*

Unerbittlich geht der Sommer in den Herbst über. Das Licht wird den Horizont heruntergezogen, wie hypnotisiert von der Dunkelheit, und Martha sieht vom Fenster im Aufenthaltsraum, wie Elli aus dem Krankenhausportal rennt. Ihr Körper verspannt sich, sie zählt, ihr Magen zieht sich zusammen, und es vergehen nicht mehr als zehn Sekunden, bis Karin hinterhergerannt kommt. Wie immer. Elli dreht sich zu ihr um. Lachend.

Karin muss sie gerufen haben, denkt Martha, die ihnen nachschaut.

Niemand hat sie gefragt, ob sie mitwill.

Sie hätten doch zumindest fragen können!

Aber es sieht ganz einfach so aus, als würden sie kaum noch an sie denken. Und Mutter ist krank. Die Sorge ist fast schon zu viel für Martha, und jetzt auch noch das. Und Karin fragt nicht mal nach. Fragt nicht, wie es Marthas Mutter geht. Martha beißt die Zähne zusammen.

Wie können sie mich vergessen? Sie sehen mich doch jeden Tag!

Sie könnte ausspucken. Eine widerliche Mischung aus Wut und Enttäuschung, aber sie ist ihr in der Kehle stecken geblieben. Dort schwillt und wächst sie, und das Atmen wird immer beschwerlicher, und mit Grauen spürt Martha, wie sie immer tiefer in einer nur zu bekannten Dunkelheit versinkt. Diese Augenblicke. In denen sie spürt, wie sie selbst davongleitet. Als würde einem bewusst werden, dass man gerade verblutet.

Jetzt. Jetzt passiert es, oder?

So hat sie sich nicht mehr gefühlt seit diesem Sommer und Herbst, als man sie aufgrund ihres Zustands hierherschickte. Ihre Angst, das Gefühl, dass sie ums blanke Überleben kämpft, die Nase nur gerade eben über der Wasseroberfläche, zwingt sie, morgens aufzustehen, weg vom Schlaf, denn sie hat Angst, einfach liegen zu bleiben, wenn sie im Bett bleibt, und den Rest des Herbsts verbringt sie rastlos herumlaufend, in ihrem Zimmer, im Aufenthaltsraum, im Korridor, sie kann auch während der Mahlzeiten nicht mehr still sitzen, sondern springt vom Tisch auf, obwohl sie sehr wohl weiß, dass sie sich beruhigen muss, wenn sie nicht in die Isolierung gesperrt werden will. Und wenn sie in die Isolierung gesperrt wird, verliert sie Karin für immer, das weiß sie. Also versucht sie, ruhig zu bleiben, aber sie kann nicht, und so sitzt sie zu Tode verängstigt und mit Tränen in den Augen am Tisch und versucht sich an der Tischplatte festzuhalten, bis sie eines Tages hört, wie jemand schreit und schreit, und da merkt sie, dass sie selbst es ist, so wie im Unterricht an der Sekretärinnenschule, bevor sie zu viel Angst bekam, um überhaupt noch teilzunehmen. Sie führen sie weg. Sie legen sie ins Bett. Und dort liegt sie dann, während das letzte Herbstlicht verschwindet und den Weg für den Winter freipflügt. Der Himmel senkt sich bis zu den Bäumen herab, und die Abende leuchten immer stärker. Was einmal grün gesprossen ist, sinkt in eine klebrige, stinkende Plörre zusammen, bevor die Kälte noch die letzten zitternden kleinen Blumen einkassiert, die zu guter Letzt ihren Kopf auf das weiße Kissen betten und sich von den kalten Schichten einhüllen lassen.

Sie essen den Winter Löffel für Löffel. Blättern ihn Seite für Seite in ihren Büchern um. Stechen Löcher hinein und fangen ihn Masche für Masche. Brennen ihn mit Kerzen nieder. Dampfen ihn in der Badewanne weg. Karins Pupillen werden tiefer, als ob sie das Licht an sich ziehen und dunkler, dichter werden würden, und es kann vorkommen, dass die Hand, die die Nadel hält, aufhört sich zu bewegen und einfach nur die Nadelspitze auf den Stoff drückt, als würde sie es nicht über sich bringen, den Stoff zu durchstechen. Elli möchte so gerne glauben, dass das, was Karin aus der Bahn warf und sie hierherbrachte, jetzt weg ist, dass es weg ist und Karin nicht mehr gefährlich werden kann. Sie könnten sie in die Welt entlassen, und sie würde ihren Platz finden. Da würde kein Fuß ausgleiten, und keine unregelmäßigen Kanten würden sie am falschen Ort verkeilen. Karin könnte gehen. Tatsächlich würde es ihr dann sogar besser gehen. Die Nadel sticht das Loch in den Stoff und arbeitet weiter. Die Säume ziehen sie weiter bis zum Abend und fügen sich in die engen Falten der Laken, reiben sie ein mit dem Formalin des Schlafs. Bereitwillig trinken sie Chloral, um schlafen, schlafen, schlafen zu können. Schritt für Schritt nähern sich die Tage und Nächte dem starken, solidarischen Schweigen des Todes, schließen die Augen, die nie wieder sehen werden, und die Bekannten fragen sich schon längst nicht mehr, wie es ihnen wohl geht, und im Kühlkeller liegt erst eine, dann werden es zwei, dann drei. Rakel stirbt in diesem Winter, abgemagert und einsam. Ellis Mutter schickt Sachen, und Elli hält sie vor sich hin, einen weichen Strickpulli aus apfelgrüner Wolle, ein Katzenjunges für ihre kalten Hände, ein Zuhause, das sie sich um ihren steifen Körper wickeln kann, und Karin will ihn haben, mit den Augen will sie ihn und mit ihrem ganzen erfrorenen Hunger, wo sie doch nie ein Paket bekommt. Nur diesen einen will sie, genau diesen weichen, grünen, und sie versucht ihn zu kriegen, erst mit netten kleinen Worten, wie Zuckerkristalle, knisternd und klar wie Neuschnee, und dann in schwereren, nasseren Lawinen, als sie ihn nicht kriegt. Doch Elli drückt das grüne Wunder an die Brust und wehrt sich, und aus irgendeinem Grund, den Elli nicht durchschaut, wartet Sigrid ab. Sie steht gerade bei Edla, die von ihren verschwundenen Körperteilen berichtet, und sie hört zerstreut zu, als Edla zum gleichen Schluss kommt wie immer, dass sie nämlich hofft, sie mit der Post geschickt zu bekommen, damit der Doktor sie wieder annähen kann. Und unterdessen wirft Karin sich auf Elli und packt den Pullover und zerrt daran und leiert:

»Wer sein Zeug nicht teilen will, hat bald selber nicht mehr viel.«

Doch Elli hält fest und zieht zurück. Karin reißt so fest, dass Elli nach vorn stolpert, und man hört bereits aufgeregtes Geschrei und vergnügtes Gelächter von denen, die sonst Schlägereien anzetteln oder es einfach ungehemmt genießen, bei einem Kampf zuzusehen.

»Gib mir den Pullover!«, verlangt Elli, und Karin reißt erneut daran.

»Irrenhaus, Irrenhaus, sie meint, im Frühling kommt sie raus«, hänselt Karin weiter, und Ellis Nägel wachsen und werden zu Klauen, die ihr direkt über diesen singenden Mund fahren könnten.

Karin reißt noch einmal, und Elli spürt, wie ihr ganz heiß wird, als der verbotene Blitz aus seinem Versteck in ihrem tiefsten Inneren Funken sprühend einschlägt. Sie will sich auf Karin werfen, diese grinsende Fratze packen und ihr die Fingernägel in die Augen graben, aber sie tut es nicht. Stattdessen senkt sie die Stimme und murmelt es Karin leise zu, sie knurrt es ihr zu. Dass sie nicht verrückt ist! Sie sagt es wie eine Verrückte, immer und immer wieder, wie die anderen, genau wie die anderen, und ihre Blicke strahlen eine fanatische Schadenfreude darüber aus, dass sie, ausgerechnet sie, diese verbotenen Worte in den Mund nimmt.

Kein Krankheitsbewusstsein.

Die Schwestern machen sich Notizen mit den Ohren, mit den Blicken, wer kein Krankheitsbewusstsein hat, ist sowieso schon verloren, aber Elli kann nicht mehr aufhören. Immer wieder wiederholt sie ihr Bekenntnis. Ich bin nicht verrückt! Und Karin hält inne und hört auf zu reißen, aber der Apfelpullover ist ohnehin nur noch ein schlaffer, ausgeleierter Lappen. Karin lässt die Schultern hängen. Elli macht den Mund zu und schaut dann Karin an. Die Verkündigerin.

»Wenn du nicht verrückt bist, was macht du dann hier?«

Elli lässt den Pullover los, und Karin hebt ihn hoch, hoch in die Luft, mit Siegerlächeln, und sie springt auf und ab, während sie sich ihrem Publikum zuwendet. Sie jubeln. Sie klatschen in die Hände und treten vor, um ihr auf die Schulter zu klopfen!

»Wir sind alle verrückt!«, schreit Karin, und ihr Publikum schreit mit ihr. »Du auch! Und ich auch! Du auch! Und ich auch!«

Elli schreibt. Wütende Briefe an ihre Mutter. Die Feder reißt Löcher ins Papier, die Hand zerknittert das Blatt.

»Du hattest recht, Mutter, mit dieser Schlampe! Dieses Aas! Diese debile Karin! Keine Freunde, nicht an diesem Ort! Ich habe mich täuschen lassen. Falschheit, das ist alles, worauf sie sich hier verstehen. Die Irren. Die Schwachsinnigen. Hol mich hier raus, Mutter! Ich muss nach Hause!«

Sie hält inne und starrt auf das Briefpapier. Dann hebt sie den Blick. Es ist bald dunkel, aber es wird ja immer so früh dunkel jetzt. Das Licht verlischt und verschwindet, und sie schaut sich in ihrem kleinen, kahlen Zimmer um, doch hier gibt es nichts zu sehen. Dort draußen ist der Hof, der eingezäunte und zugeschneite, und dann auf der anderen Seite … Sie denkt an den Aufenthaltsraum und spürt seine Anziehungskraft, aber gleichzeitig die Einsamkeit, die Stille, ein eigenes Zimmer und Zeit für ihre eigenen Gedanken. Was für ungeahnte Möglichkeiten. Aber wie? Unheilbar, hat Doktor Ahlmqvist gesagt, doch ihre Mutter hat es ihr trotzdem versprochen. Versprochen! Dass sie im Frühjahr entlassen wird. Sie hat überlegt, ob sie ausreißen soll, wie wahrscheinlich jede Patientin, die ihre fünf Sinne beisammenhat, aber es kommt ihr zu riskant vor. Auch wenn man die Lichter vom Festland dort drüben in der Nacht sehen kann, es wäre Wahnsinn, es zu versuchen. Im Sommer oder Herbst bräuchte man ein Boot, und dann ist das Risiko immer noch groß, dass das Meer einen verschlingt. Im Winter ist es das Eis. Die Risse. Die gefährlichen Buchten, in denen das Eis so aussieht, als würde es einen tragen, was es aber nie tut … Wer dort hinüberwill, muss das Eis kennen. Und es ist weit. Sie haben hier keine Jacken, die warm genug wären. Und auch kein anständiges Schuhwerk.

Mutter hat es mir versprochen. So einfach ist das.

Das ist der Gedanke, an den sie sich klammert. Sie leckt sich mit der Zunge über die trockenen Lippen. Aus den zugeschwollenen, verstopften Nebenhöhlen rinnt Eisengeschmack. Verdammter Winter! Sie muss hier raus. Noch einen Winter an diesem Ort will sie nicht erleben.

»Irrenhaus, Irrenhaus, sie meint, im Frühling …« Karins Stimme.

Sie schneidet sie ab, indem sie mit der Handfläche energisch auf den Tisch schlägt.

Verfluchte Karin! Sie kann ja gerne hier drinbleiben und verfaulen. Aber ich will hier raus. Im Frühling.

Es kommt ein Brief an Doktor Mikander. Er ist kurz, und der Arzt liest ihn an seinem Schreibtisch in Nagu.

Sehr geehrter Herr Doktor,
ich schreibe Ihnen, weil ich gerne eine Antwort auf die Frage hätte, ob die medizinische Leitung eine Entscheidung bezüglich bewusster Operation meiner Tochter Ellinor gefasst hat. Ihre Mutter und ich machen uns große Sorgen, da wir keine Antwort von Ihnen und auch keinen Brief von ihr bekommen haben. Wir hätten sie gerne wieder bei uns zu Hause. Ich hoffe, baldmöglichst von Ihnen zu hören, damit wir Klarheit in dieser Frage erlangen.

Hochachtungsvoll
Henrik Curtén

Doktor Mikander liest den Brief und legt ihn dann auf den Tisch, während er über Ellinor nachdenkt. Im Gegensatz zu den meisten anderen im Krankenhaus hat sie eine Familie, die sie gerne zurückhaben würde, aber so einfach ist das nicht. Er ist nicht sicher, ob es ihr wirklich etwas nützen würde. Sie ist eine Psychopathin. Und Psychopathie lässt sich nicht durch irgendeine Operation heilen.

Doktor Mikander seufzt und schaut hinaus auf die dunkler werdenden Gassen des Dorfes. Er kann jetzt nicht darüber nachdenken. Nicht jetzt. Und dann lässt er das Schreiben liegen, und es dauert nicht lange, dann ist es verschwunden unter Stapeln anderer Blätter. So viel Papier. So viel, worum er sich kümmern müsste. Bald ist der Brief nicht mehr zu sehen, und er vergisst ihn ganz.

30

Weihnachten wird mit einem Weihnachtsbaum gefeiert, der von Bergholmen herübergerudert wurde, und mit einem Weihnachtsgottesdienst. Auf den Bänken sitzen die Patientinnen dicht nebeneinander und versuchen so zu tun, als würden sie die Blicke und das Geflüster der anderen Besucher nicht bemerken, und sie selbst versuchen, sie nicht anzuglotzen. Die anderen sehen so schön aus, so sauber und gepflegt, in ihren schönsten Mänteln, und die Damen mit dem glänzenden Haar unter ihren Hüten. Ein paar tragen sogar einen Schleier, und alle haben sie Handschuhe an. Und die Männer. Hier sind auch Männer. Sie sehen so fremd aus, mit ihrem Bartwuchs und ihren derben Körpern. Die meisten Patientinnen bekommen ja nur Doktor Mikander zu sehen, und an den gewöhnen sie sich schnell. Die Leute sind von den Nachbarinseln gekommen, übers Eis, und es ist schon etwas ganz Besonderes, sie hier mit den ganzen Irren versammelt zu sehen, und Pastor Johan Segerstråle liest das Weihnachtsevangelium und spricht von der Bedeutung der Familie fürs Vaterland in diesen unruhigen Zeiten, über die Wichtigkeit des Zusammenhalts und der Solidarität, und dass man sein Haus anderen öffnen solle, wie auch Maria und Josef aufgenommen wurden, als sie gezwungen waren, vor Herodes zu fliehen. Es gibt viele, die einfach nicht still bleiben können, sondern ihre Zustimmung hereinrufen oder hier und dort ein Wort einflechten müssen, die laut und an unpassenden Stellen auflachen, aber das muss man wohl mit einem gewissen Maß an Nachsicht behandeln, denn man kann eben nichts anderes von ihnen erwarten. Dann singen sie, laut und aus ganzem Herzen, und wenn das Lied am lautesten tönt, wenn es sich anhört, als wären alle Stimmen eine einzige, können sie einen Augenblick vergessen, wo sie sind, und sich im Rauschen des Liedes verlieren, das laut im Mittelschiff der Kirche emporsteigt, können vergessen, dass dieses Schiff sie ganz bestimmt nie irgendwohin segeln wird, vor allem nicht über stürmische See und in ruhigere Gewässer.

Am Abend gibt es das Weihnachtsessen. Unter höflichen Ausrufen füllen sie sich überbackenes Steckrüben- und Kartoffelmus zu ihrem Weihnachtsschinken auf. Da wird angeboten und hofiert und denen aufgetan, die sich nicht selbst auftun können oder zu weit weg sitzen. Der Lutefisk bleibt ganz sicher nicht auf dem Tellerrand liegen, und der Heringssalat schmeckt so unbeschreiblich köstlich nach zu Hause. Den dicken weißen Milchreis gibt es mit Zucker, als Nachtisch, nicht als Vorspeise, und als die süßen Kristalle im Mund schmelzen und zahnlose Gaumen den bereits weichen Brei zerdrücken, ist es irgendwie so, als könnten sie sich bei diesem Essen alle ein bisschen mehr besinnen als sonst. Es löst eine Lawine von Erinnerungen aus. Sie sitzen vor den duftenden, dampfenden Portionen und fallen sich gegenseitig ins Wort, und mit leuchtenden Augen und roten Wangen erzählen sie von ihren Weihnachtsfesten zu Hause, in ihrer Kindheit, in ihrer Jugend, als sie selbst Mütter und Schwestern und Frauen waren und einem großen Haushalt vorstanden. Nichts als lautes Gelächter, und Hände, die die Größe von Weihnachtsschinken und Christbäumen anzeigen. Sie schütteln den Kopf darüber, wie müde sie waren, nachdem sie eine ganze Woche vor dem Fest am Herd gestanden hatten, und wie sich geschwollene Beine anfühlen konnten, und dann lachen sie über die ungeduldige Vorfreude der Kinder. Eine verstummt mitten im Satz und schaut vielleicht ein bisschen zu lange auf ihren Teller, während die Tischnachbarin versucht, nicht zu bemerken, wie Tränen laufen und ins Essen tropfen. Der Duft eines ungewöhnlich großen roten Apfels, der nur für diese Gelegenheit aufgespart wurde, kann dieselbe unerträgliche Begeisterung auslösen wie irgendwann vor vierzig Jahren in einem zarten und heranwachsenden Mädchenkörper im roten Wollkleid mit weißer Schürze, mit gebürstetem, glänzendem Haar, zur Hälfte offen getragen und oben auf dem Kopf eine Schleife als Schmuck. Noch ganz nichts ahnend, damals, vor so langer Zeit, nur fröhlich und beschwingt und … ja … glücklich, als sie die Zähne in einem roten Apfel vergruben und sich lächelnd mit ihren Schwestern und Brüdern unterhielten. In dem Moment wird so deutlich, wie viel sie verloren haben, und am Abend nach der Bescherung, wenn sie neue Socken oder Unterwäsche bekommen haben oder Pakete von zu Hause, liegen sie auf dem Bett, drücken sich eine neue Bluse oder einen neuen Rock an die Brust und weinen nur noch. Die meisten haben ja gar nichts bekommen, und an diesem Tag wird am deutlichsten, wie sehr sie vergessen sind, wenn ein paar etwas bekommen und die anderen nichts. Denn es ist ja nicht wie mit den Geburtstagen, wo man eine Entschuldigung finden und behaupten kann, dass der oder der ihn vielleicht einfach vergessen hat. Niemand vergisst Weihnachten. Das wird in jedem Haus gefeiert, und in jedem Haus, in dem jemand fehlt, gehen die Gedanken zu ihm, und dann bekommt das Vergessen etwas Absichtliches, ein böswilliges, aktives Vergessen. Wie kann man eine Frau, eine Tochter, eine Schwester oder eine Mutter vergessen? Und es ist oft so, dass eine, die kein Weihnachtsgeschenk bekommen hat, dann auch keinen Brief bekommt. Das ist wie eine letzte Bestätigung, dass die Welt dort draußen alle Bande durchschnitten hat, und alles, was einem bleibt, ist das, was man um sich herum sieht. Karin bekommt kein Paket. Martha bekommt kein Paket. Viele andere auch nicht, aber es ist vielleicht doch ein bisschen tragischer, dass zwei so junge Frauen keinen Menschen mehr haben.

Elli bekommt ein schönes Paket mit Lavendelseife, die in Papier eingeschlagen ist, auf dem in Mutters Handschrift steht, dass Lavendel ein altes Hausmittel gegen nervliche Erschöpfung ist. Schokolade bekommt sie auch. Pralinen. Und sie muss vorsichtig in die Schachtel spähen, denn sie weiß, dass sich die anderen im Handumdrehen auf sie stürzen würden, wenn sie den Geruch von Schokolade riechen würden. Doch dann überlegt sie es sich anders und zieht die kleine Pralinenschachtel heraus. Sie geht zu einem Tisch im Aufenthaltsraum und stellt sie dorthin. Lässt sie einfach dort stehen. Und es dauert nicht lange, bis die Unternehmungslustigsten sie wittern und ankommen, erst ganz vorsichtig, sie untersuchen sie, schnuppern daran, wagen sie fast nicht anzufassen, aber dann wird der Deckel angehoben, und es tönt der Schrei durch den Aufenthaltsraum: »Schokolade!« Dann gibt es einen kurzen, aber effektvollen Tumult um die Schachtel, und als sie sich zurückziehen, sich kauend und mit glasig verträumtem Blick die Fingerspitzen abschlecken, fühlt sich Elli elender als seit geraumer Zeit, denn wenn es so einfach ist, jemand ein bisschen glücklicher zu machen, wie können sie es dann unterlassen, so ein Paket zu schicken? Warum tun sie es nicht? Warum kommen sie nicht zu Besuch? Oder schreiben? Sie kann es nicht begreifen. Mutter mag sie ja fortgeschickt haben, aber Mutter ist immer wiedergekommen und hat sie geholt. Mutter mag sie ja auf die Insel geschickt haben, aber Mutter hat auch versucht, sie wieder nach Hause zu holen. Und Elli war ja verdammt noch mal auch selbst schuld an allem, was sie so angestellt hatte, und irgendeine Strafe musste sie doch wohl bekommen, oder? Doch Elli überlegt. Wenn es nun nicht gelingt, wird ihre Mutter dann wirklich weiterhin zu Besuch kommen? Jahr um Jahr? Wenn die Scham darüber, dass Elli hier war, schon so tief war und das ihr Ansehen in Åbo schon so geschädigt hatte? Wäre es da nicht bequemer, sie zu vergessen? Und dann? Wenn Mutter älter wurde? Wenn sie krank wurde? Wer würde dann kommen? Vater ist bis jetzt nicht ein einziges Mal gekommen. Und weder Kelvin noch Christoffer haben Briefe geschickt oder sie besucht. Nein. Elli zwingt sich, in den Karton zu sehen, den Mutter mit dünnem rotem Krepppapier ausgekleidet hat. Orangen. Briefmarken. Briefpapier. Haarnadeln. Rosenwasser. Talkumpuder. Ein Paar ganz neue, weiche Lederhandschuhe.

Natürlich würden sie kommen. Außerdem wurde Mutter nicht krank.

Sie schließt die Schachtel mit einem Blick zu Karin, die auf der anderen Seite des Zimmers sitzt und sie anschaut. Martha ist nicht da. Elli strafft den Rücken und steht auf, obwohl sie Karin immer noch nicht verziehen hat, und nimmt die Schachtel mit. Sie will Karin die Handschuhe geben. So etwas Schönes, Weiches hat Karin bestimmt noch nie besessen. Sie geht zu Karin und streckt ihr die Hand hin. Nach kurzem Zögern ergreift Karin sie, und Elli zieht sie hoch.

»Komm«, sagt sie. »Wir gehen zu Manna und fragen, ob wir Martha besuchen dürfen.«

Sie feiern Neujahr bei milderem Wetter, aber nach den ersten beiden Januarwochen fällt die Temperatur unter dreißig Grad minus. Die kalten Tage sind still und klar, als hätte die Kälte sogar dem Wind den Atem verschlagen, und die Sonne bringt den knirschenden körnigen Schnee zum Funkeln, dass man fast nichts mehr sehen kann. Das Eis schließt sich stark und fest in den Buchten zwischen den Schären, und das bedeutet auch, dass sie längere Spaziergänge machen können. Unter Aufsicht, versteht sich, denn jetzt gibt es für die Unbewachten ja die allerbesten Fluchtmöglichkeiten. Im Winter hat fast keine von ihnen Freigang. Ausgenommen Margot, Elin, Inkeri, Ylva, Tellervo, Aino und Lydia. Die sind alle schon so lange im Krankenhaus, dass sie gar kein anderes Zuhause mehr kennen. Sie würden nicht mal irgendwo anders hinfahren, wenn man sie zwingen wollte. Für sie gibt es nichts, wohin sie zurückkehren könnten, und die Welt dort draußen nimmt sich mehr wie eine Bedrohung aus denn wie eine Chance. Sie müssen mit dem Schlitten nach Nagu hinüberfahren und bei den Bauern arbeiten oder als unbezahlte Haushaltshilfe bei Familien mit vielen kleinen Kindern mitarbeiten. Sie sind in gewisser Weise in die Gesellschaft zurückgekehrt, aber zum Schlafen kommen sie zurück ins Krankenhaus, meistens jedenfalls.

Im Winter beginnt für viele die Zeit sichtlich abzulaufen, und auch Marthas Zustand verschlechtert sich. Sie hatte schon immer die Neigung zum Schlafwandeln und dazu, in einer Art Halbschlummer mehrere Wochen am Stück im Bett zu liegen, aber bevor der Januar vorbei ist, ist sie gegen ihre übliche Veranlagung schwermütig geworden. Die Sorge um ihre Mutter bedrückt Martha. Sie wird von einer neuen Art von Rastlosigkeit befallen, und die explodiert in Anfällen von panischer Angst, die sie im Aufenthaltsraum zu Boden strecken. Dann liegt sie auf den Knien und schnappt nach Luft, während sie zwischen ihrem Schluckauf schluchzt.

»Ich muss nach Hause! Ich werde es nie hinschaffen! Ich muss hier raus! Wir kommen hier niemals raus! Gott, hilf mir! Hilf mir, Gott! Hilf mir!«

Aber Martha hat ganz recht, denkt Elli, die mit kaum merklichem Lächeln in den Mundwinkeln im Aufenthaltsraum steht und die ganze Szene beobachtet. *Sie wird nie hier rauskommen.*

Im Winter sind sie kaum einmal draußen auf dem Hof. Die strenge Kälte wird im Haus überstanden. Die Kleidung, die ihnen zur Verfügung steht, könnte sie nicht warm genug halten, wenn sie sich draußen aufhalten würden. Und sie müssen sich trotzdem noch dick anziehen, weil es drinnen auch schon kalt genug ist. Es fühlt sich so an, als würde in den langen, kalten, dunklen Wintertagen alles dort im Inneren des Krankenhauses komprimiert werden. Als würden die Wetterverhältnisse mit ihren weißen Leichentüchern und ihrer Stille, ihrem Mangel an Sonnenschein und Möglichkeiten, frische Luft zu schnappen, sie höhnisch an ihren inneren Zustand erinnern. Der Schnee, der Spuren auslöscht und Steine und abgehackte Wurzeln zudeckt, ist ja nur normales Wasser in verkleideter Form. Ein weißer Ertränkungstod, ein Delirium der Elemente. Die Stille ist die Abwesenheit der Vögel und Tiere. Ein Scheintod. Unter dem Eis warten die Fische in Halbdämmer und Sauerstoffmangel. Und die Dunkelheit, ja. Das spärliche Licht, das durch die fest geschlossenen Lider des Himmels sickert, wird von demselben zähen Nebel behindert, der sich schon vor geraumer Zeit in ihre Körper gelegt hat und ihre Mimik, ihre Bewegung und Sprache langsamer aussehen lässt.

Im Januar versucht Alma Holmberg zu fliehen. Sie wird auf halbem Wege nach Ormö aufgegriffen und zurückgebracht, aber einen Tag später ist sie wieder weg. Diesmal wird sie in schlechter Verfassung zurückgebracht. Sie gehört zu denen mit einem Freiplatz, das heißt, sie kommt vom Armenhaus, weil es dort für sie keinen Platz gab. Sie hat eigentlich keine Diagnose. Der zweite Fluchtversuch führt zur Isolierung bis zur Eisschmelze, und im Laufe des Winters verweigert sie dann das Essen. Sigrid geht von Zimmer zu Zimmer und notiert die sinkenden Gewichtskurven bei den Patientinnen, die entweder das Essen verweigern oder nicht auf Ansprache reagieren. Als Alma isoliert wird und sich zum Sterben ins Bett legt, wiegt sie zweiundfünfzig Kilo. Zwei Wochen später, Anfang Februar, als die Kälte etwas nachlässt, wiegt sie einundvierzig. Sie trinkt Wasser, weigert sich aber, Nahrung zu sich zu nehmen. Sie versuchen es mit dem Löffel, und sie versuchen es mit dem Schlauch, am oberen Ende und am unteren. Vierzig Kilo. Neununddreißig. Sie versuchen es so energisch, dass ihre Schneidezähne gelockert werden, aber nichts hilft. Sie zwingen das Essen in sie hinein und halten ihr dann mit der Hand den Mund zu, und Alma erstickt fast an ihrem Husten, wenn das Essen in die Luftröhre gerät. Siebenunddreißig Kilo. Dann bekommt sie eine Lungenentzündung, und in der dritten Februarwoche liegt sie im Sterben. Sie rührt sich kaum und wiegt sich in den Gedanken an die verschneite Ebene und an ihr Zuhause in Ekenäs. Als sie noch klein war. Mutter mit den Händen in den Schürzentaschen und dem weißen Tuch um den Kopf. Sie zog eine Handvoll Korn hervor und warf es den Hühnern hin. Der Krebs raffte sie dahin. Alma hat kein Zuhause mehr gehabt, seit sie elf ist. Dreiunddreißig Kilo wog sie damals. Als sie stirbt, wiegt sie zweiunddreißig.

Sie ist nicht die Einzige in diesem Winter. Salma Ilmarinen verstirbt im Alter von zweiundvierzig Jahren. Ida Peltola, die Teichbinsenprinzessin, ist sechsunddreißig, als sie einschläft. Rakel ist bereits im Herbst gestorben und konnte noch beerdigt werden, bevor der Frost kam. Im Frühling bekommen die anderen ein Grab und ein Holzkreuz mit ihrem Namen. Und andere werden ihre Plätze einnehmen.

Im Schwesternzimmer weint Linnea, und Sigrid hält ihre Hände.

»Wie sollen wir uns das alles mit anschauen können? Wer könnte so was aushalten? Oh Gott! Sollen wir das alles wirklich aushalten?«

Und Sigrid weiß keine Antwort. Sie kann ihr nur die Hände geben, die Linnea drückt, bis ihre Tränen versiegen.

Die Letzte, die in diesem Winter stirbt, ist Martha. Als sie im März, sowie das Eis geschmolzen ist, vom Tyttökallio springt und davonzuschwimmen versucht, was mit ihrem Ertrinkungstod endet, ist sie schon seit fünf Wochen zwischen ihrem Zimmer und dem Aufenthaltsraum hin- und hergewandert, mit strähnigem, schmutzigem Haar und steinernem Gesicht, in dem der Blick wie ein abgebranntes Schwefelhölzchen war, rußig, dunkel und kalt, ohne jede Hoffnung, je wieder angezündet werden zu können. Sie finden sie am Storklobben, wo sie liegt wie Meeresschaum, und sie fischen sie aus dem Wasser und ziehen sie ins Schiff. Ihr ohnehin schon molliger Körper ist aufgequollen und schwammig, und ihre Augen sind von den Möwen ausgepickt worden.

Karin läuft zur Tür, als sie sie mit der Leiche kommen sieht, und sie rüttelt an der Tür, die selbstverständlich abgeschlossen ist, aber sie gibt nicht auf. Sie schreit nach Sigrid, und die kommt angerannt und legt die Arme um sie, aber Karin fuchtelt mit den Armen und schubst Sigrid beiseite und reißt weiter an der Klinke.

»Lass mich raus! Lass mich raus! Ich muss sie sehen! Martha, Martha!«

Elli sitzt wie gelähmt an einer Handarbeit und denkt sich, dass das, was hier passiert, einfach nicht passieren dürfte. Das darf es nicht. Sie sind zwei Tage lang kreuz und quer über die Insel gerannt und haben gerufen und gelockt und bis zum Abend gesucht. Alle, die mitmachen konnten, wurden mobilisiert, und Karin war zwar ruhig, hat aber von allen am lautesten und am längsten Marthas Namen geschrien, bis ihre Stimme heiser und schwach war, und am Abend war sie schweigsam und verkniffen und hatte nicht aufhören wollen, sie hatte sich nur vorgestellt, wie ihre Freundin einsam und verängstigt irgendwo in der Finsternis saß, am Ende gar verletzt. Aber die Insel ist klein, und ihnen allen ist klar, dass ihr irgendwie die Flucht gelungen sein muss und dass sie auf und davon ist. Die Angst hat sie überfallen, mit einer Dunkelheit, die ihr Gesicht und Haare verklebt und eine Augenbinde verpasst hat. Liebe Freundin, beste Freundin, hat sie gelockt. Komm raus, komm doch raus! Und da ist sicher auch eine gute Prise Schuldgefühl im Spiel, weil Karin Martha schon ein bisschen vergessen hat. Weil Karin Martha als selbstverständlich betrachtet hat. Aber das war ja im Grunde der Zweck von Freunden. Dass sie nicht in unheilbare Schwermut versanken und einfach nur noch auf Tyttökallio saßen und nach dem Festland weinten. Dass sie nicht aufstanden mit Wind im Haar. Dass sie nicht die paar Schritte zum Abgrund machten und sprangen. Dass sie nicht versuchen würden, übers Meer … Verdammt noch mal …, sagt Karin.

»Schwimmen! Zum Festland schwimmen! Verdammt noch mal, Martha! Wie blöd bist du eigentlich?«

Und Karin versucht sich loszureißen, und Sigrid unternimmt einen neuerlichen Versuch, sie festzuhalten, aber dann tut sie etwas völlig Unerwartetes und schließt einfach die Tür auf. Karin starrt sie einen Moment an, dann rennt sie hinaus, und Elli steht auf und lässt ihre Häkelarbeit fallen, doch da schließt Sigrid die Tür schon wieder ab. Elli wendet sich zum Fenster, und kurz darauf sieht sie, wie Karin über die Wiese bis zum Zaun läuft, und dann ist sie auch schon am Pritschenwagen, mit dem man Marthas Körper vom Strand herauftransportiert hat. Ohne groß zu überlegen, lässt sich Karin neben Martha zu Boden fallen und vergräbt das Gesicht in ihrem Kleid, das kalt und nass ist, und Elli bleibt nichts anderes übrig, als verzweifelt zuzusehen. Aber dieser Augenblick gehört Karin, das weiß sie, und Martha. Elli hat dort nichts verloren. Überhaupt nichts. Sie wird Karin später trösten, nachdem nun unseligerweise nur noch Karin und sie übrig sind. Sie versucht, sich wieder ihrer Handarbeit zuzuwenden, kann sich aber nicht konzentrieren, und so versucht sie stattdessen ihre Gefühle abzuwehren, eine Mischung aus Erleichterung und Besorgnis. Sie kann es kaum glauben, dass Martha einfach so aufgegeben hat, und als Sigrid nach einer Weile vorbeikommt, um nach Elli zu sehen, plaudert sie schon wieder so locker und vergnüglich über Nichtigkeiten, dass Sigrid die Stirn runzelt und sie misstrauisch mustert, bevor sie ihre Runde bei den Patientinnen fortsetzt.

Karin liegt im Bett, und Elli hat Erlaubnis, sie zu besuchen. Sie ist zerzaust. Riecht streng. Ihre Augen sind halb geschlossen, ihr Mund schlaff. Elli kniet sich vors Bett. Sigrid bleibt nicht in der Tür stehen, lässt sie aber einen Spaltbreit offen.

»Karin«, sagt Elli, ganz leise, als sollte es sonst keiner hören, obwohl es an diesem Ort ganz sicher keine Geheimnisse gibt.

Karin richtet ihre Mattigkeit auf Elli. Die Trübheit ihres Blicks. Die Trockenheit ihrer Lippen. Die abschuppende Haut und die roten Risse dazwischen.

»Sie ist tot«, sagt Karin mit monotoner Stimme, und Elli nickt.

»Ich weiß.«

»Sie kann doch nicht tot sein.«

Elli bringt keine Antwort über die Lippen.

»Erzähl mir …«, sagt Karin, aber ihre Stimme verebbt, als wäre sie sogar zu schwach, um die Worte zu formen, um sie hervorzustoßen.

Sie nimmt einen neuerlichen Anlauf.

»Erzähl mir … von der Welt da draußen.«

Elli spürt diese ärgerliche Feuchtigkeit in den Augen. Die sie nicht heraussickern lassen will, nicht jetzt, nicht, wo Karin sie braucht, ruhig, beherrscht, stark für zwei. Sie leckt sich über die Lippen und schluckt und versucht dann, ein fröhliches Lächeln aufzusetzen, doch ihre Stimme verrät sie, sie ist zu grell, zu schwach, und Karin hebt langsam eine Hand an die Wange. Karin wird sich wieder hier herauskämpfen. Das wissen alle, auch Elli, aber das macht es nicht leichter für sie, Karin so zu sehen. Resigniert. Matt. Grau von außen und innen.

»Was soll ich dir denn erzählen?«

Rasch ergreift sie Karins Hand. Drückt sie an ihre Lippen. An ihre Wange. Karins Mundwinkel zucken.

»Erzähl mir … von Morris.«

Das ist er wieder. Der Abgrund. Als müsste sie lernen, in der Luft zu gehen. Es flimmert vorbei. Alles auf einmal. Morris.

Tja … was gibt es da zu erzählen?

Von seinen langen Fingern, und dass er an seinem Zeigefingernagel kaute? Wie schön er gewesen ist, und wie sie immer an seinen schwarzen glänzenden Locken gezogen hat?

Dass seine Stimme hoch war, aber niemals schwach klang? Von den weißen Hemden, die er hartnäckig anzog, wo alle anderen hellblaue Arbeitshemden trugen? Wie es sich angefühlt hatte, als er sagte, dass sie endlich zusammen weggehen sollten, nur sie beide? Wie alle Türen, die so lange geschlossen gewesen waren, einfach weit aufgerissen wurden, sodass der Weg in die Welt frei wurde? Dass das Letzte, was sie von ihm sah, ein weißes Hemd und ein Paar lange Beine waren, die über das gelbe Gras auf der Wiese schossen, über den Entwässerungsgraben setzten und verschwanden, während sie stolperte, hinfiel und liegen blieb.

»Von Morris?«, bringt sie heraus, und auch das nur mit Mühe.

»Ja …«, antwortet Karin. »Erzähl mir von Morris. Erzähl mir davon, wie ihr die Fabrik verlassen habt. Von eurer verrückten Flucht.«

Elli schüttelt den Kopf und schweigt. Was gibt es da schon zu sagen? Nichts, was Karin nicht schon wüsste.

»Würdest du ihn suchen? Wenn du hier wegkommen könntest?«, fragt Karin.

Elli zuckt mit den Schultern und setzt sich mit dem Rücken zu Karin auf ihre Bettkante.

»Nein«, antwortet sie.

»Meinst du, er würde dich suchen?«

»Wohl kaum«, sagt Elli seufzend. »Er hat mich sitzen lassen. Er ist weggerannt. Ohne sich auch nur einmal umzuschauen.«

Sie geht vor Karins Bett in die Hocke, streckt die Hand aus und nimmt Karins.

»Das ist ja wohl keine Liebe, oder?«

Dann streicht sie Karin übers Haar.

»Ich will nicht über ihn sprechen. Ich will dir stattdessen was anderes erzählen«, sagt sie, und Karin atmet so vorsichtig, dass sie fast gar nicht atmet.

»Was?«

»Ich will dir vom Haus meines Vaters erzählen. Dass es groß ist und viele Zimmer hat. Dass meine Mutter Pfingstrosen im Garten hinterm Haus züchtet. Klematis. Rosen.«

Elli lässt die andere Hand über Karins gleiten und hält sie ganz fest.

»Zu Anfang könnten wir dort wohnen. Und uns dann eine andere Bleibe suchen. Nur für uns beide.«

»Elli, das ist …«

»Pscht. Das ist ein Märchen. Du wolltest, dass ich dir von der Welt da draußen erzähle, und das hier sind die Bilder, die ich sehe.«

»Deine Mutter hasst mich. Sie würde so was nie erlauben.«

»Vielleicht würde sie dich am Anfang hassen, aber dann würde sie lernen, dich zu lieben. Wie könnte sich jemand dem entziehen?«

»Alles Gerede«, sagt Karin.

»Weißt du noch, wie du einmal gesagt hast, dass ich dich an Kristina erinnere? Und dass sie mich deswegen ständig anschaut?«

Karin nickt.

»Aber es stimmt nicht, Karin. Ich bin nicht wie sie. Du auch nicht. Sie ist verrückt! Du hast mir doch selbst erzählt, was sie getan hat. Aber wir sind nicht verrückt. Wir können hier raus.«

»Jetzt weiß ich, dass es nur ein Märchen ist«, sagt Karin. »Denn in Wirklichkeit werden wir nie hier wegkommen, wusstest du das nicht?«

Elli schweigt einen Augenblick.

»Wie meinst du das?«, fragt sie dann, aber Karin schaut sie gar nicht an.

»Damit meine ich, dass das hier die Endstation ist. Das Ende meiner Reise. Und deiner Reise auch. Hier wird niemand entlassen. In Pitkäniemi und Kellokoski gibt es noch eine Chance, aber hier … Frauen wie wir, schlechte Frauen, junge Frauen … Lies doch die Zeitung! Du kommst hier niemals raus.«

31

Zeitung lesen, hat Karin gesagt. Elli sitzt im Aufenthaltsraum und wartet, aber es kommt keine Sigrid. Wo ist sie? Elli klemmt die Hände unter die Oberschenkel und beobachtet die anderen, während sie wartet. An einem der kleinen Tische sitzen Aino und Kyllikki und spielen Karten, und am anderen sitzen Helen und Emma und spielen Fünf in einer Reihe. Siiri, eine kürzlich neu hinzugekommene Greisin mit Gedächtnisproblemen, schlurft durchs Zimmer, die Hand immer an der Wand, ohne Unterbrechung. Ein paar von den Älteren murmeln in sich selbst hinein, und wieder andere unterhalten sich mit Personen, die es nicht gibt. Saima macht sich Sorgen wegen der Elektrizität. Sie läuft herum und erkundigt sich, wie es mit der Elektrizität steht, und wenn ein Gewitter kommt, hat sie schreckliche Angst, dass der Blitz in die elektrischen Anlagen einschlägt und das ganze Krankenhaus abbrennt. Manchmal meint sie, Brandgeruch zu riechen, und manchmal ist sie ganz sicher, dass der Strom direkt durch ihren Körper fließt. Es sticht und prickelt unter der Haut, sagt sie, es sticht am ganzen Körper. Kristina sitzt wie immer auf ihrem Platz und starrt Elli an, und Elli hebt die Hand und winkt ihr zu, aber Kristina zuckt nicht mal mit der Wimper. Riikka ist rastlos. Sie sitzt auf ihrem Stuhl und reibt die Füße aneinander. Dann fährt sie sich mit der einen Hand über den anderen Arm. Dann mit der anderen Hand über den einen Arm. Und dann sind wieder die Füße dran. Es sieht aus, als würde sie frieren und versuchen, sich warm zu reiben, aber alle wissen, dass es die Schlangen sind. Sie steht auf und macht mühsam einen Schritt vorwärts. Dann bleibt sie wieder stehen und reibt den einen Fuß über den anderen, bevor sie wieder stehen bleibt und das Ganze wiederholt. Die Schlangen winden sich um ihre Beine. Sie sind immer da, auf ihrem Körper. Sie redet kaum von etwas anderem. Elli schätzt sie auf fünfundvierzig. Sie wurde von ihrem Mann eingeliefert, als die Schlangen begannen, das eheliche Zusammenleben zu stören. Irgendwo dort draußen gibt es eine Tochter, die nie zu Besuch kommen darf.

Ein jäher Aufschrei, Elli zuckt zusammen. Es ist Gretel. Sie duckt sich unters Fenster und kriecht langsam vorbei, ohne Elli dabei aus den Augen zu lassen. Ihre blonden Locken kringeln sich bis zum Kinn, und ihr Blick ist angespannt, aber nicht wild, eher wachsam. Sie sieht ein bisschen verschwitzt aus, ihr Gesicht glänzt.

»Ist er da?«, flüstert sie und bleibt auf allen vieren vor Elli stehen.

Elli schaut sie verblüfft an, und Gretel schüttelt sich ungeduldig.

»Na, steh doch auf und sieh nach, Mensch! Du kannst ja nichts sehen, wenn du nur da rumsitzt!«

Elli steht auf, tritt ans Fenster und schaut hinaus. Es ist ein grauer Tag. Ende März. Sie hatte Sigrid geschworen, dass sie nicht über den Winter hier sein würde. Jetzt ist schon wieder Frühling.

»Nein«, sagt Elli zögerlich. »Hier ist keine Menschenseele zu sehen.«

Gretel schaut zu ihr auf und steht dann ganz langsam auf. Sie kommt ans Fenster und stellt sich hinter Elli.

»Komisch«, murmelt sie. »Ich hätte schwören können, ich hätte ihn über den Hof hinter der Bäckerei gehen sehen. Aber ich kann mich natürlich auch getäuscht haben.«

»Wahrscheinlich ist er gerade um die Ecke gebogen«, antwortet Elli, und Gretel stützt das Kinn auf Ellis Schulter und legt die Arme um sie.

Als sie die Nähe der anderen Frau fühlt, die Arme um ihren Körper, macht Elli kurz die Augen zu, und sie schmiegt sich an die weiche Gretel, spürt ihre Brust am Rücken und ihren Atem im Nacken. Gretel hat sie noch nie umarmt. Sie hat oft Angst. Sie glaubt, dass ihr Mann, Polizeiinspektor Evert Skogster, sie verfolgt, und sie sieht ihn überall. Sie trinkt nie etwas, bevor nicht eine der Schwestern von ihrem Becher oder Glas gekostet hat. Er hat einmal versucht, sie zu vergiften. Behauptet sie. Auch sie ist gut vierzig und wurde weggeschickt, als ihre Ängste zu viel Platz einnahmen. Sie hat drei Kinder. Niemand besucht sie.

»Ich denke schon an sie, die ganze Zeit. Aber wenn ich an sie denke, sind sie immer drei, sechs und acht. Wie sie waren, als man mich weggebracht hat. Drei, sechs und acht. Das war vor sieben Jahren«, sagt Gretel immer.

Beim Geräusch der zugehenden Tür dreht Elli sich um, und Gretel lockert ihre Umarmung. Schnelle Schritte. Sigrid! Ellis Herz schlägt kurz höher, und sie eilt auf die große blonde Frau zu, die schwungvoll das Zimmer betreten hat.

»Guten Tag!«, ruft Sigrid munter, und viele strömen zusammen.

Jede will etwas haben. Sie strecken die Hände aus. Sie wollen Zigaretten haben. Medizin. Eine Beschäftigung. Elli ist nur eine von vielen Bettlerinnen, und sie beschließt, sich zurückzuziehen und abzuwarten, dass Sigrid zu ihr kommt. Es dauert eine Weile, und Elli setzt sich hin. Sie betrachtet die anderen Patientinnen. Ihre übertriebene Mimik. Ihre ausgestreckten Hände. Wie sie sich festklammern. Wie sie auffangen, was sie bekommen, es an die Brust drücken und damit davonlaufen. Der Ekel durchfährt sie, und sie schiebt sich wieder die Hände unter die Oberschenkel, bleibt still sitzen und wartet einfach. Sie unterscheidet sich von den anderen durch ihre Ruhe und ihr Schweigen. Ihre Mutter würde es anständiges Benehmen nennen.

Jetzt kommt Sigrid, und Elli bemüht sich, sitzen zu bleiben, nicht aufzuspringen und sich zum Narren zu machen wie die anderen, aber das ist so schwer, denn am liebsten würde sie Sigrid umarmen. Aber. Sie hatte die anderen gesehen. Die Anhänglichen. Die sich festklammerten und an Sigrid klebten und umarmt werden wollten, immerzu umarmt werden, und die ihr zuflüsterten, wie süß sie war, ihr warmer, hitziger Atem in Sigrids Ohr, und Sigrid wehrte sich, indem sie die Schulter bis zum Ohr hochzog, doch sie blieb immer freundlich.

Es muss die Hölle sein, hier zu arbeiten, dachte Elli in solchen Momenten. *Nie hier wegzukommen.*

Aber Sigrid konnte ja auch aufhören.

»Ich bin gerne hier«, hatte sie im Herbst gesagt, als sie noch Wäsche zum Trocknen auf die Leine hängten und Elli ihr helfen durfte, weil sie so nett und lieb gewesen war. »Hier kommt die Seele zur Ruhe«, war sie fortgefahren, aber da hatte Elli ihr nicht zustimmen können.

Sie merkte, wie die Nervosität in ihrem Körper flatterte, die Nervosität, weil sie nichts hörte, nichts erfuhr, niemand sah, doch Sigrid steckte die Wäscheklammern an ein weißes Laken, schaute eine Weile auf die Bucht und sagte dann:

»Und außerdem ist man hier ja auch nützlich. So fühlt man sich jedenfalls. Man will den Menschen helfen. Also, ich will das. Ich.«

Jetzt bleibt sie vor Elli stehen und bückt sich, und Elli schaut ihr geradewegs ins liebenswerte, sommersprossige Gesicht, um das sich die Haare so süß und blond kringeln, und sie muss ein Lächeln unterdrücken.

»Und, wie geht es unserer Elli heute?«, fragt Sigrid, und Elli schenkt ihr einen steifen Blick und antwortet reserviert.

»Gut, danke der Nachfrage. Es geht mir sehr gut. Und euch?«

»Gut, Elli. Mir geht es gut. Kann ich irgendwie zu Diensten sein?«

»Ja, danke«, antwortet Elli. »Dürfte ich wohl um die Zeitungen bitten?«

»Die Zeitungen?«, fragt Sigrid verblüfft. »Was denn für Zeitungen?«

»Alle bitte«, antwortet Elli. »So viele wie möglich, und alle möglichen Arten.«

Sigrid zögert. Die Zeitungen sind fürs Personal gedacht, außerdem benutzen sie sie in den Wintermonaten zum Isolieren, oder um alles Mögliche einzuwickeln. Es ist nicht üblich, den Patientinnen die Zeitungen zu geben, aber manchmal durfte sie schon jemand lesen, und Elli kommt ja aus einer gebildeten Familie. Sie hat nie die Tendenz gezeigt, Sachen zu zerreißen oder zu zerstören. Also zögert Sigrid und seufzt in ihrer Unschlüssigkeit.

»Da muss ich erst die Oberschwester fragen. Aber ich wüsste nicht, was dagegen spräche, dass du in deinem Zimmer Zeitung liest, wenn du gerne möchtest«, antwortet Sigrid, und Elli schaut ihr nach, als sie weiter ihre Runde dreht.

Die Zeitung raschelt in Ellis Händen, und ihre Fingerspitzen werden schwarz. Bei dieser Feuchtigkeit verschmiert alles. Sigrid hat gefragt, was sie suche, aber Elli gab sich schweigsam.

»Wenn du meinst, dass du Neuigkeiten über deinen Verlobten findest, verschwendest du nur deine Zeit. Über den hat schon niemand mehr geschrieben, als du ein paar Wochen bei uns warst«, sagte Sigrid.

Elli lächelte nur und meinte, sie wolle ihren Kopf üben. Bevor ihre Mutter komme und ihr neue Bücher mitbringe, gebe es nicht so viel, womit sie ihr Gehirn beschäftigen könne.

»Stricken«, hatte Sigrid gesagt und missbilligend die Augenbrauen hochgezogen. »Da hast du was, womit du deinen Kopf üben kannst. Käme ganz gelegen für die kühlen Frühlingsabende auf Tyttökallio.«

Und Elli, die schon vor einer Weile aufgehört hat, davon zu reden, dass sie bald weg sein wird, lächelte nur und wartete, bis Sigrid ging. Das tat sie auch, nach einer letzten strengen

Ermahnung, dass sie die Zeitungen im selben Zustand zurückhaben wolle, in dem sie sie gebracht habe. Und Elli versprach es. Mit einem »Jawohl, Sigrid« und einem »Oh, danke, Sigrid«, auf die Art, die Sigrid mochte, wie sie mittlerweile herausgefunden hatte, so ist er brav, der Hund, drückt sich auf den Boden und wedelt mit dem ganzen Hinterteil. Sigrid schaute sie an und versuchte, ernst zu bleiben, aber es wusste ja ohnehin jeder, dass sie Elli gernhatte. Elli, die so gerne Sahne schleckte. Die einen Extraklacks Butter auf ihre Grütze bekam. Jetzt bekam sie also auch die Zeitungen, die eigentlich für die Schwestern bestimmt waren, sonst eigentlich für keinen hier, denn es war schon vorgekommen, dass die Zeitungen in die falschen Hände gerieten und in Streifen gerissen wurden, bevor man sie den gierigen Fingern wieder entreißen konnte. Aber mit Ellis Fingern ist alles in bester Ordnung, und sie blättert, bis sie findet, was sie sucht.

»Von wem schreiben sie?«, fragt Elli und hält eine Zeitung in die Höhe.

Sigrid sitzt im Aufenthaltsraum und versucht, Fridas verheddertes Stickgarn zu entwirren, während Frida neben ihr sitzt. Sie hatte die Stickarbeit in der Hand, als sie mit einem epileptischen Anfall zu Boden fiel, und die Fäden hatten sich schrecklich verwickelt. Aber nicht das ist der Grund, warum Sigrids Bewegungen ruckartig sind und ihre Finger ungeduldig, als sie am Faden zieht und reißt, sondern Ellis Frage. Sigrids Augenbrauen ziehen sich leicht zusammen, ihre Sorgenfalte vertieft sich.

»Tja …«, antwortet Sigrid, und Elli hört es schon an diesem vagen Ton, an diesem einen Wort, dass Sigrid sich anschickt, ihr eine Lüge aufzutischen.

Sigrid schaut sich rasch und flüchtig im Zimmer um, und da begreift Elli. Karin hatte es ja schon gesagt. Sie hatte gerade Handstand an der Wand geübt, als Elli mit ihrer Zeitung ankam, und Elli hatte es im ersten Moment nicht glauben wollen, als sie Karin dieselbe Frage stellte, die sie Sigrid jetzt stellt.

Von wem schreiben sie denn? Und Karin war auf der richtigen Seite gelandet und hatte sich mit einem kleinen Hopser umgedreht, und ihr Mund stand offen, nur ein kleines bisschen, und ihr Gesicht war ganz hell und leicht, richtig nonchalant, was Elli auf Zinne brachte, als Karin antwortete:

»Weißt du das denn wirklich nicht? Über uns!«

Elli hatte Karin bei den Oberarmen gepackt. Sie hatte ihr die Finger so tief in den Arm gegraben, dass Karin blaue Flecken bekam. Dann hatte sie sie losgelassen. Hatte sie weggeschubst, dass sie leicht gegen die Wand stieß, und war davongegangen.

Aber jetzt weicht Sigrid ihrem Blick aus und zerrt an einem Faden, der nirgendwo hinführt, und geht murmelnd in die Defensive.

»Na ja, sie schreiben über Menschen wie …«

»Uns«, fällt Elli ihr ins Wort. »Sie schreiben von uns!«

»Ja …«, antwortet Sigrid und lässt die Stickarbeit auf den Schoß sinken.

Sie seufzt und schaut sich um. Diesmal langsamer. Und Elli kann sehen, wie Sigrid mit dem Blick an jeder Person im Zimmer hängen bleibt. Dass sie eine Weile an sie denkt, an alles, was sie über sie weiß, bevor ihr Blick zur nächsten wandert, und Elli sieht auch, dass manche von den Frauen, die sie betrachtet, ihr ein Lächeln entlocken, während sie bei anderen ihre Sorgenfalte bekommt, bei der einen werden ihre Mundwinkel nach unten gezogen, und die nächste macht Sigrids Blick weich und zärtlich. Sigrid ist sich dieses Wechselspiels der Gefühle nicht bewusst, das ihr Gesicht überschattet und erhellt, während sie ihre Pfleglinge betrachtet, doch Elli sieht es, und Elli weiß, dass das seine Bedeutung hat. Vielleicht eine entscheidende. Denn es mögen vielleicht die Herren in den Städten sein, in Åbo und Helsingfors, die über die Frauen in diesem Zimmer schreiben, aber es sind solche wie Sigrid, die letztlich die Entscheidung treffen. Nicht die Ärzte mit ihren Gutachten, sondern die Schwestern, die die guten wie die schlechten Tage mit den Patientinnen teilen. Die Schwestern, die jede Stimmungsschwankung notieren und mit großer Präzision ihre Gewichtskurven und Menstruationszyklen beobachten. Die Schwestern, die entscheiden, ob jemand »frech« oder »aggressiv« oder »brav« oder »weinerlich« oder »kindisch« ist, je nach ihrem eigenen Maßstab dafür, was sich gehört. Die Schwestern, das sind Sigrid und Manna, Ethel und Vilma, Hedwig und Linnea und natürlich die Oberschwester Margareta Högström, die jedes Muttermal und jede Hautfalte, jede Laune und jeden heimlichen kleinen Wunsch kennt. Diese Frauen betten die Alten um und trocknen ihnen den Hintern, das Geschlecht und die wund gelegenen Stellen. Sie zwängen Löffel zwischen zusammengepresste Lippen, wenn jemand die Nahrungsaufnahme verweigert, und es kann auch mal sein, dass die Zähne vor lauter Schwung mit draufgehen, aber dann gleitet der Löffel leichter rein. Sie putzen Kot und Urin in den Zimmern der Patientinnen auf und waschen sie, wenn sie sich schmutzig gemacht haben. Sie halten fest und nehmen in den Arm. Sie halten Wache an der Badewanne. Sie schimpfen, schreien und schubsen, und sie reden, lachen und streicheln. Sie stecken Süßigkeiten zu und kassieren bereits verdiente Vorteile wieder ein. Aber sie schreiben nicht in den Zeitungen, und sie verfassen keine Gutachten, die zu Gesetzen führen. Das machen Ärzte namens Roland Ceder, Edward Waselius, Marcus Silfverstråle. Und die haben niemals einen Fuß in eine Anstalt gesetzt.

»Und, was meinst du dazu?«, fragt Elli, und Sigrid will sie jetzt überhaupt nicht mehr anschauen.

»Wie meinst du das?«, murmelt sie. Dann hat sie den Faden endlich entwirrt und kann Frida ihre Stickarbeit zurückgeben. Die greift mit beiden Händen danach und flitzt davon.

»Na ja, ich bin ja so eine, wie nennen sie die noch gleich …« Elli blättert so geräuschvoll zum bewussten Artikel, dass Sigrid sich windet. »Ja, genau! Eine Gemischtrassige ostbaltischen Typs!«

Und Elli liest laut vor: »Es ist von äußerst großer Bedeutung für das Fortbestehen der schwedischen Rasse in der Nation Finnland, dass die schwedische und finnische Rasse sich nicht mischen. Das reine Blut muss bewahrt werden, alles andere hat schwere Degeneration zur Folge. Das Ziel ist klar: Es darf kein einziger schlechter Finnlandschwede mehr geboren werden!«

Elli sieht Sigrid an.

»Ein schlechter Finnlandschwede! Was ist das denn?«, fragt sie.

»Aber, Elli! Das musst du doch wohl selbst zugeben! Wem ist hiermit gedient? Hm?«, ruft Sigrid aus und deutet mit der Hand durchs Zimmer.

Frida stürzt wieder zu Boden, und Sigrid steht mit einem ärgerlichen Ausruf auf und eilt zu ihr. Elli bleibt stehen, wo sie ist, und die Wut brennt ihr in Augen und Hals. Sie packt die Zeitung, und das Papier legt sich in Fältchen, genau wie ihr Gesicht, das sie zur Grimasse verzerrt. Sigrid dreht sich um, und Elli hält ihr die Zeitung hin.

»Da, schau her!«, ruft Elli. »*Das* halte ich von Ossian Schaumann, Jarl Hagelstam und Harry Federley und den ganzen anderen Scheißherrschaften von der Gesellschaft für Volksgesundheit!«

Sie spuckt auf die Zeitung. Bis Sigrid bei ihr ist, ist die Zeitung schon zerrissen, und Elli trampelt auf den Fetzen herum. Das Haar ist ihr ins Gesicht gefallen, und der Speichel glänzt ihr auf dem Kinn. Sigrid streckt die Hand aus, aber Elli wedelt mit dem Arm und schlägt sie beiseite.

»Fass mich nicht an! Du … du Drecksweib!«, schreit Elli, und Sigrid weicht zurück.

Doch Elli setzt ihr nach. Sie packt Sigrids weiße Schürze und zieht so fest daran, dass der Stoff reißt, und Sigrid ruft nach Manna. Bevor Manna da ist, kann sich Elli über Sigrids Haare hermachen. Die blonde Hochsteckfrisur, die kleine weiße Haube, und sie vergräbt die Finger darin und zieht und reißt, bis sie ein paar blonde Strähnen erwischt hat. Manna stürmt herbei, doch Elli ist schneller. Sie weicht Mannas Armen aus, die ins Leere greifen, und rennt auf die andere Seite des Aufenthaltsraumes. Hebt einen Stuhl hoch und schleudert ihn an die Wand. Hebt den nächsten hoch und schmettert ihn auf den Boden. Er geht nicht kaputt, aber bei dem Lärm schreien die anderen Patientinnen auf und heben die Hände an die Ohren. Elli ist noch nicht fertig. Alles will sie kaputt schlagen. Das ganze Zimmer. Das Krankenhaus pulverisieren. Und sie rennt zum Grammofon, das seit Beginn ihres Ausbruchs unbewacht geblieben ist, und Sigrid wie Manna können nur hilflos die Hände heben und wie aus einem Munde »Nein!« rufen, bevor Elli den Apparat mit einem einzigen wilden Schrei auf den Boden wirft und auf den Grammofonplatten herumtrampelt. Keine Musik mehr. Kein Tanz für die Irren! Dann lässt sie sich auf den Boden sinken, die Finger klauenartig gekrümmt, und den Schrei, der aus ihr hochsteigt, erkennt sie wieder. Er kommt von einer Stelle in ihrem tiefsten Inneren, von einem Ort, den sie fast schon vergessen hatte. Vom Boden einer Bodenlosigkeit, er platzt aus jeder Zelle und jeder Pore und lässt den Körper von innen erbeben. Sie schreit, als sie sie durch den Flur schleifen, und als die Tür hinter ihr geschlossen wird, und sie schreit sich durch die Nacht, bis sie gegen Morgen so heiser ist, dass sie keinen Ton mehr hervorbringt. Dann kriecht sie langsam zur Tür, legt sich davor und drückt die Wange an die kalte Oberfläche und hämmert, klopft und kratzt, als ihr am Ende die Kräfte ausgehen.

Lasst mich raus, lasst mich raus, lasst mich rein!

32

Sie bleibt weiter in Isolierung, und die Tage ziehen sich.

Dort, auf dem Bett, den Blick an die Decke gerichtet, schiebt sie die Hand zwischen die Beine und streichelt ihre eigene Nässe. Sie befühlt sich, während sie an Morris denkt, und in ihrem Körper rührt sich etwas. Sie taucht den Finger in ihre eigene Feuchtigkeit, berührt die fleischigen Lippen und fährt dann dazwischen, bis sie den Punkt in der Mitte findet, wo es sich wunderbarer anfühlt als überall anders, und den massiert sie mit kreisförmigen, weichen Bewegungen. Bald zieht ihr Schoß sich zusammen und entspannt sich wieder, wie eine Faust. Ihr Körper spannt sich in Wellen an. Sie schwitzt und schiebt sich mit den Beinen hoch, sie stemmt die Fußsohlen auf die Matratze und biegt den Rücken durch. Sie presst sich an einen anderen Körper, der nur Luft und Feuer ist. Bei jeder Welle, die einen warmen Strom durch sie hindurchjagt, von der Kopfhaut bis zu den Kniekehlen, wird ihr Atem schwerer, und bald stöhnt sie vor sich hin.

Irgendwo um all das schleicht die Angst herum und schnüffelt an ihr, denn sie weiß, dass jeden Moment jemand in ihre Zelle schauen kann, also versucht sie sich einzureden, dass sie nur noch ein kleines bisschen weitermachen wird, bis es vorbei ist, aber jedes Mal, wenn sie aufhören will, bettelt ihr Körper um mehr. Sie schiebt sich einen Finger in den Schoß und massiert gleichzeitig den runden Knoten direkt darüber. Da meint sie, aufhören zu müssen, weil sie es nicht mehr aushält, das Verbotenste, was es in diesem Krankenhaus überhaupt gibt, seiner Lust nachzugeben, und sie balanciert auf dem schmalen Grat zwischen einem Schmerz, der sie erschreckt, und einem Genuss, der sie weitertreibt. Sie schließt die Augen, und ein letzter roter Höhepunkt schießt durch ihren Körper nach oben und durchbohrt sie, bis sie stöhnt, dann stürzt sie in schwindelerregender Geschwindigkeit ab. Immer und immer wieder ruft sie seinen Namen, und dann bricht sie mit schwerem Körper auf der Matratze zusammen.

Das mit Morris, denkt sie später in der Einsamkeit ihrer Zelle, *war wohl doch Liebe?* Und diesen Gedanken wird sie nicht mehr los. Sie hat lange nicht mehr an ihre wilde Flucht gedacht. Sie dachte, es sei besser, nicht daran zu denken. Als Karin sich wünschte, dass sie davon erzählte, war das Problem nicht, dass sie nicht gekonnt hätte. Sondern dass sie sich so schämte. Das sollte doch ihr großer Siegeszug werden. Ihr Finale, ihr Kampf gegen die Welt. Doch was ist am Ende daraus geworden?

Am Ende war es alles nur noch traurig. So jämmerlich. Ganz anders, als es in den Zeitungen beschrieben worden war.

Jarl Ekman musste den Amtmann angerufen haben, sobald sie das Büro verlassen hatte. Er wurde später mitten in dem grässlichen Chaos abgelichtet. Die umgeworfenen Stühle. Die Buchhaltungsordner, alle aus dem Regal gerissen. Das Briefpapier, überall verstreut. Im Tresor hatte er achthundert Finnmark gehabt, sagte er, die hatte Morris mitgenommen. Und sie auch. Morris hatte sie mitgenommen, behauptete Jarl Ekman.

Es wäre weiß Gott gut gewesen, wenn Morris das Geld wirklich genommen hätte, denn dann wären sie bestimmt gut zurechtgekommen, aber so war es eben nicht gewesen. Stattdessen mussten sie lernen, wie sich Hunger anfühlt. Mehrere Wochen lebten sie von dem bisschen, was sie in Mülltonnen oder Obstgärten fanden, in Hühnerhäusern und auf Kartoffeläckern. Sie stahlen, was ihnen in die Hände fiel, und sie setzten sich in die Kneipe und warteten auf die Reste, die andere Gäste auf ihren Tellern liegen ließen. Manchmal bekamen sie einen Gelegenheitsjob auf dem Bauernhof oder in einer Werkstatt, der ihnen etwas Geld verschaffte, und dann nahmen sie sich ein Zimmer in der Jugendherberge. Sie bewegten sich an der Küste entlang Richtung Norden, die ganze Zeit zu Fuß. Als zu guter Letzt ihre Fotos in der Zeitung abgedruckt wurden, wurde es schlagartig ernst. Das Entführungsdrama, so nannte es die Presse, und Ellis Eltern schlossen sich der Sichtweise an, fest entschlossen, alles auf Morris zu schieben, wenn das junge Pärchen denn gefangen wurde. An einem letzten warmen Abend im Frühherbst, Ende September, überfielen die beiden aus Hunger und Verzweiflung einen jungen Lehrer in Ekenäs und verließen die Gasse, wo Elli ihm eine Schere an den Hals gehalten hatte, die ihr Morris gegeben hatte, mit hundertfünfzig Finnmark und neun Bleistiften. An diesem Abend aßen sie lecker. Und danach war alles vorbei.

Sie kamen bis Nådendal, während die schlechten Neuigkeiten ihnen beständig auf den Fersen blieben. Der junge Mann aus Ekenäs, ein kleiner Schullehrer mit politischen Ambitionen, hatte nicht vor, sich geschlagen zu geben. Er berief eine Sitzung der Kommunalbeauftragten ein und holte auch einen wichtigen Verein für Volksbildung mit ins Boot. Er rief kleine und größere Kontakte bei den Medien, in Politik und Wirtschaft an. In einem umfangreichen Interview erzählte er, wie Elli ihn mit einer Stichwaffe an Leib und Leben bedroht und sich dann auch noch mit den Bleistiften davongemacht hatte, die an seine Schüler verteilt werden sollten. Schon bald erlebten die Lokalzeitungen eine Flut von Leserbriefen, in denen angeprangert wurde, wie ungeschickt und durchgängig lustlos die Polizei versuchte, dieses junge Mädchen und einen gefährlichen Entführer zu fassen. Weiß Gott, was den beiden noch alles einfallen mochte! Man war ja seines Lebens nicht mehr sicher! Und als man überdies entdeckte, dass Elli bereits in einer Anstalt für geistesschwache Frauen gewesen war, begannen die Leute wirklich zu überlegen, ob sie lieber in ihren Häusern bleiben sollten. Es war eine Schande noch nie da gewesenen Ausmaßes, dass zwei Personen die Inkompetenz des gesamten Polizeiwesens aufdecken konnten!, rief man. Was würde passieren, wenn etwas wirklich Gefährliches geschah? Krawalle, Aufstände der Arbeiterbewegung oder vielleicht sogar organisiertes Verbrechen in größerem Maßstab? Wie wollte das Gesetz sich behaupten, wenn es ihnen nicht mal gelang, einen Kleinkriminellen und eine Verrückte in die Knie zu zwingen? Und beide zudem moralisch völlig verkommen, da sie ja nicht mal davor zurückschreckten, kleine Kinder und die schmalen Budgets des Schulwesens zu berauben? Sie mussten gefasst werden, und sei es nur, um als abschreckendes Beispiel zu dienen, und da der junge Lehrer in immer ausführlicheren Interviews auftauchte, bald auch in landesweit berichtenden Presseorganen, stieg der Druck aufs Polizeiwesen, und Amtmann Krohnberg wurde mit einer zusätzlichen Einheit herbeigerufen, deren einzige Aufgabe darin bestand, Morris und Elli zu jagen. Ellis Eltern flehten um Gnade für ihre Tochter. Alle wurden interviewt. Jarl Ekman ließ sich lang und breit darüber aus, wie Elli seine Naivität und Gastfreundschaft ausgenutzt hatte. »Ich habe sie wie eine Tochter behandelt«, sagte er. »Und das Einzige, was ich dafür von ihr zurückbekommen habe, waren Lügen.«

Sie kommt. Der Wind bläst ihr nur so durch die Röcke, als sie kommt. Auf einmal steht sie auf der Schwelle, als die Tür eines Vormittags unverhofft von Manna aufgesperrt wird. Sie breitet die Arme aus. Chérie! Elli liegt ganz still. Ganz still liegt sie auf dem Bett, verloren irgendwo zwischen den trägen Wassern des Hedvig-Sofia-Heims und der schattigen Unterseite der Azaleenblätter hinter dem Haus am Fluss. In Elli kommen Zweifel auf.

Ist sie böse?

Aber Mutter wirkt nicht böse. Sie wirkt fröhlich, fast aufgeräumt. Elli schaut auf den Boden und starrt auf denselben wohlbekannten Fleck, der die Form eines Seerosenblatts hat, und sie ist zu müde, um aufzustehen, zu müde, um sich den Tadel ihrer Mutter anzuhören, und zum ersten Mal überhaupt wünscht sie sich, ihre Mutter würde wieder gehen. Aber Mutter geht nicht. Vielmehr zieht sie ein parfümiertes Taschentuch aus der Tasche und hält es sich vor Mund und Nase.

»Was machst du denn, mein liebes Kind? Ruhst du dich aus?«, fragt sie, doch Elli antwortet nicht.

Mutter macht ein paar Schritte ins Zimmer.

»Weißt du, Doktor Mikander ist sehr zufrieden. Sehr zufrieden mit dir«, sagt sie, und Elli fixiert immer noch den Boden.

Zufrieden? Wie meint sie das? Wie könnte er denn zufrieden sein?

»Sehr, sehr zufrieden«, fährt Mutter fort. »Du zeigst endlich Krankheitseinsicht. Dein kleiner Ausbruch ... Das ist genau das, was dein Vater und ich mit ihm besprochen hatten, aber du hast es unterdrückt, bis jetzt. Es sah ja fast so aus, als hätten wir die Unwahrheit gesagt. Aber jetzt ... jetzt hat er es selbst mal sehen können. Na ja, er selbst natürlich nicht, aber die Schwestern, und die bestätigen ja unsere ganze Geschichte.«

Jetzt wendet Elli den Blick zu ihrer Mutter, die da mit ihrem weißen Taschentuch und ihrem kleinen weißen Gesicht steht, und der Zorn, den sie vor knapp zwei Wochen im Aufenthaltsraum verspürt hat, strömt mit jedem Atemzug wieder in sie hinein. »Ach ja?«, sagt sie leise. »Und hat Doktor Mikander auch erzählt, was er, Doktor Ahlmqvist und seinesgleichen in der Hauptstadt über solche wie dich denken?«

Ruhig erwidert Mutter ihren Blick. Ihre Augen glänzen wie Kieselsteine in der Dunkelheit, aber der Weg, auf den sie sie locken, führt nicht nach Hause.

»Solche wie mich? Was meinst du damit?«

»Frauen des ostbaltischen Typs.«

Jetzt erlischt das kleine Lächeln, das Mutters Lippen gekräuselt hat, und ihr Blick bekommt etwas Vages.

»Was meinst du damit?«, wiederholt sie, diesmal matter, und Ellis Augen werden feucht.

»Ich bin ein Abfallprodukt. Das behaupten sie. Eine Gemischtrassige. Vorherbestimmt zu Verbrechen und Hurerei. Die degenerierte Tochter einer Mongolin.«

Mutter lässt sich aufs Bett sinken. Ihre Lippen bewegen sich, als würde sie nach Worten suchen, die sie irgendwo aus den Netzen ihres Gehirns fischen muss, aber die Maschen, die sie fangen sollten, sind schon zu weit und schlaff.

Elli starrt ihre Mutter an, die jetzt an ihrem Taschentuch herumfingert und dazu blinzelt und blinzelt. Doch Elli lässt sich nicht täuschen von diesen Tränen des Selbstmitleids. Mutter schnieft und schüttelt dann den Kopf.

»Sie haben mich gewarnt, weißt du … Doktor Ahlmqvist und Doktor Mikander. Sie haben mich vor so was gewarnt. Deinem Delirium. Dass du alles Mögliche sagen könntest … Aber ich hätte nie gedacht, dass das so wehtun würde.«

»Die Wahrheit, Mutter, die tut immer am meisten weh«, erwidert Elli, und Mutter wirft ihr unter halb geschlossenen Lidern einen Blick zu.

»Die Wahrheit … die am meisten wehtut … ist die, dass ich eine unheilbar geisteskranke Tochter habe.«

»Dann verlass mich doch! Lass mich hier! Wenn ich denn so unheilbar krank bin«, sagt Elli und dreht sich um.

Mutter bleibt noch einen Augenblick sitzen.

»Ist das wirklich das, was du willst?«, fragt sie, doch Elli gibt keine Antwort.

Mutter schweigt einen Augenblick, dann fährt sie fort.

»Vater hat noch einen Brief an die medizinische Leitung geschrieben. Ich verstehe nicht, warum sie nicht antworten … Es grämt mich so … Warum bist du weggelaufen? Warum konntest du nicht einfach in Fisknäs bleiben? War es nicht doch besser als das hier? Hm?«

»Ihr habt mich fortgeschickt«, gibt Elli zurück. »Ihr habt mich immer fortgeschickt. Also geh jetzt einfach weg und lass mich in Frieden!«

33

Fünf Wochen nachdem Elli schreiend und strampelnd in ihr Zimmer geschleift wurde, wird die Tür aufgeschlossen, und Sigrid steht auf der Schwelle. Der Geruch, der ihr entgegenschlägt, ist so streng, dass sie die Augen schließt, als ob das helfen würde, und instinktiv hält sie den Atem an. Als sie die Augen wieder aufmacht, atmet sie durch den Mund, aber sie findet, dass die Luft sich immer noch stickig anfühlt. Elli ist nicht tot, das wissen die anderen Schwestern und sie, aber sie hat kaum etwas gegessen, und die Essensreste, die im Zimmer verstreut liegen, haben angefangen zu verfaulen. Sie waren mehrmals bei Elli und haben den Nachttopf geleert und die Matratze gewechselt und die Bettwäsche, die sie hartnäckig mit Urin und Kot beschmutzte, aber vor einer Woche hat Elli ein derartiges Verhalten an den Tag gelegt, sobald jemand versuchte, zu ihr hereinzukommen, dass die Oberschwester am Ende meinte, sie sollten sie in ihrem eigenen Kot liegen lassen, wenn sie das unbedingt so wollte, das würde sie vielleicht Mores lehren. Und so wurde es gemacht. Den Nachttopf leerten sie, wenn Elli schlief, und Sigrid hatte bei der Gelegenheit auch versucht, den Großteil der Essensreste aufzuputzen, doch sie hat nicht alles geschafft, weswegen das Zimmer jetzt in ziemlich ekligem Zustand ist. Der Gestank von Fäulnis, von Urin und Exkrementen, und der süße, klebrige Geruch einer ungewaschenen Elli, die in einem nassen Bett liegt und sich auch nicht umdreht, nachdem Sigrid den Raum eine Weile gelüftet hat, damit sie sich überhaupt darin aufhalten kann.

»Elli«, ruft sie leise, aber mehr bringt sie nicht heraus.

Und was gibt es schon zu sagen? Elli war fünf Wochen in Isolierung. Sie muss wieder herauskommen. Und auf einmal macht sich Sigrid Sorgen, was die Isolierung mit Elli gemacht haben könnte. Ihr ist bewusst, was sie mit den anderen macht, und oft denkt sie, dass sie ein etwas zu notwendiges Übel ist, fast mehr Übel als notwendig, und es wäre gut, wenn sie nicht angewendet werden müsste, aber Gott weiß, dass sie ihre Ruhe brauchen und dass es einfacher ist, die schwierigsten Patientinnen auch mal in der Isolierung zu vergessen, vor allem im Winter, wenn es sowieso schon schwierig genug ist, sie dazu zu bewegen, hinauszugehen oder überhaupt etwas zu machen. Dennoch müssen sie sich vor Augen halten, dass das hier eine Anstalt für die Pflege ist, kein Gefängnis, und dass die Patientinnen in Zimmern wohnen, nicht in Zellen.

Sigrid geht zu Elli und zieht die Decke weg, die sie verbirgt. Der Gestank ist so stark, dass Sigrid würgen muss. Sie springt zum Nachttopf, während ihr der Speichel von den Wangen in die Kehle rinnt, und dann steht sie gebückt vor dem Gefäß und hustet mehrmals, während ihr Magen sich umdreht und zusammenzieht. Sie holt tief Luft und kämpft gegen die Konvulsionen ihres Magens an, und dabei denkt sie sich, wenn es für sie schon so schlimm ist, wie muss es sich dann für das Mädchen anfühlen, das in diesem Bett liegt?

Obwohl …, denkt sie, *obwohl Elli ziemlich mitgenommen ist. Ihre Umgebung kaum wahrnimmt. Du lieber Gott … Wie hat es so weit kommen können …*

Resolut greift Sigrid nach Ellis Armen und dreht sie auf den Rücken, und dann muss sie sich zusammenreißen, um sich nicht vom Blick in Ellis Augen beeindrucken zu lassen. Sie findet die Ruhe in ihrem Inneren, holt tief Luft und legt den Arm um Elli. Dann hebt sie das nasse, schmutzige Mädchen hoch und trägt sie aus dem stinkenden Zimmer, obwohl die Knie unter ihr nachzugeben drohen, und kurz darauf sind sie draußen an der wundervollen frischen Luft.

Sigrid lässt den Schwamm über Ellis herabhängende Schultern gleiten, über ihren Kopf, Haare und Gesicht. Platschend läuft das Wasser in die Wanne, und das Geräusch hallt einsam in dem ansonsten leeren Waschkeller. Das Badewasser ist im Handumdrehen grau, und Sigrid muss es wechseln, während Elli auf dem Boden sitzt, die Arme um die Beine geschlungen und die Stirn auf den Knien, und wartet. Das Mädchen hat die ganze Zeit kein Wort gesagt, während Sigrid sie gebadet hat, tatsächlich keinen Ton, obwohl sie vom Kot Wunden am Körper hat und ihr Hinterteil rot und stellenweise sogar blutig ist.

»Du musst aufhören, dich vollzumachen«, hatte Sigrid gesagt, als sie sah, in was für einer Verfassung Elli war. »Das ätzt sich in die Haut, und es wird nie besser, wenn du nicht aufhörst.«

Und da zeigt sich vielleicht ein Funken von Verständnis in den leeren grünen Augen. Sie kann sich noch erinnern, wie spöttisch der Blick vor einem Jahr bei Ellis Ankunft gewesen ist und wie sie sich damals gedacht hat, dass es das Beste wäre, wenn sie versuchten, das Mädchen zu brechen. Tja. Nun ist es geschafft, aber jetzt ist sich Sigrid nicht mehr so sicher, ob sie die Elli, die sie damals kennengelernt hat, nicht diesem lebenden Paket aus apathischem Fleisch vorgezogen hat.

»Elli?«, spricht Sigrid das Mädchen an, und dann noch einmal, bis Elli ihr das Gesicht zuwendet.

Ihr Mund ist geschlossen, aber ihr Gesicht ist in sich zusammengesunken, und sie schaut Sigrid zwar an, doch ihr Blick scheint gerade durch die Schwester hindurchzugehen.

»Apathisch. Keine Mimik. Reagiert nicht auf Ansprache. Passiv«, wird in der Krankenakte stehen. »Gewicht: 45 kg. Kein Appetit.«

Sie haben sie noch nicht zwangsernährt. Sie war zu stark dafür. Zu widerborstig. Aber bald wird Elli so schwach sein, dass es ihnen wohl gelingen wird. Es hilft, wenn man lange abwartet und beobachtet. Bald haben sie genug abgewartet.

Fügsamkeit …, denkt Sigrid, während sie mit dem Schwamm über Ellis Rücken streicht. *Fügsamkeit ist eine Notwendigkeit. Wenn sie sich nicht fügen, kann man sie nicht pflegen, und wenn man sie nicht pflegt …*

Sigrid seufzt.

Wir sind dazu da, für Ordnung zu sorgen. Wir beschützen,

pflegen, belohnen und bestrafen. Ohne uns würden sie zugrunde gehen.

Sie drückt den Schwamm aus und bleibt kurz so sitzen. Sie schaut Elli an. Es gibt noch Hoffnung für sie. Das weiß Sigrid. Und für ein paar von den anderen auch, denen es so guttun würde, wenn man diese Operation an ihnen durchführen würde. Aber sie sind stur. Sie weigern sich. Sie wissen nicht, was das Beste für sie ist. Sie seufzt und schüttelt den Kopf, während sie Elli weiter wäscht.

Als Elli sauber ist, wickelt Sigrid sie ins Badetuch und reibt sie ab, bis sie trocken ist. Dann holt sie einen Kamm heraus und beginn vorsichtig, Ellis Haar zu entwirren. Der Kamm bleibt stecken, und Sigrid reißt und zieht, aber es scheint nichts zu helfen, und als sie nach noch ein paar Versuchen entdeckt, dass es auf Ellis Kopfhaut vor Läusen nur so wimmelt, seufzt sie und geht die Schere holen. Stück für Stück fällt das krause rotbraune Haar auf den Boden des Waschraums, und die Läuse laufen erschrocken über den Boden, um sich in Sicherheit zu bringen. Sigrid zertritt sie, so gut es geht, und spült sie im Ausguss herunter. Dann spült sie Ellis stoppeligen, rotschuppigen, wunden Kopf mit Petroleum ab. Sigrid weiß, dass das brennt, aber Elli verzieht keine Miene.

Sigrid zieht sie an, knotet ihr einen Lappen um den Kopf und wickelt sie in eine Decke, und dann führt sie sie in den Aufenthaltsraum, während sie warten, bis Ellis Zimmer fertig geputzt ist. Es ist still und leer hier drinnen, es brennt kein Licht und es ist einsam, fast unheimlich, wenn man das Lärmen und Treiben der Patientinnen gewöhnt ist. Im Moment sitzen alle in ihren Zimmern und warten auf das Abendessen, und Sigrid findet das gut. Sie liegen in ihren Betten oder sitzen an ihren Schreibtischen in ihren kleinen Kammern, ganz allein und in Ruhe, und warten darauf, sich satt und zufrieden essen zu können, bevor sie sich schlafen legen. Alles schön geordnet. Ein geregeltes Dasein. Aber hier sitzt Elli nun, und unter ihrer Oberfläche steckt etwas Unberechenbares, und das führt Sigrid vor Augen, dass vielleicht doch nicht alles so einfach ist. Dass es doch nicht ganz so ruhig und geordnet ist. Und sie schaut Elli an, die den Blick fest auf ihre Hände gerichtet hat.

»Es wird bald besser, du wirst schon sehen. Bald kannst du wieder nach Hause«, flüstert Sigrid.

Und so ist Sigrid am schönsten, wenn sie Dinge verspricht und lügt.

34

Elli hat begriffen, was Mutter von ihr will, und mit Verblüffung ist ihr aufgegangen, dass es wirklich so einfach ist. Stille. Das ist ja auch das Einzige, worum ihre Mutter sie je gebeten hat, das Einzige, was ihre Mutter von ihr wollte. Still sollte sie sein. Wenn Elli sich heiser geschrien hatte, kam sie immer aus ihrem Zimmer und rief: »Sei still! Still! Seistillseistillseistill!«

Also ist Elli jetzt still. Sie führen sie von ihrem Zimmer in den Aufenthaltsraum, und die Zugluft ist kalt auf ihrem stoppeligen Kopf, und sie schlingt die Arme um den Körper, sie friert jetzt auch, weil sie so dünn geworden ist, und sie krümmt sich, wenn sie geht. Hunger. Sie hat solchen Hunger. Nach Wochen in Isolierung fühlen sich die Flure fremd an, und sie zuckt zusammen, wenn plötzlich eine Tür geschlossen wird oder jemand hustet. Ihre Augen huschen von der einen Seite zur anderen, und es fühlt sich an, als würde sie wieder zum ersten Mal in dieses Zimmer geführt werden. Aber jetzt weiß sie ja, was sie erwartet, und sie weiß nicht, ob sie es aushalten kann.

Flieh vor dir selbst!

Die Waldlichtung schloss sich um sie, und Elli löffelte

Morris. Sein Rücken an ihrem Bauch. Sein Hintern an ihren Oberschenkeln. Wie zwei aufeinandergelegte Hände, Handfläche auf Handrücken. Alles, was sie noch hatten, war ihre Flucht, und die war jetzt zum Stillstand gekommen. Sie waren gefangen in ihrem Versteck und trauten sich tagsüber kaum hinaus.

Das Laub wurde gelb und dann immer brauner. Segelte langsam von den Zweigen. Der Sommer verlor sein Haar und hinterließ einen kahlköpfigen Herbst, und sie hatten aufgehört, an ihre Zukunft zu denken. Jeder Tag, an dem es ihnen gelang, sich zu verstecken, war ein weiterer Tag von Nähe, von Zusammen, aber jeden Tag wurden sie auch weiter auseinandergetrieben. Der Hunger bewirkte, dass sie sich immer mehr in sich selbst zurückzogen, und nachts umarmte sie Morris' klapprige Knochen. Sie fuhr ihm mit dem Finger übers Rückgrat und zählte die Wirbel. Er war so mager geworden. Der Hunger höhlte sie beide aus. Sie legte ihm die Hand auf den Beckenknochen und strich über den harten Bogen. Unter der Haut saß sein Schädel, und den dirigierte sie immer seltener zwischen ihre Beine.

Sie starren sie an. Vor allem Kristina. Elli ist lange fort gewesen. Haben sie sie vergessen? Sie wird auf einen Stuhl in der Nähe der Lieblingsecke gesetzt, und dort sitzt Karin, doch der Blick, den sie Elli schenkt, ist gleichgültig, und Elli erwidert ihn im Grunde auch nicht. Sie bekommt eine Decke und legt sie um sich und tut alles, um darin zu verschwinden, und so sitzt sie da, eingewickelt, und schaut durch einen Spalt im Stoff heraus, einen Spalt, den sie schnell fast ganz zumacht, wenn ihr jemand zu nahe kommt.

Mach es einfach!

Das Zimmer verschwindet, und als sie die Augen wieder aufschlägt, ist der Wald immer noch da. Die Bäume stehen in Habachtstellung um sie herum, und sie hat den Eindruck, dass ihre Zweige auf sie zeigen, sie verhöhnen, während sie spöttisch im Wind flüstern. Vor ihr verläuft klar und kalt der

Bach, und sie denkt sich genau wie damals, dass auch dieses Wasser am Haus ihres Vaters vorbeigeflossen ist. Auch dieses Wasser.

Sie steht langsam auf. Die Kniekehlen tun ihr weh, nachdem sie so lange am murmelnden Wasser gesessen hat, und sie hebt die beiden Eimer hoch, die sie zum Wasserholen mitgenommen hat. Dann macht sie sich mit steifen Beinen auf den Rückweg zum Lager, wo Morris auf einer Unterlage aus Reisig und Kartoffelsäcken liegt und schläft.

Die trockenen, harten Tannennadeln sind glatt unter ihren Stiefeln, und bei jedem Schritt, den sie macht, gleitet sie wieder ein Stückchen zurück, während sie den Hang zum Auto hochgeht. Das Wasser schwappt über und macht ihren bereits feuchten Rocksaum nass, läuft eisig kalt und schmerzhaft in ihren Schuh. Sie schnieft, ihre Nase ist ganz kalt. Ihre Finger sind gerötet von der Kälte. Sie weiß gar nicht mehr, wann sie es zum letzten Mal trocken und warm hatte. Das muss wohl vor knapp zwei Wochen gewesen sein, als sie einen Bauern in Anttila überreden konnten, dass er sie in seiner Sauna übernachten ließ. Sie hatten ganz leise und diskret eingeheizt, und dann hatten sie gebadet, und sie hat immer noch die Erinnerung an diese Wärme in ihrem Körper. Aber das reicht nicht, das weiß sie. Der Winter wird kommen. Das Geld ist alle. Der Proviant neigt sich dem Ende zu. Was hatten sie eigentlich geglaubt, wie das weitergehen sollte?

Sie geht den schmalen Waldweg entlang, nur ein unscheinbarer Abdruck, in all dem Braun, Gelb und Grau, ihre und die Tierspuren zusammen, um zum Bach zu finden, zu Wasser und Leben. Wenig später sieht sie ihr Lager zwischen den Bäumen. Es sieht so winzig aus. Das Einzige, was man eigentlich sieht, ist das Auto, das zwischen den Bäumen parkt, so fehl am Platz mitten im Wald, weitab vom Weg. Morris fuhr ganz vorsichtig über den Waldboden, obwohl sie es eilig hatten. Das ist hier schon wirklich ein hervorragendes Versteck. Hier würde doch wohl niemand ein Auto vermuten, oder? Und diese imprägnierte Plane, die ist überhaupt nicht zu sehen. Sie haben sie zwischen den Bäumen aufgespannt, um sich trocken zu halten, und sie schützt auch durchaus vor dem Regen, aber vor der Feuchtigkeit, die im Boden sitzt, können sie sich nicht schützen, und ihre Kleider, die sie im Bach waschen, werden nicht mehr trocken. Obwohl Morris sie schon so nah ans Feuer hängt, wie er sich noch traut. Der Rauchgeruch bleibt an ihnen hängen, aber sie riechen sowieso schon ein bisschen, und sie sieht in seinen Augen, dass er aufgegeben hat, aber sie will es nicht glauben.

Sie kommt zum Lager und blickt auf den schlafenden Morris herab. Er ist immer noch derselbe. Kein bisschen anders, obwohl sich seit den ersten zwei Monaten, in denen sie sich zaghaft umschlichen, wirklich alles verändert hat. Sie betrachtet sein Gesicht. Derselbe Mund. Dieselben dunklen Augenbrauen und Wimpern. Das lockige schwarze Haar, widerspenstig und wild. Aber trotzdem ein ganz anderer. Sie setzt sich neben ihn und streichelt ihm die Schulter, die Taille, dann über die Wange, und er schlägt langsam die Augen auf. Schwarze Steine unter dem fließenden Wasser des Bachs. Er versucht zu lächeln, aber es gelingt ihm nicht.

Vielleicht wollte sie es zum Schluss ja so? Sie waren an einem Baum stehen geblieben, den sie im Traum gesehen hatte, und sie dachte, sie sollte Morris sagen, dass sie lieber weiterfahren sollten, aber er musste sich die Beine vertreten, sagte er, pinkeln gehen, und sie hatten eine wohlverdiente Pause eingelegt. Als sie zum Auto zurückkamen, stand der Amtmann schon da und wartete auf sie. Er war nicht allein. Sie waren zu viert und trugen alle ihre Dienstwaffen, und da hatte Morris sie ganz fest gepackt und ihr zugerufen, dass sie laufen solle. Sie spurteten über das Feld, über den Acker mit der dick zusammengeklumpten Erde, und Morris zerrte an ihr, damit sie schneller rennen konnte. Hinter ihnen die atemlosen Stimmen; im Magen: der Hunger; im Körper: der Widerwillen, die Angst, der Widerstand. Sie biss die Zähne zusammen. Sie atmete Wasserdampf und Speichel ein. Sie schnaufte hilflos. Das Letzte, was sie sah, als Morris' seinen Griff lockerte und ihr das Gesicht zuwandte, waren seine aufgerissenen Augen und sein überraschter Blick. Seine langen Beine sprangen über einen Graben, bevor er zwischen den Bäumen verschwand. Sie blieb stehen. Warf sich der Länge nach in den Matsch, der ihre hellgraue Bluse schmutzig machte, und blieb dort liegen, bis sie kamen, um sie hochzuziehen.

35

Doktor Mikander bekommt einen Brief. Er ist von Henrik Curtén, und diesmal ist der Ton fordernder.

»Sehr geehrter Herr Doktor«, schreibt er, »wir haben immer noch keine Klarheit in der Frage, ob an unserer Tochter bewusste Operation durchgeführt werden kann, die die Fortpflanzung der Familie verhindern soll. Wir verlangen baldmöglichste Antwort, weil wir sie wieder bei uns haben wollen.«

Im Speisesaal drückt ihr Sigrid den Löffel in die Hand.

»Hier. Bitte schön. Iss!«

Sigrid lächelt immer so aufmunternd, wenn sie einen zum Essen überreden will. Und Elli schaut zu ihr auf mit großen, dunklen Augen, so dunklen Augen. Wie konnte Sigrid das früher übersehen, dass ihre Augen so dunkel sind?

Wie die von Kristina, denkt Sigrid, aber sie hofft, dass es nicht stimmt.

»Bitte, Elli. Du musst essen, damit du bei Kräften bleibst. Das weißt du doch.«

Und Elli streckt die Hand aus und nimmt langsam, ganz

langsam den Löffel, und die eifrige Sigrid stellt rasch einen Teller mit Suppe vor sie hin.

Karin blickt von ihrem Teller auf und hört auf, ihre Erbsensuppe in sich hineinzulöffeln. Sie hat immer noch den Mund voll, und ihre Augen sind kreisrund, während sie wartet. Dann schluckt sie schnell.

»Na komm, Elli! Gut, Elli!«

Und Elli hält den Löffel genauso in der Hand, wie Mutter es ihr als Kind beigebracht hat, und sie tunkt ihn in die Suppe. Sigrid strahlt übers ganze Gesicht, und Karin wartet gespannt mit halb offenem Mund. Rundherum wird geschlürft. Löffel kratzen über Blechteller, und Blechtassen stoßen gegen den Tisch. Elli schaut sich um, als würde sie sich nicht so recht an dieses Essensritual erinnern, und dann klatscht sie mit dem Löffel auf die Suppe. Patsch, patsch, patsch, patsch.

»Elli«, sagt Sigrid, und Karin wendet rasch den Blick ab, greift zu ihrem eigenen Löffel und isst weiter.

Nachdem Sigrid gegangen ist, ergreift Karin Ellis Löffel, taucht ihn in die Suppe und führt ihn an Ellis Mund. Mit flehendem Blick. Bitte, Elli. Elli macht den Mund nicht auf.

Doch so viel Stillsein zeigt Erfolge, und im Frühjahr erscheint Mutter. Sie hat schon vor ein paar Wochen geschrieben und darauf bestanden, einen Termin bei Doktor Mikander zu bekommen. Aber sie hat keine Antwort erhalten, und als sie dann erst mal da ist, kann man sie nicht aufhalten. Hier ist sie jetzt. Sie stürmt durch die Flure, und als die Schwestern die Arme ausstrecken, um sie aufzuhalten, bleibt sie stehen, und das Personal steht einem funkelnden Blick und einem erhobenen Zeigefinger gegenüber.

»Wagen Sie bloß nicht, mich anzufassen! Ich bin nicht eine von Ihren Patientinnen! Wagen Sie es bloß nicht, mich mit einer von denen zu verwechseln, ich warne Sie.«

Also müssen sie sie wohl oder übel durchlassen, und sie kommt in den Aufenthaltsraum und schaut sich um, und Elli sieht sie durch den Spalt in ihrer Decke und zuckt zusammen. Das kann doch wohl nicht wahr sein! Dass Mutter dort steht! Sie macht die Decke ganz auf, und der Blick ihrer Mutter findet sie, und Mutter wird ganz still, ihr Mund öffnet sich, und ihre Augen werden groß und rund. Einen Augenblick steht sie völlig reglos dort und sieht aus, als wollte sie auf dem Absatz wieder kehrtmachen und verschwinden. Doch dann läuft sie los und stürzt auf Elli zu, die ihr die Arme entgegenstreckt, und fällt ihr in die Arme.

»Aber sag mal … Wie du aussiehst!«, sagt Mutter später, als sie in Ellis Zimmer gegangen sind, um sich ungestört unterhalten zu können.

Beziehungsweise – das Reden besorgt ihre Mutter. Elli ist mehr als zufrieden damit, einfach nur zuzuhören.

»Dieser Doktor Mikander hat gesagt, dass du mehrere Wochen kein Wort gesprochen hast!«, sagt Mutter. Elli sitzt neben ihr und streichelt ihr das Gesicht und die Haare, immer und immer wieder.

Sie kann gar nicht mehr aufhören. Mutter ist hier! Mutter ist wirklich hier. Und jetzt lächelt sie, das kann sie immer noch, und ihre Fingerspitzen gleiten über Mutters Wangen, ihren Hals, ihr Haar … bis Mutter ihre Hände wegschiebt und diesen gereizten Blick bekommt, an den sich Elli nur zu gut erinnert.

»Mein liebes Kind … jetzt hör doch auf …«

Mutter seufzt.

»Dein Vater hat der medizinischen Leitung immer wieder geschrieben, aber jetzt ist die Sache geklärt. Du bekommst jetzt diese Operation.«

Mutter wirft ihr einen bekümmerten Blick zu.

»Mein armes kleines Goldstückchen … Aber wenn es das ist, was nötig ist, damit du wieder hier rauskommst, dann soll es eben so sein. Du sollst nicht hier drinbleiben und verfaulen.«

Dann schaut Mutter sie eine Weile an, streckt die Hand aus und befühlt Ellis Haare.

»Du bist sehr krank gewesen, haben sie erzählt.«

Mutter klingt zufrieden. Als ob es gut wäre, dass sie endlich ein bisschen gesunde Krankheitsanzeichen zeigt. Und die Stummheit scheint sie überhaupt nicht zu beschweren. Elli ist zufrieden. Wenn Mutter zufrieden ist, ist Elli zufrieden, denn das ist ja das Einzige, was sie eigentlich immer gewollt hat: Mutter zufrieden machen. Und Mutter legt die Arme um Elli und drückt ihre Wange an die von Elli, und als sie Elli fest an sich drückt, könnte Elli sich nichts mehr wünschen, als dass dieser Moment niemals endet.

Nach Mutters Besuch fängt Elli allmählich an, aus eigenem Antrieb den Aufenthaltsraum aufzusuchen, aber letztlich ist es doch Karin, die sie aus ihrem Schweigen holt. Langsam und mit unendlicher Geduld nähert sich Karin und hebt die Decke an, die sie immer um sich geschlungen hat, wie eine Schale, die sie vor der Außenwelt schützt. Karin redet mit ihr. Karin verführt und lockt. Sie fasst vorsichtig die Decke an und schält sie nach unten ab, und dabei sagt sie:

»Jetzt schau doch mal raus, du dummes Ding! He! Du kannst doch nicht tagelang da drinbleiben. Was soll denn aus mir werden, wenn du mir nicht wieder Gesellschaft leistest? Ich weiß, dass du dich für deine neue Frisur schämst, aber jetzt komm schon, Haare wachsen nach, und außerdem haben wir die Frisur alle schon irgendwann mal gehabt. Ich sogar mehrmals – und nun schau mich an!«

Und so plaudert sie immer weiter, bis Elli die Decke nicht mehr festhält, und Karin schafft es, Ellis stoppeligen Kopf hervorzulocken und sogar ihren Blick einzufangen.

»Fünf Wochen in Isolierung, Elli … Weißt du was? Das ist gar nichts! Einmal, als ich richtig anstrengend war, hab ich den ganzen Winter drinnen gesessen! Fast. Neun Wochen! Kannst du dir so was vorstellen?«

Elli schaut sie schweigend an, und in ihr beginnt sich etwas wieder zu rühren. Als würde jemand eine Eisschicht betrachten und nach ein paar Minuten merken, dass darunter das Wasser fließt. Dass etwas Schnelles, Bewegtes darunter ist, und obwohl noch fast zwei Wochen des Schweigens vergehen, plaudert Karin weiter auf sie ein, bis Elli irgendwann sagt:

»Karin …«

Karin verstummt. Im ersten Moment will sie schon nach Sigrid rufen, aber Ellis Blick lässt sie innehalten, also bleibt sie still und beugt sich vor, um zuzuhören. Ellis Stimme ist heiser und dünn, weil sie es gar nicht mehr gewöhnt ist, Sätze zu bauen, aber trotzdem macht sie wieder den Mund auf.

»Ich werde rauskommen. Im Frühjahr«, sagt Elli, und Karin schaut sie eine Weile an.

»Ja«, antwortet Karin. »Ja, natürlich«, und sie schenkt Elli ein lauwarmes Lächeln, das eher ein Achselzucken ist.

»Ich auch!«, fährt sie dann fort. »Wir können zusammen raus! Weißt du, was ich machen würde, wenn ich rauskomme? Das Erste, was ich machen würde? Weißt du, ich würde …«

Doch Elli hört ihr gar nicht zu. Sie hat zum ersten Mal seit Wochen geredet, aber obwohl es ihr niemand sagt, ist der Frühling fast schon vorbei, doch davon weiß Elli nichts. In ihr wehen noch die eisigen Winde, und es ist kalt und einsam, aber sie hat angefangen zu sprechen, und das Rauschen im Körper wird lauter. Raus. Bis zum Frühjahr. Denn das hat Mutter versprochen.

36

»Weißt du, in welche Richtung Martha geschwommen ist?«, fragt Karin, und Elli betrachtet sie einen Augenblick. Sie ist überrascht, denn bisher hat Karin nur abweisend reagiert, wenn jemand über Martha reden wollte.

Wenn jemand gefragt hat, wie sie sich fühlt, angesichts der

Geschichte mit Martha, hat sie sich bloß über das gebeugt, was sie gerade in den Händen hatte, und geantwortet, dass sie die Klappe halten und diesen Feigling nicht mehr erwähnen sollten. Dass sie ihren Namen nicht mehr hören will. Und das hat Elli betroffen gemacht. Der bleischwere Winter. Noch so einen Winter wird sie nicht überstehen. Sie kann nicht.

»Nein«, antwortet Elli.

Und Karin lächelt und wippt ein bisschen mit dem Körper, als müsste sie ihre eigene Antwort bekräftigen, bevor sie sie gegeben hat.

»Zu einer Insel, weit, weit weg.«

»Karin. Diese Insel *ist* bereits weit, weit weg«, sagt Elli.

»Nein ... Aber nicht so wie hier. Sondern so wie ... Griechenland oder so was.«

»Warum?«

»Da wollte sie immer hin. Hat sie gesagt. Wenn ich rauskomme und ... dieses ganze ... Scheißgerede!«

Karin macht eine Pause und spricht dann weiter.

»Sie kam irgendwann gegen Mittag an, und dann ist sie aus dem Wasser gewatet, und alle, die am Strand unter ihren Sonnenschirmen saßen, standen verblüfft auf und rannten dann zu ihr, um ihr zu helfen. Sie brachten Handtücher, Decken ... Wasser ... Als hätte sie noch nicht genug Wasser gehabt ... und dann wunderten sie sich über ihre seltsame Sprache und fragten sie, was sie dort mache.«

Elli schaut Karin an, fragt aber nichts. Fragt nicht, was Martha dort mache, und Karin lächelt mit ihren schiefen Vorderzähnen.

»Aber das war egal«, fährt Karin fort. »Denn Martha war es gewöhnt, anders zu sein. Weißt du, was ich meine, Elli?«

Elli schaut Karin eine Weile an. Erwidert den hellblauen Blick und will etwas sagen, aber sie kann nicht. Also schüttelt sie nur noch einmal linkisch den Kopf, doch Karin nimmt ihre Hand, und Karins Hand ist so warm, und in Elli fängt vorübergehend alles noch schneller an zu rauschen, woraufhin ihr schwindelig wird. Sie schaut sich im Aufenthaltsraum um, aber keiner sieht sie, und außerdem ist es ja auch nicht ungewöhnlich in diesem Zimmer, wenn man sich umarmt, streichelt und liebkost. Karin hat früher auch schon ihre Hand gehalten, aber jetzt fühlt es sich anders an. Karin will etwas, und ihre Finger streicheln Ellis Hand. Ein Finger, eine Fingerspitze fährt über Ellis Handfläche, verschwitzt und kitzelnd. Es kitzelt, und Elli muss schlucken. Doch genau in dem Moment zieht Karin die Hand zurück, lehnt sich zurück und verschränkt die Arme vor der Brust.

»Aber so war Martha eben. Ich bin nicht so. Deswegen wollte sie sterben. Weil sie wusste, dass sie niemals geheilt werden würde. Davon jedenfalls nicht. Da wollte sie lieber sterben.«

Und Elli spürt, dass es in ihrem Körper pocht, es pocht nach Karin, die wohl gewusst hat, was sie da tat, aber es nicht zugeben wollte. Denn so eine wie Martha war sie ja nicht. Nein – nicht im Entferntesten.

Mehrere Tage umschleichen sie einander, ohne richtig darüber zu reden, aber irgendetwas hat Karin in Brand gesetzt im Aufenthaltsraum, und als Elli ihr auf den Hof folgt, wo sie eine Zigarette rauchen will, zieht Karin sie hinter eine Hausecke und küsst sie. Elli ist so überrumpelt, dass sie nur aufschreit und sich im ersten Moment losmachen will, aber dann lässt ihre Angst auf einmal nach, und sie erwidert den Kuss, hitzig und atemlos. Ihre Hände tasten über Karins Taille und ihre Brüste und fassen dann in Karins Haar, in das sie sich hineingraben, und sie ziehen sie näher an sich. Nach nicht mal einer Minute ist es vorbei, und sie trennen sich keuchend voneinander, doch Karin lacht und atmet schwer und schaut sie mit einem Lächeln an, das keinen Zweifel daran lässt, dass sie mehr will, bloß nicht hier und jetzt. Sie steckt sich ihre Zigarette an, und sie gehen wieder um die Ecke herum, gerade als die Tür aufgeht und Manna heraustritt, die man ihnen hinterhergeschickt hat, damit sie nach ihnen schaut, die aber zurückgefallen war. Karin pflückt sich mit einer vergnügten Grimasse ein Tabakstückchen von der Zunge, und Elli bemüht sich, ihre Atmung wieder zu beruhigen, denn es hätte nicht viel gefehlt und sie hätten sich nicht mehr voneinander losreißen können, und was sie hier machen, ist gefährlich, gefährlich in jeder Hinsicht, aber eben auch unwiderstehlich. Karin ist kokett, stark und mutig, süß und schlank und lockend und kann Elli den Alltag völlig vergessen lassen, und das ist wohl auch das, was Karin möchte, Flucht, und in ihrer Dummheit, dort draußen auf der Treppe in Karins Nähe und mit Manna zwischen ihnen, die so zerstreut ist, dass sie überhaupt nichts bemerkt, schmiedet Elli weitere Pläne. Pläne, die sie Karin später leise verraten wird und die Karin sich zwar anhört, von denen sie aber nicht sonderlich begeistert zu sein scheint. Pläne, wie man von hier wegkommen könnte. Zusammen. Und Elli nimmt Karins Hände und spürt genau in diesem Augenblick, dass es einfach so vorherbestimmt war. Sie kann Karin nicht verlassen, und vielleicht hat Karin genau damit gerechnet, vielleicht hatte sie genau das im Sinn, als sie ihren Finger über Ellis Handfläche gleiten ließ und eine Funkenspur hinterließ – Elli sollte bleiben wollen. Hier. Mit Karin.

Seite an Seite gehen sie den Weg hinunter, der vom Krankenhaus wegführt. Vorbei an den Schafweiden, auf denen das Gras sprießt, saftig und grün, und obwohl sie sich nicht berühren, sind sie völlig absorbiert von der Nähe zueinander. Immer wieder berührt ein Arm den anderen, und bei jeder Unebenheit des Weges, bei der sie leicht ins Stolpern kommen, stoßen sie aneinander. Sie schweigen. Wollen den Augenblick nicht mit Stimmen zerstören, und sowie sie außer Sichtweite sind, fassen sie sich bei den Händen.

Karin zieht Elli mit hoch auf den Tyttökallio. Es ist ein kalter, frischer und windiger Maitag, und in der Bucht reihen sich die Schaumkronen aneinander. Kalte Windböen gehen übers

Meer, und Elli legt den Arm um Karin, als sie nebeneinander auf der Klippe sitzen. Sie haben schon einmal so dagesessen, letzten Sommer, als Martha dabei war, und da hat keine von ihnen darüber nachgedacht, aber jetzt hat ihr Körper eine andere Funktion und eine andere Bedeutung.

Man muss es uns doch ansehen, denkt Elli. *Wie wir uns verstohlen von der Seite anschauen. Wie wir versuchen, uns zu berühren, sobald sich die geringste Gelegenheit bietet. Wie wir uns manchmal bewusst aus dem Weg gehen, damit es nicht so deutlich ist. Wie wir uns anlächeln. Aber Manna hat nur gesagt, dass sie sich freut, weil es so aussieht, als hätten wir uns gesucht und gefunden. Oder wissen sie es am Ende alle? Wissen es, aber sagen nichts, weil sie es in Ordnung finden? Bestätigt es unser Krankheitsverhalten, und gibt es entsprechende Aufzeichnungen in unseren Krankenakten, die niemand erwähnt, die uns aber schon als unheilbar abgestempelt haben? Denn für diese Krankheit gibt es kein Heilmittel. Sie ist ein Fluch. Das wusste Martha auch, hat Karin gesagt, deswegen wollte sie sterben.*

»Wir müssen vorsichtiger sein«, sagt Elli und schaut Karin in die Augen.

Die hellblauen Augen haben dieselbe Farbe wie das wogende Meer dort unten, und sie sind genauso bodenlos tief. Darin kann man nicht schwimmen. Nur ertrinken.

»M-hm«, antwortet Karin und zieht Elli näher an sich, und dann sind da nur noch Lippen und Zungen und ein weicher Mund auf einem anderen, bis Elli sich auf Karin sacken lässt und sich über sie herabbeugt.

»Nein, ich meine es wirklich ernst«, sagt Elli, während sie Karin küsst. »Wir können nicht, wir dürfen uns davon nicht festhalten lassen. Ich soll bald weg von hier.«

Sie stützt sich auf den Ellbogen und betrachtet Karins sommersprossiges, nach oben gewandtes Gesicht. Streichelt ihr Wangen und Nase. Drückt ihr ganz leicht auf die Nasenspitze.

»Und wenn ich von hier weg bin, werde ich dafür sorgen, dass du auch rauskommst.«

Karin wendet das Gesicht ab, bleibt lange so liegen und blinzelt aufs Meer hinaus.

»Da drüben …«, sagt Karin, und die Blicke der beiden wandern automatisch zum Festland.

Elli hält Karins Hand.

»Weißt du, was alle in diesem Moment da drüben machen?«, fragt Karin und blinzelt sie an.

»Karin …«, beginnt Elli, doch Karin schüttelt den Kopf.

»Nein, hör mir zu. In diesem Moment gehen die Menschen da drüben, dort, wo du hinwillst, alle in die Arbeit. Sie stehen früh auf, sie sind müde, sie knausern herum in ihrem grauen, öden Dasein, jeden Tag, gehen in eine Arbeit, die sie hassen, mit Menschen, die sie widerlich finden, sie arbeiten für Vorarbeiter, denen sie am liebsten ein Messer in den Hals rammen würden, sie verschleißen ihre Körper für Kleingeld, damit jemand anders reich wird, sie machen sich Sorgen ums Geld, um ihre Nahrung, um ihre Kinder, um ihre alten, kranken Eltern, die zu Hause in ihren Hütten liegen, und niemand hat Zeit, sich um sie zu kümmern oder sie zu besuchen. Es ist eine harte Welt, und manche sind zu weich für sie. Manche … gehen dort einfach unter.«

Karin legt eine Pause ein und schaut übers Meer.

»Und hier sitzen wir. Du und ich. Und ja, natürlich arbeiten wir hier im Krankenhaus auch, aber wir arbeiten immerhin für uns selbst, und wenn wir nicht arbeiten wollen, dann arbeiten wir eben nicht. Wir bekommen trotzdem zu essen. Wir dürfen im Bett bleiben und uns ausruhen, wenn wir wollen. Und wir können hier sitzen, so wie jetzt, zusammen, während die Welt dort drüben«, sie deutet mit einer matten Handbewegung zum Festland, »ohne uns dahinrast.«

»Aber wir sind doch nicht frei, Karin!«, sagt Elli.

»Weißt du was? Das sind die da drüben auch nicht.«

Karin setzt sich auf. Sie bleiben einen Moment schweigend so sitzen, und Karin legt die Arme aufs Knie und das Kinn auf die Arme.

»Ich liebe diesen Ort«, sagt sie dann. »Das hier ist mein Zuhause.«

Elli streichelt Karin die Schläfe.

»Sag so was nicht.«

»Warum nicht? Es ist eben wahr. Hast du Angst vor Wahrheiten, Elli?«

»Nein … Ich bekomme nur Angst bei dem Gedanken, dass du hierbleibst und ich … Wie könnte ich ohne dich leben? Wie könntest du ohne mich leben?«, fragt sie und schaut stur in die andere Richtung.

»Ist es vielleicht so …«, versucht es Elli, als Karin keine Antwort gibt, »dass du diejenige bist, die hier Angst hat? Vorm Leben da draußen?«

Karin blinzelt aufs Meer, das ihr Martha genommen hat, und Elli wünschte, sie wüsste, was Karin denkt, denn es kommt so oft vor, dass Karin überhaupt nichts sagt. Sie kneift den Mund zusammen, wenn es um die allerwichtigsten Fragen geht, aber über Nichtigkeiten kann sie jeden in Grund und Boden schwätzen.

»Natürlich hab ich Angst«, sagt Karin. »Aber ein Teil von mir möchte eben nicht mal darüber nachdenken, ein Leben dort drüben zu versuchen.«

Jetzt wendet sie sich zu Elli.

»Oder nicht nur ein Teil von mir. Mein ganzes Ich. Nichts in mir will ein Leben dort drüben versuchen, in dem, was du die Welt nennst.«

»Aber …«

»Nein. Ich will nicht! Schlicht und einfach.«

Karins harte Entschlossenheit schreckt Elli nicht ab, im Gegenteil.

»Die Liebe kann auch ein Zuhause sein«, sagt Elli, aber da lacht Karin nur.

»Bitte, meine Süße. Verstehst du nicht, dass es nur die Ausnahme ist, ebendieser Ort, der diese Liebe überhaupt möglich macht? Verstehst du nicht, dass das, was du Zuhause nennst, die wirkliche Welt, nach Kräften versuchen würde, uns zu zermalmen?«

Da verstummt Elli. Der Wind dringt ihr zwischen die Lider, ihre Augen brennen. Sie schaut hinaus zum Horizont. Dort ist das Festland, vor ihr, und hinter ihr das Krankenhaus, und zwischen den beiden ist Karin.

Wird das so weitergehen bei mir? Immer?, fragt sich Elli. *Dass ich mich entscheiden muss, ob ich entweder glücklich im Verborgenen leben möchte oder unglücklich in der Öffentlichkeit? Dass ich mich immer entscheiden muss, ob ich entweder ohne meine Liebe akzeptiert werde – oder mit meiner Liebe verstoßen? Dass ich einen Teil meiner selbst ablegen muss und deswegen niemals richtig vollständig sein werde?*

Elli setzt sich hinter Karin, legt ihr den Kopf auf die Schulter und schlingt ihr die Arme um den Hals, und Karin lehnt ihre Wange an Ellis Haar.

Ich liebe dich, denkt Elli, aber sie sagt es nicht.

Sie will den Worten nicht die Macht nehmen, indem sie sie laut ausspricht.

Karin ist derb und hart, aber das heißt nicht, dass Elli nicht versuchen würde, sie zu beeinflussen. Sie macht es in der Waschküche, wo sie vollgepinkelte und vollgeschissene Laken in Waschkesseln einweichen und kochen. Sie tut es an der Wäscheleine, wo Karin sich hinter den ausgebreiteten aufgehängten Decken versteckt. Sie tut es bei der Frühjahrsaussaat zwischen den Furchen im Gemüsegarten, wo sie Seite an Seite knien. Doch sobald Elli von der Operation als Freiheit spricht, schüttelt Karin den Kopf, und dann hält sie inne mit der Hacke in der Hand und wischt sich mit dem Handrücken die verschwitzte Stirn ab.

»Eine Freiheit, die du mit deinem eigenen Körper bezahlst, Elli«, sagt Karin, und Elli, die in ihrer eigenen Ackerfurche hockt, schaut sie an.

»Ja, aber das ist doch ein Teil von meinem Körper, den ich niemals benutzen werde!«

»Du missverstehst mich«, antwortet Karin und schüttelt wieder den Kopf. »Sie haben kein Recht! Das ist der springende Punkt. Kann sein, dass das Gesetz ihnen recht gibt, aber sie haben nicht das moralische Recht, mir einen Teil von meinem Körper zu nehmen! Die Wahl zwischen Pest und Cholera zu haben, ist nicht unbedingt Freiheit.«

Elli deutet aufs Krankenhaus, das hinter dem Hügel noch leicht zu sehen ist.

»Und das da? Wie nennst du das da?«

»Hier könnten wir zusammen sein, Elli. So, wie wir sind. Sie können uns ja nicht wirklich davon abhalten. Es ist ja nicht so, dass sie eine von uns wegschicken könnten. Das ist wahrscheinlich die Freiheit der Endstation: Da kannst du dann immerhin du selbst sein.«

Es liegt ein Körnchen Wahrheit in dem, was Karin sagt, aber das will Elli nicht zugeben. Sie hackt die Erde auf, zieht die nächste Handvoll Saatkörner aus der Schürzentasche und streut sie in einer ordentlichen Reihe in die Erde. Das werden Karotten. Aber sie wird nicht mehr hier sein, um sie zu kosten. Seltsamerweise macht sie das traurig.

37

Mutter sitzt auf dem Bett. Mutter schaut Elli freundlich an. Mutter redet von der Operation. Sie lächelt, sie sieht erleichtert aus. Elli wird sie bekommen. Jetzt ist alles geklärt. Und Mutter muss die Tränen wegblinzeln, denn es ist ja immerhin ihre eigene Tochter, die hier unters Messer soll. Aber sie versucht, ein strahlendes, aufmunterndes Lächeln aufzusetzen.

»Ich weiß nicht …«, sagt Elli und dreht sich auf ihrem Stuhl um. »Mit der Fahrt und so … Das kommt mir alles so schwierig vor.«

Doch Mutter hat nicht vor aufzugeben, das wird ihr schnell klar. Mutter will ja nur ihr Bestes, damals wie heute.

»Sie werden dich hinbringen. Du brauchst dir keine Sorgen zu machen. Sie werden sich gut um dich kümmern. Du wirst nicht eine Sekunde allein sein.«

»Aber … Ich hab solche Angst, Mama«, sagt sie mit so jämmerlich schwacher Stimme, dass man sie fast nicht hört.

»Ja, wir machen uns ja auch Sorgen um dich, Vater und ich, aber wir werden versuchen, uns nicht zu viel zu grämen oder darüber nachzudenken. Jetzt ist es entschieden, jetzt wird es auch so gemacht. Du bekommst deine Operation, und dann kommst du wieder nach Hause.«

Sie macht eine Pause, zögernd, und ihr Blick bekommt etwas Zerstreutes, als wäre es etwas, worüber sie noch nicht nachgedacht hätte.

»Stell dir vor«, sagt sie, fast wie zu sich selbst. »In nur zwei Monaten kannst du wieder zu Hause sein«, aber es klingt nicht allzu sehr nach Vorfreude.

Auf einmal schaut sie Elli an, und ihre Mundwinkel zucken, doch ihre Augen sind groß und verblüfft.

»Schon komisch!«, sagt sie.

Sie umarmt Elli schnell und streichelt ihr die Wange, dann steht sie abrupt auf, um zu gehen.

An ihrem letzten Morgen im Krankenhaus darf sie länger schlafen, und Doktor Mikander empfängt sie nach dem Frühstück, das sie allein im stillen Speisesaal einnimmt. Die anderen haben schon vor ein paar Stunden gegessen, und sie sitzt vor ihrer Grütze und starrt auf den Klecks Butter, der schmilzt und langsam am Rand hinunterläuft. Es sticht im Magen, und sie bekommt kaum etwas hinunter, und nach der halben Portion muss sie aufgeben. In der Küche ist Margot Flinck mit dem Abwasch beschäftigt, und manchmal wirft sie einen Blick auf Elli. Margot hat Martha, Karin und Elli kommen sehen.

Margot taucht die Teller ins schaumige Wasser. Elli ist ganz verändert. Ein Jahr erwachsener geworden oder um eine Erfahrung reicher. Schwer zu sagen. Arme Karin. Erst Martha und jetzt Elli. Aber Karin wird wieder jemand Neues finden. Wie immer.

Als Manna kommt, um Elli abzuholen, hat sie nur wenig mehr als die Hälfte ihrer Portion aufgegessen, und Elli schaut die braunhaarige, kleine Schwester an und spürt, wie ihr die Enttäuschung durch den Körper fährt.

Nicht Sigrid?

Nein, das hätte sie sich aber auch denken können. Manna führt sie in Doktor Mikanders Sprechzimmer, wo sie sich auf den Stuhl vor seinem Schreibtisch setzen muss, und da sitzt sie dann, genau wie beim ersten Mal. Er sieht noch genauso aus, aber sie ist eine Fremde.

»So, Fräulein Curtén«, sagt er und liest ihre Papiere durch. »Bald werden Sie also entlassen.«

Sie antwortet nicht, und er schaut sie durch seine runde Brille an.

»Die moderne Medizin hat viele Wunder möglich gemacht, aber dieses wird zweifellos eines von ganz besonderer Bedeutung sein«, fährt er fort. »Das große Volkshygiene-Projekt wird viel Gutes bewirken, und Sie haben das Glück, ein Teil davon zu werden.«

Er erklärt ihr rasch den Eingriff und steht dann auf, um sich von Elli zu verabschieden. Schüttelt ihr die Hand und wünscht ihr viel Glück für die Zukunft. Als Elli sich umdreht, steht Sigrid auf der Schwelle und hält Elli die Hand hin. Sie berührt ihren Arm und führt sie durch den Korridor. Und wo ist Karin?, möchte Elli fragen. Wo ist Karin? Aber es wird keine Karin kommen, denn Sigrid sagt, dass Karin sich heute Morgen geweigert hat, ihr Zimmer zu verlassen.

Karin.

Ein harter Kloß im Magen. Es wird keinen Abschied geben. Und als sie eine Stunde später unten am Anleger bei der Kirche von der Fähre abgeholt wird, in denselben Sachen, in denen sie angekommen ist, sieht sie, dass eine der Wachen, die sie erwarten, dieselbe ist, die sie auch auf die Insel begleitet hat, aber der andere Mann ist fremd. Sie meint, einen Blick im Nacken zu spüren, aber sie dreht sich nicht um, denn sie weiß, dass dort niemand ist. Sigrid hat sie schon am Ausgang in den Arm genommen, den Rest des Weges hat sie allein zurücklegen müssen. Ohne Handschellen diesmal. Sie ist ja offiziell entlassen, wenn auch mit Auflagen. Und ihre Hände umklammern die harten Griffe ihrer Tasche, als sie an Bord der schaukelnden, schlingernden Fähre geht.

38

Die Kerne in Karins Hand. Kleine braune Samen in einer Falte ihrer Handfläche. Sie kniet auf dem Boden und lässt die Samen in die dunkle Erde fallen. Dann schiebt sie die Erde ins Pflanzloch und glättet und klopft sie fest. Eine Haarsträhne ist ihr im Mundwinkel hängen geblieben, und sie zieht sie weg. Hebt den Blick, gestattet ihm jedoch nicht, sich auf die stahlblaue Fläche des Meeres hinausziehen zu lassen. Wer dort hingeht, ist weg. Verschwunden aus Karins Welt. Und kommt niemals zurück.

Karin weiß nichts von dem Brief, den Elli geschickt und den Margareta Högström in Verwahrung genommen hat. Um Karin nicht aufzuregen, heißt es. Damit Karin nicht traurig werden muss. Es ist besser für sie, wenn sie es nicht weiß.

Karin holt die blecherne Gießkanne und gießt die Stelle, an der einmal der Apfelbaum wachsen soll. In ihrer Vorstellung trägt er bereits Früchte.

Sie seufzt einmal und bleibt dann stehen. Es ist noch früh im Juli. Ein milder, grauer Tag. Rechts ist das Krankenhaus, links der Zaun, und hinter dem Zaun am Abhang liegen Garten und Gemüsebeete, und dort geht Karin jetzt hin, sie macht die paar Schritte bis ans Tor und öffnet den Haken. Sie kann das machen. Sie kann das Tor öffnen und hinausgehen, ohne dass jemand sie ruft, ohne dass sie sofort weggeschleppt und in Isolierung gesteckt wird. Sie darf kommen und gehen, wie sie will.

Fast.

Die Patientinnen sind jetzt im Aufenthaltsraum, aber Karin hat um Erlaubnis gebeten, hinausgehen zu dürfen. Sie bleibt vor den geraden Pflanzreihen stehen, die sie angelegt haben, als Elli noch da war, und auf der graubraunen Erde sieht man bereits einen Hauch der frischen Sprossen, die seitdem emporgewachsen sind. Die hellen Wedel des Karottengrüns, die kleinen, runden Blätter der Radieschen.

Komm mit! Komm, wir gehen zusammen von hier weg!

»Weggehen? Von hier? Von all dem hier, was uns gehört?«, sagt sie leise. »Im Ernst, Elli?«

Sie schluckt. Sie hat diesen Namen nicht aussprechen wollen. Seit Elli verschwunden ist, haben sie nicht mehr von ihr gesprochen. Es ist besser so. Das mit Martha war schon schlimm genug. Das war der letzte Verlust, den Karin ertragen konnte, und sie hat es auch bloß geschafft, weil Elli da war. Die Trauer damals hat sie verarbeitet, aber diese hier … die muss sie einfach verdrängen. Das Einzige, was sie hinterlassen hat, ist Leere. Es gibt nichts anderes. Es gibt kein Danach.

Sie geht am Rand des Beets entlang und zum Wasser, bis zum Weg, der am Leuchtturm vorbeiführt. Danach kommt die Wäscherei und dann die Kirche. Der Anleger, an dem sie selbst einmal an Land gegangen ist und der Meinung war, dass sie nur ganz kurz hierbleiben würde. Das war vor vier Jahren. Der Friedhof hinter der Kirche und Marthas Grab. Sie geht dorthin und setzt sich ans Kopfende ihrer Freundin. Legt sich dorthin und lässt die Arme auf dem Grab ruhen.

Sie schließt die Augen und sieht Elli vor sich. Ihre letzten, verzweifelten Tage.

Komm mit mir.

Sie hätte nie gedacht, dass Elli so etwas sagen würde. So etwas hatte noch keine andere zu ihr gesagt. Martha und sie hatten ihre Fantasien gehabt.

Wenn ich von hier wegkomme, werde ich …

Aber es war immer allen klar gewesen, dass es nur ein Spiel war. Für Elli war es Ernst. Sie ist von hier weggekommen. Karin dreht sich auf den Rücken und macht die Augen wieder auf. Der Himmel gleitet langsam vorbei, grau gesprenkelt und weich. Die Hand des Herrn. Ein Sargdeckel über der Insel.

SIGRID

39

Schärengarten von Nagu, 1941

Sigrid klopft, bevor sie die Tür aufmacht. Das tut sie immer, obwohl es sie eher überraschen würde, wenn sie eine Antwort bekäme, vor allem aus diesem Zimmer. Der Schlüssel klirrt im Schloss, und es klickt, bevor die Tür aufgeht. Ihre Holzschuhe klappern auf dem Boden, als sie eintritt.

Heute Morgen ist die Luft irgendwie ein bisschen anders in Kristinas Zimmer. Nicht nur, dass die alte Frau sich vollpinkelt, da ist auch noch etwas anderes. Wie eine Veränderung der Stimmung. Es ist schwer zu benennen, sie könnte es nicht in Worte fassen, aber nach einem einzigen Blick auf Kristina weiß sie, dass sie im Sterben liegt. Das kommt im Grunde nicht überraschend, aber Sigrid merkt doch, wie es ihr die Luft aus den Lungen drückt und das Blut mühsamer fließt. Sie macht die Tür schnell wieder zu und eilt davon, um Margareta Högström Bescheid zu geben.

Sigrid darf bei Kristina sitzen und darauf warten, dass der Tod kommt. Kristinas Hand in ihrer ist ganz steif. Ihre Finger sind gekrümmt, aber die Haut ist weich und so dünn, dass sie fast reißt, wenn man sie berührt. Sigrid streichelt den geäderten Handrücken, zärtlich und vorsichtig.

Es ist wichtig, hat Margareta Högström gesagt, dass man ihnen die Hand hält, dass man bei ihnen ist, wenn sie gehen.

Und Sigrid weiß, dass sie recht hat. Es ist das einzige Mal, dass sie sich wirklich die Zeit nehmen dürfen, so lange bei den Patientinnen zu bleiben, wie sie es brauchen – wenn sie schon im Sterben liegen.

Es ist nicht so, dass sie noch niemand hätte sterben sehen. Das hat sie sehr wohl. Im Allgemeinen Krankenhaus in Helsingfors hat sie einen jungen Mann gesehen, der von einer Kutsche überfahren worden war und an einem Schädelbruch starb. Im Sommer vor neun Jahren ist am Strand von Sandudd ein kleines Kind vor ihren Augen ertrunken. Und noch mehr hat sie auf dem OP-Tisch sterben sehen, oder andere, die bereits sterbend eingeliefert wurden und dann im Krankenhausbett ihren Geist aushauchten. Doch es war immer ein gewaltsames, überraschendes Ereignis, das ein unwirkliches Gefühl hinterließ, als wäre das, was sie gesehen hatte, eigentlich gar nicht passiert. Bei Kristina ist es anders. Jetzt wacht Sigrid bei einem Sterbenden. Jetzt begleitet sie einen Menschen in den Tod.

Im letzten halben Jahr hat Kristina auf der einen Seite in ihrem Bett gelegen, reglos, den Blick starr geradeaus gerichtet. Sie ist seit über zehn Jahren katatonisch, und Sigrid hat Kristina nie ein Wort sagen hören. Sie sagt auch jetzt nichts, während sie hier liegt und sich an den Tod klammert, als wäre es eine Rettungsleine, statt umgekehrt. Als Sigrid nun so an Kristinas Bett sitzt, mit dem leichten Druck von Kristinas Hand in der ihren, und die dünnen, zusammengekniffenen Lippen anschaut, die sich schon seit Wochen geweigert haben, sich zu öffnen – und sie waren so fest verschlossen, bis in die Kiefer, dass sie sich vergeblich abmühten, sie mit dem Löffel aufzuzwängen –, merkt sie, dass sich auf einmal etwas Trotziges, Entschlossenes in den sonst so leeren Blick geschlichen hat. Sigrid weiß, dass Kristina sich entschlossen hat. Nach vierundvierzig Jahren im Krankenhaus ist sie bereit, das Leben zu verlassen, und ehrlich gesagt hat sie sich sowieso schon viel länger hier gehalten, als man je erwartet hätte. Seit dem Jahre 1922 hat sie keinen klaren, geordneten Moment mehr gehabt. Unter den gegebenen Umständen eine gar zu lange Zeit für einen Zwangsaufenthalt, und deswegen war es auch eine Erleichterung, diesen Entschluss zu fassen, aufzugeben, sie gehen zu lassen, wenn sie es selbst so wollte. Doktor Mikander betrachtet den Tod als die endgültige Niederlage, und wenn er die Betreuung beendet, gibt er zwar auf, übergibt sie aber in dem Moment den Schwestern. Damit sie die Patientinnen so lange betreuen, bis sie das Leben ganz verlassen haben.

Kristina hat sich schon schlimm wund gelegen, und es hat Sigrid jedes Mal selbst wehgetan, wenn sie sie reinigen musste und sah, wie die Wunden eiterten, wie rot und entzündet sie waren, manche bis zum Knochen hinunter, denn viel mehr als ein Skelett mit Haut ist sie ja nicht mehr gewesen in letzter Zeit.

Ihre Augen brennen, tief in ihren Höhlen, sie sieht aus wie ein Spottbild von einem Menschen. Ein paar Haarbüschel stehen ihr vom Schädel ab, wie die Daunen eines Vogeljungen, und sie liegt gekrümmt im Bett, mit steifen Armen und steifen Beinen, sodass Sigrid und die anderen Schwestern sie jeden Tag erst wieder strecken und gerade richten müssen. Sigrid hat Kristina an dem Vormittag gewogen, als Doktor Mikander einen Blick auf die Frau warf und mit ernster Stimme verkündete, dass es ihn überraschen würde, wenn die alte Kristina noch einen weiteren Morgen erleben würde. Sie wog vierunddreißig Kilo. Sigrid kam es vor, als würde sie eine Mumie wiegen, und sie musste sich beherrschen, um nicht in Tränen auszubrechen, so jämmerlich war das. Aber was können sich die Toten schon von unseren Tränen kaufen, und im Grunde auch die Lebenden? Sie weinte um ihrer selbst willen, und das musste sich nun wirklich keiner ansehen. Es gab bereits genug Tränen im Krankenhaus, dass man mit einem einzigen steten Strom den ganzen Aufenthaltsraum und die Flure hätte spülen können, wenn man gewollt hätte.

Sigrid brauchte keinen Tropfen dazu beizutragen. Hier weinten schon so viele Menschen so untröstlich, und es zahlt sich nicht aus, länger als ein paar Augenblicke in diesen Brunnen zu tauchen, wenn überhaupt. Denn wer sich einmal dort hineinsinken lässt, wird schnell feststellen, dass dieser Brunnen bodenlos ist.

Trotzdem braucht Kristina noch mehrere Stunden zum Sterben, und zufällig ist Sigrid da gerade in Gedanken versunken, sie ist bereits geistig dabei, Kristinas Krankenakte auszufüllen und sie Margareta Högström zu übergeben, und sie muss überhaupt nicht ernster tun, als sie ist, als Kristina zu guter Letzt ihren letzten Atemzug tut. Man merkt es eigentlich gar nicht. Sie lächelt immer noch ein ganz, ganz kleines bisschen, und der entschlossene Ausdruck, der zuvor in ihren Augen geleuchtet hat, verschwindet. Es ist eine kaum merkliche Veränderung, und Sigrid merkt es erst, als sie sich seufzend am Bein kratzt, wo die Strumpfhose juckt. Eine Sekunde zuvor hat sie den Blick blinzelnd durchs Zimmer huschen lassen, und dann landet er auf Kristina, und da stellt sie fest, dass Kristina nicht mehr lebt. Sigrid holt tief Luft und schaut rasch auf die Uhr. Es ist zwanzig nach fünf, und sie wiederholt es in Gedanken: zwanzig nach fünf.

Aber, denkt sie im gleichen Moment, *ist das denn wichtig?*

Sigrid sitzt seit halb elf am Morgen hier, und es ist wohl nicht so wichtig, ob Kristina nun um zwei oder um sieben gestorben ist. Aber Margareta würde natürlich fragen. Deswegen war es wichtig. Eine falsche Zeit konnte sie nicht angeben, denn sonst könnte sie nicht erklären, wo sie danach gewesen war und auf welche Art sie ihre sonstigen Pflichten vernachlässigt hatte. Also prägt sie sich die Uhrzeit akribisch ein, und dann drückt sie Kristinas Hand ein letztes Mal, bevor sie die tote, alte aus ihrer eigenen jungen, lebendigen Hand entlässt. Einen Augenblick bleibt sie noch neben dem Bett stehen und betrachtet die Tote, und dabei denkt sie sich, dass es wesentlich leichter war, sie sterben zu sehen, als sie leben zu sehen. Während sie dort steht und ein Teil dieses Friedens und dieser Stille ist, kann sie sich nicht verkneifen, den Ereignissen im Geiste schon vorzugreifen, und sie überlegt, wann die Beerdigung wohl stattfinden wird und ob viele zum Gottesdienst kommen werden. Sie könnte sich nicht erinnern, je gehört zu haben, dass Kristina einen Brief bekommen oder überhaupt irgendwelche Angehörigen gehabt hätte. Nur hier. Die Insel war ihr Zuhause gewesen, und jetzt würde sie bald der Nächsten ein Zuhause werden.

Später zieht sie Kristinas Bettwäsche ab und trägt sie in die Wäscherei. Kommt zurück und zieht neue auf. Putzt das Zimmer, nur einmal kurz wischen, und dann ist alles wieder ordentlich. Morgen wird ein neuer Körper in diesem Bett liegen, das Kristina gerade erst verlassen hat. Morgen kommt das Schiff mit einer Neuen, hat man gehört, es kommt immer eine Neue, und Sigrid zieht langsam die Tür hinter sich zu, obwohl sie sie genauso gut gleich hätte offen lassen können, in Erwartung der nächsten Bewohnerin.

40

Eines Dienstagmittags Ende Juni wird Sigrid ins Büro gerufen. Mikander sitzt wie immer an seinem Schreibtisch, als Sigrid anklopft und eintritt. Sie bleibt unsicher auf der Schwelle stehen, denn sie befürchtet fast, sie könnte einen Tadel dafür bekommen, dass sie Frans bei der Familie Johansson einquartiert hat, damit er im Sommer näher bei ihr ist, wenn er nicht an der Akademie studiert. Doch der schnelle, zerstreute Blick, den Mikander ihr zuwirft, als sie eintritt, sieht nicht im Geringsten so aus, als wäre er böse auf sie.

»Sie hatten mich herbestellt …?«, sagt sie, und er winkt sie zu sich, ungeduldig wie immer.

Sie schlüpft durch die Tür, fast ohne sie weiter zu öffnen, und zieht sie dann mit den allervordersten Fingerspitzen hinter sich zu. Er muss lächeln über ihre Lautlosigkeit, wie sie fast scheu, fast unsichtbar wirkt, im Gegensatz zu diesen ganzen geräuschvollen Patienten, die so viel herumschreien und so viel Raum fordern. Sofia zum Beispiel, die vor ein paar Monaten gekommen ist, die klopft sich auf die Schenkel und erzählt mit lauter Stimme, dass sie als Mädchen sechs Medaillen bei den Laufwettkämpfen der Schulmeisterschaften in ihrer Kleinstadt gewonnen hat.

»Diese Kanonen hier, die konnte niemand aufhalten, wenn sie erst mal in Schwung waren! Ich war die Schnellste von allen! Schneller als die Jungen!«, sagt Sofia immer, und dann schaut sie sich um, um zu sehen, wie beeindruckt das Publikum auch dieses Mal wieder ist.

Sofia, ja, Sofia, eine beständige Landplage, wo sie geht und steht. Immer muss sie reden, und in Lappviken hielt sie immer die Ärzte im Aufenthaltsraum auf, packte sie am Ärmel und versuchte sie zurückzuhalten, klammerte sich fest und wollte, dass sie ihr Gesellschaft leisteten. Als wäre ihr nicht klar, dass sie es eilig hatten.

In Lappviken war sie traurig geworden und hatte geweint, wenn jemand anders Besuch bekam und sie nicht, sie war so missgünstig und neidisch auf alles, und hier war es dasselbe mit den Briefen. Wenn sie keinen Brief bekam und die anderen schon, machte sie einen ekelhaften Aufstand, und wenn sie einen Brief bekam, na, da war es fast noch schlimmer. Sie konnte ihn nicht lesen, ohne sich hinzulegen und zu heulen. Vor ein paar Tagen war ein Brief von ihrer Mutter gekommen, und wenn das geschah, hatte Sofia immer ein paar sehr niedergedrückte Tage.

Doktor Mikander schaut Sigrid an und fragt sie, wie es Sofia geht, und sie schenkt ihm einen so ernsten Blick, dass er eine jähe, väterliche Zärtlichkeit für sie empfindet. Sie arbeitet so hart und wird von den Patientinnen so geliebt, obwohl deren Leben ja sowieso hoffnungslos ist, beziehungsweise – krasser ausgedrückt – völlig überflüssig. Das ganze Krankenhaus könnte von einer großen Welle fortgespült werden, ohne dass allzu viele auch nur die Augenbrauen hochziehen würden, und ehrlich gesagt wäre es vielleicht sogar eine gewisse Erleichterung.

»Sie ist immer noch untröstlich. Gestern hat sie den ganzen Abend geweint, und heute Morgen hab ich gesehen, dass ihr immer noch die Tränen in den Augen standen. Sie hat gemeint, sie konnte immer nur ein paar Worte am Stück lesen, und dann musste sie wieder weinen«, antwortet Sigrid.

Doktor Mikander seufzt. Was kann er schon anderes tun als seufzen?

»Ja, ja«, sagt er. »So ist es jedes Mal. Manchmal denke ich mir, es wäre besser, wenn sie überhaupt keine Briefe bekommen würde.«

Aber nach einer Weile fügt er hinzu:

»Na ja, aber dann würde das Jammern ja überhaupt kein Ende mehr nehmen.«

»Nein, wahrscheinlich nicht«, meint Sigrid lächelnd.

Sie ist so süß und hübsch mit ihren blonden Locken und den leuchtenden blauen Augen. Aufrechte Haltung. Breite Schultern, schmale Taille. Die Patientinnen werden von ihr angezogen, als wäre sie ein Leuchtturm in der Nacht, und er kann das gut verstehen.

»Ich habe Sie gebeten zu kommen, Fräulein Friman, um Ihnen Folgendes mitzuteilen. Ich hoffe, Sie sehen es mir nach, aber ich habe es erst gefunden, als ich meine alten Papiere aufgeräumt habe. Diese ganzen Papiere … Der muss hier in diesem Haufen verschwunden sein, aber auf einmal ist er einfach rausgefallen, und da fiel mir ein, dass ich Ihnen den nie gezeigt habe«, sagt Doktor Mikander, und er reicht ihr einen Brief.

Sehr geehrter Doktor Mikander oder nachfolgender Arzt,
sehr geehrtes Personal,

ich möchte Ihnen für die Fürsorge danken, mit der Sie sich um meine Tochter Ellinor Curtén gekümmert haben, als sie sich vor einem Jahr und vier Monaten in Ihrer Pflege befand, zwischen 1934 und 1935, bevor sie im Anschluss ihre Operation hatte. Mit diesem Brief möchte ich Ihnen mitteilen, dass die Operation meiner Tochter erfolgreich war, und alle, die sie kennen und lieben, teilen diese Ansicht. Es hat uns viel Sorgen und viel Qual genommen, das Mädchen wieder bei uns zu Hause zu haben. Ein Dankeschön an Sie im Krankenhaus, dass Sie sie in einer Phase versorgt haben, als sie für uns verloren war, und dass Sie uns geholfen haben, sie zurückzubekommen. Sie hat viel von Sigrid gesprochen und wie gut die liebe Schwester Friman immer zu ihr war. Ich hoffe, Sie richten dieser wundervollen Krankenschwester unsere Grüße aus.

Hochachtungsvoll
Vilhelmiina Curtén

Der Brief ist bereits mehrere Jahre alt. Sigrid faltet das Blatt mit einem schiefen Lächeln zusammen und gibt sich große Mühe, das Gefühl der Enttäuschung zu bekämpfen, das in ihrer derzeitigen Stimmung in ihr aufsteigen will. Es ist wie ein Flüstern aus der Vergangenheit. Sigrid hatte so viel nachgedacht. Und Karin auch. Und nun das. Das hätte er ihr weiß Gott früher mitteilen können.

Elli …

Was für ein Glück diese Operation für sie gewesen war. Dass sie hier wegkam. Nach alldem noch ein Leben hatte. Als neuer Mensch.

»Es freut mich sehr, dass sie so warmherzig über Sie schreibt, Fräulein Friman«, sagt Doktor Mikander.

»Mich auch«, erwidert Sigrid rasch. »Danke.«

»Sie wissen es sicher, ohne dass ich es sagen muss, was für ein großer Gewinn Sie für dieses Krankenhaus sind. Wie Sie zweifellos helfen, Freude und Licht an einem Ort zu verbreiten, an dem eigentlich meistens Hoffnungslosigkeit das dominierende Gefühl ist.«

»Danke.«

»Nein, ich meine das ganz ernst. Sie sind ein außergewöhnlicher Mensch, Fräulein Friman. Ganz besonders.«

»Na, wir tun alle unser Bestes«, antwortet Sigrid ausweichend.

Doktor Mikander mustert sie einen Augenblick gründlich.

»Wie gefällt es Ihnen hier?«, fragt er dann.

Sie lächelt schwach und schaut ihm in die Augen.

»Gut, danke!«

»Und wie sehen Sie Ihre Zukunftsaussichten?«

»Wie meinen Sie das?«, fragt sie, und er setzt sich auf seinem Stuhl zurecht, bevor er antwortet, als müsste er erst Anlauf nehmen zu einer Erklärung.

»Verschwenden Sie denn nicht Ihr Leben an einem Ort wie diesem? Es gäbe doch so viel zu sehen. Und Sie sind schon so lange hier! Wollen Sie denn nie die Welt sehen? Das eine oder andere Abenteuer erleben? Vielleicht eine Stelle an einem besseren Krankenhaus annehmen, wo rundherum mehr Leben ist, mehr junge Menschen, mehr Schwung und Glanz und Vergnügen?«

Sigrid schweigt einen Augenblick, bevor sie antwortet.

»Nein, Doktor Mikander. Wenn ich ganz ehrlich sein soll, finde ich, dass die Welt dort draußen ein erschreckender Ort ist. Nicht nur wegen des Krieges. Schauen Sie sich doch an, wie sie die zugerichtet hat, die wir hier betreuen. Schauen Sie sich doch nur Sofia oder Katarina an … wie sie von der Welt niedergetrampelt wurden und dann hier gelandet sind. Und trotzdem sehnen sie sich immer noch zurück. Ich verstehe sie nicht. Ich sehne mich nicht danach. Dies ist ein guter Ort auf Erden.«

»Ein guter Ort auf Erden. Ja, ja … Wissen Sie was? Wenn ich jetzt jung wäre, würde ich es machen wie unsere Herren Harry Federley und Jarl Hagelstam und nach Deutschland fahren, um bei Leuten wie Ludwig Plate oder Ernst Rüdin zu studieren. Man kann über die Deutschen ja sagen, was man will, aber ich bin voll der Bewunderung. Sie haben eine völkische Erhebung zustande gebracht, wie sie die Welt noch nicht gesehen hat. Stolz auf ihre Wurzeln, Brüderlichkeit, Organisation … Aber in diesem Lande hinken wir ja immer hinterher. Was wir bräuchten, ist ein ordentliches Institut für Rassenbiologie. In Schweden haben sie schon eins! Ich hoffe ja, dass die Gesellschaft für Volksgesundheit die Initiative ergreift, aber … Im Großen und Ganzen will ich einfach weg hier.«

Doktor Mikander seufzt, lehnt sich zurück und ist eine Weile in seinen eigenen Gedanken versunken, doch dann fährt er plötzlich zusammen und schaut auf seine Armbanduhr.

»Aber ich sitze hier rum und halte Sie auf, Fräulein, wo Sie doch Ihre Arbeit zu tun haben. Wir bekommen heute eine neue Patientin. Eine Johanna Kanerva aus Uleåborg. Sie müsste mit der Nachmittagsfähre kommen.«

Sigrid blinzelt verwirrt, als er so jäh das Thema wechselt. Sie steht auf, und Doktor Mikander schaut zum Fenster.

»Wenn man vom Teufel spricht … Da kommt sie ja. Ganz pünktlich.«

Als Sigrid sich umdreht, um aus dem Zimmer zu gehen, wendet sich Doktor Mikander wieder zu ihr.

»Warten sie noch kurz! Ich werde Frau Högström sagen, dass sie die nächste Stunde auf Sie verzichten muss. Ich möchte, dass Sie bei diesem Erstgespräch dabei sind. Das könnte Ihnen guttun.«

»Aber … ist denn sonst nicht immer Frau Högström beim Aufnahmegespräch …«, wendet Sigrid ein.

»Natürlich! Aber … Ehrlich gesagt, sie wird ja auch nicht mehr ewig hier sein. Sie hat höchstens noch ein paar Jahre übrig von ihrem Arbeitsleben, und dann … Tja, dann wird es Zeit, eine Nachfolgerin zu suchen. Es gibt nicht so viele mit langjähriger Erfahrung, die bereit wären, hierherzukommen und diese Stelle anzutreten. Aber Sie, na, Sie scheinen ja mehr als bereit zu sein hierzubleiben. Also bleiben Sie hier, und hören Sie zu, und lernen Sie, dann werde ich irgendwann in der Zukunft ein gutes Wort für Sie einlegen, wenn das Ganze aktueller wird. Und wenn Sie das dann immer noch wollen.«

Sigrid bleibt, stumm und überwältigt und eher überrumpelt als dankbar. Sie hat noch nie gewagt, so weit in die Zukunft zu denken oder zu planen. Hierbleiben, sich vielleicht als Oberschwester bewerben – nein, sie weiß wirklich nicht, ob sie das will. Doch Doktor Mikander hat sie gebeten, für das Aufnahmegespräch zu bleiben, und sie muss seinen Anweisungen eben Folge leisten. Also setzt sie sich auf einen Stuhl neben ihm und wartet darauf, dass die Patientin Johanna Kanerva hereingeführt wird.

Im Aufenthaltsraum bittet Karin sie um Papier und Stift. Sigrid schaut sie erstaunt an.

»Wem willst du denn schreiben?«, fragt sie, denn es ist lange her, dass Karin jemand geschrieben hat, und Sigrid erwartet fast die Antwort, dass Karin einen Brief an Elli schicken will.

»Dotti«, antwortet Karin, und Sigrid muss einen Seufzer unterdrücken.

Dotti. Die hoffnungslose, absolut hoffnungslose Dotti. Aber Sigrid gibt Karin, worum sie sie gebeten hat, und dann schreibt sie. Sie schreibt ruhig, und sie schreibt sachlich, bittet ihre Schwester, ihr alles zu verzeihen, was geschehen ist. Sie schreibt darüber, wie Mutter vor langer Zeit gestorben ist und wie verloren sie sich danach fühlte. Wie alles einfach verschwand. Und dass Karin sich damals zu Dotti hätte flüchten sollen, aber das ging eben nicht so einfach, dass man seine Mutter durch seine Schwester ersetzte. Sie schreibt von dem

Zuhause, in dem sie auf dem Boden spielten, als sie noch klein waren.

»Zusammen. Weißt du noch?«

Karin blinzelt. Sie drückt sich mit Daumen und Zeigefinger auf die Augen und bleibt eine Weile sitzen, während sie versucht, sich wieder in den Griff zu bekommen. Sie schluckt, um die enge, schmerzende Kehle zu öffnen. Ihre Hand zittert. Dann schreibt sie, dass sie ihre Familie vermisst. Sie fragt nach dem Kind, Dottis Kind, das hat sie noch nie getan. Es ist immer nur um sie gegangen, was für Sehnsucht sie hat, was sie braucht und will. Aber eines braucht Karin eben doch, damit der Brief abgeschickt werden kann, und das ist Geld, und das bekommt sie nicht, wenn sie sich nicht irgendwie nützlich macht. Also geht Karin gleich am nächsten Tag zum Haus der Johanssons, um ihre Hilfe beim Kinderhüten anzubieten. Im Gegenzug möchte sie ein bisschen Kleingeld. Genug, um sich Briefmarken kaufen zu können.

Der erste Brief wird Ende August abgeschickt. Der zweite im September. Aber es dauert bis November, bis Karin eine Antwort bekommt. Sie kommt in Form eines verfrühten Weihnachtsgeschenks. Das erste, das Dotti schickt, seit Karin auf die Insel gekommen ist. Es ist eine gerahmte Fotografie von Dotti, aufgenommen in einem Atelier. Auf dem Bild schaut sie mit ernster Miene in die Kamera, direkt in Karins Augen, und neben dem Stuhl steht ein Mädchen, das aussieht, als wäre es ungefähr drei Jahre alt, und auf Dottis Schoß sitzt noch ein Kleines, es sieht fast aus wie neugeboren. Neben dem Stuhl steht der Junge, Edvard, im weißen Matrosenanzug. Er ist sieben. Drei Kinder hat Dotti jetzt, und Karin hat nichts davon gewusst. Sie wühlt in der Schachtel, aber mehr ist nicht drin. Trotzdem scheint es, als würde dieses Bild etwas Angespanntes und Hartes lösen, was sich in Karins Körper festgesetzt hatte, und sie liegt lange auf ihrem Bett, drückt das Foto an die Brust und weint. Am nächsten Tag steht sie mit müden und geschwollenen Augen, aber ganz ruhig wieder vor Sigrid.

»Ich will Dotti schreiben. Mich für das Geschenk bedanken«, sagt sie, und nach kurzem Zögern bringt ihr Sigrid Papier und Stift.

»Liebste Schwester«, schreibt Karin. »Ich hoffe, dass Paul, die Kinder und Du bei guter Gesundheit seid. Weihnachten hier auf der Insel war schön, und das Weihnachtsessen so reichlich, dass ich nicht mal alles kosten konnte. Danke für Dein Geschenk. Ich war nur traurig, dass kein Brief dabei war. Ich wünschte, Du könntest herkommen, wenn ich schon nicht zu Dir kommen kann. Ich würde so gerne mit Dir reden, bitte. Komm zu mir, Dotti. Komm und hol mich nach Hause zu Dir!«

Sie schreibt, dass sie jetzt eine andere ist, dass die Dinge, die passiert sind, sie verändert haben und dass sie einsieht, wie sie damals gewirkt haben muss, aber dass sie bereut, was sie getan hat und wie sie war.

»Ich bin ein schrecklicher Mensch. Ich hätte schon längst sterben müssen.«

Dotti hat jetzt drei Kinder, und Karin könnte ihr, so schreibt sie, mit den Kindern helfen, wenn Dotti nur wollte. Dann könnte sich Dotti ausruhen. Karin könnte auf einer Matratze am Boden schlafen oder sonst wo, bloß nicht hier. Nicht mehr hier. Wirklich nicht mehr. Bitte.

Sigrid stellt sich neben Karin, und Karin schaut vom Briefpapier auf.

»Karin …«, sagt Sigrid leise, und Karin weiß Bescheid.

So ein Brief wird niemals abgeschickt werden. Karin starrt auf die Zeilen. Sie verschwimmen. Sie blinzelt und trocknet sich hastig die Wangen. Dann schüttelt sie den Kopf und setzt den Stift aufs Papier. Unterschreibt den Brief mit »Deine Dich liebende …« und schaut dann Sigrid an.

»Bitte«, flüstert sie, und Sigrid erwidert ihren Blick.

41

»Waren das deutsche?«

Sigrid dreht sich um, als sie Margaretas Stimme hinter sich hört. Ihre Hände umklammern ihre Arme, und ihre Arme den Körper. Er fühlt sich so steif an, so erfroren, und das liegt nicht nur am Herbst. Nicht nur am kalten Wind, unter dem sich das Meer unterhalb von Tyttökallio windet, als würde es versuchen, sich aus seinem Schicksal herauszuwinden, nämlich zwischen Osten und Westen zu schwappen.

Sie schüttelt schnell den Kopf.

»Unsere eigenen?«, fragt Margareta, und Sigrid nickt schnell.

Margareta schenkt ihr einen kurzen Blick und dreht das Gesicht dann zum Horizont, wo sich Airistonselkä über dem Wald zeigt.

»Nicht doch, Schwester Friman, ich komm ja kaum zu Wort bei Ihrem Redeschwall«, murmelt sie, während sie in den bewölkten Himmel blinzelt, an dem man immer noch ein Kampfflugzeug wie einen dunklen, aber rasch schrumpfenden Fleck auf dem Grau erkennen kann.

»Entschuldigen Sie, Frau Högström. Ich merke nur, je länger dieser verdammte Krieg dauert, umso mehr hab ich die Nase voll. Ich hab es satt. Und hungere nach Frieden.«

»Da haben Sie aber einen langen Hungerstreik vor sich«, antwortet Margareta. »Es gibt keinerlei Anzeichen, dass es in nächster Zeit zu Ende sein könnte.«

»Und was passiert dann? Soll jedes Haus und jedes Heim noch seine letzten Männer hergeben? Was hat denn das für einen Sinn? Gesunde junge Männer, die in den Tod rennen oder, wenn sie Glück haben, verstümmelt werden, während wir hier draußen hocken und Kranke pflegen, die nicht die geringste Hoffnung haben, jemals gesund zu werden.«

Am Ende senkt Sigrid die Stimme. Sie fühlt, dass sie sich an der Grenze dessen bewegt, was sie zu ihrer Oberschwester sagen kann, aber Margareta scheint unbeeindruckt. Sie kennen sich schon zehn Jahre, und obwohl Frau Högström Sigrids Vorgesetzte ist, haben die Jahre sie einander nähergebracht als viele Familienmitglieder, die getrennt unter demselben Dach leben. Hier draußen ist der Kummer jedes Menschen auch der Kummer des anderen, und eine Kleinigkeit, die den einen freut, freut meistens auch seinen Nächsten.

»Ich verstehe Ihren Frust. Ist nicht leicht, seinen Schatz im Krieg zu haben, aber er tut damit etwas Nobles. Er setzt sein Leben aufs Spiel für Finnlands zukünftige Freiheit. Das ist weiß Gott nicht wenig.«

Sigrid kann ein verächtliches Schnauben nicht unterdrücken.

»Krieg! Wissen Sie, das sind doch die wahren Irren! Dort draußen, nicht hier«, antwortet Sigrid und deutet mit einem Nicken nach Osten, und Margareta Högström lächelt.

»Ja. Aber erzählen Sie denen das mal. Wenn Sie denen ihre Spielsachen und ihre Heldensagen wegnehmen, werden Sie merken, dass nur noch halbierte Männer übrig bleiben. Jedenfalls glauben sie das.«

»Und was glauben Sie, was für Männer wir jetzt zurückkriegen werden? Der einzige Mann, den ich haben will, ist Frans. Unversehrt und ganz und wohlbehalten. Und wenn ich das nicht bekomme, dann will ich auch keinen anderen«, sagt Sigrid, und ihre Stimme klingt jetzt belegt und erstickt.

Oh, wie sie diesen Krieg hasst. Sie hasst ihn mit einer Leidenschaft, dass sie ihn sofort zum Erliegen bringen könnte, wenn sie diese Leidenschaft irgendwie auf die Front richten könnte. Aber was kann sie – ein einzelnes Frauenzimmer – schon ausrichten gegen eine ganze Welt, die von Männern regiert wird, die besser wissen, wie man das alles machen muss? Aber nein, sie ist ja nur dazu gut, nach ihnen aufzuputzen und aufzuräumen, sobald das Blutbad beendet ist. Die Menschen aus den Trümmern ziehen. Stützen und unterstützen. Zusammenflicken. Nur um dann alles wieder kaputtgehen zu sehen.

Immer und immer wieder. Sie weiß ja, sie sollte dankbar sein. Das hat sie immer wieder zu hören bekommen. »Aber sie beschützen doch dich! Uns! Die Frauen und Kinder!« Aber sie wird den Gedanken nicht los, dass dieses Argument alles andere als einleuchtend ist: Die Männer beschützen sie also vor etwas, was sie überhaupt erst selbst in Gang gesetzt haben.

Sigrid legt die Arme fester um den Körper und wendet sich vom Meer ab. Sie verlässt Tyttökallio und Margareta Högström. Die Holzschuhe kommen ins Rutschen auf dem Fels, der von vertrockneten Kiefernnadeln und Moos ganz glatt ist. Sie verstehen es nicht. Niemand versteht es. Alle haben den Krieg satt, natürlich, aber keiner hasst ihn so wie Sigrid. Keiner hat so viel Angst. Keiner wartet so intensiv auf Briefe, auf Telegramme, auf irgendein Lebenszeichen vom Verlobten an der Front. Oder vielleicht doch? Vielleicht sind sie alle wie sie? Vielleicht bildet sie sich nur ein, dass sie das Ganze so leicht nehmen?

Sie sucht sich einen Weg hinunter zum Strand, vorbei am Friedhof, vorbei an der Kirche und dann durch den Espenhain zur Wäscherei und zum Leuchtturm. Das Meer liegt offen vor ihr. Wogend. Nicht so, wie es war, als dieser verdammte Krieg losging. Nie würde sie die letzten Tage davor vergessen. Es war wie Windstille. Alles war so ruhig. Zu ruhig, dachte sie im Nachhinein. Und so war es wohl auch.

Der Winter war früh hereingebrochen, und das Meer lag bereits glatt und ruhig zwischen den Inseln im Schärengarten vor Åbo. Zwischen dem Leuchtturm und dem Krankenhaus lief ein schmaler Trampelpfad durch den Schnee, der schon im September gefallen war und seitdem ständig weiter angewachsen ist, Schicht um Schicht, bei jedem neuen Schneefall, der übers Land gezogen ist, in scheinbar unerschöpflichen Schneestürmen. Das Elend kam aus dem Osten, genauso wie die Kriegsgefahr.

Sigrid stampfte fest auf, um sich den Schnee von den Schuhen zu klopfen, und beugte sich, um ihre Stiefel aufzubinden. Ihre Finger sind rot und kalt, denn sie hat sich nicht die Mühe gemacht, ihre Handschuhe mitzunehmen, und der Schnee ist auch bis zu den Knöcheln in die Stiefel eingedrungen und hat die Strumpfhose durchnässt.

In der Küche war es herrlich warm, und im Speisesaal glühte der Kamin schon seit Stunden. Auli stand am Herd und kochte die Frühstücksgrütze, und Sigrid grüßte sie mit einem Schniefen und einem Lächeln. Liina half auch immer in der Küche, aber morgens um diese Zeit war sie noch in ihrem Zimmer.

»Guten Morgen!«, rief Sigrid. »Hast du gut geschlafen?«

»Ja ja, man schläft doch immer gut, wenn man erst mal schläft«, antwortete Auli mit kurzem Auflachen. »Aber der Wind hat ja vorm Fenster geheult, dass man meinte, die apokalyptischen Reiter sind da.«

Sigrid stimmte in ihr Lachen ein, während sie sich aus dem dicken Wollmantel schälte und sich den Schal vom Hals wickelte, den sie vor zehn Jahren gestrickt hat, als sie noch in der Ausbildung war. Die Wolle war weich und genauso leuchtend grün wie das Moos im Wald im Frühling.

Frühling … Sigrid seufzte und hielt einen Augenblick inne. Schön wär's …

»Was bist du denn heute so nachdenklich?«, rief Auli und nahm den schweren Topf vom Herd.

Mit einem Ächzen zog sie ihn von der Platte und nahm den Deckel ab. Eine große, heiße Wolke stieg auf und sie musste zurückweichen, um sich nicht das Gesicht zu verbrühen.

»Ich hab an den Frühling gedacht«, antwortete Sigrid und hängte ihre Sachen an den Haken neben der Tür.

Sie ging wieder zu Auli in die Küche und beobachtete die kugelrunde, gedrungene Frau in hellblauen Kleidern und weißer Schürze. Sie hatte sich ein blau-weiß kariertes Kopftuch umgebunden, doch ihr Haar schaute an den Schläfen unter dem Stoff hervor, dunkelbraun und verschwitzt, lockig von den Wicklern, die sie über Nacht getragen hatte, genau wie bei Sigrid, aber deren Haar war blond und lag in ordentlichen, gleichmäßigen Wellen auf dem Kopf. Die weiße Schwesternhaube hatte sie sich morgens vorm Spiegel auf dem Kopf festgesteckt.

»Da erweist du dir bloß einen Bärendienst«, sagt Auli mit einem raschen Blick zu Sigrid. »Der Winter ist lang, und an den Frühling auch nur zu denken, ist vor März völlig sinnlos. Wenn überhaupt.«

Sie zog einen Schöpflöffel aus der anderen Schublade im weißen Schrank und rührte zügig die Grütze um. Sigrid beugte sich vor und schaute in den Topf. Die Grütze war dick und glatt und duftete nach Roggen. Auli schnitt ein ordentliches Stück Butter ab und ließ es in die hellbraune Masse fallen, wo es schmolz und in gelben Rinnsalen auf der Oberfläche verlief. Auli rührte sie unter, und Sigrid merkte, wie ihr das Wasser im Mund zusammenlief. Ihr Magen zog sich zu einem Knurren zusammen, und Auli lächelte sie an. Sigrid schlug sich eine Hand vor den Mund und die andere auf den Bauch und brach dann in Gelächter aus.

»Nimm dir doch einen Teller. Und dann eine große Portion von dem hier«, sagte Auli und deutete mit einem Nicken auf den Topf. »Du bist so dünn um die Mitte, du kannst schon gern ein bisschen Fleisch ansetzen.«

Sigrid machte die Tür des Schranks auf, der neben dem Herd stand, zog einen weißen Suppenteller heraus und einen Löffel aus der obersten Schublade.

»Im Gegensatz zu mir«, fuhr Auli fort. »Dafür muss ich mir keine Sorgen machen, dass ich erfriere oder verhungere. Ich würde es auch überstehen, wenn ich mich zum Winterschlaf in eine Höhle zurückziehe, so wie die Bären, und dann würde ich im Frühjahr hungrig und schlank wieder rauskommen.«

Sigrid hielt Auli den Teller hin, die ihr mit dem Schöpflöffel von der Grütze auftat.

»Noch ein bisschen Butter in die Mitte?«, fragte sie, und

Sigrid atmete den Duft ein, der ihr in die Nase stieg, mild und lecker.

»Ja, bitte«, sagte sie andächtig, und Auli gab ihr noch einen großzügigen Klacks.

Sigrid lehnte die Stirn an die gefalteten Hände. Sie dankte Gott ausführlich für die Grütze und für Auli, für ihr Leben und ihren Verlobten, für ihre Mutter und ihren Vater, denn auf einmal empfand sie so eine Dankbarkeit für alles, was es immer noch gab. Die Milch stand auf der Küchenbank in einem Aluminiumeimer. Dort hatte sie gestanden, seit dem Melken am frühen Morgen. Die anderen Eimer hatte Silja in den Keller getragen, der den ganzen Winter über kalt war. Dieses Jahr hatte das Eis seine starke Brücke schon im Spätherbst über die Buchten geschlagen, und Artur Jakobsson fuhr in der letzten Oktoberwoche als Erster mit dem Tretschlitten hinüber. Als er zurückkam, hatte er Kaffee, Zucker und die Post dabei, und er wurde sowohl von den Inselbewohnern als auch von den Schwestern und Patientinnen mit allgemeinem Jubel und freudiger Erwartung begrüßt, die sich fast noch schöner anfühlte als Weihnachten. Sigrid bekam Briefe von zu Hause, wie viele andere auch, und sie verbrachte den ganzen Abend damit, die ersehnten Grüße von Mutter und Vater und ihren beiden Schwestern zu beantworten.

Nun goss sie sich die dicke, gelbliche Milch auf die Grütze und dachte sich wie schon so oft, dass das Leben hier draußen auf der Insel einfach, aber gut war. Bald war Weihnachten. Sie würde freibekommen, und sie würde mit Frans nach Helsingfors fahren, um die Feiertage zusammen bei der Familie zu feiern. Ein besseres Weihnachten konnte sie sich überhaupt nicht vorstellen. Wann hatte sie sie zum letzten Mal gesehen? Das war schon allzu lange her. War es falsch, überlegte sie dann, wenn sie sich an diesem Ort auf Weihnachten freute? Wenn sie darauf wartete, wegfahren zu können, wo doch so viele hier waren, die das nicht konnten?

Sie kratzte ihren Teller leer und merkte, wie die Grütze

ihren Bauch wärmte, und als sie den Teller zur Spüle trug, konnte sie der Versuchung nicht widerstehen, die Finger unter Aulis Schürzenband zu schieben und ins weiche Fleisch an der umfangreichen Körpermitte der Köchin.

»Danke für die Grütze«, sagte sie Auli ins Ohr, und die wand sich mit einem überraschten Aufschrei aus Sigrids spitzen Fingern, die sie unter den Rippen kitzelten.

»Gott sei mir gnädig! Du bist schuld, wenn mir eines schönen Tages das Herz stehen bleibt!«, rief Auli und schlug mit dem Küchenhandtuch nach ihr.

Sigrid lachte und wich dem Schlag mit dem nassen Stoff aus. Sie warf der Köchin einen letzten lächelnden Blick zu, während sie rückwärts aus der Küche ging.

Als Sigrid den Kopf ins Zimmer steckte, fand sie Beata Johansson schlafend auf einem Stuhl, die Arme verschränkt, das Kinn auf die Brust gesackt und eine mehrere Tage alte Zeitung aufgeschlagen auf dem Schoß. Sie kicherte, als sie die schlafende Freundin anschaute, dann schlich sie sich an und nahm ihr vorsichtig die Zeitung vom Schoß. Sie schaute auf die aufgeschlagene Seite und sagte dann laut:

»Aha! Die Nachricht von Herman Lundborgs Besuch in Finnland kann ja nicht so besonders interessant gewesen sein, wenn sie Schwester Beas Geist nicht belebte, sondern sie vielmehr in tiefen Schlummer versetzte!«

Bea zuckte zusammen und wäre beinahe vom Stuhl gefallen, doch dann merkte sie, dass es nur Sigrid war. Sie hatte schon befürchtet, Margareta Högström könnte vor ihr stehen, und im Bruchteil einer Sekunde hatte sie sich auch gefasst gemacht auf den Tadel, den sie bekommen hätte, weil man sie erwischt hatte, wie sie im Dienst schlief.

»Herrgott noch mal! Du kannst einen aber auch so erschrecken!«, rief sie, und Sigrid lachte auf, laut und schallend.

Ihre Arbeitskolleginnen hatten sich erst an die launigen Streiche gewöhnen müssen, die Sigrid ihnen spielte. Sie hatte es bereits zu einer gewissen Meisterschaft gebracht, wenn es darum ging, die Stimme und die Art der Oberschwester zu imitieren. Die sieben anderen Schwestern quietschten jedes Mal vor Lachen, wenn sie abends im Leuchtturm beisammensaßen, um sich die Haare vor dem Schlafengehen gegenseitig straff gespannt auf Lockenwickler zu drehen.

»Soll das Haar von Krankenschwestern lang oder kurz sein?«, las Sigrid laut aus der Zeitung vor. Diese Frage wurde fleißig diskutiert, und insbesondere ältere Herren aus der besseren Gesellschaft in der Hauptstadt hielten sich nicht zurück und griffen zur Feder, um ihre Meinung zur Sache kundzutun.

»An und für sich eine wichtige Fragestellung …«, murmelte Sigrid, »vor allem, wenn man sich vor Augen hält, dass das betreffende Haar auf unseren Köpfen sitzt und nicht auf ihren …«

Sie ließ die Zeitung sinken und schaute Bea an, die jetzt aufgestanden war und ihre Strickjacke und ihre Haube mitgenommen hatte. Sie war erschöpft nach der langen Nachtschicht, und in Gedanken zog sie sich jetzt schon die wunderbare Decke über den Kopf und drückte die Wange auf den kühlen Kissenbezug. Sie konnte jetzt nicht mehr mit der wesentlich muntereren Sigrid über Frisuren debattieren und runzelte gereizt die Stirn.

»Wenn ich raten sollte, dann beruht die Faszination der Herren für die Haare der Krankenschwestern darauf, dass sie auf ihrem eigenen Kopf keine einzige Strähne mehr finden können!«, sagte sie, und Sigrid lachte. »Außerdem«, fuhr Bea fort, »reden sie von den Haaren der Krankenschwestern. Das Haar von den Schwestern im Irrenhaus kann bestimmt aussehen, wie es will, das ist nicht weiter wichtig. Wenn sie in ihren Zeitungen schreiben, stellen sie sich doch junge, zierliche, weiß gekleidete Schwestern vor, die mit frischem Examen zwischen den Krankenbetten im Maria-Sjukhuset in der Hauptstadt herumtrippeln und die Kissen aufschütteln, die sie dann einem nicht allzu ansteckenden männlichen Kranken in den Rücken schieben! Die sollten uns hier draußen mal sehen! Wenn es ganz schlimm kommt, sehen wir den ganzen Winter über keine anderen Gesichter als die unserer Patientinnen und unsere. Wer sollte uns denn bitte eine modische Kurzhaarfrisur verpassen? Sollen wir Doktor Mikander bitten, einmal die Woche eine Friseurin mitzubringen, wenn es ihm einfällt, uns zu besuchen?«

Sie quälte sich beim Reden in ihre Strickjacke.

»Ja, das wäre doch so richtig fein, oder? Die Friseurin würde hier sicher das große Geld machen. Die müsste ja nicht nur uns die Haare schneiden, sondern auch den Patientinnen. Ein paar von denen haben solche Kletten im Haar, dass man mit dem Kamm nicht mehr durchkommt, vom Läusekamm ganz zu schweigen.«

»Dann bist du also für die langen Haare, oder?«, fragte Sigrid, und Bea warf ihr einen raschen Blick zu.

»Wenn ich für etwas bin, dann dafür, dass die Herrschaften aus Helsingfors – oder auch aus Åbo – mal herkommen und sich anschauen, wie es uns hier geht, und sich mit unseren Löhnen und dem Arbeitskräftemangel auseinandersetzen, bevor sie sich Gedanken um unsere Haare machen«, schnaubte Bea.

»Ja, vielleicht … Aber bevor sie herkommen, solltest du dir ein bisschen … bessere … hm … Schlafzimmergewohnheiten zulegen«, antwortete Sigrid mit einem breiten Grinsen und blitzenden Augen.

Bea konnte ein Schnauben nicht unterdrücken. Diejenigen, die im Gegensatz zu Sigrid nicht verlobt waren, konnten am Abend der Versuchung nicht widerstehen, über Männer zu reden, egal welche Männer, weil das Angebot auf der Insel bei Weitem nicht der Nachfrage gerecht wurde.

»Na ja …«, meinte sie langsam. »Na ja, die einzigen Schlafzimmergewohnheiten, die wir auf dieser Insel kennen, bestehen darin, dass wir die Patientinnen ans Bett fesseln.«

Sie hielt inne.

»Das würde den feinen Herren aus Helsingfors bestimmt nicht schmecken«, sagte sie und musste einen Lachanfall unterdrücken.

Sigrid kicherte.

»Obwohl – wer weiß?«, fuhr Bea fort. »Wer weiß! Vielleicht … würden sie auch ganz schön gucken!«

Jetzt musste Bea schon laut lachen. Deswegen hörten sie die schnellen Schritte nicht, die sich über den Flur näherten, und das diskrete Klopfen, das in ihren Lachsalven unterging, als auf einmal Margareta Högström im Zimmer stand. Sie hielt den Rücken kerzengerade, und das braune Haar unter der weißen Haube war hochgesteckt. Sie schenkte den beiden einen streng mahnenden Blick, und Sigrid richtete sich auf, packte Bea an der Strickjacke und zupfte daran, bis sie sich auch in gerader Haltung neben Sigrid stellen konnte. Sie kniffen die Lippen zusammen und vermieden es, einander anzusehen, aber ihre Mundwinkel zuckten immer noch, und ab und zu entwischte Bea noch ein Kichern, und dieses Kichern entlockte wiederum Sigrid eine Reaktion, die sich die zitternden Fingerspitzen auf den Mund drückte, um endlich aufhören zu können, aber mit wenig Erfolg. Bebend vor unterdrücktem Gelächter und mit panischem Glänzen im Blick standen sie vor der Oberschwester, die sie schweigend musterte, bis sie sich so weit beruhigt hatten, dass sie sich verständlich machen konnte.

»Guten Morgen, Schwester Sigrid. Guten Morgen, Schwester Beata«, sagte sie.

Die beiden Schwestern murmelten ein Guten Morgen, und Beata prustete noch ein letztes Mal, konnte sich aber doch noch fangen.

»Schwester Beata kann gehen«, sagte die Oberschwester, und Sigrid umarmte Bea kurz und gab ihr einen Kuss auf die Wange.

Bea knickste vor ihrer Vorgesetzten und bedankte sich, bevor sie das Zimmer verließ. Sigrid schaute Margareta Högström an, die ihren Mantel auf einen Bügel im Schrank in der hinteren Zimmerecke hängte.

»Schön, dass Sie lustige Themen finden in diesen unsicheren Zeiten …«, sagte die Oberschwester und warf einen raschen Blick auf Sigrid. »Es heißt, dass der Krieg uns auch bald treffen wird. Nach der Sache in Mainila. Und dann weiß der liebe Herrgott, wie es uns hier draußen ergehen wird.«

Sigrid befeuchtete sich die Lippen. Krieg. Der Gedanke fühlte sich so fern an, vor allem hier auf der Insel, wo die Post grundsätzlich mehrere Tage verspätet ankam und die Tageszeitung ebenso alt war, wenn sie sie endlich erreichte. Sie hörten sich abends zwar die knisternden, rauschenden Nachrichtensendungen im Radio an, aber hier draußen … Bis hierher würde der Krieg doch wohl nicht kommen?

»Na, jetzt aber zusammenreißen! Die Arbeit wartet!«

Sigrid wurde von der resoluten Stimme der Oberschwester aus ihren Überlegungen gerissen. Sie sah ihre Vorgesetzte abwesend an.

»Jawohl, Frau Högström«, sagte sie und knickste.

»Auli hat schon lang genug mit dem Frühstück warten müssen, während Schwester Beata und Sie sich amüsiert haben«, fuhr sie fort.

Sigrid schlug die Augen nieder.

»Entschuldigen Sie«, sagte sie hastig. »Ich hatte ganz die Zeit vergessen.«

»Die Zeit, ja …«, sagte Margareta. »Zeit ist das Einzige, was wir an diesem Ort haben, aber es ist trotzdem ein Gut, das wir nicht verschwenden sollten. Unsere armen Patientinnen müssen sich darauf verlassen können, dass wir unsere Stundenpläne einhalten. Wir haben an diesem gottverlassenen Ort zwar wenig Vergnügungen, aber Sie dürfen nie vergessen, dass unsere Patientinnen noch weniger haben. Das Essen ist eines der wenigen angenehmen Dinge, auf die sie sich im Laufe des Tages freuen können. Wenn Sie jetzt also so freundlich sein könnten, Schwester Sigrid, und diejenigen wecken, die noch nicht wach sind, dann können wir unsere Morgenmahlzeit auch hinter uns bringen.«

Sigrid nickte. Sie hob den Blick zur Oberschwester und sagte dann schnell, bevor sie es sich anders überlegen konnte:

»Das Eis auf dem Meer ist heute so schön glatt. Es hat schon ein paar Tage geschneit, aber in der Nacht hat der Wind immer wieder alles sauber gefegt. Ich hab mir gedacht … wenn es geht … dass wir sie nach dem Frühstück vielleicht ein bisschen nach draußen lassen könnten. Damit sie sich ein bisschen auf dem Eis vergnügen können …«

Sie verstummte. Ihre Stimme war zittrig und atemlos. Wieder senkte sie den Blick. Die Oberschwester schwieg einen Augenblick und ließ den Blick auf Sigrids blonden Locken ruhen. Die junge Schwester war wieder ernst, und Margareta hatte hohe Erwartungen an sie. Sie ergriff gerne die Initiative und machte oft gute Vorschläge. So wie diesen.

»Ja, das können wir machen. Aber nur die Ruhigsten, und Sie müssen Schwester Vilma mitnehmen. Und sagen Sie auch Alfred Johansson Bescheid, damit er Wache halten kann, falls es irgendwie Probleme gibt.«

Sigrid nickte.

»Danke, Frau Högström«, sagte sie und lächelte in sich hinein.

Elf Patientinnen hatten sie mitnehmen dürfen. Vilma ging als Letzte, Sigrid als Erste, und dann waren sie ganz ruhig in ordentlichem Gänsemarsch zum Eis hinuntergegangen. Jetzt testeten sie mit vorsichtigen Füßen seine Festigkeit. Sie würden ziemlich schnell kalte Zehen kriegen, denn ihre Alltagsschuhe waren nicht für längere Aufenthalte im Freien gemacht. Harte Lederstiefel oder Schnürschuhe, die sowohl Kälte als auch Feuchtigkeit durchließen. Sigrid riss den Blick vom dunklen Nadelwaldgürtel des Festlands los und schaute zu Vilma. Die trug einen langen grauen Wollmantel und einen weißen Häkelschal. Ihr aschblondes Haar war geflochten und zu einer Schnecke im Genick festgesteckt, und ihre großen hellblauen Augen waren weit aufgerissen. Sie machte ein paar vorsichtige Schritte auf Sigrid zu und schlitterte auf glatten Sohlen und mit rudernden Armen zu ihr herüber. Sigrid fing sie auf, bevor sie fallen konnte, und die beiden lachten und stießen dabei kleine Atemwölkchen aus, und Vilmas Wangen waren rund und ganz rot. Sie erinnerte ein wenig an Manna, die das Krankenhaus ein Jahr nach Elli verlassen hatte, als sie einen Beamten von der Stadtverwaltung in Åbo heiratete. Keuchend standen sie nebeneinander und schauten den Patientinnen zu, die in kleinen Grüppchen beieinanderstanden. Zu Anfang waren sie noch unschlüssig. Sie blickten sich verwundert um, und Sigrid spürte einen Stich von ihrem schlechten Gewissen, als ihr bewusst wurde, dass einige von ihnen mehrere Wochen nicht mehr draußen gewesen waren. Das Wetter hatte es nicht zugelassen, hatte es geheißen, aber um der Wahrheit die Ehre zu geben – sie hatten einfach der Bequemlichkeit nachgegeben, und niemand hatte sie in das wahnwitzige Schneewetter hinausgelassen, weil so viel Mühe damit verbunden war, in Form von Anziehen und Ausziehen und Trocknen nasser Sachen, wenn sie sie alle wieder im Haus hatten. Außerdem war lange nicht geräumt worden. Es war einfach nicht sinnvoll gewesen, Alfred Schnee schaufeln zu lassen, wenn er sich die Arbeit für so ein flüchtiges Vergnügen machte. Schnee hatte sich auf Schnee gelegt, der sich auch schon auf Schnee gelegt hatte, aber jetzt, wo es aufgehört hatte zu schneien, gab es keinen Grund mehr, seine Pflichten zu vernachlässigen, und Sigrid versprach, dafür zu sorgen, dass alle, die ab jetzt rausgehen wollten, das auch tun konnten.

Sie ließ den Blick über das Grüppchen schweifen, in seinen schlecht sitzenden Wollmänteln in tristen Farben, über die sie noch Strickjacken gezogen hatten, um sich zusätzlich zu wärmen, und um den Kopf hatten sie sich warme Wollschals gebunden. Sie konnte sie kaum erkennen, so eingemummelt waren sie, aber sie klatschte in die Hände und rief mit besonders klarer, hoher Stimme:

»Na dann, nun bewegt euch mal! Ihr habt lang genug drinnen gesessen! Jetzt nutzt die Gelegenheit und benutzt eure Glieder!«

Sie schauten sie alle gleichzeitig an. Schweigend. Glotzend. Sofia. Elvi. Frida. Salma. Sogar Karin, die sonst so tolldreist war und kaum still sitzen konnte. Aber normalerweise gingen sie nie zum Eis hinunter, und die Winter hier waren eben, wie sie waren. Sigrid blieb eine Weile stehen und überlegte schon, ob es am Ende doch keine so gute Idee gewesen war. Dann warf sie Vilma einen kurzen Blick zu und breitete die Arme aus.

»Na, *so* geht das!«

Sie glitt ein paar Schritte vorwärts, kam ins Schwanken, lachte und glitt dann schneller. Sie stellte sich vor, dass sie Schlittschuh lief, wie als Kind im Brunnsparken, und bald wurde ihr so warm, dass sie schwitzte, aber sie merkte, dass ein Ruck durch ihr dunkel gekleidetes Publikum ging. Eine nach der anderen breitete ihre Arme aus und machte ein paar wacklige Schritte auf dem Eis. Am Anfang noch vorsichtig, aber dann immer kühner, bis sie lärmend und lachend umherschlitterten, sie waren ganz sie selbst, und ihre ausgelassenen Schreie und Rufe echoten hinauf bis zum Krankenhausgebäude, wo Astrid und Fredrika auf der Treppe vor dem Eingang zur Küche standen und rauchten. Sie waren Schwestern der alten Garde und schüttelten die Köpfe über das Spiel unten auf dem Eis.

»Sie haben eben nur Verstand für die einfältigsten Vergnügungen«, murmelte Fredrika.

Ihre Augen verengten sich, als sie einen tiefen Zug nahm und den Rauch aus dem Mundwinkel blies.

»Tja, so sind nun mal die Irren«, erwiderte Astrid.

»Wer redet denn von den Irren?«, fragte Fredrika, und Astrid lachte auf.

Dann betrachteten sie wieder den Horizont, der bereits seine dunklen Augenbrauen zusammenzog. Das Gewitter kam von Südosten herangezogen, man hörte schon das beunruhigende Grollen in der Ferne. Fredrika und Astrid schauten sich an und blickten dann zu den Gestalten auf dem Eis. Alle waren stehen geblieben und richteten den Blick auf die finsteren Wolken, die sich rasch über dem Meer auftürmten. Das Wintergewitter grollte, und sie beobachteten stumm das ungewöhnliche Naturphänomen. Die beiden älteren Schwestern auf der Treppe drückten murmelnd ihre Zigaretten aus. Das war ein schlechtes Zeichen, und sie rannten mit bloßen Armen und ohne weiteren Schutz gegen die Kälte hinunter zum Eis, um Sigrid und Vilma zu helfen, die Patientinnen hereinzuholen, bevor das Schlimmste geschah und sie in Panik gerieten. Alfred, der das Ganze aus einiger Entfernung beobachtet und über das Schauspiel gelacht hatte, war schon unten, als die beiden älteren Schwestern dazukamen.

Sigrid stand ganz still und betrachtete den Horizont, auf dem vereinzelt Blitze aufflammten. Als sie Fredrikas und Astrids keuchende Rufe hinter sich hörte, drehte sie sich um.

»Ist der Krieg jetzt gekommen?«, fragte sie, und Astrid und Fredrika hielten inne und schauten sie an.

Ihre Augen glänzten, und ihre Haut war ganz bleich, nur ihre Wangen glühten. Einen Moment schwankte sie, dann sank sie auf dem Eis in sich zusammen. Später konnte sie sich nur noch erinnern, dass Alfred sie in den Leuchtturm trug und Bea weckte, die sie ins Bett brachte. Dann schlief sie ein.

So schnell kann sich das Blatt wenden. Zwei Tage nachdem Sigrid aufs Eis gegangen und an einem Fieber erkrankt war, fielen Bomben auf Helsingfors. Danach war ganz klar, dass Finnland im Krieg war.

42

8.12.1939

Liebe Mutter,
ich schreibe Dir diesen Brief mitten im brennenden Krieg, aber hier ist alles so leise, so still. Ich habe mich gerade erst von einer schmählichen Fieberkrankheit erholt, die mich ohne Vorwarnung befallen hat und sich dann wie ein Lauffeuer unter Personal und Patientinnen ausbreitete, bis fast alle entweder gerade erkrankt oder gerade genesen oder bettlägerig waren. Wo ich sie mir zugezogen habe, ist mir ein Rätsel, aber Vilma, die viel zu abergläubisch ist, als dass sie gläubige Christin sein könnte, meinte, es sei ein Vorzeichen des Unheils gewesen, das unser Vaterland befallen würde.
Es ist Krieg. Wir hören es jeden Morgen, Nachmittag und Abend im Radio, schreckliche Berichte von Toten und vom tapferen Kampf der Truppen in diesem oder jenem – mir unbekannten – finnischen Ort, und wir scharen uns mit den Mädchen um den Apparat, um zuzuhören, und wir haben Angst um alle, die wir lieben, aber die weit entfernt leben. Aber gleichzeitig fragen wir uns: Wie kann Krieg sein, wenn das Leben hier draußen auf der Inselwelt genauso weitergeht wie vorher? Gewisse Lebensmittel werden langsam ein bisschen knapp, aber auch nicht mehr als sonst im Winter. Von irgendwelchen Rationierungen war bis jetzt noch nicht die Rede, und wir haben genug Vorräte in den Schuppen und im Lager. Zu Weihnachten werden wir eins von unseren Schweinen schlachten, damit wir einen schönen Schinken auf den Tisch bringen können. Die Kühe geben ihre Milch, wie immer. Sie scheren sich nicht um Krieg. Und soviel ich weiß, ist auch keiner der Männer von der Insel in den Krieg gezogen. Aber ich höre jeden Tag die Nachrichten an, um zu erfahren, wie es Euch in der Hauptstadt geht, und ich weiß, dass Ihr viel stärker betroffen seid als wir. Wer würde auf uns schon Bomben abwerfen

wollen? Auf ein Krankenhaus mitten im Nirgendwo? Ich hoffe innigst, dass Vater und Du, Inga und meine große kleine Schwester bei guter Gesundheit seid und auf Euch aufpasst. Ich wünschte, es gäbe eine Möglichkeit, dass Ihr die Stadt verlasst, bis das alles vorüber ist, aber ich weiß, dass Vater die Arbeit im Büro nicht einfach von eben auf jetzt verlassen kann. Kümmert Euch gut um Euch und Eure Gesundheit, bis wir uns wiedersehen.

Alles Liebe,
Eure Tochter Sigrid

10.12.1939

Liebste Sigrid,
ich hoffe, dass meine Briefe Dich bei guter Gesundheit und noch besserer Laune antreffen. Ich mache mir jeden Tag Sorgen um Dich und Dein Wohlergehen, und es vergeht keine Sekunde, ohne dass ich an Dich denke. Du bist ja ganz in der Nähe, so versuche ich mich zu trösten, und wenn ich am Flussufer stehe und Richtung Meer schaue, weiß ich, dass Du dort irgendwo bist, geborgen auf Deiner Insel, umgeben von Eis und Schnee, isoliert von den Schrecken der Welt und hoffentlich auch sicher untergebracht. Diese Entfernung, die mich früher traurig machen konnte, hat sich jetzt auf einmal in einen Vorteil für Dich verwandelt und beschützt Dich, und wo ich früher traurig war, dass du weit von der Stadt weg bist, bin ich jetzt einfach nur froh darüber.
Ich habe vor, Dich besuchen zu kommen, sowie es meine Studien erlauben, und dann werden wir so viel Zeit wie irgend möglich zusammen verbringen. Aber ich habe mich auch freiwillig zu gewissen Maßnahmen gemeldet, die für die Sicherheit der Bevölkerung hier in der Stadt ergriffen werden, also kann ich mir nicht erlauben, meine vaterländischen Pflichten zu

vergessen, nur um meiner übergroßen Freude und Liebe willen. Wir bauen und verstärken Bunker und graben Schützengräben, und ich werde mich der freiwilligen Feuerwehr anschließen. Die ganze Stadt gräbt sich ein und verstärkt ihre Mauern gegen Gefahren, aber während ich grabe und baue, kommt es mir abwegig und undenkbar vor, dass ich bald in so einem Bunker sitzen und mich zusammenkauern soll wie ein verängstigter kleiner Hase in seinem Bau.
Meine Sigrid. Ich sehne mich nach Dir mit einer Glut, die Eis und Schnee schmelzen könnte, und ich wünschte, unser Wiedersehen könnte in einem glücklicheren Rahmen stattfinden, aber ich verspreche Dir, dass ich so viele Tage und Nächte bei Dir bleiben werde, wie es Deine Arbeit und Deine Pflichten zulassen. Es macht mich glücklich, dass wir ganz regulär verlobt sind, denn sonst müssten wir uns mit unserer Liebe verstecken. Jetzt kann ich selbst an die Aufsicht schreiben und darum bitten, im Krankenhausgebäude untergebracht zu werden, und wir können uns tagsüber ganz offen treffen, wenn Du Zeit hast. Entschuldige, meine Liebe, wenn ich daherrede wie ein verliebter Schulbub, aber ich kann meinen Eifer kaum verbergen, dass ich bald Dein geliebtes Gesicht sehen und Deine süßen Lippen küssen kann. Ja, das ist gewagt, ich weiß, aber die Entfernung tut eben ihre Wirkung. Der Krieg erledigt den Rest. Der Gedanke an Gefahr und Tod wühlt die Sinne auf und macht die Gefühle beweglicher. Sie steigen an die Oberfläche. Ich weiß, dass es falsch ist, eine solche Energie zu spüren, in so betrüblichen Zeiten, in denen das Volk geradezu aus der Stadt flieht. Ich bin heute gegen Mittag durch die Straßen gegangen und habe bei der Eisenbahn zufällig beobachtet, wie man mittellose Kinder und Alte in Güterwagen schob, völlig ohne Fenster oder andere Bequemlichkeiten. Sie sollten in Sicherheit aufs Land gebracht werden, wo man ihnen Quartier besorgt hatte bei Verwandten, die bereit waren, sie aufzunehmen. Aber die Kinder weinten natürlich bitterlich, und ich sah Angst in den Gesichtern der Alten. Keiner von ihnen konnte sicher sein,

jemals sein Zuhause wiederzusehen, und in Güterwagen transportiert zu werden, sollte nicht einmal den Ärmsten zugemutet werden. Der Anblick füllte mich mit ohnmächtigem Zorn, und ich merkte, wie ich wünschte, nicht an meine Studien gebunden zu sein, sodass ich mich auch besser in den Dienst meines Vaterlandes stellen könnte. Ich will Dich mit solcherlei Erzählungen nicht beunruhigen oder aufregen, und deswegen werde ich hier schließen, aber ich hoffe, wir werden Zeit haben, lange und viel zu reden, wenn ich denn komme, um bei Dir zu sein. Ich schließe diesen Brief mit einer Flut von Zärtlichkeitsbekundungen, die bald mehr sein werden als bloße Papierküsse.

Dein Dich liebender Verlobter,
Frans

43

Sigrid steht im Wäscheraum und faltet Laken zusammen, als Margareta Högström hereinkommt, um sie zu holen. Sie hat gerade Inventur gemacht und den Zustand der Bettwäsche kontrolliert, um zu sehen, ob irgendetwas benötigt wird, auch wenn das wahrscheinlich sowieso bis nach dem Krieg warten müsste. Bei Stoff gibt es Lieferschwierigkeiten, und die Zahlungsschwierigkeiten kommen noch dazu. Es ist schwer, alle Aufgaben zu bewältigen, während die meisten Männer an der Front sind und die Frauen auch ihre Pflichten auf dem Feld verrichten müssen. Als sie einen Blick zur Tür wirft, sieht sie, wie die Oberschwester auf der Schwelle steht und sie betrachtet, und irgendetwas in Margaretas Blick, wie sie rasch wegschaut, als Sigrid aufblickt, lässt sie in ihren Bewegungen innehalten, als sie gerade die Hände nach dem nächsten Stapel Laken ausstrecken will.

»Ist was passiert?«, fragt sie, und Margareta presst die Lippen zusammen und zögert, bevor sie eintritt.

»Es sind zwei Männer hier. Von der Kompanie Ihres Verlobten. Sie möchten Sie gerne sprechen.«

Seltsam, wie schnell einem jede Energie aus dem Körper rinnen kann. Dass sich die Arme anfühlen wie leblose Gegenstände und die Beine unter einem nachgeben wollen. Aber sie kann sich noch am Regal festklammern und sich aufrecht halten. Es sieht aus, als würde sie sich verbeugen, dann ist sie wieder auf den Beinen und dreht sich zum Stapel mit den Kissenbezügen, um weiter zusammenzulegen. In ihrem Kopf schwirren die Gedanken.

Das ist doch nicht möglich. Er ist doch noch keine drei Monate weg!

»Kommen Sie am besten gleich mit«, beharrt Margareta, und da merkt sie, wie die ersten Tränen heraussprudeln und ihr über die Nase laufen. Sie hängen an ihrer Nasenspitze und werden vom Stoff aufgesogen, als sie herabfallen.

Sie schüttelt den Kopf und faltet weiter Bezüge zusammen.

»Ich will nicht.«

Margareta macht den Mund auf und geht einen Schritt auf sie zu, aber Sigrid schüttelt nur schnell und heftig den Kopf.

»Ich will nicht! Hören Sie nicht? Ich will nicht!«

Da kommt Margareta zu ihr und fasst nach dem Stoff, doch Sigrid lässt nicht los, und Margareta muss ihn ihr mit einem kräftigen Ruck aus der Hand reißen, so heftig, dass Sigrids Haube verrutscht und sich ein Teil ihrer Frisur löst.

»Hören Sie auf damit, und hören Sie mir zu! Sie müssen mitkommen, ob Sie nun wollen oder nicht. Wenn Sie den Männern zuhören, wird es nichts ändern. Es ist, wie es ist, und danach sehen wir weiter.«

Sigrid weint, und Margareta streckt die Hand aus und legt sie ihr auf den Arm.

»Außerdem wissen wir ja noch gar nicht, was sie für eine Botschaft für Sie haben. Vielleicht ist er verwundet. Oder vermisst. So was kommt auch vor«, sagt Margareta, aber Sigrid schüttelt wieder den Kopf.

»Wenn er verwundet wäre, würden sie schreiben oder telegrafieren. Wenn er vermisst wäre, ebenso. Wenn sie welche von seinen Kameraden schicken … Er ist tot, Margareta, das wissen Sie genauso gut wie ich.«

»Wenn das so ist, dann …«

Sigrid packt Margareta bei den Oberarmen und starrt ihr ins Gesicht. In ihren Augen beben die Tränen, fließen über, und sofort treten die nächsten an ihre Stelle.

»Sie verstehen nicht! Ich erwarte ein Kind! Er kann nicht tot sein! Er darf nicht tot sein!«

Und dann verbirgt sie das Gesicht in den Händen und lässt sich mit dem Rücken ans Regal sinken. Margareta zögert kurz, dann geht sie neben ihr in die Hocke.

»Das ist nun auch nicht das Ende der Welt. Kinder kommen auf den seltsamsten Wegen«, sagt sie dann. »Aber Sie müssen sich jetzt zusammennehmen, rausgehen und sich anhören, was die Jungen zu sagen haben. Und dann trocknen Sie Ihre Tränen und gehen hinaus zu den Patientinnen, denn die brauchen Sie.«

Sigrid blickt mit offenem Mund zu Margareta auf und deutet mit der Hand auf die Tür.

»Mich zusammennehmen? Wie die da draußen vielleicht? Wir haben ein ganzes Krankenhaus voller Menschen, die sich nicht zusammennehmen konnten! Frauen wie mich! Lea da draußen ist Krankenschwester, verdammt, und wir pflegen sie hier, weil sie sich nicht zusammennehmen konnte. Elvira ist Lehrerin! Wie meine Schwester! Inwiefern sollte ich anders sein als sie?«

Margareta schaut sie einen Augenblick an. Dann streckt sie die Hände aus, nimmt Sigrid die Haube vom blondgelockten Kopf und streicht ihr das Haar glatt. Anschließend steckt sie die Haube wieder fest und zieht ein paar Locken an den Wangen zurecht.

»So. Schon besser«, sagt sie. »Sie haben etwas, was diese Frauen nicht gehabt haben, als sie es am nötigsten brauchten. Sie haben jemand, der sich um Sie kümmern wird. Das Kind wird es hier gut haben. Es wird eine Familie bekommen. Und Sie werden auch zurechtkommen. Dafür werden wir sorgen.«

Sie weint, wenn sie abends einschlafen soll, ganz leise, damit die anderen sie nicht hören, und sowie sie morgens die Augen aufschlägt, weint sie wieder. Ein paar Minuten bekommt sie jeden Morgen, ein paar wenige Minuten, in denen sie sich nicht erinnert, aber sie ist immer da, diese stumpfe, schwere Kante, über die sie jäh hinabrollt, wenn es ihr wieder einfällt. So geht es etwas über eine Woche weiter. Es ist ein ständiger Schmerz in ihrem Körper, eine Schwere, als würde sich eine Krankheit in ihr zusammenbrauen, die dann doch nie ausbricht, bis ihr klar wird, dass das bereits die Krankheit ist, genau jetzt, genau in diesem Moment, und eines Morgens, als sie aufwacht und zum ersten Mal nicht mal diesen kurzen Augenblick des Vergessens hat, kann sie nicht mehr aufstehen, und da bleibt sie einfach liegen.

Gegen Nachmittag hört sie es auf der Treppe poltern. Das leise Klopfen am Türrahmen, ein paar Schritte zu ihrem Bett, und dann sitzt Karin neben ihr, die Hände auf dem Schoß, und schaut sie an.

Sigrid blickt nicht mal auf. Setzt sich nicht auf, wie es sich gehören würde. Sie hat es versucht, aber sie kann nicht. Ihr Körper ist so schwer. So absurd schwer. Es fühlt sich an, als hätte sie sich noch nie ausruhen können, als ob ihre Müdigkeit nie weniger werden würde, so viel sie sich auch ausruht.

»Frau Högström hat nach dir gefragt«, sagt Karin. »Was soll ich ihr ausrichten?«

Tja, was gibt es da schon zu sagen? Sigrid weiß es nicht. In ihrem ganzen Körper pocht es. Ihr Herz klopft immer weiter. Lasst mich verschwinden. Lasst mich einfach in Ruhe. Lasst mich aufhören mit dem ganzen Fechten, Kämpfen, Antreiben.

Sie schließt die Augen und sieht Frans vor sich. Seinen Mund auf ihrem. Die Sonne wärmt ihnen die Haut, ihre geschlossenen Lider, unter ihren Fingern war die Uniform rau, der Stoff dick und grob. Er war dazu gemacht, auch unter den ungünstigsten Umständen zu halten, aber unter Sigrids zarter Berührung glitt die Jacke ab und legte sich wie eine Decke aufs Preiselbeergestrüpp. Sie sanken auf die Knie. Die Sonnenwärme auf der Haut und dann die Haut darauf. Ein Streicheln und ein Gleiten, das kein Ende zu nehmen schien. Das Echo des Spechts an einem Baumstamm und die Mücken, die um die Feuchtigkeit surrten, die von Frans' Rücken aufstieg. Immer tiefer gruben sie sich ineinander zwischen ihren atemlosen Küssen. Im Kopf ein weiches Summen, als würde sie immer höher und höher auf Tyttökallio klettern, an so einem Sommertag, wenn die Sonne untergeht und der Wind nachlässt, warm auf den Wangen und spielerisch kitzelnd im Nacken. Danach lagen sie Hand in Hand da und schauten abwechselnd in die Kronen der Kiefern und einander in die Augen. Seine waren braun, mit gelben Flecken um die Iris, und umgeben von einem Kranz aus dunklen Wimpern. Sie funkelten in der Sonne, aber vielleicht war es auch sie, die sie zum Funkeln brachte. Sie wollten im nächsten Jahr heiraten, so Gott wollte. Sie befühlte seinen dicken Uniformstoff und dachte, dass dieser Stoff bestimmt alles aushalten würde. Aber Granatsplitter konnte er dann doch nicht aushalten.

Frans hatte keine Ehre darin entdecken können, sich mit Alten, Frauen und Kindern in einen Bunker zu ducken, aber im Krieg gab es auch keine Ehre. Er starb mit dem Gesicht in dem Matsch, durch den er gerobbt war, im Fortsetzungskrieg im August 1941. Der Krieg hatte gerade eben erst angefangen. Er hatte Durst, sagte Torsten, der bei ihm war, als er starb. Sein Bauch war aufgeschlitzt, und während er weiterrobbte, glitten ihm die Gedärme aus dem Körper. Er schleppte sie hinter sich her durch den Dreck, auf dem Weg zum Graben, wo er Schmutzwasser trinken wollte, obwohl Torsten alles tat, um ihn davon abzuhalten. Torsten stieg versehentlich auf die Därme, und ein Teil von ihnen löste sich. Da schrie Frans bereits wie von Sinnen. Fünf Minuten später lag er tot mit dem Kopf im Graben. Lag in so einem Tod denn Ehre? War etwas ehrenvoll an dem Kampf, der dem vorausgegangen war? Konnte Torsten sich wie ein Held fühlen, weil er versucht hatte, einen toten Mann daran zu hindern, aus dem Graben zu trinken?

Krieg ist Blut, Scheiße, Pisse und Tränen. Krieg ist das Gegenteil von Pflegen. Junge gesunde Körper, die in einen Kugelhagel rennen. Die von Granatsplittern zerrissen werden. Zu welchem Zweck?

Derselbe Körper, den Sigrid an ihren presste, den sie aufnahm, weich und sanft zwischen ihren Schenkeln, lag jetzt zerrissen und auf einem Acker irgendwo im Nordosten von Finnland.

Sigrid schlägt die Augen auf und schaut direkt auf Karin. Was soll ich Frau Högström ausrichten, hat Karin gefragt.

»Frag sie, warum«, antwortet Sigrid. »Und wenn sie dir eine Antwort gegeben hat, dann komm wieder zu mir.«

Karin kommt nie mit einer Antwort zurück. Stattdessen holt sie Wasser, Kaffee, warme Milch und noch warmes Brot. Sigrid nimmt es dankbar an. Als Karin zum ersten Mal mit ihrem Tablett kam, versuchte Sigrid noch zu protestieren, aber Karin hat es auf den Stuhl neben dem Bett gestellt und gesagt, dass Sigrid sich jahrelang um andere gekümmert hatte, also war es jetzt mal Zeit, dass sich jemand auch um sie kümmerte. Und dann versorgt Karin sie in den Wochen im Leuchtturm, durch die sie sich langsam durchkämpft, während Vilma und Linnea und die anderen Schwestern rundherum kommen und gehen. Niemand erwähnt das Kind. Niemand spricht von Sigrids Schande. Nicht mal Karin. Die bleibt bloß bei Sigrid sitzen. Wartet, bis Sigrid gegessen hat. Und drängt sie, mehr zu essen.

»Nimm noch ein bisschen. Iss. Damit du wieder Kraft bekommst.«

Und Sigrid isst. Sie kaut die sauren Äpfel aus Karins Garten und muss daran denken, wie stolz Karin war, als ihr Baum das erste Mal Früchte trug, wie sie die Äpfel in ihrer Schürze sammelte, zu allen hinlief, um sie ihnen anzubieten. Die ganze Zeit betrachtet sie Karin. Wie still sie dasitzt. Sie wendet den Blick ab und schaut auf Sigrids Knie.

»Bist du glücklich hier, Karin?«, fragt Sigrid, und Karin lächelt kurz, nur ein Zucken in den Mundwinkeln.

»Natürlich, Sigrid«, sagt sie.

»Warum?«

Karin zuckt mit den Schultern.

»Warum fragst du?«

»Wenn du woanders sein könntest, wo wäre das dann?«, fragt Sigrid.

»Weiß nicht. Bei Dotti, schätze ich, aber die will ja nichts mehr von mir wissen.«

Sigrid seufzt und lässt die Hände mit dem Apfelbutzen sinken. Drei Wochen sind vergangen, seit sie die Todesnachricht bekommen hat, und sie findet es seltsam, wie schnell das Vergessen einsetzt. Sie wünschte, es wäre nicht so. Wenn es ein Begräbnis gegeben hätte, wenn es nur … Aber es hat sich nichts geändert. Er fuhr an die Front und kam nicht wieder. Sie kann es nicht fühlen. Kann nicht fühlen, dass er tot ist. Er ist nur weg, genauso wie er weg war, bevor er fiel. Der einzige Unterschied liegt darin, dass sie nicht mehr auf ihn zu warten braucht. Aber sie will das nicht. Sie will etwas spüren. Will mehr spüren.

»Es sind Briefe gekommen«, sagt Sigrid plötzlich. »Von Elli.«

Karins Gesichtsausdruck verändert sich nicht nennenswert. Sie schaut einmal in Sigrids Gesicht und dann wieder auf ihre Finger. Sie kratzt sich am Zeigefinger, an dem sie eine kleine Schnittwunde hat.

»Aha«, sagt Karin, und Sigrid seufzt tief und lässt sich in ihre Kissen zurücksinken.

»Margareta Högström hat die Briefe an sich genommen«, sagt sie. »Ich dachte nur, das würdest du vielleicht wissen wollen.«

Nachdem Karin gegangen ist, liegt Sigrid wach. Wenn sie abends allein ist, schleicht sie sich natürlich wieder ein. Die Trauer. Sie liegt mit offenen Augen da, während sie aus ihr hinausläuft. Sie hätte ihn aufhalten sollen. Seine Hand nehmen. Ihn mit sich ziehen. Auf ein Boot springen und nach Schweden hinüberfahren, in der Zwischenkriegszeit, als es noch nicht zu spät war. Sie fühlt sich betrogen. Bestohlen. Man hat ihr das Leben genommen, das sie sich ausgemalt hatte. Dann ermahnt sie sich selbst, nicht so zu denken, denn wie muss es erst für Karin sein, die schon so lange hier ist. Hat man sie nicht auch bestohlen?

»Sie hat sich verändert«, hatte Sigrid zu Doktor Mikander gesagt, als er letztes Mal Karins Krankenakte durchsah, in der es schon eine ganze Weile überhaupt nichts Bemerkenswertes mehr einzutragen gab.

Er lehnte sich seufzend zurück und verschränkte die Hände hinter dem Kopf. Starrte eine geraume Weile an die Decke.

»Dann geben Sie ihr Aufgaben. Im Krankenhaus. Mehr Verantwortung, Dinge, mit denen sie sich beschäftigen kann. Geben Sie ihr Gelegenheit, sich nützlich zu machen.«

»Aber das macht sie ja schon alles.«

»Dann geben Sie ihr mehr!«

Sigrid betrachtete ihn einen Augenblick. Da saß er. Wie ein Stück weißer Marmor. Schwer und unzugänglich. Er hatte immer recht. Auch wenn er unrecht hatte.

»Sie besetzt hier ganz unnötig ein Bett«, sagte Sigrid. »Neue Patientinnen stehen Schlange. Die müssten viel dringender hierher als sie. Ich habe neulich mit einer …«

»Wie lange ist sie schon hier?«, erkundigte sich Doktor Mikander, und Sigrid verstummte.

Sie sammelte sich kurz und rechnete nach.

»Zehn Jahre.«

Mikander starrte immer noch an die Decke.

»Zehn Jahre«, sagte er. »Zehn Jahre. Und Sie glauben, dass sie sich nach zehn Jahren wieder an die Gesellschaft anpassen könnte?«

»Wesentlich besser als jemand, der so krank ist, dass er zu uns kommen müsste.«

»Was ist mir ihrer Schwester?«

»Dotti?«

»Ja. Hat die mal was von sich hören lassen?«

Sigrid schüttelt den Kopf.

»Nein.«

»Na bitte. Und selbst wenn sie Familie hätte, jemand, der sich um sie kümmern könnte … Es gibt keine Garantie, dass sie nicht genauso schnell wieder hier landet, wie wir sie entlassen haben.«

»Aber …«

»Zehn Jahre sind eine viel zu lange Zeit. Für sie ist es hier besser. Das hier ist ihr Zuhause.«

Sigrid versucht, sich im Bett aufzusetzen, und merkt, dass es geht. Und wo sie schon mal aufrecht sitzt, kann sie auch die Decke zurückschlagen. Und wenn sie das geschafft hat, kann sie genauso gut probieren, sich mal hinzustellen. Also tut sie das. Und während sie es tut, fragt sie sich, was eigentlich mit ihr los ist. Sie hat ihren Verlobten verloren. Im Krieg. Er ist tot. Er ist gefallen. Und jetzt steht sie hier, nur einen Monat später, und ist bereit, weiterzumachen, als wäre nichts gewesen.

Als wäre nichts gewesen?

Denkt sie wirklich so? Das kann doch nicht sein, oder?

Bin ich die Kranke? Wenn ich nicht mehr fühlen kann als

das? Wenn ich mich nicht in die Trauer werfen kann? Mich ihr völlig überlassen? Von ihr verzehrt werden? Bin ich nicht diejenige, die an einer Art Geistesstörung leidet? Gefühlshemmung? Warum darf ich mich nicht auch verlieren?

Aber das tut sie nicht. Sie kann es nicht. Nach vier Wochen fühlt es sich an, als wäre in ihr alles neu eingerichtet worden, mit derselben handfesten, unerschütterlichen Willensstärke, mit der sie sich bisher durchs Leben bewegt hat. Nach vier Wochen hat sie den Felsblock beiseitegeschoben, den die Zukunft mit Frans bedeutet hatte, und hat Raum für etwas anderes gemacht, eine offene, freie Fläche, die sie bereits zu füllen versucht hat, mit vagen Plänen. Sie ist alleinstehend, und sie wird ein Kind bekommen. Mehr weiß sie nicht. Unter diesen Umständen hat sie wirklich keine Zeit, im Bett herumzuliegen, also kann sie genauso gut aufstehen.

Sowie Sigrid aufgestanden ist, wird sie zu Margareta Högström bestellt, die im Schwesternzimmer vor der aufgeschlagenen Zeitung sitzt. Sigrid tritt ein und ist aufs Schlimmste gefasst. Sie hat nicht nur einen kleinen Fehltritt begangen. Sie ist aufs Gründlichste vom Weg abgekommen. Und obwohl Margareta ihr im Wäscheraum versichert hatte, dass alles in Ordnung kommen würde, ist Sigrid doch nicht ganz sicher, ob Margareta es sich nicht anders überlegt hat, denn die Oberschwester hat sie nicht ein einziges Mal besucht, während sie im Leuchtturm im Bett lag. Das hat vielleicht nicht so viel zu bedeuten. Die Oberschwester muss auf Distanz zu den anderen Schwestern bleiben. Aber Sigrid spürt doch ein unangenehmes Kribbeln in der Magengegend, als sie vor die stämmige Frau tritt, die sich Zeit lässt, bevor sie sich bequemt, von ihrer Zeitung aufzublicken. Nach ein paar Minuten lässt sie die Zeitung endlich sinken und schaut Sigrid in die Augen.

»Aha! Da wären wir ja«, sagt Margareta Högström, und Sigrid werden die Augen feucht.

Sie ist immer noch dünnhäutig, innerlich empfindlich und

mürbe. Sie ist aufgestanden, aber es ist das erste Mal seit Langem, dass sie wieder mit Margareta Högström spricht, und sie staunt, wie schnell die Überempfindlichkeit wieder in ihren Körper rinnt.

»Und, wie geht es Ihnen, Fräulein Friman?«

Fräulein. Sigrid schluckt die Tränen und die Scham. Die Scham darüber, ein Fräulein zu sein, das guter Hoffnung ist. Was wird ihre Mutter sagen? Und Vater? Ihre kleine Sigrid. Die unfehlbare.

»Sie brauchen nicht zu antworten«, sagt Margareta. »Ich sehe ja, wie es aussieht.«

Sigrid setzt sich gegenüber von Margareta auf den Stuhl und vergräbt das Gesicht in den Händen, und die Oberschwester wartet ab, bis sie sich wieder gefangen hat. Sigrid trocknet sich die Augen. Wird sie eigentlich jemals wieder aufhören zu weinen?

»Ich habe gehört, dass Sie in letzter Zeit bettlägerig waren, aber damit muss jetzt Schluss sein«, sagt Margareta. »Es wird vorübergehen …«

»Wie können Sie so was sagen! Wie können Sie …«, beginnt Sigrid, doch Margareta hebt die Hand von der Tischplatte, um sie zum Schweigen zu bringen.

»Ich bin seit über vierzig Jahren auf dieser Insel. Wissen Sie, wie viele Patientinnen ich betreut habe? Wie viele ich gesehen habe?«

Sigrid schüttelt den Kopf.

»Genug, um zu wissen, wie Sie das alles durchstehen werden. Sie sind schwach gewesen, aber jetzt erholen Sie sich langsam wieder. Harte Arbeit, viel Ruhe, gut essen, das hält die Gedanken im Zaum.«

Sie schaut Sigrid eine Weile an, und ihr Blick ist streng, aber auch zärtlich.

»Ich kann nicht behaupten, dass ich nicht enttäuscht wäre«, sagt sie dann. »Aber nicht, weil Sie sich haben schwängern lassen, sondern weil es gerade jetzt passiert.«

Sigrid wappnet sich innerlich. Jetzt kommt der Todesstoß. Jetzt wird Margareta sagen, dass sie sie wegschicken. Nach Hause nach Helsingfors, wo der Krieg so viel gegenwärtiger ist. Nicht so weit weg wie hier. Nicht wie ein ferner böser Traum.

»Ich bin alt, Fräulein Friman. Ich kann nicht mehr so wie früher. Gott allein weiß, was aus uns werden soll in diesem verdammten Krieg, hier draußen in unserer Isolierung. Jetzt, wo Doktor Mikander uns verlassen wird, weiß ich nicht, ob wir überhaupt noch einen Arzt hierher bekommen. Der Krieg hat alle mobil gemacht …«

»Entschuldigen Sie, wenn ich Sie unterbreche«, sagt Sigrid, aber sie kann nicht in Ruhe abwarten, bis die Oberschwester ausgeredet hat, »aber habe ich wirklich recht gehört? Doktor Mikander wird uns verlassen?«

Margareta seufzt.

»Ja.«

»Warum?«

»Er ist wie alle anderen Männer. Will Spannung an der Front suchen. Er meint wohl, dass er dort mehr gebraucht wird als hier, worüber man weiß Gott anderer Ansicht sein kann. Aber er hat genug, schätze ich. Von dem hier. Von uns. Und man kann ihm im Grunde ja nicht mal einen Vorwurf daraus machen.«

Sigrid ist einen Augenblick sprachlos.

»Er spricht sehr gut von Ihnen, Fräulein Friman«, sagt Margareta Friman. »Und das mit Grund. Sie sind eine großartige Krankenschwester.«

»Danke.«

»Ein Kind darf Ihrer Arbeit nicht in die Quere kommen. Ihrer Zukunft.«

»Zukunft …«, echot Sigrid mechanisch.

»Ja, Zukunft. Ich gehe zum Jahreswechsel in Pension, und obwohl mein Posten neu ausgeschrieben wird, war es nicht so gedacht, dass er intern nachbesetzt wird. Um die Wahrheit zu sagen: Es wird sehr schwer, ihn jetzt im Krieg nachzubesetzen, also wäre es das Beste für alle, wenn jemand von hier darauf brennen würde.«

Sigrid schaut Margareta an. Das ist die zweite Überraschung, die man ihr aufgetischt hat, seit sie das Zimmer betreten hat, und sie schüttelt den Kopf.

»Doktor Mikander hat zwar auch einmal davon gesprochen, aber … Ich hatte eigentlich gedacht, dass … na ja … dass sich der Gedanke von selbst verbietet, nachdem ich jetzt ein Kind bekomme und …«

»Ein Kind …«, sagt Margareta. »Ein Kind braucht Stabilität. Wo könnten Sie ihm das mehr bieten als hier?«

Nach ihrer Abendrunde sitzt Sigrid eine Weile im Schwesternzimmer, versunken in Müdigkeit und ihre eigenen Gedanken, ruhiger, als sie lange gewesen ist. Sie vermeidet es, das Radio anzustellen, und sie will auch nicht in den Leuchtturm gehen, weil sie weiß, dass die anderen Schwestern die Nachrichten verfolgen. Der Krieg. Das ist alles, wovon die Leute reden. Alles, woran sie denken. Alle, die warten. Es kneift in der Nase und sticht in den Augen, aber diesmal kommen keine Tränen.

Margareta hatte recht, denkt sie. *Das Weinen muss jetzt ein Ende haben.*

Sie lässt die Hand über ihren Bauch gleiten, der immer noch ganz flach ist. Wäre nicht seit vier Monaten ihre Blutung ausgeblieben, hätte sie nie geahnt, dass sie ein neues Leben in sich trägt.

Ich werde Mutter.

Zum ersten Mal schickt dieser Gedanke einen gespannten Schauder durch ihren Körper. Sie streichelt sich den Bauch. Dort drin wartet das Kind, und sie wird Mutter. Wie sie das schaffen soll, weiß Gott allein. Sie wird alle Hilfe brauchen, die sie bekommen kann. Dann wandern ihre Gedanken zu Karin. Karin, die mit Wasser und Brot in den Leuchtturm kam, während sie dort als Gefangene ihrer Trauer lag, angekettet an ihre Gedanken an den Tod. Sie hatte solche Dankbarkeit gespürt.

Karin …

Sie erinnert sich, wie sie den Brief an sich genommen hatte, den Karin an Dotti geschrieben hatte, und wie sie ihn in die Tasche unter der Schürze steckte. Da lag etwas in Karins Blick. Er war so flehentlich. Ja, der Blick hatte wahrscheinlich den Ausschlag gegeben. So sah Karin normalerweise nicht aus. Karin war entweder böse oder hart. Vielleicht mal trotzig oder spöttisch, aber nie klein und traurig. Nie machte sie große Augen, die um etwas bettelten. Und was Karin in ihrem Brief an die Schwester schrieb, entsprach ja der Wahrheit, jedes Wort davon. Die Karin, die einmal zu ihnen gekommen war, gab es nicht mehr. Was auch immer Karin damals gequält hatte, es war verschwunden, es war, als wäre sie aus einer Art umnebeltem Zustand erwacht, einem Halbschlummer, als würde sie erkennen und sehen, was Sigrid mit einem zerstreuten Blick hatte übergehen wollen. Karin war gesund.

Karin war gesund.

Tagelang war Sigrid herumgelaufen und hatte darüber nachgedacht. Sie hatte Karin heimlich beobachtet, am Esstisch und im Aufenthaltsraum. Hatte zugesehen, wie Karin ihre Kartoffeln schälte oder schnitt und mit der Gabel aufspießte und in den Mund schob, ruhig und langsam kaute und schluckte. Sie hatte den Blick rasch weiterwandern lassen, als Karin merkte, dass Sigrid ihr Gesicht länger anschaute und in ihren Bewegungen innehielt. Wenn es Streit im Aufenthaltsraum gab, schaute Karin nur von dem auf, was sie in der Hand hatte, wandte sich dann aber wieder ihrer eigenen Tätigkeit zu. Wo sie doch früher eine der Ersten war, die aufstanden und sich zu denen gesellten, die zuschauten und mit lautem Geschrei die Streithähne zum Weitermachen anstachelten. Sigrid faltet die Hände.

Lieber Gott, lass mich Gerechtigkeit für Karin bewirken, betet sie, und dann wird sie von ihrem eigenen Gedanken erschreckt. *Gerechtigkeit für Karin? Was bedeutet das? Was ist eigentlich recht für Karin?*

44

Karin hat den ganzen Sommer über mit zitternden Fingern geschrieben. Sie hat früh im Frühjahr angefangen. Mittlerweile sind es schon viele Seiten geworden. Kleine, weiße, zusammengefaltete, die sie dann mit den Fingern schmutzig gemacht hat, indem sie sie immer wieder auseinander- und wieder zusammengefaltet hat. Sie sind mit Bleistift geschrieben. Sie war vorsichtig mit dem Stift, sie hat es sich verkniffen, die Spitze abzubeißen, um sie nicht ständig neu anspitzen zu müssen.

»Was willst du denn mit dem Stift? Du hast doch gar kein Papier?«, sagten die Schwestern immer, aber sie gibt keine Antwort.

Sie versteckt ihr Geheimnis sorgfältig unter ihren Röcken, und ihr Verhalten in diesem Sommer war vorbildlich. Um ehrlich zu sein, es war schon seit letztem Herbst vorbildlich. Sodass man ihr einige Arbeiten in der Küche übertrug, die einen gewissen Vertrauensvorschuss beinhalteten. Dabei konnte sie ein paar leere Blechdosen stehlen. Sie hat die Glasflaschen genommen, die zum Spülen in die Küche kamen – alte Medizinfläschchen, die wird niemand vermissen. Und den Kalender, in den die Schwestern ihre Notizen schreiben, hat sie mitgehen lassen, als Vilma ihn einmal auf der Fensterbank vergessen hatte. Alles klaut sie, schnell und mit geschickten Bewegungen, und dann schaut sie sie mit Unschuldsmiene an, wenn sie nachfragen. Sie suchen den Kalender überall, aber am Ende lachen sie Vilma laut aus für ihre Schlamperei. Immer diese

Vilma! Sie schütteln den Kopf und laufen kichernd davon. Doch Karin lacht nicht. Sie steht hinter ihnen und sieht sie verschwinden, die hellblauen Röcke, die ihnen um die Knie schwingen. Und auf ihrem Bauch, unter dem Rock, drückt sich der harte Einband des Kalenders in die Haut.

Sie schreibt an Dotti, die auf der anderen Seite des Wassers wohnt. Sie schreibt an ihre Mutter, obwohl die nicht mehr am Leben ist. Sie schreibt an Onkel Taneli. Sie schreibt über die Tür zu Hause in der Hütte und vom Raum, der dahinterlag, von dem alle behaupteten, es gebe ihn gar nicht, den gebe es nur in ihrem Kopf. Und sie gibt sich Mühe, sich an ihn zu erinnern, ihn zu beschreiben, damit Dotti hingehen und ihn anfassen kann, an der Klinke rütteln kann, um zu prüfen, ob er immer noch verschlossen ist.

Sie träumt von dieser Tür. Davon, was dahinter ist. Es ist kein richtiger Traum, keiner von den Wahrträumen, wie sie sie als kleines Mädchen hatte, eher wie ein Traum, aus dem sie nie wieder aufwachen möchte. Sie träumt, dass sie sich vom Bett erhebt. Ihr Körper ist leicht und glücklich. Das Zimmer ist dunkel. Vorm Fenster sieht man die Heide und den Wald wie hinter einer Wand aus Dunkelheit. Aber Licht, Licht fällt durch den Spalt zwischen Tür und Türrahmen, und sie geht darauf zu. Die Hand auf der Klinke, sie drückt sie herunter, und die Tür gleitet völlig lautlos auf. Das Licht strömt durch sie hindurch, sie blinzelt hinein, schaut sich um, das starke Summen von Insekten schwillt zu fast ohrenbetäubender Lautstärke an. Der Duft von Honig, von süßem Geißblatt, wird stärker. Das ist die Heide. Die jetzt im Sonnenlicht badet, verändert, funkelnd, und sie tritt barfuß ins hohe Gras, das sich trocken und rau auf ihrer Haut anfühlt.

Sie schreibt: »Taneli. Ich wünschte, ich könnte bei dir bleiben, wenn sich der Wind am Ende des Tages gelegt hat und die Sonne über dem Fluss untergeht. Ich wünschte, du könntest meinen Kopf auf deinem Schoß wiegen, wie du es gemacht hast, wenn ich als Kind Ohrenschmerzen hatte. Ich wünschte, du würdest all meine einsamen Sorgen wegsingen. Bitte nimm mich mit, wohin du auch gehst, mein geliebter Onkel.«

Sie faltet den Zettel zusammen und schiebt ihn in die Flasche zu den anderen Zetteln. Wenn die Flasche voll ist, wird sie sie im Wald verstecken, unter den herumliegenden Steinen, an denen man leicht mit dem Fuß hängen bleiben kann, wenn man nicht aufpasst. Taneli ist vor zwei Jahren gestorben. Er ist schon lange kalt und liegt in der Erde, wo er vermodern wird. So verschwinden die geliebten Menschen für die, die an diesem Ort wohnen – niemand erzählt ihnen jemals, dass der Mensch, auf den sie ihre Hoffnungen setzen, schon längst gestorben ist. Aber das weiß sie nicht. Soweit sie weiß, lebt er noch, und sie macht die Augen zu und stellt sich vor, wie ihre Wange auf seiner rauen Hose ruht. In den Ohren reißt der Schmerz, und er schaukelt ihren Kopf, hin und her, bis sie irgendwann endlich eingeschlafen ist.

Die kleine weiße Haube, die sich Sigrid vor ein paar Stunden aufs helle, frisch aufgedrehte Haar gedrückt hat, liegt angenehm auf der Haut. Sie ist eine Krone, die sie mit aufrechtem, stolzem Nacken trägt. Sie haben sich vor ihr aufgereiht, alle, die nicht bettlägerig oder katatonisch sind, und sie geht die Reihe der Patientinnen ab, schaut auf die Scheitel ihrer gesenkten Köpfe.

»Was für ein Tag ist heute? Welches Jahr?«

Karin murmelt etwas zu ihren Zehenspitzen hinunter, und Sigrid muss sie bitten, es zu wiederholen. Sie blickt kurz auf und sagt:

»Heute ist Donnerstag, glaube ich. Neunzehnhundertzweiundvierzig.«

Sigrid bleibt vor ihr stehen und schaut eine geraume Weile nur auf den blonden Kopf, bis Karin ganz still wird. Rechts von ihr steht Sofia, die so unglaublich zart wirkt neben der großen und vergleichsweise kräftigen Karin. Sofia wirft einen verstohlenen Blick zu Karin, und Sigrid wartet, aber nichts geschieht. Sie hatte gehofft, dass Karin nervös werden würde, etwas Unvorhergesehenes tun würde, aber Karin war schon seit Monaten nicht mehr nervös. Sofia hingegen schon. Kaum ist sie aus der Isolierung heraus, wandert sie wieder hinein.

»Es ist entdeckt worden, dass jemand ein paar leere Glasflaschen gestohlen hat. Medizinfläschchen, um genau zu sein«, sagt Sigrid und lässt den Blick über die Reihe gleiten.

Fünfunddreißig Patientinnen stehen hier aufgereiht, wie ein aufgeregter Chor, der nur darauf wartet, endlich mit dem Improvisationspotpourri des Tages anfangen zu dürfen. Emilia. Olga. Karin. Sofia. Kirsi. Kerttu. Eini. Saima. Langsam schreitet Sigrid die Reihe ab. Sie geht einmal bis zu Emilia ganz am Ende und kommt dann zurück. Die Frauen stehen reglos vor ihr. In Fridas Armen zuckt es. Irgendjemand – sie kann nicht feststellen, wer es ist – lacht leise und glucksend.

»Na los, komm schon!«, ruft jemand. »Komm schon! Komm schon!«, aber er wird niedergezischt.

»Wenn jemand etwas darüber weiß, empfehle ich diesem Jemand, vorzutreten und zu gestehen, dann wird es für alle leichter«, fährt Sigrid fort.

Sie atmet durch die Nase ein und schaut aus dem Fenster, wo der stille, klare Sonnentag gerade erst begonnen hat, aber sie fühlt sich so unendlich müde. Medizinfläschchen. Aus unerfindlichen Gründen stehlen die Patientinnen sie gar zu gerne, sie verschwinden die ganze Zeit. Sigrid hatte sich erst gedacht, dass sie die Sache gar nicht zur Sprache bringen wollte. Aber sie ist rastlos und reizbar und will jemand bestrafen, und da ist dieser Grund genauso gut wie jeder andere.

»Wenn niemand vortritt und gesteht, gibt es Ausgehverbot für alle, bis der Schuldige gefunden ist«, fährt Sigrid fort, und sie genießt den Klang ihrer eigenen Stimme im ansonsten völlig stillen Raum. Stark und klar, aber auch weich und bestimmt.

»Na los, komm schon!«, ruft wieder jemand, und jetzt murmeln und stöhnen ein paar von den anderen auch laut.

»Das ist nicht gerecht«, ruft Emilia, und Sigrid geht zu ihr.

»Stehlen ist auch nicht gerecht. Vor allem nicht in Kriegszeiten. Wir müssen sowieso schon wirtschaften. Alles wird rationiert. Wenn die Leute ständig diese Flaschen stehlen, haben wir bald keine mehr übrig, in denen wir die Medizin aufbewahren können.«

»Aber die Medizin wird doch in diesen Flaschen verkauft!«, wendet Saara ein.

»Natürlich. Aber die Fläschchen werden auch für andere Zwecke verwendet. Das wisst ihr auch. Und der Haken ist nicht, wozu die Flaschen verwendet werden, sondern dass sie Eigentum des Krankenhauses sind, und deswegen ist es Diebstahl, wenn man sie entwendet«, sagt Sigrid.

Sie geht jetzt zu Sofia, die nicht aufblickt, als Sigrid vor ihr stehen bleibt.

»Sofia, weißt du etwas darüber?«, fragt sie, und Sofia hebt schnell den Kopf.

»Nein!«, ruft sie aus, und ihr eines Auge schielt mehr als normal.

»Ganz sicher nicht?«, fragt Sigrid nach, die eine Bresche ahnt und beschließt, sie zu nutzen.

»Lass sie doch in Ruhe«, murmelt Karin und wirft einen raschen Blick auf Sofia, die mit halb offenem Mund den Kopf schüttelt.

»Ach, Karin … Wir wissen doch alle, dass Sofia den Leuten die Kleider vom Leib stehlen würde, wenn sie es so einrichten könnte, dass es keiner merkt. Das Erste, das Allererste, was sie gemacht hat, als sie herkam, war, dass sie ein Fenster eingeschlagen hat und weggelaufen ist, und dabei hat sie einen Sommerhut und einen Mantel von der Veranda der Johanssons gestohlen! Sie hat alles gestohlen! Blumentöpfe, Schuhsohlen, und dabei war es ihr ganz egal, ob sie die Sachen brauchen kann oder nicht.«

Sofia schnauft bereits heftig, als sie Sigrids Anschuldigungen anhören muss.

»Das war damals! Das ist schon lange her! Damals war ich noch eine andere. Ich war nicht ganz gescheit. Aber die Hälfte von dem, was immer alle sagen, ist überhaupt nicht wahr!«, ruft Sofia.

Sigrid schaut sie an, und im ersten Moment möchte sie fast ihrem Mitgefühl nachgeben, aber aus unerfindlichen Gründen kann sie die Sache nicht auf sich beruhen lassen. Vielleicht, weil Karin sich eingemischt hat. Sie kann nicht zulassen, dass sie sich ungestraft gegen sie verschwören. Wer weiß, was sonst noch alles nachkommt. Also fährt sie fort, jetzt in etwas sanfterem Ton.

»Es ist das Beste, wenn du gestehst. Es wissen doch sowieso schon alle, dass du es warst. Willst du wirklich, dass keiner rausdarf an diesem schönen Tag, nur wegen dir? Ist das wirklich gerecht?«

»Aber ich hab doch gesagt, ich war's nicht! Ich kann doch nichts gestehen, was ich nicht getan habe!«, ruft Sofia, und ihre Stimme zittert jetzt auch schon.

Das Feuer, die Wut, für die Sofia bekannt ist, flammt unter ihrem Kittel auf und leckt an den Seiten empor.

»Was willst du denn mit den Flaschen machen? Hm?«, fragt Sigrid. »Selbstgebrannten reinfüllen und das Krankenhaus in Brand stecken, wenn wir alle schlafen?«

Sofia starrt sie mit großen Augen an. Das schielende Auge drängt so intensiv nach innen, dass man fast schon mehr Weiß als Iris sieht. Sigrids Worte erschrecken Milda. Sie hat als kleines Mädchen eine Feuersbrunst miterlebt und hat sich in Sicherheit gebracht, indem sie aus dem Fenster gesprungen ist. Damals kam zwar niemand zu Schaden, aber der Schrecken sitzt ihr heute noch in den Gliedern, und jetzt ruft sie laut:

»Die will uns alle hier drin verbrennen lassen! Die will uns alle verbrennen!«

Karin schaut Sigrid an.

»Was machst du da eigentlich?«, fragt sie, aber Sigrid ignoriert sie.

»Es riecht nach Rauch«, schreit eine andere, und dann schreien immer mehr.

Alle wissen, dass Sofia die notorische Brandstifterin von Björneborg ist, und im Handumdrehen ist der Tumult da. Lili heult laut und jammert:

»Wir werden sterben! Alle miteinander!«

»Beruhigt euch! Es brennt doch überhaupt nicht!«, sagt Sigrid laut, woraufhin das Geschrei sich tatsächlich ein wenig legt.

Sie geht zu Sofia, die jetzt mit hochgezogenen Schultern und angezogenen Armen dasteht und mit angespanntem Körper auf der Stelle trampelt.

»So«, sagt Sigrid. »Gesteh es jetzt, dann können wir unseren Tag beginnen.«

»Ich war es nicht.«

»So.«

»Ich war … Ich war es nicht.«

»Du weißt, was die Strafe für Diebstahl ist«, sagt Sigrid, und Sofia beginn zu schluchzen.

»Es war … es war …«

»Gesteh jetzt, dann können wir es jetzt vielleicht noch mal ziehen lassen.«

Sofia hält den Kopf gesenkt, und ein paar klare Tropfen platschen auf ihre Füße. Nackte Füße in Holzschuhen. Sie schüttelt den Kopf, und Sigrid seufzt.

»Isolierung«, sagt sie kurz, und Sofia hebt den Kopf.

»Nein! Nein!«, schreit sie, doch Sigrid packt sie am Arm.

»Hilf mir!«, befiehlt sie Karin, und Karin zögert, aber ihr bleibt keine andere Wahl, als zu gehorchen. Also packt sie Sofia mit an, aber dann hält sie sie ganz vorsichtig fest, um der zarten Frau nicht den Arm zu brechen.

»Ich war es! Ich gestehe! Ich war es! Bringt mich nicht weg! Ich kann nicht! Ich halte das nicht aus!«, schreit Sofia, aber Sigrid führt sie zur Tür des Aufenthaltsraums, wo Vilma ihnen rasch aufschließt und sie hinauslässt.

»Zu spät«, sagt Sigrid, und dann schleppen sie die schreiende, zappelnde, fluchende Sofia durch den Korridor zu ihrem Zimmer.

Später sitzt sie im Waschraum auf einem Stuhl, in der Stille nach den Badestunden, die sie seit Neuestem wieder überwacht, obwohl sie Oberschwester ist. Denn mittlerweile tut sie sich mit allen anderen Aufgaben sehr schwer, ihr Bauch spannt unter dem Kleid, und bald wird ihr die Uniform nicht mehr passen. Karin hat sich gerade angezogen, der Raum riecht nach Wasser, und sie kommt herein und geht vor Sigrid in die Hocke.

»Was tust du hier?«, fragt Sigrid. »Geh abendessen!«

Doch ein Krampf unterbricht sie, und Karin legt beide Hände auf Sigrids Bauch.

»Tut es weh?«

Sigrid entblößt die zusammengebissenen Zähne. Von der Wehe ist ihr der Schweiß am Haaransatz ausgebrochen, aber sie schüttelt den Kopf.

»Nein.« Und dann: »Ein bisschen.«

»Es ist nicht mehr lange«, sagt Karin und lächelt. Am meisten überrascht es sie wahrscheinlich, dass sie sehr bald ein ganz kleines, neugeborenes Baby auf der Insel zu sehen bekommen werden.

»Karin …«

»Was du mit Sofia gemacht hast, war falsch.«

Sigrid verstummt. Karin hat recht, aber das will sie nicht zugeben.

Eine neue Wehe unterbricht ihre Gedanken, und sie stöhnt schwach auf und wartet, bis sie verebbt.

»Du musst aufstehen«, sagt Karin. »Es ist Zeit zum Abendessen. Wir haben Hunger.«

Sigrid schaut sie an. Ihre Ruhe. Seit Elli entlassen wurde

und Martha starb, ist sie so. Fast immer ruhig. Sie geht auf die dreißig zu. Vielleicht ist es das Alter. Sigrid versucht aufzustehen, aber sie kann nicht.

»Hilf mir«, sagt sie, und Karin fasst sie bei den Händen und zieht sie hoch.

Ich darf mich nicht sinken lassen, darf dieser Hoffnungslosigkeit nicht nachgeben …

»Danke.«

Sie bleibt regungslos stehen. Es ist nah. Es ist ganz nah. Und die Schwestern werden demnächst nur noch zu viert sein. Lovis und Taimi haben sich der Lottabewegung angeschlossen und fahren demnächst an die Front zum Lazarettdienst. Alle engagieren sich im Krieg.

»Karin. Ich kann nicht. Du musst in die Küche gehen und beim Abendbrot mithelfen. Sag ihnen, ich kann nicht. Nicht heute Abend.«

Sie lässt sich wieder auf den Stuhl sinken. Die Mattigkeit sitzt ihr mittlerweile im ganzen Körper.

»Die haben uns hier draußen doch völlig vergessen. Wir sind so weit draußen. So weit weg.«

»Helfen? Ich?«, fragt Karin.

»Ja.«

»Bist du sicher?«, fragt Karin, und Sigrid zögert.

Sie schaut Karin einen Augenblick an. Die sommersprossige Nase und die durchscheinende weiße Haut. Sie stellt sie sich mit einem modischen Kurzhaarschnitt vor und kann sich ein Lächeln nicht verkneifen. In einer Schwesterntracht, und da gibt es ihr einen leichten Stich. Sigrid war damals so stolz auf diese Uniform, als sie sie bekam. Sie hatte sie verdient. Wie konnte sie glauben, dass Karin sie auch verdient? Heute Vormittag hatte sie sie bestrafen wollen, und jetzt bietet sie Karin Aufgaben an, die … die Verantwortung mit sich bringen. Sigrid schüttelt den Kopf über sich selbst, streckt die Hand aus und streicht Karin über die Wange, und als ihr die Worte über die Lippen kommen, ist es, als würde jemand anders sprechen, jemand, der ohne ihr Wissen stark und groß geworden ist, und dieser Jemand ist nach und nach in Sigrids Umrisse gekrochen und hat sie ganz ausgefüllt.

»Ich werde dich brauchen, Karin.«

Und dann legt sie Karins Hand auf ihren Bauch.

»Wir werden dich brauchen.«

So hatte sie es sich vorgestellt, als sie auf und ab ging mit ihrem gespannten Bauch und breitbeinig spürte, wie der Kopf des Kindes sich gegen das Becken presste, wie es sich bei jedem ihrer Schritte weiter herabzudrücken schien, nach unten, durch sie hindurch, kopfüber hinein in diese Welt, ohne sich im Geringsten darum zu kümmern, wie hungrig sie war, so hungrig, dass sogar der kalte Wind Stücke aus ihr herausbiss. In regelmäßigen Abständen musste sie stehen bleiben und sich bücken, eine Faust zwischen den Schenkeln, eine Hand an der Wand abgestützt. Sie wanderte durch die Korridore, genau wie die Patienten, drehte um, wenn sie am Ende angekommen war, marschierte durch die Wehen, die sie zwei ganze Wochen lang plagten, bis es so weit war. Ja, sie hatte gedacht, dass Karin ihre Pflichten übernehmen sollte, wenn auch nicht Sigrids derzeitige Stelle, versteht sich. Sigrid war schließlich Oberschwester. Aber Karin sollte ihre Rolle als Krankenschwester übernehmen. Karin sollte ihr, Sigrid, mit dem Kind helfen.

Annika kommt in einem Patientenzimmer zur Welt, das gerade leer steht, und Doktor Thyrén schafft es einfach nicht auf die Insel. Stattdessen muss Sigrid sich damit abfinden, die Füße auf Margareta Högströms Schultern zu stemmen, während Karin angespannt und bleich neben ihr steht. Karin hält ihre Hand, und sie drückt sich selbst durch diesen Schmerz, der sie entzweireißt, und ihr wird schwarz vor Augen, als sie einen schweren, glitschigen Babykörper aus sich herauspresst, der mit einem jämmerlichen Blöken in die Welt hinausgleitet.

Vilma wäscht das Kind in einer der Emailleschüsseln, die normalerweise für Patientinnen benutzt werden, die zu schwach sind, um es ins Bad zu schaffen, und dann wickeln sie das Kind in Handtücher mit dem Monogramm des Krankenhauses. Mehr als das kann niemand erwarten, der in Sigrids Welt geboren wird. Ihr stecken die Tränen in der Kehle und hinter den Lidern, und sie versucht, nicht an Frans zu denken. Dass er das Mädchen niemals sehen wird. Dass das Mädchen ihn nie sehen wird. Dass Sigrid ihn nie mehr sehen wird. Sie trägt ihren Trauring am Finger, um sich vor der Schande zu schützen, doch der Trauer um alles, was sie niemals zusammen erleben dürfen, kann sie sich nicht erwehren. Die liegt in den zufriedenen Grunzlauten, die das neugeborene Mädchen von sich gibt, wenn sie an Sigrids Brust liegt, und die hält ihr Kleines im Arm und lässt es das Böse wegtrinken. Abends, wenn sie sich zurechtgesetzt hat und das Nachthemd aufmacht, um ihr Kind essen zu lassen, ruht sie ganz still mit halb geschlossenen Augen, schon am Rande zum Schlaf, völlig kaputt vor Müdigkeit, und lauscht auf die Stille. Sie hat ins alte Pfarrhaus ziehen dürfen, und da sie unterbelegt sind, wohnt sie allein. Doch während sie dort liegt, denkt sie an Margareta, an Karin, an all die Frauen, die sie täglich um sich hat und die das Mädchen nehmen, wenn sie ein paar zusätzliche Stunden Schlaf braucht, die nichts dagegen haben, das Kind auf dem Flur herumzutragen und im Arm zu wiegen, wenn Sigrid sich zum Essen hinsetzen muss, die es so gerne baden und sich kümmern, während sie auf einem Stuhl auf der Wiese sitzt und in der Sonne fast wegdöst. Die Milch strömt aus ihr heraus, wenn das Kind sich festsaugt, und gleichzeitig wirbelt eine warme Welle von Dankbarkeit durch sie.

Dieser Ort mit all seinen Sorgen, denkt sie, mit all diesen verlassenen und traurigen und einsamen Seelen, ist in diesem Moment der denkbar beste Ort auf der Welt für sie.

Für Annika und sie. Weiß Gott, wie sie in der Welt dort draußen zurechtgekommen wäre. Vielleicht wäre sie zu guter

Letzt hier gelandet, wenn sie nicht sowieso schon von Anfang an hier gewesen wäre.

45

Als Karin zum ersten Mal hustet, hält sie sich nur nebenbei den Handrücken vor den Mund. Sie holt gerade Wasser für die Blumen, die sie in eine Vase tun und auf Sigrids Nachtkästchen stellen will. Buschwindröschen. Bald ist Muttertag. Sigrids erster.

Als Karin das nächste Mal hustet, drückt sie den Mund in die Ellbogenbeuge, und Kajsa, die mit ihr zusammen die Laken kocht, wirft ihr einen raschen Blick zu, den Karin nicht erwidern möchte.

Danach hustet Karin überall. Sie hustet abends, wenn sie an ihrer Strickarbeit sitzt, und sie versucht, den Mund zuzulassen, damit man es nicht hört, und ihre Schultern zucken still, wenn der Husten sie schüttelt.

Die anderen ziehen sich von ihr zurück. Ethel und Johanna. Katarina. Es bildet sich ein Ring um Karin, wenn sie irgendwo sitzt mit ihrem Husten. Sigrid beobachtet sie aus der Ferne, wenn sie an dem kleinen viereckigen Tisch sitzt und zuckt, und sie geht Karins Krankenakte holen, um einen Eintrag zu machen.

Nachts hustet sie im Schlaf, und wenn sie aufwacht, hustet sie immer noch weiter, in größeren oder kleineren Abständen.

»Es ist nur eine Erkältung«, sagt sie, wenn jemand nachfragt, und sie bekommt Hustenmedizin und Honigwasser mit Zitrone. »Seht ihr? Schon viel besser.«

Aber sie hustet trotzdem weiter. In der Waschküche schnappt sie nach Luft, und in der Küche beugt sie sich über die Spüle, während sie sich mit beiden Händen am Rand festhält.

Als Karin sich dann fast einen Monat später durchs Frühstück hustet, dass ihr fast ein Brotstück im Hals stecken bleibt, verursacht sie ein allgemeines Klirren von Besteck und Tellern, während sie sich über ihren Teller beugt, ihre Schultern im Takt mit den Hustenstößen beben und ihre Augen tränen. Nun kann niemand mehr behaupten, dass es harmlos und vorübergehend ist, niemand kann den Blick abwenden und so tun, als wäre nichts, denn alle erinnern sich nur zu gut, dass Karin Sofia gepflegt hat, die im Winter an Tuberkulose gestorben ist. Arme Karin. Man schaut wieder auf die Teller und weicht Karins Blick aus, während sie nach Luft ringt. Bis Vilma kommt und sie wegführt und ins Bett bringt, wo sie liegen muss, bis der Arzt Zeit hat, vorbeizukommen und einen Blick auf sie zu werfen.

»Sie muss weg.«

Sigrid steht kerzengerade vor Doktor Thyrén, und schaut ihm fest in die Augen, während er Karins Krankenakte durchblättert. Doktor Thyrén ist jung. Rothaarig, schlank und bleich, mit dunkleren Flecken auf den Wangen und unten am Hals. Als würde er konstant erröten. Er besucht sie einmal die Woche, genau wie Doktor Mikander.

Was weiß er von uns? Was weiß er von unserer Welt, denkt Sigrid, wie sie es sich auch schon so oft bei seinem Vorgänger gedacht hat.

»Tja … Ich weiß nicht so recht … Es ist nicht unbedingt üblich, dass …« Er schaut blinzelnd auf die Papiere.

Es ist seine erste Dienststelle. Eine andere Wahl gab es nicht. Für ihn nicht und für sie nicht, wenn er nicht noch Soldaten neben seinen ganzen anderen Patienten behandeln wollte. Die Insel schien letztlich doch ein ruhiger Ort zu sein. Ein Ort, an dem er dazulernen konnte. Sich vervollkommnen.

»In diesem Krankenhaus gibt es mittlerweile einen Säugling«, erklärt Sigrid. »Meine Tochter! Der Krieg hat schon ihren Vater genommen. Soll sie auch noch ihre Mutter verlieren? Oder das eigene Leben? Nur weil Sie nicht bereit sind …«

»Nun hören Sie doch auf, Fräulein Friman«, sagt er, und sie würde am liebsten die Augen schließen, als sie hört, wie er das Wort »Fräulein« in die Länge zieht. »Ich verstehe Sie ja. Aber Sie verstehen mich nicht. Wir befinden uns mitten in einem Krieg! Die Krankenhäuser sind überfüllt. Es herrscht überall Personalmangel. Die allgemeine …«

Sigrid richtet sich auf.

»Wer hat denn etwas von öffentlichen Einrichtungen gesagt? Ich meinte privat.«

Doktor Thyrén hält einen Augenblick inne und schaut sie an. Er ist so überrascht, dass er vergisst, den Mund wieder zuzumachen.

»Es hat sich herausgestellt, dass Karin Nyman einen bezahlten Platz hier im Krankenhaus hat. Sie hat einen Mäzen, wenn Sie so wollen.«

»Im Ernst?«

»Ja, seit ein paar Jahren. Ich hab es erfahren, als ich Zugang zu Frau Margareta Högströms Papieren bekam. Und eben dieser Mäzen ist bereit, dafür zu bezahlen, dass Karin die Pflege bekommt, die sie braucht, heute wie auch in Zukunft.«

»Sind Sie sicher …?«

»Ja! Ich habe die betreffende Person kontaktiert!«

»Und wer ist …?«

»Ihre Schwester. Dora Lundberg. Ihr Mann ist gefallen, und wie es aussieht, ist einiges an Geld übrig geblieben. Das alles steht in Karins Krankenakte, Sie können es nachlesen, wenn es Sie interessiert …«

»Ja … Also, ich weiß immer noch nicht …«

»In Gottes Namen!«, ruft Sigrid. »Treffen Sie eine Entscheidung, die uns allen zugutekommt! Wenn sie Tuberkulose hat, dann sind wir bald alle angesteckt! Was haben Sie denn vor? Abwarten und mal schauen? Bis wir alle husten? Sie muss weg. Und bis sie weggebracht wird, lasse ich sie in Isolierung.«

Sigrid hat sich über Doktor Thyréns Schreibtisch gebeugt, und die Speicheltröpfchen spritzen, als sie spricht. Er blinzelt sie überrascht an, dann nimmt er seine Brille ab und putzt sie umständlich.

»Ja, ich nehme an, Sie haben recht, Fräulein Friman«, sagt er dann langsam. »Es ist das Beste, wenn sie wegkommt und die Pflege bekommt, die sie braucht. Es ist das Beste, für uns alle.«

»Karin.«

Sigrid sagt den Namen ganz leise. Sie steht auf der Schwelle und schaut den zugedeckten Körper im Bett an. Sie bekommt keine Antwort. Die Luft im Zimmer ist muffig und stickig, also lässt sie die Tür angelehnt. Irgendwo auf dem Flur singt Johanna vor sich hin. Am Ende jeder Strophe hebt sie die Stimme, bis sie die letzten Worte herausschreit, und dann lässt sie ihre Stimme wieder zu einem Flüstern herabsinken. Nach ein paar Minuten ruft dann meistens jemand, dass sie den Mund halten soll. Sigrid geht zu Karins Bett und setzt sich zu ihr. Sie hat sich einen Verband vor den Mund gebunden, um sich nicht anzustecken, aber wenn Karin wirklich Tuberkulose hat, ist es wahrscheinlich schon zu spät. Sie streckt die Hand aus und berührt Karins Wange. Sie ist glutheiß.

»Karin«, sagt sie, und da merkt sie, dass Karin wach ist.

Langsam dreht sich Karin auf den Rücken. Sie ist verschwitzt. Sigrid streichelt ihr die nassen Schläfen und nimmt dann ihre Hand.

»Mir ist kalt«, sagt Karin matt, und Sigrid nickt.

»Hör zu. Ich habe mich mit Doktor Thyrén unterhalten …«

»Ich werde sterben, oder? Ich werde hier sterben, und niemand wird es jemals erfahren. Niemand wird jemals …«

»Nein, Karin …«

»Ihr müsst es Dotti mitteilen! Ihr müsst ihr sagen, dass ich schwer krank bin. Sie soll kommen. Ich will sie nur sehen. Bitte.«

»Karin. Hör mir doch mal zu …«

»Ich will nicht sterben. Ich will nicht sterben, ohne sie noch einmal gesehen zu haben. Ich will ihr alles erklären. Ich würde mit ihr reden. Wie es war, als Mutter noch lebte und wir klein waren. Ich muss jemand hier haben. Jemand, der mich schon als Kind gekannt hat.«

Karin hustet zwischen ihren Worten, und Sigrid hält ihre Hände fest umklammert. Es ist so dunkel hier drin. Die Fenster sind vergittert, und es ist ein bewölkter Tag. Sigrid steht auf und macht die Fenster ein wenig auf. Dann setzt sie sich wieder und ergreift Karins Hände.

»Hör mir zu, Karin, und hör mir gut zu. Ich habe mich mit Doktor Thyrén unterhalten. Du wirst weggeschickt, damit du richtig gepflegt werden kannst. Du gehörst in ein richtiges Krankenhaus. Sie holen dich morgen ab, und dann wirst du wieder gesund.«

Karin liegt reglos im Bett. Ab und zu erschüttert Husten ihren Körper, aber ansonsten ist sie ruhig und schaut Sigrid bloß an.

»Ich muss also weg?«, fragt sie, und Sigrid nickt hastig.

Karin schaut zum Fenster und dann wieder zu Sigrid. Sigrid muss sich zusammenreißen, um nicht in Tränen auszubrechen.

»Aber … wenn ich nicht will? Wenn ich nicht wegwill?«, fragt Karin.

»Du musst weg. Und dann musst du zusehen, dass du wieder gesund wirst.«

Karin macht den Mund auf, um erneut zu protestieren, doch Sigrid kommt ihr zuvor.

»Es gibt jemand, der über dich wacht, Karin. Jemand, der furchtbar gerne will, dass du das bekommst, was du brauchst«, sagt Sigrid.

»Wer?«

»Ich glaube, du weißt, wer es ist«, antwortet Sigrid.

Sie schauen sich eine geraume Weile in die Augen. Karins Augen glänzen vor Fieber, Sigrids Augen sind voller Tränen. Karin streckt die Hand aus und berührt Sigrids Wange.

»Pass gut auf dich auf und auch auf deine Kleine«, sagt sie dann.

»Wir werden uns wiedersehen«, erwidert Sigrid. »Wenn du wieder gesund bist, kommst du zurück.«

Am nächsten Morgen tragen sie sie zum Schiff, und sie liegt ganz still unter ihrer Decke. Sie haben sich Gaze vor den Mund gebunden, um eine Ansteckung zu vermeiden, so wie damals bei den Aussätzigen. Karin sieht die Insel vorbeigleiten. Den Leuchtturm, die Wäscherei, das Lager, die Backstube, die Kirche und dann den Friedhof. Auf dem wird sie nun doch nie landen. Das steht schon mal fest. Es ist ein milder, warmer, bewölkter Tag. Keine Wellen, kein Wind. Alles ist glatt und grau und weich und still. Hinter ihr gehen Sigrid und Vilma. Sie haben die Hände in den Taschen vergraben und gehen Seite an Seite, ohne ein Wort zu sprechen. Auf dem Weg zurück zum Krankenhaus werden sie vielleicht miteinander reden, aber jetzt nicht, noch nicht.

Das Schiff wartet am Ufer. Es liegt ganz ruhig da, als hätte der Menschensohn die Hand gehoben. Die Geste des Versöhners, des Beschützers, jetzt auch ihre. Die Krankenbahre haben sie sich von Doktor Thyrén geliehen, aber er ist nicht da. Er hat Karin nicht mehr untersucht, seit sie bettlägerig geworden ist, und auch damals nur ganz oberflächlich. Die Ärzte an Land sollen die Diagnose stellen. Er meidet die Tuberkulose lieber ganz.

Sie tragen Karin aufs Schiff mit dem flachen Deck. Normalerweise wird damit Holz oder Sand transportiert. Baumaterial, Gasflaschen, schwere Fahrzeuge. Karin darf vorne liegen. Man braucht sie nicht anzuschnallen. In Åbo wird sie von Schwestern erwartet, die sie direkt auf die Quarantänestation bringen werden, bis sie richtig untersucht worden ist.

Und dann, ja, dann muss Gott entscheiden, wie es mit Karin weitergehen soll.

Sigrid legt Vilma den Arm um die Schultern, und Vilma legt ihren Arm um Sigrids Taille. So stehen sie zu zweit am Ufer. Sie sehen, wie das Schiff ablegt. Sehen Karins blondes Haar und den Körper, der in weiße Laken gewickelt ist. Das Schiff legt ab, überraschend geschmeidig, wendet, nimmt Fahrt auf und verschwindet dann hinaus in die Bucht.

Epilog

Åbo, 1997

Als Sigrid im Mai stirbt, in den ganz frühen Morgenstunden von Dienstag auf Mittwoch, sitzt niemand an ihrer Seite, während sie aus dem Leben scheidet. Elena, die Schwester, die sich in den letzten Jahren um sie gekümmert hat, findet sie. Sie sieht so still aus. Friedlich. Das graue Haar liegt ausgebreitet auf dem Kissen, und ihre Hände ruhen auf der Decke. Sie liegt mit geschlossenen Augen auf dem Rücken. Die anderen im Zimmer schlafen noch und pfeifen oder schnarchen. Ihre Windeln sind nass, und der Geruch liegt deutlich in der Luft.

Es sieht nicht so aus, als wären Sigrids Tod Schmerzen oder Kämpfe vorausgegangen. Aber was kann Elena schon wissen? Oder irgendjemand anders? Sigrid hat seit Jahren kein Wort mehr gesprochen.

Sie kam vor sechs Jahren ins Haus Abendsonne. Man hatte sie am Strand gefunden, wo sie immer schwimmen ging, im Badeanzug und mit einem Badelaken, aber sie war nicht nass. Sie war nicht ins Wasser gegangen. Sie wirkte nervös und verstört. Konnte sich nicht erinnern, welcher Tag war, auch nicht, welches Jahr, und Lolan vom Johansson-Hof meinte, sie hätten sie schon seit einer Weile im Auge gehabt und sich Sorgen um ihre Gesundheit gemacht. Sie hatten beobachtet, wie sie an den Strand ging und dann einfach dort saß, als würde sie auf etwas warten. Ihre Lippen bewegten sich, als ob sie Selbstgespräche führen würde. Als sie dann kamen, um sie zu holen, sagte sie nur ein einziges Wort:

»Jakob.«

Elena tritt ans Bett und hebt die Decke an. Der Darm hat sich entleert und die Harnblase ebenfalls, und Elena macht sich daran, die alte Frau zu waschen, zu säubern, umzuziehen und ihr das Haar zu kämmen.

Im Karton mit den Sachen, die Sigrids einzigem lebenden Verwandten übergeben werden, ihrem Enkel Jakob, liegen folgende Gegenstände: ein Brief von Sigrids Verlobtem Frans, der im Krieg gefallen ist. Ein dünner Trauring ohne Namensgravur. Ein Fetzen von einem grauen Stoff. Zwei Haarlocken, eine blond, von Annika, und eine dunkle, von Jakob. Ein Bündel Briefe, die teils von Frans stammen, teils von Sigrids Eltern. Ein Taschentuch mit Monogramm. Ein paar Ansichtskarten, die Jakob von seinen Reisen geschickt hat. Ein kleines Heft mit Glanzbildchen, wahrscheinlich Annikas. Ausgeschnittene Zeitungsartikel aus Sigrids Zeit als aktiver Pazifistin in den Siebzigerjahren. Das alles kennt Jakob, all diese Gegenstände, bis auf einen. Es ist eine kleine Fotografie, aufgenommen im Atelier Bergholm, die zwei Frauen um die vierzig zeigt. Eine von ihnen, dunkelhaarig und ein bisschen mollig, mit wildem Kraushaar, sitzt auf einem Stuhl und schaut ernst in die Kamera. Ihr Kleid ist gut geschnitten und sieht so aus, als wäre es Ende der Vierzigerjahre modern gewesen. Jakob dreht das Foto um. Stimmt genau. 1947, steht dort in schöner Handschrift auf der Rückseite. 17. April. Dann schaut er wieder das Bild an. Die andere Frau, die etwas hinter der Sitzenden steht, hat der Dunkelhaarigen die Hand auf die Schulter gelegt. Sie lächelt leicht. Es sieht scheu aus, aber der Blick ist scharf und ein bisschen mutwillig. Vielleicht sogar triumphierend. Oder auch nur voll unbeugsamer Lebenskraft. Wieder dreht Jakob das Foto um. Nein, da steht nichts mehr auf der Rückseite. Kein Name, kein Hinweis, wer die beiden Frauen sein könnten. Vielleicht Kolleginnen vom Krankenhaus draußen auf der Insel. Jakob weiß es nicht. Er legt das Foto wieder in den Karton und schließt den Deckel.

Sigrids Begräbnis findet Ende Mai statt. Die Kirche ist nicht voll, aber das liegt daran, dass sie groß ist, nicht daran, dass keine Leute gekommen wären. Jakob sitzt ganz vorne neben Pilvi und hat ihren Sohn Joshua auf dem Arm. Der Junge fuchtelt mit den Armen und will in regelmäßigen Abständen herunter, um ein bisschen zu stehen. Er hält sich an der Kirchenbank fest und wippt auf und ab zu den Klängen von Bachs »Air«. Pilvi beugt sich zu ihm hinab und versucht, ihn zum Leisesein zu bewegen, doch er setzt nur sein sonnigstes Lächeln auf und stößt einen begeisterten, hellen Schrei aus, der in dem hohen Gewölbe widerhallt. Jakob kann ein Lächeln nicht unterdrücken. In diesem Jungen vereint sich alles. Alle kleinen Teile von allen, die einmal gewesen sind, und die Freude, die er ausstrahlt, erfüllt Jakob mit einer fast schon erstickenden Liebe. Alles will er für Joshua tun. Er will ihn sein ganzes Leben lang beschützen.

Die meisten Trauergäste sind alte Kolleginnen. Sigrid war in ihren vielen Jahren als Krankenschwester sowohl aktiv als auch beliebt. In den Bankreihen sitzen Linnea, Manna und Vilma, alle drei aus dem Krankenhaus draußen auf der Insel. Sie sind auch schon alt. Ihre Körper sind trocken und zusammengesunken, und sie blinzeln mit wässrigen Augen, während die dahinströmenden, gleitenden Töne wehmütig zur Decke steigen. Auf den Bänken sitzen auch die letzten lebenden Patientinnen. Viele sind es nicht. Als das Frauenkrankenhaus 1962, zwei Wochen nach seinem 73. Jubiläum, geschlossen wurde, war es schon längere Zeit mehr oder weniger ein Altersheim gewesen. Nach Kriegsende waren kaum noch neue Patientinnen aufgenommen worden. Diejenigen, die das Krankenhaus verlassen mussten, weinten untröstlich.

Jakob kennt sie nicht, aber ein paar von ihnen sind vor der

Feier zu ihm gekommen und haben ihn begrüßt, haben sich zu Joshua heruntergebeugt und ihm erzählt, dass sie Jakobs Mutter kannten, als sie noch ganz klein war. Da gab es ihm einen Stich. Ihre unvorsichtigen Worte. Er schaute hinunter auf Joshuas blonde Locken und versprach, dass er niemals tun würde, was Annika getan hatte. Dass er niemals verschwinden würde. Als Jakob begann, die Sommer auf der Insel zu verbringen, war das Krankenhaus bereits geschlossen. Die Sommer mit Sigrid, während seine Mutter in Kriegsgebieten herumrannte, immer auf der Jagd nach dem nächsten Großereignis.

Er gräbt seine Nase in Joshuas Nacken, in sein weiches Haar. … Er könnte ihm alles versprechen. Die ganze Welt könnte er dem Jungen schenken.

Er blickt Pilvi an, die mit dem Kuvert in der Hand neben ihm sitzt. Die Lilien. Die Callas. Die steifen, wachsartigen Blumen. Dann dreht er sich um und schaut auf die Leute, die dort sitzen. All diese Menschen. Er kennt nicht mal die Hälfte von ihnen.

Ganz hinten sitzen zwei Damen ganz eng nebeneinander. Sie sind als Letzte in die Kirche gekommen, als wollten sie nicht allzu viel Aufmerksamkeit auf sich ziehen, und sie haben sich auch noch die letzte Bank auf der linken Seite ausgesucht, wo sonst niemand sitzt. Trotzdem bleibt Jakob mit dem Blick an ihnen hängen. Vielleicht, weil eine von ihnen während der gesamten kurzen Trauerfeier weint. Vielleicht, weil sie so fest Händchen halten. Als Jakob sich umdreht, begegnet die weinende Frau kurz seinem Blick, bevor sie das Taschentuch an den Mund hebt und eine angestrengte Grimasse zieht. Sie dürfte an die achtzig sein, schätzt Jakob. Groß. Die andere ist jünger. Kleiner und molliger. Oder vielleicht sieht sie durch das krause braune Haar – das bestimmt gefärbt ist – jünger aus. Jakob wendet den Blick wieder zu Joshua und vergisst die beiden Damen schnell wieder. Sie gehen auch nicht zum Sarg vor, als Blumen und Briefe abgelegt werden. Als Jakob an dem Platz vorbeigeht, an dem sie gesessen haben, unter dem schweren Gewicht des Sargs mit den anderen Sargträgern, sieht er, dass sie einen Strauß aus Maiglöckchen und Apfelblüten auf der Bank gelassen haben. Pilvi nimmt ihn mit, und während Joshua sich an ihr Hosenbein klammert, rollt sie den kleinen Zettel auf, der am Strauß befestigt ist.

»Für immer in unseren Herzen. Für immer dankbar. E. und K.«

Hand in Hand gehen sie die Allee entlang, die zur Kapelle führt. Niemand läuft ihnen nach. Niemand ruft ihnen etwas hinterher. Es ist zwar auch schon lange her, dass ihnen so was passiert ist, aber an dieses Gefühl können sie sich immer noch schwer gewöhnen. Freiheit. Ellis Hand in Karins, nach all den Jahren. Wie ist es möglich, dass es sich immer noch so anfühlt – wie tiefe Atemzüge, nachdem man den Atem so lange wie möglich angehalten hat? Schwindelerregend. Karin macht lange Schritte, ruhig und in gemächlichem Takt, und Elli schlingt einen Arm um ihre Taille und legt ihr den Kopf auf die Schulter. Weit weg die dunklen Jahre, nachdem sie aus dem Krankenhaus herausgekommen war, aber das Gefühl hatte, dass ihr Leben nicht begann, sondern aufhörte, weil Karin fehlte.

Es war wie im Traum. Die Briefe, die Elli schrieb, die sie immer weiter schrieb, und die Antworten, die niemals kamen. Sie hatte nicht aufgegeben. Zurückzufahren, kam ihr undenkbar vor, nicht mal, um Karin zu besuchen, solche Angst hatte sie immer noch, dass sie sie packen würden, in ein kleines Zimmer schleifen und die Tür absperren. Panik befiel sie, sowie sie den Gedanken streifte, also schrieb sie stattdessen an Dotti. Aber dann kam der Krieg und veränderte alles. Dottis Mann Paul fiel im Krieg. Auch Ellis Bruder Kelvin. Alles ging in Scherben. Ellis Vater starb an einer Hirnblutung, urplötzlich, ohne jede Vorwarnung. Christoffer war in Schweden, und dann waren nur noch Elli und Mutter da. Der Tod umgab sie von allen Seiten, und eines Tages, aus heiterem Himmel, klingelte das Telefon in dem weißen Haus am Fluss, und am anderen Ende der Leitung war keine Geringere als Sigrid.

Elli umklammerte den Hörer ganz fest. Drückte ihn achtsam ans Ohr, um ja jedes Wort zu hören. Sie würden Karin von der Insel wegschicken. Sie hatte eine Lungenentzündung. Sie musste fort.

Wie oft hatte Elli sich das vorgestellt: Karins Gesicht. Die schmalen, hellen Augen. Die Überraschung darin bei einem Wiedersehen. Dann sie selbst, wie sie die Hand ausstreckte. Aber Elli konnte sich immer noch nicht aufraffen, sich zur Insel zu begeben, sie konnte es einfach nicht. Und dann öffnete sich alles. Es gab Raum zum Atmen. Wie oft hatte sie sich das vorgestellt, ohne dass sie es wirklich ernsthaft – oder auch nur halbwegs ernsthaft – zu hoffen gewagt hätte?

Elli fuhr zu Dotti. Sie hatte jetzt Geld, und gemeinsam konnten sie einen Juristen anheuern, der Karin unter Dottis Vormundschaft stellte. Aber Dotti sollte sich nicht mit Karin belasten müssen, wenn sie das nicht wollte, versprach Elli.

Dotti sah Elli lange an, und Elli erwiderte ihren Blick. So oft hatte Karin von diesen braunen Augen erzählt, und jetzt schaute Elli direkt hinein.

Sie muss es wissen. Sie ist nicht dumm.

Doch in Dottis Blick lag weder Abscheu noch Widerwillen. Nur Angst, Furcht. Langsam ging sie zur Anrichte neben dem Bücherregal, holte eine abgegriffene Karte heraus und hielt sie Elli hin. Auf der Rückseite Karins Handschrift. Der Anblick versetzte Elli einen Schlag in den Magen. All die Grüße aus dem Schärengarten, die Karin geschrieben hatte.

»Das war die letzte …«, sagte Dotti, und ihre Stimme erstarb, wie auch ihr Blick auswich. »Dann hat sie nicht mehr geschrieben.«

»War das nicht das, was du gewollt hattest?«, fragte Elli, doch Dotti schüttelte den Kopf.

»Wir haben es nicht leicht gehabt«, erwiderte sie. »Zu akzeptieren, dass es mit Karin so gelaufen ist, nachdem Mutter tot war … Ich habe … so viel versucht … im Grunde alles. Aber ich war erst sechzehn. Ich konnte ihr nicht helfen.«

»Aber jetzt kannst du ihr helfen«, sagte Elli. »Wir können ihr helfen.«

Und dann kam eines Tages eine große Gestalt mit einer Tasche in der Hand die Straße am Fluss entlanggeschlendert. Sie ging langsam, bohrte die Fußspitze in den Staub und trat kleine Steinchen vor sich her. Der blonde Flechtenzopf reichte ihr fast bis zur Taille. Am Gartentor blieb sie stehen und blickte zweifelnd zu dem weißen Haus hoch. Sie streckte die Hand aus. Der Haken ließ sich öffnen. Das Tor war nicht abgesperrt. Ein Kiesweg führte die trockenen Rasenflächen hoch, und einen Augenblick stellte sich Karin vor, dass Elli darauf entlanggerannt sein musste, als sie klein war. Zum Fluss hinuntergerannt, eifrig und leichtfüßig und mit dem Gefühl im Körper, dass alles erst angefangen hatte, der ganze lange, faule Sommer, sämtliche Abenteuer lagen noch irgendwo in der Zukunft, und Karin schnürte es den Magen zusammen. Sie hatte gerade dasselbe Gefühl, aber nicht ganz so überwältigend. Nicht wie damals, als sie ein Kind war. Sie holte tief Luft und atmete wieder aus. Dann ging sie aufs Haus zu, dessen Tür gerade einen Spaltbreit geöffnet worden war.

Dank der Autorin

Ich will insbesondere Jutta Ahlbeck-Rehn für ihre Doktorarbeit danken, *Diagnostisering och disciplinering: Medicinsk diskurs och kvinnligt vansinne på Själö hospital* 1889–1944. Ohne deine Forschung über die Frauen von Själö würde es dieses Buch nicht geben. Deine akribische Archivarbeit, dein fleißiges Forschen und unermüdliches Suchen sowie die empathische Haltung, die du zu deinen Funden einnimmst, sind ein Beispiel dafür, wie die Forschung die Grenze der harten, distanzierten Wissenschaft überschreiten und sich verwandeln kann in das Wissen darum, was es heißt, ein Mensch zu sein. Danke für deinen magischen Text. Danke, dass du diese Frauen gefunden und sie meiner Obhut überlassen hast.

Danke an meine Redakteure Sara, Håkan und Antti, dass ihr es geschafft habt, das Manuskript zu lesen, als es noch richtig schlecht war, und dann noch einmal, als es besser war. Ohne eure Hilfe würde dieses Buch nicht so aussehen wie heute.

Danke an Karin und Federico von der Salomonsson Agency.

Danke an Nina Abrahamsson, meine Schwedischlehrerin im Gymnasium, die in mir die Anlagen zur Schriftstellerin gesehen hat.

Danke an den Kulturfonden, Otavan kirjasäätiö und Statens Literaturkommission für die Stipendien und die Unterstützung, die dieses Projekt erst möglich gemacht haben.